현대 시론의
새로운 이해

김병택 編

새미

책머리에

사물에 대한 편견은 쓸모없는 단계를 넘어서서 해롭기까지 하다. 시에 대한 편견의 경우에도, 그 점은 조금도 다르지 않다. 시에 대한 편견을 지닌 사람들은 기회 있을 때마다 시의 다른 관점을, 다른 수사를, 다른 사조를 무조건 부정하는 방법으로 그 편견이 독자적인 체계를 확보하고 있는 것처럼 보이도록 하는 일도 서슴지 않는다. 그러나 단언하건대, 그렇게 한다고 해서 그 편견이 보편적 견해로 바뀌는 것은 결코 아니다.

무릇 시를 공부하는 사람들에게는 세 가지의 자세가 필요하다. 시의 다양한 관점을 수용하려는 자세, 시의 복잡다기한 수사를 원리적으로 이해하려는 자세, 시의 논리를 사조와의 관계 속에서 파악하려는 자세가 그것이다. 이 책을 엮는 의도는 바로 그러한 자세를 실천하는 사람들에게 도움을 주고자 하는 데에 있다.

M. H. 에이브럼즈의 <Ⅰ. 시에 대한 네 가지 관점>에서는 플라톤의 모방론에서부터 20세기 초의 객관론에 이르기까지의 수많은 비평이론들이 네 가지 흐름으로 나뉘어 논의되고 있다. 단도직입으로 말하면, 이 글은 시의 다양한 관점을 수용하려는 사람들이 그에 앞서 반드시 읽어야 할 글이다.

<Ⅱ. 시의 수사>에는 대부분 이 방면에 대해 오랫동안 연구한 분들의 글을 수록했다. 윌프레드 L. 게린의 「신화와 원형」은 정확하고 폭넓은 내용을 담고 있어서 이 분야에 관심을 가지고 있는 사람들에게는 더없이 중요한 자료이기도 하다.

<Ⅲ. 시의 논리>는 현대시론이라는 이름의 여러 책을 읽은 사람들도 처음으로 접해보는 장일 것이다. 시의 논리와 사조의 관계는 우리가 생각하는 것보다 훨씬 더 밀접하다. 이 장이 사조에 대한 글들로 구성된 것은 그런 점에 기인한다.

끝으로, 이 기회를 빌려, 귀중한 글을 이 책에 수록하도록 승낙해 주신 필자, 번역자 여러분께 깊은 감사를 드린다. 아울러 이 책의 출판을 혼쾌하게 맡아주신 정찬용 사장께, 그리고 편집에 애쓰신 편집부 여러분께도 깊은 감사를 드린다.

2004. 8.

아라동 연구실에서 편자 씀.

차 례

I. 시에 대한 네 가지 관점

시에 대한 네 가지 관점[1]

M. H. 에이브럼즈

예술을 외적 자연이나 청중, 또는 작품 자체의 내적 요인들과 관련시키기보다는, 예술을 예술가와 관련시켜 미학적 문제를 제기하고 해결하는 방법은, 지난 수십 년 동안 현대 비평의 독특한 경향을 이루어 왔고, 현재까지도 대다수 비평가들이 이 경향을 따르고 있다. 예술을 예술가와 관련시켜서 보는 이러한 관점은, 2,500년에 이르는 서양 예술 이론사에 비추어 보면 그 역사가 매우 짧다고 하지 않을 수 없다. 왜냐 하면, 이러한 관점이 대다수 비평가들의 동의를 얻어 예술에 대한 포괄적 접근 방법으로 나타난 것은 불과 150년 정도밖에 안 되기 때문이다. 이 책을 쓰게 된 필자의 기본 의도는 미학적 견해를 정리함에 있어서, 예술가에 역점을 두는 이러한 근본적

---

1) 이 글은 M. H. 에이브럼즈의 *The Mirror and The Lamp* 제1장 "Introduction : Orientation of Critical Theories"를 박철희 · 김시태 교수가 공역한 것으로, 박철희 · 김시태 편 『문예비평론』(문학과비평사, 1988)에 「비평의 이론사」라는 제목으로 수록되어 있다.

전환이 이루어지는 과정과 그것이 어떻게 진전되고 또 (19세기 초에) 어떻게 성취되었는가를 밝히는 한편, 이러한 접근법이 경쟁해야 했던 다른 주요 이론들을 살펴보는 데에 있다. 특히, 이 책에서 필자는 시를 식별하고, 분석하고, 평가하고, 창작하는 원리를 밝히기 위하여, 비평상에 나타난 이러한 새로운 태도들이, 얼마나 중대한 성과를 이루어 왔는가를 살피는 데 주목하고자 한다.

미학 분야는 역사가에게 특별히 어려운 문제를 제기한다. 최근의 예술 이론가들은, 예술에 대한 선배 이론가들의 발언이 불확실하고, 무질서하고, 환상적이라는 사실을 재빨리 알아차리고 널리 공표해 왔다. 이를테면, "예술 철학의 이름으로 불리어져 온 것"들이 산타야나 Santayana에게는 "순 군말" 같이 생각되었기 때문이다. 예술철학에 관한 두 권의 뛰어난 저술을 남긴 프랠 D. W. Prall은, 전통적인 미학이 "사실상 사이비 과학이나 사이비 철학에 불과하다."고 논평한 바 있다.

그 내용은 꿈으로 짠 옷감처럼 흔들거리고 믿을 수 없다. 그 방법은 논리적인 것도, 과학적인 것도 아니고, 진지하거나 경험적인 사실도 아니다. ……그것을 시험하는 실제상의 응용도 없고, 그것을 진짜 미신으로 만들거나, 철두철미하고 또 영혼을 만족시킬 祭式으로 만들 정통적인 용어도 없다. 그것은 창조적인 예술가들에게도 유익하지 않으며, 예술 작품을 감상하는 아마추어들에게도 별로 도움이 되지 않는다.[2]

한편, 리처즈 I. A. Richards는 그의 저서 『문예 비평의 원리』 Principle of Literary Criticism 제 1장의 제목을 '비평 이론의 혼돈' The chaos of

---

2) Foreword to *Philosophies of Beauty*, ed E. F. Carritt (Oxford, 1931), p. ix

Critical Theories이라고 이름 붙이고, 이 경멸 투의 표제 하에 아리스토텔레스부터 현재에 이르기까지 "비평 이론의 정점"이라고 할 수 있는 20개 이상이나 되는, 서로 고립되고 또 완전히 모순되는, 예술에 대한 언급들을 인용하였다.[3] 젊은 시절 특유의 낙관론을 가지고, 리처즈는 몸소 심리학의 이론을 바탕으로 하여, 그 위에 문학 비평의 확고한 기초를 마련하고자 하였다.

참으로 중요한 문제를 다룰 때에는 언제나 과장과 논쟁이 뒤따르듯이, 예술 이론의 전개 과정에도 그러한 과장과 논쟁이 더없이 많이 나타나고 있는 것이 사실이다. 그런데, 예술 철학의 다양성과 외견상의 혼돈에 대하여 우리로 하여금 참을 수 없게끔 만드는 그 대부분의 이유는 비평이 할 수 없는 것을 비평에 요구하는 데 있다. 이렇게 되면, 그 代價로, 비평의 고유한 힘이 간과되기 마련이다. 비평은 자연과학도 아니고, 심리학도 아니라는 것을 인식하고 이 인식에서 결과 되는 모든 것을 두려움 없이 받아들일 필요가 있다. 사실에 대한 호소에서 출발하여 사실에 대한 호소로 끝나는 예술이론은 그 어느 것이나 그 방법에 있어서는 경험적일 수밖에 없다. 그런, 참된 예술 이론의 목적은, 과거에 대한 언급으로 미래를 예견하게 하는 사실들 그 자체에 대한 우리의 해석과 평가를 정당화하고, 체계화하고, 그 근거를 명확히 밝히게 하는 기본 원리를 확립하는 데 있다. 그리고, 뒤에 가서 자연히 알게 되겠지만, 이런 사실들은 이 사실들에 의해 뒷받침되기를 바라는 바로 그 원리들의 성격에 따라 분명하게 달라지는 것으로서, 기묘하고도 과학적으로 비난받을 만한 특성을 지녔음이 드러난다. 사실에 대한 많은

---

3) (5th ed; London, 1934), pp. 6~7. 어디서나 무의미를 발견하는 작업에서 시작된 의미론이 이해를 넓히는 기술로 끝나는 것이 당연하다고 리처즈가 최근에 말한 것으로 보아, 그 강조점이 훗날 바뀐 것을 알 수 있다(*Modern Language Notes*, lx, 1945, p. 350.).

비평적 진술들이 그 바탕을 이루는 이론적 안목에 따라 부분적으로 달라지기 때문에, 그러한 진술들은, 총명한 사람이라면 누구나 그 관점에 상관없이 검증할 수 있는 이상에 접근한다는 식의 그런 엄밀한 과학적 의미에서는 참이 될 수 없다. 그러므로, 우리가 정밀과학에서 기대할 수 있는 그런 기본적 일치를 문학 비평에서 기대한다면 실망하기 마련이다.

그럼에도 불구하고, 훌륭한 비평 이론은 그 나름대로의 타당성을 지니고 있다. 그 기준은 그 낱낱의 명제의 과학적 검증 가능성에 있는 것이 아니고, 낱낱의 예술 작품들에 대한 그 명제의 통찰 범위와 정확성 및 통일성, 그리고 그 명제가 다양한 예술을 설명하는 적절성에 있을 것이다. 이러한 기준은 말할 것도 없이 한 이론을 정당화하는 것이 아니라, 많은 타당한 이론을 정당화하는 것인데, 그 때, 그 모든 이론들은 각기 저마다의 방식으로 통일성을 유지하고 있으며, 광범위한 예술 현상에 적용될 수 있을 뿐 아니라, 비교적 적절성을 띤 것들이다. 그러나 예술 이론이 지닌 이러한 다양성을 개탄해서는 안 된다. 우리가 비평사를 개관하는 자리에서 얻은 한 가지 교훈은, 사실상 우리가 다양한 과거의 비평에 실로 많은 것을 빚지고 있다는 점이다. 프랠의 비관적 평가와는 반대로 이러한 이론들은 무익했던 것이 아니라, 예술의 소재와 목적 및 구조에 관한 기초 개념들로서 창조적 예술가들의 활동을 구체화시키는 데에 크게 이바지했다. 칸트 Kant의 경우처럼 추상적이며 외견상 관념적인 것처럼 보이는 예술철학까지도 시인들의 작품에 변화를 일으켰음을 입증할 수 있다. 현대에 있어서는, 새로운 문화적 출발이 있을 때마다 새로운 비평 선언들이 반드시 따르게 마련이었는데, 이 비평 선언들의 부적절성이 때로는 상관관계를 맺는 여러 가지 문학적 업적들의 특성을 형성하는 데 이바지하곤 했다. 만일 과거의 비평가들이 그만큼 심한 견해차를 보이지 않았더라면, 우리의 예술적 유산은 지금보다 덜 풍부하고 덜 다양한 것이 되었을 것이 틀림없다. 또한, 기초가 잘 닦인 어떠한 비평 이론도, 그 이론이 발견하고자 하는 미학적 인식을 어느 정도 변화시킨다는 바로 그 사실이, 예술의 아마추어들에게는 그 이론이 지니는 가치의 근원이 된다. 왜냐하면, 그 이론은 그와는 다른 초점과 다른 식별 범주를 지닌 상이한 이론들이 간과하거나, 과소평가하거나, 모호하게 한 작품의 여러 국면들에 대하여 아마추어들의 눈을 뜨게 할 수도 있기 때문이다.

그러나, 예술 이론의 다양성은 예술사가의 작업을 대단히 어려운 것으로 만들고 있다. "예술이란 무엇인가?"라든가, "시란 무엇인가?"라고 하는 것과 같은 물음들에 대한 해답이 일치하지 않을 뿐 아니라, 많은 예술론들은 서로 비교될 기회를 전혀 얻지 못하고 있다. 많은 예술론들은 서로 만나 부딪칠 공통적인 기반을 결여하고 있기 때문이다. 이 예술론들은 상이한 용어로 진술되거나, 동일한 용어라도 상이한 의미로 진술되었기 때문에, 또는 그 가정이나 방법이 다른 더 큰 사상 체계를 구성하는데 빠뜨릴 수 없는 부분으로 되어 있기 때문에, 동일한 기준으로 잴 수 없는 것처럼 보인다. 결국, 이 예술론들이 어떤 점에서 일치하며 어떤 점에서 불일치하는 것인지, 또는 심지어 그 쟁점이 무엇인지조차 발견하기 어렵다.

그러므로, 우리에게 가장 필요한 것은 이런 것이다. 즉, 쉽게 다룰 수 있을 만큼 단순하면서도, 그러나 예술에 관한 어떤 한 종류의 진술도 부당하게 훼손시킴이 없이, 가능한 한 많은 진술들을 단일한 한 개의 논의의 평면으로 옮겨놓을 수 있을 만큼 융통성이 있는 座標系, a frame of reference를 발견하는 일이다. 예술의 理論史에 착수할 만큼 대담한 대부분의 필자들은 온갖 예술론의 기본용어들을 자신이 좋아하는 철학적 용어로 묵묵히 옮겨 놓음으로써 이 목적을 달성해 왔지만, 그러나 이러한 방법은 그 내용을 지나치게 왜곡시키고, 또 풀어야 할 복잡한 문제들을 더욱 복잡하게 만들뿐이다. 보다 더 기대되는 방법은 비교되어야 할 이론들 가운데서 가능한 한 가장 많은 수의 이론들이 이미 공유하고 있는 중요한 구별들을 원용함으로써, 그 나름 대로의 철학을 강요하려 하지 않는 하나의 분석적 체계를 채택하는 것이며, 그런 다음에는, 현재 쓸모가 있다고 생각되는 구별들을 더 많이 끌어들일 마음의 준비를 향상하면서 그 분석적 체계를 조심스럽게 적용하는 것이다.

1. 비평의 몇 가지 좌표

한 예술 작품의 총체적 상황 속에 들어 있게 마련인 네 가지 요소는, 포괄성을 지향하는 거의 모든 이론들에서 나름대로의 동의어에 의해 구별되고 중요시된다. 그 네 요소 중 첫째는 작품 work, 즉 예술적 생산품 그 자체이다. 그리고 작품은 인간이 만들어낸 것, 즉 인공물이므로, 두 번째 공통적인 요소는 제작자인 예술가 artist가 된다. 셋째, 작품은 직접적 또는 간접적으로 존재물에서 유래한 소재, 즉 사건의 객관적 상태이거나 그러한 사건들과 모종의 관계를 맺는 그 무엇을 의미하거나 반영하는 것으로 여겨지고 있다. 이 셋째 요소는 인간과 행위, 사상과 감정, 외적 사물과 사건으로 이루어진다고 생각될 수도 있고, 또는 초감각적 본질로 이루어진다고 생각될 수도 있겠는데, 어떻든, 그것은 저 포괄어인 자연 nature이라는 말로 자주 표시되어 왔다. 그러나, 여기서는 자연이란 말 대신에, 보다 중립적이고 포괄적인 용어인 우주 Universe라는 말을 쓰기로 하자. 네 가지 요소 중, 마지막 요소에 해당하는 것으로 청중 audience이 있다. 듣는 사람, 관객, 독자가 그것이다. 작품이 청중에게 주의를 돌리는 경우도 있고, 또는 청중이 작품에 주목하도록 하는 경우도 있다.

예술가, 작품, 우주 그리고 청중이라는 이러한 뼈대 위에서 나는 여러 가지 이론들을 비교하여 펴나가고자 한다. 이 고안이 인위적인 것임을 강조하고 또 동시에 분석의 시각화를 보다 용이하게 하기 위하여, 네 개의 좌표를 편리한 모형으로 배열하기로 하자. 설명되어야 할 것, 즉 예술 작품을 삼각형의 중심에 두겠다.

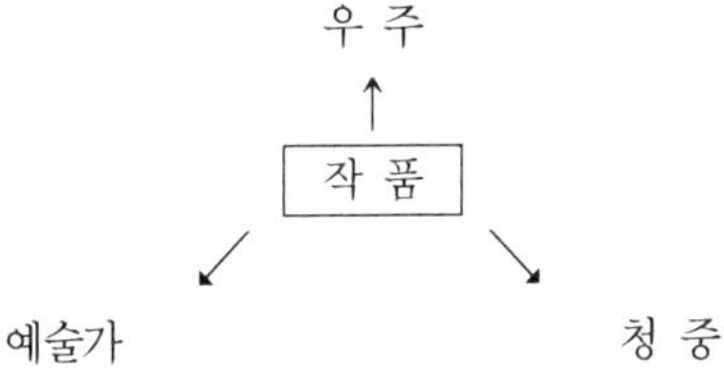

합리적이고 적절한 이론이라면 이 네 요소를 모두 어느 정도 고려하고 있기 마련이지만, 거의 모든 이론들이 이 중 단지 어느 한 가지 요소에 대해서만 뚜렷한 관심을 나타내고 있음을 우리는 앞으로 보게 될 것이다. 즉, 비평가는 이들 네 가지 용어들 중의 어느 하나로부터 예술작품의 가치를 판단하는 주요 기준뿐만 아니라, 예술 작품을 정의하고, 분류하고, 분석하는 주요 범주를 끌어내는 경향이 있다. 그러므로, 이 분석 체계의 적용에서는 예술 작품의 품질과 가치를 설명하려는 시도들을 크게 네 종류로 분류하게 될 것이다. 그 중 세 가지 시도는 예술 작품을 그 밖의 다른 것들, 즉 우주와 청중 및 예술가와 관련시켜 설명하게 될 것이다. 그리고, 네 번째 시도는 작품의 의미와 가치가 그 외의 어떤 것과도 관련됨이 없이 결정되는 자율적 존재로서 작품을 고립시켜서 보고 설명하는 것이다.

그러나, 비평 이론의 주요 좌표를 발견하는 것은 적절한 분석의 시작에 불과하다. 첫째, 이 네 가지 좌표들은 고정된 것이 아니고, 변화하는 것이다. 따라서 이 네 가지 좌표들은 그것들을 원용하는 이론에 따라 그 의미가 달라진다. 내가 우주라고 부른 좌표를 한 예로 들어 보자. 어떤 한 이론에서, 예술가가 모방한다고 하는, 또는 모방하도록 권유받는 자연의 양상들은, 특수한 것이거나 전형적인 것일 수도 있고, 그렇지 않으면 아무런 구별이 안 되는 어떤 다른 양상일 수도 있다. 예술가의 세계는 상상적 직관의 세계이며, 상식의 세계이며, 자연 과학의 세계라고 주장될 수 있다. 그리고, 이 세계는 신, 마녀, 괴물, 플라톤의 이데아를 포함하는 것이라고 생각될 수도 있고, 또는 포함되지 않는 것이라고 생각될 수도 있다.

결과적으로, 묘사된 우주가 진정한 예술작품에 대한 최상의 통제를 행한다는 점에 동의하는 이론들만 보더라도 가장 완고한 사실주의를 내세우는 것으로부터 가장 아득한 이상주의에 이르기까지 여러 가지의 양상이 있을 수 있다. 앞으로 논의가 되겠지만, 우리가 사용하는 그 밖의 용어들도 또한 그 용어를 원용하는 비평 이론이라든가, 이론가가 특징적으로 사용하는 논의 방법, 그리고 이러한 이론들이 유기적 전체의 한 부분을 이루는 명시적 또는 함축적인 세계관에 따라서 그 의미와 기능이 각각 달라진다.

물론, 예비 분류에서도 이보다 더욱 세밀하게 구분되는 더욱 복잡한 분석 방법을 고안해 낼 수 있을 것이다.4) 그러나 그 차이점들을 늘림으로써 우리

---

4) 다양한 비평이론들에 대한 섬세한 분석을 이해하기 위해서는 Richard McKeon, "Philosophic Bases of Art and Criticism", *Critics and Criticism, Ancient and Modern*, ed. R. S. Crane(The University of Chicago Press, Chicago, 1952)을 보라.

의 식별력은 날카로워지겠지만, 그 대신 용이한 통제력과 광범위한 최초의
일반화 능력을 소모시키게 될 것이다. 비평사적 목적에 비추어보면, 내가
제안한 체계는 19세기 초 대부분의 이론들이 공통적으로 지니고 있었던
본질적 특성을, 우리들에게 가져다주게 된다는 점에서 중요한 장점을 가지
고 있다. 그 특성이라는 것은 시의 본질과 평가기준을 설명하기 위하여 시인
에게 끊임없이 의존하는 것이었다. 비평사가들은 근래에 "낭만주의들"
romanticisms이라고 하여 복수 형식으로 말하도록 가르침을 받아 왔지만,
지금 우리가 취하는 유익한 관점에서 보면, 비록 그것이 다양성 속의 통일성
으로 남아 있는 것이라 하더라도, 낭만적 비평은 하나의 뚜렷한 비평 양식으
로 존재하는 것이 분명하다.

2. 모방론 Mimetic Theories

예술은 본질적으로 우주의 양상들을 모방하는 것이라고 설명하는 모방론
은, 아마도 가장 오래된 예술론이었겠지만, 플라톤 Platon의 「대화」 *The
Dialogues*에 처음 기록되어 나타났을 때의 모방의 개념은 결코 단순한 것이
아니다. 소크라테스 Socrates에 의하면, 회화, 시, 음악, 무용, 조각 예술은
모두 모방이라고 한다.5) '모방' Imitation은 상호 연관성을 나타내는 용어로
서, 두 항목과 그 사이의 대응관계를 의미한다. 그러나, 비록 그 이후의 많은
모방론에서는 모든 것을 모방 대상과 모방이라는 두 범주 속에 포함시키고
있다 할지라도, 플라톤과 같은 대화의 철학자는 세 범주를 가지고 조직하는

---

5) *Republic*(trans. Jowett) x. 596~7; *Laus* ii. 667~8. vii. 814~16.

데에 특징이 있다. 첫째 범주는 영원하고 변함없는 이데아 Ideas의 범주이고, 둘째 범주는 첫째 범주를 반영하는 것으로서, 자연적 또는 인공적인 감각의 세계이며, 셋째 범주는 다시 둘째 범주를 반영하는 것으로서, 그림자, 물과 거울 속의 영상, 그리고 예술을 포괄한다.

　　플라톤은 그의 주요 용어들을 다의적 의미로 사용할 뿐 아니라 여러 가지 보충 구분을 함으로써, 이러한 3단계 퇴행 과정을 중심으로 하여 현란한 논리를 엮어나가고 있다.[6] 그러나, 변모하는 논의로부터 하나의 반복적 패턴이 나타나고 있는데, 그것은『공화국』 *The Republic* 제 10권의 유명한 구절 속에 제시되어 있다. 예술의 본질을 말하면서, 소크라테스는 세 개의 침대가 존재한다는 관점을 다음과 같이 내세운 바 있다. 즉, '침대의 본질'이자 신이 만들어 낸 바인 이데아와, 목수가 만들어 낸 침대, 그리고 그림 속의 침대가 그것이다. 우리는 이 세 번째의 침대를 그린 화가를 어떻게 평해야 할까?

> "제 생각으로는"하고, 그는 말했다. "화가는 목수가 만든 침대를 모방하는 사람이라고 부르는 것이 가장 좋을 것 같습니다."
> "좋아"하고, 나는 말했다. "그렇다면, 자네는 본질로부터 3단계 떨어진 제작물을 제작하는 자를 模倣者라고 부르는 건가?"
> "네, 그렇습니다."하고 말했다.
> "그러면, 비극 시인도 모방자일세, 그러므로, 다른 모든 모방자와 마찬가지로 왕과 진리로부터 3단계 떨어져 있단 말이지?"
> "그런 것 같군요."[7]

---

6) Richard McKeon, "Literary Criticism and the Concept of Imitation in Antiquity", *Critics and Criticism*, ed. Crane, pp. 147~9.를 보라. 이 논문은 소크라테스를 논쟁에 끌어들인 지각없는 사람들을 함정에 몰아 넣었듯이 훗날 많은 주석가들을 함정에 몰아 넣은 플라톤의 "모방"이란 용어를 사용함에 있어 다양한 변화가 일어났음을 보여준다.

예술은 현상계를 모방하는 것이지 실재계를 모방하는 것이 아니라는 이와 같은 최초의 입장으로부터, 예술 작품은 존재물의 서열 가운데서 낮은 위치를 차지한다는 결론이 나온다. 더 나아가, 이데아의 영역은 실제뿐만 아니라 가치의 궁극적 도달점이기 때문에, 예술이 진리로부터 두 단계나 멀리 떨어져 있다는 결정론적 사고는, 예술이 美나 善으로부터 그만큼 멀리 떨어져 있다는 것을 자동적으로 증명하게 된다. 상세한 논리에도 불구하고, 아니 더욱 정확하게 말하자면, 그토록 상세하게 다듬어진 논리에 의하여 플라톤은 하나의 단일한 기준을 지닌 철학으로서 논리적 일관성을 지탱하고 있다. 예술을 포함하는 모든 것이, 궁극적으로는 저마다 동일한 이데아와 관련을 맺고 있다는 하나의 기준에 의하여 판단되기 때문이다. 이상과 같은 근거로 해서 시인은 匠人과 立法家 및 道德家의 경쟁자가 될 수밖에 없다. 실로, 그 중 어느 누구라도 자신을 보다 참된 시인, 즉 전통적인 시인이 애초부터 실패하게 되어 있는 상황 속에서 시도하는 바, 저 이데아의 모방을 성공적으로 성취하는 그러한 시인으로 여겨질 수 있는 것이다. 그러므로, 입법가는 그의 도시에 들어오려는 시인들에게 다음과 같이 답변할 수 있다.

이방인들 가운데서는 가장 훌륭한 이방인들이여, 우리들도 능력에 따라 비극 시인이 된다. 우리의 비극은 가장 훌륭하고 가장 고상한 것이다. 우리의 전 국가는 우리가 비극의 바로 그 진수라고 단언하는 바인 가장 훌륭하고 가장 고상한 삶을 모방한 것이기 때문이다. 그대들이 시인이듯이 우리도 시인이다 ……그리고 가장 고상한 희곡에서 경쟁자요, 적수이기도 하다.……8)

---

7) *Republic* x. 597.
8) *Laws* vii. 817.

플라톤의 주장을 빌면, 시는 독자에게 나쁜 영향을 끼친다고 한다. 그 이유는, 시가 실재보다 현상을 모방하며 이성보다 감정을 조장한다는 점, 또는 시인이 시를 쓸 때(소크라테스가 가련하고 바보스런 이온을 속여 인정하도록 한 것처럼), 자기의 기술과 지식에 의존할 수가 없고 신의 영감과 무아경의 상태에 도달하기를 기다려야 한다는 점에 있다. 그러나, 이러한 플라톤의 주장은, 시의 모방적 성격에 입각하여 평범한 시에 대해 갖기 마련인 낮은 평가를 확인하는 것에 불과하다.[9)

그러므로, 소크라테스의 대화에는 미학에 값할 만한 타당한 이론이 들어있지 않다. 왜냐하면 플라톤적 우주 구조나 논리 전개 방식이 시를 시 자체로서…… 즉, 시 자체의 기준과 존재 이유를 지닌 특수한 제작물로서 보지 못하게 하기 때문이다. 소크라테스의 『대화』에는 오직 하나의 방향, 하나의 문제만이 가능하다. 즉, 사회적 국가와 시민적 국가의 완성이 그것이다. 그러므로, 예술의 문제로 진리, 정의, 덕의 문제와 분리될 수 없다. 소크라테스는 『공화국』에서 시에 대한 토론을 이렇게 결론적으로 말하고 있다. "한 인간이 착하게 되느냐 악하게 되느냐 하는 것은, 중대한 문제이며, 겉으로 생각하기보다 더욱 중대한 문제점을 내포한다."[10)라고.

아리스토텔레스 Aristotle도 『시학 *Poetics*』에서 시를 모방이라고 정의하고 있다. "서사시와 비극, 희극과 주신 찬가, 그리고 대부분의 피리불기와 칠현금 타기는 모두 전체적으로 보아 모방의 양식이다." 그리고, "모방자가 모방하는 대상은 행위들이다……"[11) 그러나, '모방'이라는 용어는, 아리스토

---

9) *Republic* x. 603~5; *Ion* 535~6; cf. *Apology* 22.

10) *Republic* x. 608.

11) *Poetics*(trans. Ingram Bywater) I.1447a, 1448a. 아리스토텔레스의 비평에 나타난 모방의 문제에 관해서는 McKeon, "The Concept of Imitation", op. cit. pp. 160~68.을 보라.

텔레스의 경우와 플라톤의 경우에 따라 각각 다른 기능을 지니고 있으며, 그 차이점은 이 두 사람의 예술론을 근본적으로 구분 짓고 있다. 플라톤의 『대화』와 마찬가지로 『시학』에 있어서도, 이 용어는 예술 작품이 사물의 본질에 내재하는 先驗的 원형에 따라 창조되는 것임을 암시하고 있지만 아리스토텔레스는 판단기준으로서의 이데아의 세계를 배제해 버렸기 때문에, 그런 점에서는 더 이상 메스꺼운 점이 없게 되었다. 모방은 예술에만 적용되는 특수한 용어로서, 예술을 우주의 다른 모든 사물로부터 구분하고 또 그렇게 함으로써, 예술을 다른 모든 인간 활동과의 경쟁에서 해방시키는 것이 되었다. 게다가 예술의 분석에 있어서 아리스토텔레스는 이윽고 모방의 대상과 모방의 매개체, 그리고 모방 양식……이를테면, 희곡적, 서사적, 또는 혼합적……에 따라 추가 구분들을 하고 있다. 대상, 방법, 양식에 대한 이러한 구분들을 계속 사용함으로써, 그는 첫째로 시와 그 밖의 다른 예술을 구별할 수 있고, 둘째로는 서사시와 희곡, 비극 장르에 초점을 둘 때에도, 그는 개별적 전체를 구성하는 요소들로서 플롯, 인물, 사상 등을 구별하는 데에 동일한 분석도구들을 사용한다. 그러므로 아리스토텔레스의 비평은 정치적 수완, 존재, 도덕과는 독립된 예술로서의 예술 비평일 뿐만 아니라, 시로서의 시 비평이며, 시의 특수한 성격에 알맞은 기준에 따라서 각종의 시작품을 다루는 비평이기도 하다. 이러한 연구진행 결과로서, 아리스토텔레스는 여러 가지 시 형식과 그 구성요소들을 기술적으로 분석하는 도구들의 무기고를 남겨 두었는데 이 같은 분석 도구들은 비록 그 사용방법들이 여러 가지로 달라졌다 하더라도, 아리스토텔레스 이후 비평가들에게 없어서는 안 될 필수불가결의 것들이 되었다.

　『시학』의 두드러진 특징은, 한 편의 예술작품을 그 다양한 외적 관계

속에서 고찰하고, 또 각 관계에다가 그 작품을 발생시킨 요인의 하나로서 적절한 기능을 부여하는 방식에 있다. 이러한 연구 절차는 이 논문으로 하여금 어떤 한 종류의 좌표로 쉽게 분류되지 못하게 하는 여유와 신축성을 자아낸다. 예컨대, 비극이 청중에게 미치는 적절한 영향을 고려하지 않고서는, 즉 "연민과 공포"12)라는 특수한 '비극의 쾌락'에 도달함이 없이는, 비극은 완전히 정의될 수 없으며, 비극을 구성하는 총체적 決定素들도 이해될 수 없다. 그러나, 모방의 개념—한편의 작품을 그것이 모방하는 소재와 관련시키는—이 아리스토텔레스의 비평 체계에 있어서 으뜸이 되는 것만은 분명하다. 인간 행위의 모방이라는 그 특성은 예술 일반을 정의하는 것이며, 모방 대상이 되는 행위의 종류는 예술 유형의 중요한 식별 요소가 된다. 예술의 역사적 발생은 자연적인 인간의 모방본능과 모방물을 보고서 쾌감을 느끼는 자연적 경향에서 그 근원을 찾을 수 있다. 어떤 작품에서나 필수적 요건이 되는 통일성까지도 모방에 기초하고 있는데, 그것은 "하나의 모방은 항상 한 사물에 대응해 있고", 시에서는 "행위의 모방으로서의 이야기는 하나의 행위, 하나의 완전한 전체를 모방해야 하기……"13) 때문이다. 그리고, 모든 부분들의 선택과 배열 및 내적 조정을 결정하는 주요 원리인 작품의 형식은, 모방되는 대상의 형식에서 유래된다. '비극의 목적과 의도', 즉 그 '진수'가 되는 것은 플롯인데, 이는 "비극이 본질적으로 인간의 모방이 아니고 인간 행동과 삶의 모방이며,……우리는 비극이 본래 행위의 모방이요, 행위를 위해 행위자를 모방하는 것이라고 주장하기14) 때문이다.

---

12) *Poetics* vi. 1449b, xiv. 1453b.
13) Ibid. viii. 1451a
14) Ibid. vi. 1450a~1450b

우리의 분석 도표를 다시 더듬어 본다면, 『시학』의 또 다른 하나의 일반적 양상이 우리의 주의를 끈다. 특히, 우리가 낭만적 비평의 특수한 방향을 고려할 때 그러하다. 아리스토텔레스는 시의 갖가지 양상들을 결정하는 요소들로서 모방 대상들과 청중에 대한 필요한 정서적 영향, 작품 자체의 내적 요구 사항들을 배분하고 있지만(설사 균등한 배분은 아니라 하더라도), 그는 시인 자신에게 결정적 기능을 부여하고 있지 않다. 시인은 필수불가결의 動因 efficient cause일 뿐이라는 것이다. 자기의 기술로 형식을 자연물로부터 추출하고, 그 형식을 인공적 매개체에 부여하는 행위자일 뿐이며 그의 개인적 기능, 감정, 욕구는 한 편의 시작품이 지니는 소재나 형식을 설명하는 데 필요하지 않다는 것이다. 『시학』에서는, 시인은 희극이 진지한 형식들로부터 갈라져 나오는 역사적 분기점을 설명한다든가, 플롯 구성이나 시어 선택의 문제에 대하여 어떤 조언을 받을 필요가 있다고 생각될 경우에만 거론된다.15) 플라톤에게 있어서는, 시인은 예술의 관점이 아니라, 정치학의 관점에서 고려된다. 시인들이 등장할 때, 대시인들은 너무나도 공손하게 理想國家에서 모두 추방되며, 그 이후의 요청에 따라 좀더 많은 시인들이 법률이 정하는 차선의 국가에 허용되기는 하지만, 그 레퍼토리 repertory는 극도로 감소되고 있다.16)

'모방'이라는 용어는, 아리스토텔레스 이후 오랫동안—사실상, 18세기 전반에 걸쳐—비평 어휘 중 두드러진 항목이 되어 왔다. 이 용어에 주어진 체계적 중요성은 비평가에 따라서 크게 달랐다. 예술이 모방하거나 모방해야 할 우주의 대상들은 실제적인 것, 또는 어떤 점에서는 관념적인 것으로서

---

15) *Ibid.* iv. 1448b, xvii. 1455a~1455b
16) *Republic* iii. 398, x. 606~8 ; *Laus* vii. 817.

다양하게 인식되었다. 그리고, 모방의 주요 대상으로서의 아리스토텔레스의 '행위'를 인간적 성격, 사상, 심지어는 무생물과 같은 요소들과 대치시키려는 경향이 처음부터 있어 왔다. 그러나 특히 『시학』이 재인식되고 16세기 이탈리아에서 예술론이 크게 성행한 이후부터 비평가는 근본적인 문제들을 천착하여 예술에 대한 포괄적인 정의를 내리게끔 되었는데, 그 때마다 술부에는 '모방'이라는 낱말이, 또는 그 의미가 다르지만 동일한 방향을 취하는 유사한 용어들로서 반영 reflection, 재현 representation, 모조 counterfeiting 모의 feigning, 모사 copy, 영상 image 등의 낱말이 끼어 있었다.

18세기의 대부분을 통하여, 예술은 모방이라고 하는 주장은 거의 너무나도 명백한 것이어서, 되풀이하거나 증명할 필요가 없었다. 리처드 허드 Richard Hurd가 그의 논문 「시적 모방에 관한 토론」 Discourse on Poetical Imitation(1751)에서 말한 바와 같이, "모든 시는(이처럼 명백한 점에 대하여 권위자들이 필요하다고 생각된다면), 아리스토텔레스와 희랍 비평가들의 말을 빌건대, '모방'이라고 함이 타당하겠다. 사실, 시는 모방 예술 가운데서도 가장 고상하고 가장 광범위한 것이다. 즉, 시는 모든 피조물을 그 대상으로 삼으며, 우주의 전 영역에 그 범위가 미치고 있다."[17] 18세기 후반에 이르러서는, '독창적 천재'를 철저히 지지하는 사람들까지도 천재의 작품이 독창적이라고 해서 그만큼 덜 모방적인 것은 아니라는 점을 깨닫고 있었다. 영 Young은 그의 저서 『독창적 창작에 관한 추측들』 *Conjectures on Original Composition*에서 다음과 같이 썼다. "모방에는 두 종류가 있다. 하나는 자연의 모방이고, 또 하나는 작가의 모방이다. 우리는 전자를 독창적이라고 한다." 독창적 천재는 사실상 과학적 탐구자가 된다. "독창적 천재의 눈앞에는 넓은

---

17) *The Works of Richard Hurd* (London, 1811) xi 111~12.

자연의 들판이 펼쳐 있으며, 그는 그곳에서, 아무런 구속도 받지 않고 마음대로 뛰어다니며 무엇이든지 발견해 낼 수 있다.……가시적 자연이 뻗쳐 있는 한……"[18] 그 후, 시의 독창성을 주장한 극단주의자인 모이어 J. Moir 목사는, 천재성이란 "낯익은 자연 현상" 속에서 "숱한 새로운 변화, 차이점 및 유사점"을 발견하는 능력에 있다고 생각하였으며, 독창적 천재는 항상 "그가 받는 것과 동일한 인상"[19]을 부여한다고 한다. 시인의 임무를 새로운 발견과 섬세한 묘사로 보는 이러한 관점은 비평이 아직도 시의 본질적 원천과 소재를 객관적 세계의 잡다한 양상에서 찾는다는 점을 제외하고는, 아리스토텔레스의 모방 개념과는 멀리 떨어져 있다.

많은 인용을 하는 대신에, 18세기의 모방론 가운데서 특히 관심이 가는 것을 조금 인용하는 것이 좋겠다. 나의 첫 본보기는 프랑스 비평가 샤를르 바퇴 Charles Batteux이다. 그의 저서 『하나의 원칙으로 환원된 예술들』 Les Beaux Arts réduits à un meme principe(1747)은 영국에서 다소 환영을 받았으며, 그의 고국은 물론 독일에서 대단한 영향을 끼쳤다. 지금 그토록 많은 예술의 규칙들은 반드시 하나의 단일한 원리로 환원되어야 한다고 바퇴는

---

18) Edward Young, *Conjectures on Original Composition*, ed. Edith Morley (Manchester, 1918), pp. 6,～18. 아울러서 William Duff, *Essay on Original Genius* (London, 1967), p. 192n을 보라. 존 오길비는 창조적 천재와 독창적 발명을 "시적 상상력의 위대한 원리"와 일치시키고 있다(*Philosophical and Critical Observations on the Nature, Characters, and Various Species of Composition*, London, 1774, i, 105~7). "무한한 상상력, 열정, 낭만적 요소, 경이, 野性"의 제창자인 조셉 워튼은, 시는 "모방을 그 정수로 하는 예술"이며, 무기물이나 유기물, 외적 세계나 내적 세계를 대상으로 하는 예술이라는 리처드 허드의 주장에 여전히 동의하고 있다(*Essay on the Writings and Genius of Pope*, London, 1756, i, 89~90). cf. Robert Wood, *Essay on the Original Genius and Writings of Homer*(1769), London, 1824, pp. 6~7, 178.
19) "Originality", *Gleanings* (London, 1785), i, 107, 109.

생각했다. "실험들을 모으고, 그 실험들에 근거하여 그 실험들을 하나의 원리로 환원하는 체계를 확립하는 진정한 물리학자들을 모방하자"고 그는 외쳤다.

바퇴가 자기의 연구 방법을 위하여 "분명하고도 뚜렷한 개념에서부터 시작하자"고 제안한 것은—"즉시 파악할 수 있을 만큼 단순하고 온갖 자질구레한 세칙들을 다 흡수할 만큼 광범위한 원칙으로서—그가 물리학자인 뉴턴 Newton의 방법에 따르지 않고, 유클리드 Euclid와 데카르트 Descartes의 방법에 따르리라는 충분한 단서가 된다. 분명하고 뚜렷한 개념을 추구함에 있어서, 그는 "남들이 칭찬하는 바를 들은 적이 있었던 아리스토텔레스의 『시학』을 펴 보고 싶었다." 고 솔직히 말할 때까지는 권위 있는 프랑스 비평가들을 열심히 연구했다. 그 다음에 그는 계시를 받았다. 온갖 세부적인 문제들이 질서정연하게 정리되었다. 일류미네이션의 원천은?—그것은 "아리스토텔레스가 예술을 위하여 확립한 모방의 원리"20) 이외의 다른 아무것도 아니었다. 그러나, 이 모방은 조잡한 일상적 현실의 모방이 아니고 '아름다운 자연'의 모방이다. 즉, "그것이 받아들일 수 있는 모든 완전성"21)을 지닌 하나의 모형을 만들기 위하여 개별적 사물들에서 얻은 특성들을 모아 만든 '그럴 듯함'이다. 이러한 원리로부터, 바퇴는 길게, 그리고 엄밀성을 과시하면서, 심미안의 원칙들—시와 그림의 일반적 법칙들과 특수 장르들의 세부적인 법칙들—을 하나씩 추출하여 나간다.

대다수의 알려진 법칙들은 모방에 귀착되며 일종의 고리를 형성한다. 그

---

20) Charles Batteux, *Les Beaux Arts réduits à un meme principe*(Paris, 1747), pp. i~viii.
21) *Ibid.* pp. 9~27.

리고, 그 고리에 의하여 정신은, 모든 부분들이 함께 유지되는 완전한 결합적 전체로서의 귀결들과 원리를 동일한 순간에 파악한다.22)

이 선험적이며 연역적인 미학에 대한 이러한 고전적 예시 다음에, 나는 1766년에 발행된 독일의 출판물로서 레싱 Lessing의 『라오코온』 *Laokoon*을 들겠다. 레싱은 시, 회화, 그리고 조각 예술 사이에 빚어진 이론적, 실천적 혼란을 해명하는 일에 착수했는데, 그는 이러한 혼란이 "그림은 말 없는 시이고, 시는 말하는 그림"이라는 시모니데스 Simonides의 격언을 무비판적으로 받아들인 데서 결과한 것이라고 믿었다. 그는 자기 자신의 방법으로 계속 추상적인 이론을 '개별적인 실례'로 검증하겠다고 약속했다. 그는 독일 비평가들이 연역적 방법에 의존했다고 되풀이하여 비웃었다. "우리 독일인들에게는 체계적인 서적이 결코 부족하지 않다. 우리는 언어로 표현된 두서너 가지 설명으로부터 우리가 원하는 것은 무엇이나—그것도 가장 아름다운 순서로—연역해 내는 데 있어서는 우리 민족은 어느 민족보다 뛰어난 능력을 지니고 있다." "만일 천재가 그 반대 명제를 증명하는 데 성공하지 못했더라면, 얼마나 많은 것들이 이론적으로 논박할 수 없는 것이 되고 말았을까!"23) 그러므로, 레싱의 의도는 바퇴의 방법과는 전혀 다른 귀납적 논리에 의하여 예술의 원리들을 확립하려는 데에 있었다. 그럼에도 불구하고, 레싱은 바퇴와 마찬가지로 시가 회화와 다름없이 모방이라는 결론을 내렸다. 이러한 예술들 사이의 차이점은 媒介體의 차이에서 생기며, 이로 인해 각 예술이 모방할 수 있는 대상들에는 필연적으로 차이점이 나타나게 된다.

---

22) *Ibid.* p.13. 프랑스의 초기 신고전주의 비평에 있어서의 모방의 중요한 위치에 대해 알아보기 위해서는 René Bray, *La Formation de la doctrine classique en France* (Lausanne, 1931), pp. 140ff.를 보라.

23) Lessing, *Laokoon*, ed. W. G. Howard (New York, 1910), pp. 23~5, 42.

그러나, 시가 공간 속에 고정된 형상과 색채보다는, 시간 속에 흐르는 일련의 분절음으로 구성되는 것이지만, 그리고 정적이면서도 충만한 순간에 회화처럼 고정되지 않고, 시의 특수한 힘이 진행적 행위를 재생산하는 데에 작용하지만, 레싱은 시를 위하여 다음과 같은 도식적 발언을 되풀이한다. "모방 Nachahmung 은 여전히 시인에게 있어서 그의 예술의 본질을 이루는 속성이다."24)

18세기가 경과함에 따라, 영국의 여러 비평가들은 모방의 개념을 아주 면밀하게 검토하기 시작했다. 그들은 결국(아리스토텔레스와는 반대로) 예술들 간의 매개체의 차이가 몇 가지의 예술을 제외한 모든 예술을 엄격한 의미에서, 모방적인 것으로 분류할 자격이 없는 것들임을 깨닫게 되었다. 이러한 경향은 다음과 같은 두서너 개의 예로 지적될 수 있을 것이다. 1744년, 제임스 해리스 James Harris는 「음악, 회화, 그리고 시에 관한 토론」 A Discourse on Music, Painting and Poetry이라는 논문에서 모방은 이 세 가지의 예술에 모두 공통하는 것이라는 옛스런 주장을 여전히 내세웠다. "이 세 가지의 예술은 모두 모방적이라는 점에서 일치한다. 상이한 매개체에 의하여 모방하는 것이라는 점에서는 이 세 가지의 예술이 각각 구분되지만……,25) 1762년, 케임즈 Kames는 "모든 예술 가운데서 회화와 조각만이 성격상 모방적이며", 음악은 건축과 마찬가지로 "실물을 생산하는 것이지, 자연을 복사하는 것이 아니고", 반면 언어는 "소리와 동작을 모방하는"26)

---

24) *Ibid.* pp. 99~102, 64.

25) *Three Treatises*, in *The Works of James Harris* (London, 1803), i , 58. Cf. Adam Smith, "Of the Nature of that Imitation which Takes Place in What are called the Imitative Arts", *Essays Philosophical and Literary* (London, n.d.), pp. 405ff.

26) Henry Home, Lord Kames, *Elements of Criticism* (Boston, 1796), 11, 1(chap, xviii).

경우에 한해서만 자연을 複寫한다고 했다. 그리고 1789년까지『시학』번역서에 영문으로 붙인 두 편의 논리 정연한 글에서, 토머스 트와이닝 Thomas Twining은, 매개체가 그 지시 대상과 유사하다는 점에서 表象的인(시카고 기호 학자인 찰스 모리스 Charles Morris의 후기 용어로) 성격을 지닌 예술과, 관습에 의해서만 그 의미를 지니게 되는 예술 사이의 구분을 확인했다. 복사물과 대상 사이의 유사성이 '직접적'이고 '분명한' 작품만을 엄격한 의미에서 모방적이라고 할 수 있다고 트와이닝은 말한다. 그러므로, 우리가 언어로써 언어를 모방하는 극시야말로 모방에 값하는 유일한 종류의 시다. 음악은 모방 예술의 목록에서 삭제하지 않으면 안 된다. 그리고, 그는 회화와 조각 및 도안예술 일반만이 "분명히, 그리고 본질적으로 모방적 성격을 지닌 유일한 예술들"27)이라고 하여 결론짓고 있다.

그러므로, 예술이 모방이라는 개념은 신고전주의 미학에서 중요한 역할을 했다. 그러나, 좀더 정밀하게 검토해 보면, 이 개념은 대부분의 이론에서 주도적 역할을 한 것이 아니었음을 알 수 있다. 예술을 모방이라고 흔히 말해 왔다.—그러나, 그것은 청중에게 영향을 주는 도구에 불과한 모방이다. 사실상, 후기 르네상스 비평가들이 아리스토텔레스의『시학』을 찬양하고 본뜨는 데 일치된 견해를 보여 왔으나, 그것은 잘못된 것이다. 관심의 초점은 바뀌었으며, 우리의 도표에서, 이 이후의 비평은 작품에서 우주로 지향하는 것이 아니라 작품에서 청중에게 지향하는 것이다. 이러한 방향 전환의 성격과 결과는 1580년대 초에 쓰인 것으로서 영국 문학 비평의 첫 고전이 된 필립 시드니 경 Sir Philip Sidney의『시의 옹호』 *The Apologie for Poetry*에 의하여 명확히 지적되고 있다.

---

27) Thomas Twining, ed, *Aristotle's Treatise on Poetry* (London, 1789), pp. 4, 21~2, 60~61.

3. 실용론 Pragmatic Theories

그러므로 시는(시드니에 의하면) 모방예술이다. 아리스토텔레스가 모방
Mimesis, 즉 재현 representing, 묘사 Counterfeiting 또는 모사 figuring라는 낱
말로 그렇게 명명했기 때문에, 은유적으로 말하면, 시는 말하는 그림이며,
가르치고 즐거움을 주는 두 가지 목적을 가지고 있다.[28]

아리스토텔레스를 내세우고 있지만, 이것은 아리스토텔레스의 논리적 체
계에 의한 설명은 아니다. 시드니에게 있어서는, 시는 그 정의상 청중에게
영향을 준다는 하나의 목적을 가지고 있다. 시는 쾌락을 준다는 가장 가까운
목적을 달성하는 수단으로서만 쾌락을 준다. 왜냐 하면, "올바른 시인들"은
"쾌락과 교훈 두 가지를 주기 위하여 모방하고, 또 쾌락이 없이는 그들이
이방인에게서 달아나듯 그렇게 달아나 버릴 그 善을, 손에 넣도록 사람들을
움직이기 위하여 쾌락을 주는" 자들이기 때문이다.[29] 결국, 이 논문에서는
처음부터 끝까지 청중의 요구가 비평 구분과 기준을 위한 비옥한 땅이 왼다.
"교훈을 주고 쾌락을 주기" 위하여 시인들은 "존재하고, 존재했으며, 또 앞
으로 존재할 것"을 모방하지 않고, "존재할 수 있고 또 존재해야 할 것"만을
모방한다. 그러므로, 모방의 대상 바로 그것이 도덕적 목적을 보장할 수 있
는 것이 된다. 시인은 청중을 더욱 강력하게 움직여서 덕으로 이끄는 능력을
지니고 있기 때문에, 도덕철학가나 역사가와는 달리 구별되며, 도덕철학가
나 역사가보다도 높이 평가된다. 시인은 철학가의 '일반적 개념'과 역사가의

---

28) Sir Philip Sidney, "An Apology for Poetry", *Elizabethan Critical Essays*, ed. G. Gregory
　　Smith (London, 1904), ⅰ, 158.
29) *Ibid.* ⅰ, 159.

'구체적인 예'를 결합시키기 때문이다. 그런가 하면, 시인은 자기의 교훈을 이야기 속에 숨김으로써 '잔인한 악인' 까지도 '앵두 약을 먹듯이' 저도 모르게 선을 사랑하도록 유혹한다. 우리는 각 장르가 성취하기에 알맞은 도덕적 사회적 영향의 관점에서 시의 장르를 논의하고, 그 서열을 정한다. 서사시는 그러므로 "가치 있는 인간이 되고자 하는 욕망으로 정신을 가장 불타게 하기" 때문에 시의 왕임을 스스로 증명한다. 그리고, 저급한 연애 서정시까지도 애인의 사랑이 진실한 것임을 연인에게 설득하는 도구로 간주된다.[30]

아리스토텔레스의 『시학』에 들어 있는 현저한 구절들에 대한 계속적인 해석들만을 근거로 하여 비평사가 쓰일 수도 있었다.[31] 이런 경우, 시드니는 긴장감 없이 이탈리아인 안내자들 (그들 또한 호라티우스, 키케로, 敎父들의 안경을 통해 아리스토텔레스를 읽은 사람들)을 따라 『시학』의 주요 진술들을 하나씩 하나씩 자신의 이론체계에 맞추어 굽혀나갔다.

편의상, 시드니의 비평처럼 청중으로 향하는 비평을 '실용적 이론'이라고 명명할 수 있다. 왜냐하면, 그것은 예술 작품을 주로 어떤 목적을 달성하는 수단, 어떤 일을 하는 도구로 보며 그 목적 달성에 예술 작품이 얼마만큼 성공을 거두느냐에 따라 그 가치를 판단하는 경향이 있기 때문이다. 강조와 세부 사항에 있어서는 물론 큰 차이가 있지만, 실용주의적 비평가의 주요 경향은 시를 독자에게 필요한 반응을 일으키기 위해 지어진 것으로 생각하고, 목적을 달성하기 위해 시인이 가지지 않으면 안 될 능력과 훈련의 관점

---

30) *Ibid.* i , 159, 161~4, 171~80, 201.

31) 예를 들면, 시는 역사보다 더 철학적이며(1, 167~8), 고통스러운 것들이 모방에 의해 즐겁게 될 수 있다(p. 171.)는 아리스토텔레스의 진술을 그가 이용한 것과, 아리스토텔레스의 핵심적 용어인 행위 praxis—시가 모방하는 행위—가, 한편의 시작품이 관객에게 감동을 일으켜 실행에 옮기게 하는(p. 171.) 도덕적 행위를 의미하도록 그가 왜곡시킨 것을 보라.

에서 그 시를 지은 제작자를 보며, 대체로 시의 분류와 분석을 각 종류 및 부분이 가장 잘 달성할 수 있는 특수한 효과에 바탕을 두며, 독자의 필요와 요구에 입각하여 시 예술의 규범과 비평적 평가의 법칙을 끌어내는 데 있다.

실용주의 비평의 안목과 많은 기본 용어, 많은 특징 있는 토픽들이 고전 수사학의 이론에서 나왔다. 왜냐하면, 수사학은 청중을 설득하는 도구로 여겨져 왔고, 대부분의 이론가들은, 연설가가 청중을 설득하기 위해서는 청중의 마음을 달래고 계발하고 감동을 주어야 한다는 키케로의 주장에 동의해 왔기 때문이다.[32] 수사학의 관점을 시에 적용한 훌륭한 고전적 표본은 물론 호라티우스의 『시학 *Ars Poetica*』이었다. 리처드 맥키언이 지적한 바와 같이, 호라티우스의 비평은 시인이 자기의 청중을 어떻게 끝까지 자리에 붙잡아 두느냐, 어떻게 박수와 갈채를 끌어내느냐, 어떻게 로마인 청중을 즐겁게 하느냐, 그리고 어떻게 모든 청중을 즐겁게 하여 불멸의 명성을 획득하느냐를 가르치는 데로 주로 방향이 돌려졌다.[33]

호라티우스는 "이익을 주거나 쾌락을 주거나, 또는 기쁨과 유익함을 동시에 부여하는 데에 시인의 목적이 있다."고 충고한 바 있는데, 이것은 훗날 『시학』의 핵심적 구절이 되었다. 이 구절이 내포하는 문맥에 따르면, 호라티우스는 쾌감을 시의 주요 목적으로 여겼음을 알 수 있다. 젊은 귀족들과는 달리, 그는 "유용한 교훈이 들어 있지 않은 것을 욕하는"[34] 연장자들에게 오직 쾌락을 제공하는 수단으로서만 유익함을 권장하기 때문이다. 그러나 '가르치다 Prodesse'와 '기쁨을 주다 delectare'는 수사학으로 소개된 또 다른

---

32) Cicero, *De oratore* xi, 28.

33) "The Concept of Imitation", op. cit. p. 173.

34) Horace, *Ars Poetica*, trans. E. H. Blakeney, in *Literary Criticism, Plato to Dryden*, ed. Allan H. Gillbert (New York, 1940), p. 139.

용어인 '감동을 주다 movere'와 함께 여러 세기 동안 시가 독자에게 일으키는 심미적 효과의 총체를 3항목 밑으로 끌어들이는 데 이바지했다. 이 용어들 사이의 균형은 시간이 경과함에 따라 달라졌다. 필립 시드니와 같은, 대다수의 르네상스 비평가들에게는, 도덕적 효과가 최종 목적이었고, 쾌감과 감정은 부수적인 것이었다. 드라이든의 비평이 나온 시기로부터 18세기 전반에 걸쳐, 유익함이 없는 시는 시시한 것처럼 여겨지긴 했지만 쾌락이 궁극 목표가 되는 경향이 있었다. 그리고, 제임스 비이티를 포함해서 낙천적인 도덕가는 시가 교훈을 준다 해도 더 효과적으로 쾌락을 주는 데 불과하다고 믿었다.35)

전형적인 실용주의 비평가는 한 편의 시작품을 한 개의 제작물, 즉 청중에게 영향을 끼치기 위한 한 개의 제작물, 즉 청중에게 영향을 끼치기 위한 한 개의 고안물로 보았으므로, 자신이 바라는 효과를 달성하기 위하여 여러 가지 방법들(벤 존슨은 이러한 방법들을 '제작 기술이나 재능'이라고 부른 바 있는데)을 체계적으로 정립하는 데 열중했다. 전통적으로 '작시법' poesis, 또는 '예술'('시예술' the art of Poetry과 같은 표현)이라는 용어 아래 포함된 이 방법들은 일련의 법칙과 규범으로 체계화되었는데, 이 같은 법칙과 규범들은 성공을 거두고 오래 살아남아 인간성에 대한 그 정당성이 증명된 작품들의 특질로부터 유도되거나, 인류 전반의 반응을 지배하는 심리적 원칙에 직접 근거한 것이었다. 그러므로, 그 법칙들은 탁월한 각 예술 작품의 특질 속에 내재하는 것이며, 발췌하여 성문화한다면 그 법칙들은 예술가가 예술 작품을 창작하거나 비평가가 미래의 작품을 평가하는 데에 똑같이 이바지하는 것이다. 존슨 박사의 말을 빌면, "드라이든은 영국 문학 비평의 아버지이

---

35) *Essays on Poetry and Music* (3d ed.; London, 1779), p. 10.

며, 작품들이 지니는 장점을 원칙들에 의해 결정하는 방법을 우리들에게
처음으로 가르쳐 준 사람이라고 보아도 좋을 것이다."[36] 그 원칙들을 확립
하는 드라이든의 방법은 다음과 같은 사실을 지적하는 것이었다. 즉, 시는
회화와 같이 하나의 목표를 가지고 있는데, 그것은 기쁨을 주는 것이고, 자
연의 모방은 이러한 목적을 달성하기 위한 수단들을 상세하게 예시하는 데
이바지한다는 것이다.

> 모방은 쾌락을 준다는 것, 그리고 모방이 이 두 예술에 있어서 어째서 쾌락
> 을 주게 되는가를 밝혔으므로, 이러한 목적을 달성하는 데에는 모방 법칙이
> 필요하다는 결론이 나온다. 왜냐하면, 집 안으로 여러분을 안내할 방문이 없는
> 집은 집이 아니듯이 모방 법칙이 없으면 예술이 존재할 수 없기 때문이다.[37]

예술의 법칙과 금언을 강조하는 것은 청중의 요구에 기반을 두고 있는
모든 문학 비평의 기본 속성이며, 그것은 오늘날까지 풋내기 작가들에게
'잘 팔리는 이야기를 쓰는 방법'을 가르치는 데 기여하는 잡지 및 소책자
속에 남아 있다. 그러나 현대 독서층의 최저 공통분모에 기초한 법칙서들은
복합적이고도 기묘하게 합리화된 신고전주의적 문학 기법상의 이념들을 조
잡하게 회화한 것에 불과하다. 18세기 초기에는, 시인은 제한된 讀者群들
(예컨대, 아우구스투스 황제 치하에 살고 있었던 호라티우스의 동시대인들
이었건 레오 10세의 교황청에 있었던 비다였건, 엘리자베스 치하에 있었던
시드니의 동료 궁신들이었건, 드라이든과 포우프의 런던 청중이었건)의 세

---

36) "Dryden', *Lives of the English Poets*, ed. Birkbect Hill(Oxford, 1905), i , 410.

37) "Parallel of Poetry and Painting"(1965), *Essays*, ed. W. P. Ker (Oxford, 1926) xi, 138.
    See Hoyt Trowbridge, "The Place of Rules in Dryden's Criticism", *Modern Philology*,
    xliv(1946), 84ff.

련된 취향과 전문적 감식안에 자신 있게 기댈 수 있었다. 그런데, 이론상으로는, 당대의 가장 훌륭한 비평가들의 목소리조차도 그 시대의 목소리에 종속되기 마련이었다. 어떤 신고전주의 비평가들은 또한, 예술의 법칙들이 경험적으로 끌어낸 것이라 하더라도 그 존재가 우주의 이성적 질서와 조화를 보증하는 규범들의 객관적 구조에 일치함으로써 결국 유효하게 된다는 확신을 지니고 있었다. 흔히 함축적인 의미를 내포하고 있었던 것을 존 데니스 John Dennis가 명시적으로 표현한 바와 같이, 엄밀히 말하자면, 자연은 "우리가 삼라만상에서 발견하는 법칙과 질서와 조화 이외에 아무것도 아니다" 그러므로, "자연의 모방인 시"는 이와 똑같은 특성을 지니게 마련이다. 고전 작가들 중에서 명성 있는 대가들은 다음과 같은 목적으로 글을 쓰지는 않았다. 즉,

> 동포라고 불리는, 소란스럽고 덧없는 군중들이나, 혹은 얼마 되지 않는 인간들을 즐겁게 하기 위해 쓰지는 않았다. 그들은 세계의 시민과 모든 나라, 모든 시대를 향해 쓴 것이다. ……그들은 우주를 유치하는 저 조화로운 질서와 같은 것 이외에는 아무것도 그들의 불멸의 작품을 후세에 전할 수 없으리라는 확신을 지나고 있었다.38)

그들은 특정의 법칙들에 대해 의견을 달리했지만, 그리고 많은 영국 비평가들이 시간과 장소의 일치, 희극과 비극의 순수성 같은 프랑스적 형식 요건들을 배격했지만, 18세기 비평가들 가운데서 몇몇 괴짜들을 제외하면 모두

---

38) *The Advancement and Reformation of Modern Poety*(1701), in *The Critical Works of John Dennis*, ed. E. N. Hooker (Baltimore, 1939), ⅰ, 202~3. 기쁨을 주고 심리적 변화를 일으키게 하는 예술의 목적으로부터 특정의 법칙을 데니스가 추출한 것에 관해서는 *The Grounds of Criticism in Poetry*(1974), *ibid.* pp. 336ff를 보라.

가 일련의 보편적 비평체계 속에서 시, 또는 예술 일반에 대한 모든 주요
법칙들을 예시하고 해설하는 것이 성행했다. 그 당시에 흔히 사용된 실용주
의적 논의의 패턴은 제임스 비이티의 논문 「인간 정신에 영향을 끼치는
시와 음악」 Essay on Poetry and Music as they affect the Mind(1762) 같은
간명한 논급이나, 더욱 간결한 것으로는 리처드 허드의 「보편시의 이념에
관한 연구」 Dissertation of the Idea of Universal Poetry(1766)를 보면 쉽게
연구할 수 있다. 보편시는 어떤 장르에 속하는 것이든 간에, 최대한의 가능
한 쾌락을 목적으로 하는 예술이라고 허드는 말한다. "시를 하나의 기술이라
고 하는 말은 시가 우리에게 쾌락과 기쁨을 가장 많이 주는 주제를 다루는
수단이나 방법이라는 뜻이다." 그리고, 이러한 생각은 "항상 간직되어 있으
면 시예술의 모든 신비를 우리에게 펼쳐 보여줄 것이다. 기회 있을 때, 이러
한 철학자의 생각을 전개시키고 응용하기만 하면 된다." 이러한 대전제로부
터, 허드는 최대의 기쁨을 제공하기 위해 모든 시에 필요한 세 가지 특성을
끌어냈다. 즉, 비유적 언어 figurative language, 허구 fiction(다시 말하면,
실제적이거나 경험적으로 가능한 것에서 분리된 것), 작시법 versification
그것이다. 그렇지만, 이상과 같은 세 가지 보편적 특성이 어떠한 종류의 시
에서 결합되는 양식과 정도는 그 시의 특수한 목적에 따라 좌우된다. 왜냐하
면, 각 시의 종류는 달성하기에 적합한 그러한 특수한 쾌락을 개발해야 하기
때문이다. "모든 종류의 시의 기술은 각 시의 성격, 즉 그 시의 좀더 직접적
이고 종속적인 목적이 각각 요구하는 대로 수정한 이 일반 기술에 불과하기
때문이다."

시라는 명칭은, 그 작품이 그 종류, 즉 장르가 허락하는 온갖 쾌락을 제공할
수 있도록 구성되기만 한다면, 쾌락을 제공하는 것을 일차적 목적으로 삼는

모든 작품에 해당될 것이다.39)

　　그의 저서 『기사도와 로맨스에 관한 문학』 *Letters on Chivalry and Romance* 의 이곳저곳에서 따온 구절들을 근거로 하여, 허드를 '전 낭만주의'preromantic 비평가로 취급하는 것이 보통이다. 그러나 '보편시의 개념'에서 표명된 허드의 시론을 요약해 보면, 기본적인 정의에서부터 시의 규칙을 '전개'하려고 허드가 채택한 엄격한 연역적 논리—'사물의 이치'가 시인들의 실제 창작의 증거를 무시하게끔 허용해 주는—로 인해, 허드는 비록 데카르트적 방법이 결핍되긴 하여도 영국의 어느 누구보다도 기하학적 방법을 사용한 샤를르 바퇴의 비평 방법에 접근하고 있다. 양자의 차이점은, 바퇴가 '아름다운 자연'의 모방이라는 시의 정의에서 그의 법칙들을 끌어내는 데 반해, 허드가 독자에게 최대한의 쾌락을 제공할 수 있도록 주제를 다루는 기술이라는 시의 정의에서 그의 법칙들을 끌어내고 있다는 점이다. 그런데, 이것은 그가 독자의 심리학에 대한 경험적 지식을 지니고 있다는 가정을 내포한다. 왜냐하면, 허드의 말을 빌면, 시의 목적이 독자의 마음을 만족시키는 데 있다면, 마음의 법칙에 관한 지식이 그 법칙을 확립하는 데 필요로 하며, 그 법칙들은 "그러한 목적에 가장 도움이 되는 것임을 경험을 통해 깨닫게 되는 방법들"40)이기 때문이다. 그러나 바퇴와 허드는 주로 상식적인 시학의 지식을 합리화하는 데 열중했기 때문에, 이 두 사람은 각기 상이한

---

39) "Dissertation on the Idea of Universal Poetry", *Works*, xi, 3~4, 25~6, 7. 이와 비슷한 논의에 관해서는 Alexander Gerard, *An Essay on Taste* (London, 1759), p. 40.을 보라.

40) "Idea of Universal Poetry", *Works*, xi, 3~4. 허드의 비평의 본체를 이루는 이론적 기초에 관해서는 the article by Hoyt Trowbridge, "Bishop Hurd : A Reinterpretation", PMLA, lviii(1943), 450ff를 보라.

방향에서 출발했다 하더라도 그들의 길이 흔히 일치한다는 것은 결코 놀랄
일이 아니다.[41]

그러나 세련되고 유연성 있는 실제 비평의 능력과 빛을 이해하기 위하여,
우리는 당시의 방법과 금언들을 추상적으로 체계화하는 위와 같은 비평가들
로부터 사무엘 존슨 Samuel Johnson 같은 실천 비평가에게 주의를 돌리지
않으면 안 된다. 존슨의 문학 비평은 내가 기술한 비평의 좌표와 비슷한
면을 지니고 있지만, 엄격하고 추상적인 이론화를 거부하는 그는 항상 구체
적인 작품의 예를 중시하고, 다른 독자들의 의견을 존중하면서도, 궁극적으
로는 텍스트에 대한 자신의 전문적인 반응에 의거하여 그 방법들을 응용한
다. 결국, 시인과 시작품들에 대한 존슨의 논평은 비평의 좌표와 낱낱의 평
가가 그 자신과는 근본적으로 다른 후세의 비평가들에게 꾸준히 출발점을
제공해 왔다. 자연의 모방이라는 개념이 어떻게 해서 시의 목적과 영향에
의하여 시를 평가하는 것과 조화를 이루게 되는가를 보여 주기 때문에 특히
흥미 있는 존슨의 비평 방법의 한 예로서, 신고전주의 비평의 기념비인 그의
저서 『셰익스피어 서설』 *Preface to Shakespeare*을 살펴보자.

이 책에서, 존슨은 시인들 가운데서 셰익스피어의 위치를 확립하는 일에
착수했다. 이 작업을 위해, 그는 셰익스피어의 천부적 능력을 엘리자베스

---

41) 예컨대, 바퇴는 시가 꾸밈없는 실재의 모방이 아니라 아름다운 자연의 모방이라는 생각
   을 기초로 하여, 시의 목적은 오로지 "기쁨을 주고, 감동을 일으키며, 교훈을 제공하는
   것, 한마디로 말하면 쾌락을 주는 것"이라고 "연역한다."(*Les Beaux Arts*, pp. 81, 151).
   그와 반대로, 허드는 시의 목적이 쾌락이라는 사실에 입각하여 시인의 임무는 실재를
   "예시하고 장식하는 것이며 가장 황홀한 형태로" 그 실재를 예시하고 장식하는 것이라
   고 추론했다("Idea of Universal Poetry", *Works*, xi, 8). 시인들 사이에 있어서의 표절의
   증거를 전문적으로 연구하기 위한 목적으로 허드 자신은 이 밖의 다른 논문에서 논점을
   바꾸고, 바퇴처럼, 시는 특히 "사물의 가장 아름다운 형태"를 모방한 것이라는 시의 정
   의에서 출발한다("Discourse on Poetic Imitation," *Works*, xi, 3).

시대의 심미안과 업적의 일반 수준에 비추어 평가하고, 다시 이러한 능력을 "인간의 일반적이며 집단적인 능력을 기준으로 해서"[42] 측정하게 되었다. 그러나 작가의 능력과 우수성은 그가 낳은 작품들의 성격과 우수성으로부터만 추론될 수 있기 때문에, 존슨은 셰익스피어의 희곡 작품을 전체적으로 조명하기 시작했다. 작품 자체에 대한 이러한 체계적 평가를 통하여, 우리는 모방의 개념이 판단 기준으로서 존슨에게 어느 정도의 권위를 지니게 되는가를 알 수 있다. "셰익스피어의 희곡은 인생의 거울임과 동시에 무생물계의 거울이기도 하다는 바로 이러한 사실이 셰익스피어의 강점임"을 존슨은 되풀이하여 주장한 바 있다. "셰익스피어는 무생물계에 대한 정확한 관찰자였다.……그는 주제가 인생이건 자연이건 간에, 자기의 눈으로 직접 본 것임을 분명히 보여주고 있다.……"[43] 그러나 존슨은 또한 "글을 쓰는 목적은 교훈을 주는 데 있다. 시의 목적은 쾌락을 통해 교훈을 주는 데 있다."[44]고 주장하고 있다. 존슨이 심미적 기준으로서 우선권을 부여한 것은 바로 이러한 시의 기능이며, 한 편의 시작품이 청중에게 끼치는 증명된 효과이다.

존슨이 이미 당대의 독자들에게 구식으로 보였던 경직된 도덕주의를 가지고, 시는 진리와 선의 기준을 파괴함이 없이 쾌락을 주어야 한다고 주장하긴 했지만, 만일 한 편의 시 작품이 쾌락을 주지 못한다면, 그 시작품의 그 밖의 특징이야 어떻든 간에, 그것은 예술 작품으로서는 아무 가치도 없다는 것이다. 따라서, 존슨은 셰익스피어가 그 시대의 다소 야만

---

42) *Johnson on Shakespeare*, ed. Walter Releigh (Oxford, 1908), pp. 10, 30~31.

43) Ibid. pp. 14, 39. Cf. p. 11, 31, 33, 37, etc.

44) Ibid. p. 16.

적인 청중이 지니는 국부적, 일시적인 취향에 영합하기 위해 자신의 희곡 속에 끌어들인 그러한 요소들과(셰익스피어는 어떻게 많은 쾌락을 주어야 하는가를 알고 있었다고 존슨은 말한 바 있는데),45) 모든 시대의 일반 독자들이 지니는 취향에 부합되는 요소들을 구분했다. 그리고, "관찰과 경험에 전적으로 호소하는 작품들에 있어서는 그 지속 기간과 계속적인 호평 이외에는 어떠한 시험 방식도 적용될 수 없었기" 때문에, "쾌락을 얻으려는 욕망 이외에는 어떠한 다른 이유 없이 읽혀도" 한 사람의 시인으로서 셰익스피어가 오랫동안 살아남은 것은 그의 심미적 우수성에 대한 가장 좋은 증거가 된다. 셰익스피어가 이렇듯 오래 살아남게 된 것은 "일반적 자연에 대한 정확한 묘사만이 많은 독자들에게, 그리고 오랫동안 쾌락을 줄 수 있다"는 부차적 원칙에 입각했기 때문이라고 존슨은 설명하고 있다. 셰익스피어는 "모든 사람의 마음을 동요시키는 그 일반적 감정과 원칙들에 의해 움직이는 인간 성격의 영원한 '種' species"을 보여 주고 있다.46) 일반적 자연에다가 거울을 갖다대는 셰익스피어의 우수성이 이와 같이 분명히 드러나는데, 오랜 기간 동안 그것은 이러한 업적이 일반 문학 대중의 지속적 취향을 위해 지니는 호소력이라는 뛰어난 판단 기준에 의해 정당화되고 있다.

존슨의 많은 개인적 관찰과 판단은 시인이 거울에 반영시키지 않으면 안 되는 세계의 성격과, 시독자의 성격 및 요구라는 두 개의 원리 사이에서 논의가 전개됨을 보여 준다. 대체로, 이 두 원칙은 하나의 결론을 향하여 협동하고 있다. 이를테면, 우주와 일반 독자의 경험적 성격은 셰익스피어가

---

45) Ibid. pp. 31~3, 41.
46) Ibid. pp. 9~12.

희극과 비극의 장면을 혼합했다고 비난하는 사람들의 오류를 예증하고 있다. 존슨의 말을 빌면, 셰익스피어의 희곡들은 "선과 악, 기쁨과 슬픔이 무한한 다양성을 지니고 얽히는 지상적 자연의 진상"을 보여주고 있다. 게다가, "삶의 현상에" 더욱 가까이 접근함으로써 "그 혼합된 희곡은 비극이나 희극의 교훈을 모두 전달할 수 있다." 반면, 장면의 변화에는 "감동시키는 힘이 부족하다"는 반론은 일상생활의 경험에 있어 그것이 거짓이라고 느끼는 사람들까지도 참된 것이라고 받아들이는[47) 허울 좋은 추론이다. 그러나 지상 세계의 실상이 청중에 대한 시인의 의무와 부딪칠 경우에는 후자가 최종적인 결정권을 쥐게 된다. 존슨은 셰익스피어의 결점에 대하여 다음과 같이 말하고 있다.

> 그는 아무런 도덕적 목적도 없이 글을 쓰는 듯하다. ……그는 선이나 악을 공정하게 분배하지 않고, 착한 사람이 악한 사람을 못마땅하게 여기는 것을 보여 주려고도 하지 않는다. …… 이 세상을 개선하는 것은 항상 작가의 의무다. 그리고, 정의는 시간과 공간에서 벗어난 초월적 선이다.[48)

---

47) *Idid.* pp. 15~17. 또한 존슨은 셰익스피어가 인물 유형의 규격을 파괴한 것을 "우연"에 대비되는 "자연"에 호소함으로써 변호하고, 시간과 장소의 일치를 위반한 것을 연극 관람객들의 실제적인 경험과 "희곡의 가장 큰 장점은 자연을 模寫하고 人生에 교훈을 주는" 것이라는 원리에 호소함으로써 변호했다는 점을 참조하라(*Ibid.* pp. 14~15, 25~30). Cf. *Rambler* No. 156.

48) *Idid.* pp. 20~21. "works of fiction", in *Rambler* No. 4, 1750(*The Works of Samuel Johnson*, ed. Arthur Murphy, London, 1824, iv, 23)에 대한 존슨의 초기 논문에 더욱 명확하게 나타난다. 즉, "자연의 모방이 예술의 가장 큰 위대성으로 보는 것은 타당하다. 그러나 모방에 가장 적합한 자연의 부분들을 구별할 필요가 있다"는 등 존슨의 비평 방법에 대한 세밀한 분석을 보기 위하여서는 W. R. Keast, "The Theoretical foundations of Johnson's Criticism", *Critics and Criticism*, ed. R. S. Crane, pp. 389~407. 참조.

예술가의 목표와 작품의 특성을 청중의 성격과 요구, 쾌락의 원천에 짜 맞추는 실용주의적 비평의 좌표는 호라티우스의 시대로부터 18세기 전반에 이르기까지 문학 비평의 최대의 특징이 되었다. 그러므로, 그 지속 기간으로 보거나, 그 지지자들의 숫자로 보거나 실용주의적 관점은 넓은 뜻에서 서구 세계의 기본적인 심리적 태도가 되어 왔다. 그러나 이 체계 자체 속에 이미 그 붕괴의 요소들이 내포되어 있었다. 고대 수사학은 청중에 대한 영향의 강조뿐만 아니라(그 주요 관심사는 연설가를 교육시키는 데 있었으므로) 연설가 자신의 능력과 활동에 대한 세심한 주의—즉, 연설가의 교양이나 기교와 구분되는 그의 성격, 곧 천부의 능력과 천재성뿐만 아니라, 그의 연설 속에 포함된 창작, 배열, 표현의 방법까지도 문학 비평에다가 그 유산으로 물려주었다.[49] 시간이 경과함에 따라, 그리고 특히 홉스와 로크가 17세기에 심리학상에서 공헌한 이후, 시인의 정신 구조와 그 천재성의 특질 및 정도, 그리고 창작 활동에 있어서의 그의 기능의 역할에 대하여 점차 많은 주의가 기울여지게 되었다. 거의 18세기 전반을 통해, 시인의 창작 능력과 상상력이 소재—그들의 관념과 이미지들—를 마련하기 위해 시인이 모방해야 했던 외적 우주와 문학적 귀감들에 전적으로 의존하게 되었다. 그 반면, 판단과 기교—실로, 교양 있는 청중의 요구에 값하는 정신적 대응물들—에 대한 필요성이 끊임없이 강조되어 왔기 때문에, 시인이 쾌락을 주기 위하여 자기의 창조 능력을 발휘한 그 청중에게 시인은 철저히 책임을 져야 했다. 그러나, 점차로 그러한 경향은 약해지면서 시인의 타고난 천재성과 창조적 상상력 및 정서적 자발성 등이 강조되고 대신 요소들인 판단, 학식, 기술적 절제

---

49) 영국 신고전주의 비평 속의 복합적 운동에 대한 훌륭한 개요는 R. S. Crane, "English Neoclassical Criticism", *Critics and Criticism*, pp. 372~88.을 보라.

따위의 반대되는 속성들은 점점 경시되었다. 결국, 청중은 점차 배후로 물러나고 예술의 주된 원인이며 심지어는 그 목표와 기준이 되는 것으로서 시인 자신과 그 정신적 능력 및 정서적 요구가 그 자리를 대신하게 되었다. 뒤에서 다시 언급할 기회가 있겠지만, 이 때에는 그 밖의 다른 분야들도 비평적 관심의 초점을 청중으로부터 예술가로 옮겨서 예술 이론에 새로운 좌표를 끌어들이는 데 이바지하고 있었다.

4. 표현론 Expressive Theories

워즈워스는 1800년에 출판된 『서정민요집』 서문에서 "시는 강력한 감정의 자발적 범람" 이라고 말했다. 그는 이러한 공식적 표현을 꽤 좋게 생각하여 그것을 동일한 논문에서 두 번이나 사용했을 뿐 아니라, 그것을 기초 개념으로 하여 시에 적합한 주제, 언어, 영향, 가치에 대한 이론적 기초를 확립했다. 영국 낭만파 세대의 거의 모든 주요 비평가들이 작품에서 시인으로 전이되는 경향을 보여주는 정의나 주된 진술을 했다. 시는 시인의 사상 감정의 범람 overflow, 발언 utterance, 투사 profection다. 또는(다른 공식적 표현을 빌면) 시인의 심상, 사상, 감정을 수정하고 종합하는 상상력의 과정으로 정의된다. 예술가 자신이 예술적 산물과 그것을 평가하는 기준을 모두 생성하는 중요한 요소가 된다는 이러한 사고방식을 가리켜서 나는 예술의 표현론이라 부르겠다.

이러한 관점이 비평 이론을 통해 현저하게 대두했던 시기를 정하는 것은 마치 색채 스펙트럼에서 주황색이 노란색이 되는 점을 표시하는 것처럼 다소 임의적인 방법임에 틀림없다. 앞으로 알게 되듯이, 표현설의 좌표에 대한 접근방식은 역사적으로 고립되었고 또 그 범위로 보아 부분적이지만, 숭고한 문체는 화자의 사상과 감정에 그 주된 원천을 두고 있다는 롱기누스 Longinus의 논문에까지 거슬러 올라갈 수 있다. 그리고 그러한 접근방식은 시가 상상력에 관련되고 "사물의 外觀은 정신적 욕구에 순응하는" 것으로 본 베이컨 Bacon의 짧은 분석을 통해 하나의 변형으로 다시 나타난다. 워즈워스의 이론까지도 1830년대의 그의 추종자들의 이론보다 훨씬 더 전통적인 관심과 강조의 틀 속에 갇혀 있으며, 그러므로 덜 급진적인 것처럼 보일 것이다. 그러나 1800년은 숫자부터가 간편하고, 워즈워스의 「서문」은 편리한 기록물로서 영국 문학 비평에 있어 모방론과 실용론이 표현론과 대치됨을 신호로 알리고 있다.

일반적으로, 표현론의 중심 경향은 이렇게 요약될 수 있을 것이다. 즉, 하나의 예술 작품은 본래 내적인 것이 외면화된 것이다. 그리고, 그것은 감정의 충동 밑에 작용하는 창조적 과정에서 생기고, 시인의 지각, 사상, 감정의 복합물을 형상화한 것이다. 그러므로, 시의 일차적 근원과 소재는 시인 자신의 정신적 속성과 행동들이다. 그렇지 않고 그것이 외적 세계의 양상들이라면, 그것은 시인의 정신 내부에 존재하는 감정과 작용에 의해 사실에서 서로 전환될 때에 한한다.("그러므로, 시는……그것이 나아가야 할 곳, 즉 인간의 영혼으로부터 나아가, 그 창조적 에너지를 외적 세계의 심상들에 전달하는 것"이라고 워즈워스는 썼다.)[50] 시의 최고 원인은 아리스토텔레스의 경우처럼 모방 대상이 되는 인간의 행위와 특질에 의해 일차적으로

---

50) *Letters of Wilsiam and Dorothy Wordsworth* : The Middle Years, ed. E. de Selincourt (Oxford, 1937). xi, 705; 18 Jan. 1816.

결정되는 形成因 formal cause도 아니고, 신고전주의 비평의 경우처럼 청중에게 경도되는 영향, 즉 目的因 final cause도 아니며, 표현을 추구하는 시인의 감정과 욕망 속에 꿈틀거리는 충동, 또는 창조주 하느님같이 내적 운동의 근원을 지닌 '창조적' 상상력의 추진력인 動力因 efficient cause이다. 이에 따라 다음과 같은 경향이 나타나게 된다. 즉, 예술가의 감정이나 정신력이 왜곡되지 않고 제대로 표현되는 데에 예술의 매체들이 어느 정도로 부응할 수 있느냐에 따라 그 예술들의 등급을 정하고, 마음의 속성이나 상태에 따라 그에 대한 기호로서 나타나는 예술들의 장르를 분류하고 그 작품들을 평가하는 것이다. 시를 구성하는 여러 요소들 가운데서, 어법 diction, 특히 비유 figures of speech는 제일 중요한 것이다. 시급한 문제는 그것들이 감정이나 상상력의 자연스러운 표현이냐, 그렇지 않으면 시적 관례에 따른 의식적 조작이냐는 데에 있다. 어떤 시든지 반드시 거쳐야 할 첫 기준은 "그 시가 자연에 충실한가?" 나 "최고급 비평가나 인류 전체의 요구 사항에 부합하는가?"가 아니고, 이와는 다른 방향을 보이는 기준, 즉 "그 시가 진실한가? 순수한가? 창작하는 동안에 있어서의 시인의 의도, 감정, 실제 정신 상태와 일치하는가?"이다. 그러므로, 작품은 실제적인 것이든 개선된 것이든 간에 자연의 모방으로서 고려되지는 않는다. 자연을 비추는 거울이 투명해져서 독자로 하여금 시인 자신의 마음과 가슴속을 들여다보게 한다. 개성의 지표로서의 문학의 개척은 19세기 초에 시작되었는데, 그것은 표현적 관점에서 온 불가피한 결과다.

새로운 비평의 방향은 여러 가지 형태의 근원과 세부, 역사적 결과들을 가져 왔는데, 그에 대해서는 이 책의 나머지 부분에서 주요 관심사로 다루게 될 것이다. 이전의 사실들이 우리의 기억 속에 생생한 지금에는, 존 스튜어트 밀이 1833년에 쓴 것으로 「시란 무엇인가?」 what is Poetry와 「두 종류의 시」 The Two Kinds of Poetry라는 논문을 통해 전통적인 문학 비평의 요소들이 어떻게 다루어지고 있는가 하는 문제를 살펴보기로 한다. 밀은 대체로 워즈워스의 『서정민요집』 서문에 의존했지만, 그 사이에 낀 30년 동안 표현론은 워즈워스가 그 이론에 조심스럽게 가한 제한 사항들이 그물에서 빠져나와 아무런 방해를 받지 않고 그 자신의 운명을 완수하였다. "시란 무엇인가?"라는 물음에 답하는 밀의 논리는 바퇴의 논리처럼 '기하학적인' more geometric 것도 아니고, 리처드 허드의 논리처럼 딱딱하게 형식적인 것도 아니다. 그럼에도 불구하고, 그의 이론은 그들의 것처럼 하나의 중심 원리에 확고하게 의존하고 있다. 밀의 주장이 어떤 경험적인 것이든 간에, 시의 본질에 대한 그의 최초의 가설은 자료를 선택하고, 해석하고, 배열하는 데 있어서 조용하지만 계속적인 효과를 거두고 있다.

밀의 이론이 지니는 기본 명제는, 시는 "감정의 표현이요, 그 발로"[51]라는 것이다. 이 출발점에서 서서 미학적 자료들을 검토해 보면, 비평의 전통에는 다음과 같은 근본적인 변화가 일어났음을 알 수 있다.

1) 시의 종류

밀은 시의 종류에 대한 신고전주의의 서열을 재해석하고 전도시켰다. 서정시가 감정의 가장 순수한 표현이라는 이유로 "다른 어느 것보다 더 훌륭하고 독특한 시"로 부상한다. 다른 형식들은 서술적이건, 교훈적이건, 서사적이건 간에, 모두 비시적 요소로 혼합되어 있는데, 그러한 非시적 요소들은

---

51) *Early Essays by John Stuart Mill*, ed. J. W. M. Gibbs (London, 97), p. 208.

시인이나 그가 창조한 인물 중 한 사람의 감정을 시적으로 표현하기 위한 편리한 기회로서만 이바지할 뿐이다. 아리스토텔레스에게 있어서는, 비극은 가장 고급한 시 형식이었으며, 모방되는 행위를 묘사하는 플롯은 그 '정수'이었다. 한편, 신고전주의 비평가들은 제재의 위대성에 의해서 평가하건, 영향의 위대성에 의해서 평가하건 간에, 서사시와 비극의 시 형식의 백미라는 점에서 의견을 같이했다. 플롯은 일종의 필요악이라는 밀의 견해는 비평의 원칙을 개혁하는 한 개의 지침으로서 이바지하고 있다. 한 편의 서사시 작품은 "서사적인 한에 있어서……시가 아니고" 순수한 시적 구절들이 최대의 다양성을 갖추기 위한 한낱 적절한 뼈대에 불과하다. 한편 "한낱 이야기에 그치는" 플롯과 스토리에 대한 관심을 원시적 단계의 사회, 어린이들, 그리고 "가장 천박하고 속이 빈" 문명 상태의 어른들이 지니는 특징이다.52) 그 밖의 다른 예술들, 예컨대 음악, 회화, 조각 건축도 마찬가지로 밀은 "단순한 모방이나 묘사"인 것과 "인간의 감정을 표현하기" 때문에 그 자체가 시라고 할 수 있는 것을 구분한다.53)

2) 판단 기준으로서의 자발성

밀은 인간의 감수성은 타고난 것이지만 지식과 기술—한마디로 기법은 습득된 것이라는 유서 깊은 가설을 받아들였다. 이러한 근거 위에서, 그는 시인을 두 종류로 나누었다. '타고난 시인'과 '만들어진 시인', 또는 '천성에 의한' 시인과 '교육에 의한' 시인이 그것이다. "천부적인 시는 감정 그 자체

---

52) Ibid. pp. 228, 205~6, 213~4.
53) Ibid. pp. 211~17.

이고 사상은 다만 감정표현의 매개체로서만 사용하기" 때문에 식별이 가능하다. 그와 반대로 "교육을 받았으나 천성적인 시정신이 결여된 사람"의 시는 '뚜렷한 목적'을 가지고 쓰이며, 설사 감정의 후광으로 덮여 있다고 하더라도 그 속엔 사상이 여전히 분명한 대상으로 남아 있다. 천부적인 시는 "다른 어떤 것보다 훨씬 더 높은 의미의 시"임이 판명된 것이다. 왜냐하면, 시를 구성하는 요소의 인간 감정이 교육에 의한 시보다 천부적인 시에 더 많이 투입되어 있기 때문이다. 근대시인들 가운데서, 셸리는 타고난 시인을, 워즈워스는 만들어진 시인을 대표하고 있다. 밀은 무의식적인 아이러니로써 "감정의 자발적 범람"이라는 워즈워스 자신의 기준을 오히려 그 장본인을 공격하는 무기로 삼는다. 워즈워스의 시는 "자발성의 겉모양조차 갖추고 있지 않다. 그 우물은 결코 넘쳐흐를 만큼 가득 차지 않았다."54)

3) 외적 세계

하나의 문학 작품이 단순히 대상을 모방할 뿐이라면, 그것은 전혀 시가 아니다. 따라서, 지각 대상이 "시의 발생 계기"나 자극으로서 이바지할 수 있을 정도를 제외하고는 시와 외적 세계는 밀의 이론에서 아무런 관련도 맺지 못한다. 그러므로, "시는 대상 자체 속에 있는 것이 아니라, 대상을 관조하는 인간의 정신 상태 속에" 있다. 시인이 한 마리의 사자를 묘사할 때, 그는 사자의 겉모양을 묘사하고 있으나, 실은 그 자체를 향한 관찰자의 흥분 상태를 묘사하고 있다. 그러므로, 시는 대상이 아니라 그 대상을 대하는 "인간의 감정"55)에 충실해야 한다. 이렇듯 외적 세계와 단절되었기 때문

---

54) Ibid. pp. 222~31.

에, 시가 의미하는 대상은 시인의 내적 정신 상태가 투영된 하나의 등가물 a projected equivalent—확대되고 표현된 하나의 상징에 불과한 것으로 여겨지기 쉽다. 시는 "시인의 마음속에 존재하는 정확한 형상에 대한 감정을 가능한 한 가장 近似하게 묘사하는 상징물들을 통해 그 자신을"[56] 형상화한다고 밀은 말했는데, 이 진술은 T. E. 흄을 앞지르고, 보들레르에서 T. S. 엘리엇을 거치는 상징주의 시인들의 창작을 위한 이론적 기초를 놓아준다. 테니슨의 초기 시에 대한 서평을 쓰는 자리에서, 밀은 이 시인이 "보다 높은 의미에서의 장면 묘사"에 뛰어나다고 지적한 바 있는데, 이것은

> 흔히 묘사시 descriptive Poetry로 규정되는 저 맥 빠진 시의 장르를 만들어내는 단순한 능력이 아니고……인간의 감정 상태와 조화된 '장면'을 '창작하는' 능력이다. 다시 말하면, 너무나 그 감정에 꼭 들어맞기 때문에 그 감정이 형상화된 상징이 되며, 실제 이외에는 아무것도 능가하지 못할 힘을 가지고 감정상태 자체를 불러일으키는 능력이다.[57]

그리고, 낭만주의자들의 혁신은 현재까지도 현대 비평가들—심지어는 反낭만주의적 원리 위에 그들의 이론을 확립하고자 하는 사람들까지 포함하여—의 상식으로 지속되고 있는데, 그 지속하는 정도를 측정하기 위하여, 위에 인용한 구절과 다음에 예시하는 T. S. 엘리엇의 유명한 논평 사이에는

---

55) Ibid. pp. 206~7.
56) Ibid. pp. 208~9. 흄, "만일 그것이 정확한 의미에서 진지하다면 당신이 표현하고 싶은 느낌이나 생각에 대한 정확한 곡선을 끌어내기 위해 그 유추가 필요하다."("Romanticism and Classicism", *Speculations*, London, 1936, p. 138), 참조.
57) Review, written in 1835, of *Tennyson's Poems Chiefly Lyrical*(1830) *and Poems*(1833), in *Early Essays*, p. 242.

얼마나 뚜렷한 유사점이 있는가를 알아보자.

예술의 형식에서 감정을 표현하는 유일한 방법은 '객관적 상관물 objective correlative', 다시 말하면 그 '특수한 감정을 형상화할 일련의 대상들, 하나의 상황, 한 꾸러미의 사건들, 즉 감각적 경험으로 끝나지 않으면 안 될 외적 사실들이 주어질 때, 그 감정이 즉시 환기되는 것들을 발견하는 것이다.[58]

4) 청중

청중의 운명은 더없이 가혹하다. 밀에 따르면, "시는 감정이며, 고독한 순간에 자기 자신에게 고백하는 것이다.……" 시인의 청중은 시인 자신으로 구성되는 단 한 사람의 구성원으로 감소되었다. 밀이 지적한 바와 같이, "모든 시는 독백의 성격을 지닌다." 다른 사람에게 영향을 끼치려는 목적은 여러 세기 동안 시의 기법을 정의하는 특성이었으나, 지금은 그와 반대의 기능을 제공하고 있는 것이 분명하다. 즉, 한 편의 시작품이 시가 아니고 수사학임을 증명하는 꼴이 되어 시작품의 자격을 박탈하는 것이다.

시인의 표현 행위는 그 자체가 목적이 아니고, 어떤 한 개의 목적을 달성하려는 수단일 때—즉, 시인 자신이 표현하는 감정에 의하여 다른 사람의 감정이나 신념, 또는 의지에 작용하려 할 때 시인의 감정 표현이 또한……다른 사람의 마음에 하나의 인상을 심으려는 그러한 목적과 욕망으로 물들여질 때, 그때는 그것은 시가 아니고 웅변이 된다.[59]

---

58) *'Hamelt', Selected Essays* 1917~32 (London, 1932), p. 145.
59) *Early Essays, pp. 208~9. Cf. John Keble, Lectures on Poetry*(1832~41), trans. E. K. Francis (Oxford, 1912), ⅰ, 48~9 : "키케로는 항상 극장과 의자, 청중을 마음속에 간직하고 있

실로, 낭만적인 관점에서 보면 청중에게는 유독 치명적인 면이 있었다.
이를 역사적 맥락에서 보면, 동질적이고 식별력이 있는 독서 대중의 소멸은
원칙적으로 시와 시의 가치의 결정 요소인 청중의 중요성을 감소시키는 비
평을 양성하게 되었다고 추측할 수도 있다. 워즈워스는 그때까지만 해도
"시인은 시인들만이 아니라 모든 사람을 위해서 시를 쓰며", 각 시작품은
저마다 "가치 있는 목적을 지닌다"고 주장했다. 시인에 의해 사상과 감정의
적절한 관계가 사전에 확립된다면, 청중의 쾌락과 이익이 시인의 감정의
'자발적'인 발로에서 자동적으로 이루어지는 결과라는 것이 판명되겠지
만,[60] 그러나 키츠 Keats는 "나는 대중의 의식해서는 단 한 줄의 시행도
써본 일이 결코 없다."[61]고 단호히 말했으며, 셸리 Shelly에 의하면 "시인은
어둠 속에 앉아서 달콤한 목소리로 자기 자신의 고독을 달래기 위해 노래하
는 나이팅게일이다. 그의 청중은 보이지 않는 음악가의 멜로디에 도취하는
사람들이다."[62] 칼라일 Carlyle의 경우에는, 시인을 청중을 대신한 심미적
규범의 창조자로 완전히 대치시킨다.

대체로 천재는 제 자신의 특권을 지니고 있다. 그는 제 자신을 위해 궤도를
선택한다. 아무리 괴이한 것이라 하더라도, 그것이 진정 천국의 궤도인 이상,
단순히 별을 바라보기만 하는 사람들인 우리는 결국 우리 자신을 차분히 가라

기" 때문에 "항상 연설가이며", 반면 플라톤은 "타인을 설득하기 위해서가 아니라 자신
을 즐겁게 하기 위해 글을 쓰기" 때문에 호머보다 더 시적이다.

60) Preface to the *Lyrical Ballands*, *Wordsworth's Literary Criticism*, ed. N. C. Smith (London,
905), pp. 30, 15~16.

61) *Letters*, ed. Mauroce bixtpm Forman (3e ed.; New York, 1948), p. 131(to Reynolds, 9
Apr. 1818).

62) "Defence of Poetry", *Shelley's Literary and Philosophical Criticism*, ed. John Shawcross
(London, 1909), p. 129.

앉히지 않으면 안 된다. 그리고, 그에 대한 흠잡기를 삼가고, 그것을 관찰하기
시작하며, 그 법칙을 측정하지 않으면 안 된다.63)

거울을 자연에 갖다대는 최소한의 역할이 부여된 모방적 시인으로부터,
천부의 재능이야 어떻든, 궁극적으로 대중의 취향을 만족시킬 수 있는 능력
에 따라 평가받는 실용주의적 시인을 거쳐, '자연의 힘'이기 때문에 무조건
시를 쓰지 않으면 안 되며, 또 그가 환기시키는 존경의 정도를 통해 그의
독자가 지니는 경건심과 취향을 측정하는 데 이바지하는, 칼라일이 말하는
바 영웅으로서의 시인 Poet as Hero에게 이르기까지, 진화는 완벽하게 이루
어졌다.64)

5. 객관론 Objective Theories

예술 작품을 구성하는 여러 요소들을 식별하고 평가하는 전제들은 그
요소들을 주로 관객 the Spectator과 관련시키든, 예술가 the artist와 관련시
키든, 외부 세계 the world without와 관련시키든 간에, 지금까지 기술한

---

63) "Jean Paul Friedrich Richter",(1827), *Works*, ed. H. D. Traill (London, 1905), xxvi, 20.
64) *Heroes, Heron—Worship, and the Heroic in History, in Works*, v. esp. pp. 80~85, 108~12.
   일반인의 귀가 셰익스피어의 작품을 통해 기쁨을 얻는다는 이유로 그의 동기가 쾌락을
   주는 데 있었고…… 시인들의 노래가 그들이 부르는 성령에 겸손하게 복종하고 신적이
   고 독창적인 영혼의 행위 이외의 다른 이유를 지니고 있다고 우리들이 가정할 때, 우리
   는 세상이 시인들이라고 선언한 그들을 욕되게 하는 것이라는 논급에 대해 존스 베리가
   강력히 부정하는 것을 참조하라["Shakespeare"(1938), *Poems and Essays*, Boston and New
   York, 1886, pp. 45~6].

모든 유형의 이론은 그것을 실제로 적용함에 있어 그 부분들과 그 부분들 상호간의 관계로 이루어진 예술 작품 자체를 다루게 된다. 그러나 네 번째 방법인 "객관적 이론" abjective orientation은 원칙적으로 예술 작품을 이 모든 외적좌표들로부터 분리시켜서 보고, 예술 작품을 내적 관계를 이루는 부분들로 구성된 자족적 실체 a self sufficient entity로서 분석하며, 예술 작품을 오직 그 자체의 존재 양식에 내재한 기준에 따라서만 평가하려 한다.

  이러한 관점은 문학 비평에서 비교적 드문 것이었다. 예술 작품에 대한 객관적이고도 포괄적인 최초의 분석적 시도가 이미 아리스토텔레스의『시학』*Poetics*의 중심부에서 나타나 있었다. 나는 아리스토텔레스의 예술론을 모방이론의 제목 아래 논한 바 있는데 이는, 아리스토텔레스의 예술론은 모방의 개념에서 출발되고, 또 모방의 개념에 대해 자주 언급되었기 때문이다. 그러나 아리스토텔레스의 방법은 대단히 신축성이 있기 때문에, 그는 비극이라는 장르를 고립시켜 어떤 특정의 행위의 모방으로서 우주와 관련시키고, 연민과 공포를 정화하는 그 관찰된 효과를 통해 청중과 관련시킨 다음, 그의 방법은 구심화되어 이러한 외적 요소들을 작품 자체의 속성으로 동화시킨다. 비극을 하나의 사물 자체로 보는 이 두 번째 논의에서, 모방의 대상이 되는 행위와 행위자들이 어법 diction, 노래 melody, 정경 spectacle과 함께 비극의 여섯 가지 요소를 이루는 플롯 plot, 성격 character, 사상 thought으로서 새로운 각도에서 논의된다. 그리고, 연민과 공포까지도 희극 이나 그 밖의 다른 장르의 쾌락과는 구분되는 비극 특유의 쾌락적 속성으로 재론된다.65) 비극 작품 자체가 이제는 부분들로 구성된 하나의 自決的 統一

---

65) "온갖 쾌락을 비극에서 찾지 말고, 비극 자체에 적절한 쾌락만을 찾아라. 비극의 쾌락은 연민과 공포의 쾌락이다.……" (*Poetics* xiv, 1453b).

體 a self-determining whole로서 형식적 분석이 가능하게 된다. 부분들은 그 핵심부인 비극적 플롯을 중심으로 조직되며, 그 플롯 자체도 구성 성분이 되는 사건들이 "필연성이나 개연성"의 내적 관계에 의해 통합된 하나의 통일체이다.

시에 대한 포괄적 접근 방법으로서 객관적 이론은 18세기 말과 19세기 초에 나타나기 시작했다. 뒤에 가서 알게 되겠지만, 시는 우리가 태어난 세계와는 구별되는 다른 세계, 즉 그 자체의 세계를 가지고 있고, 또 그 목적은 교훈이나 쾌락을 주는 데 있지 않고 오로지 존재하는 데 있다는 시의 개념을 연구하기 시작한 비평가들이 더러 있었다. 특히 독일의 어떤 비평가들은, 미의 관조는 사심이 없고 또 유용성과도 아무 관련이 없다는 칸트의 개념과 함께, 예술 작품은 무목적적 합목적성 Zweckmass igkeit ohne Zweck을 보여 준다는 칸트의 공식을 세밀히 논의하고 있었다. 반면, 그들은 예술 작품을 작가와 청중의 정신적 기능에 관련시킨 칸트의 특징적 발언은 무시하고 있었다. 포우가 말한 바와 같이 시를 외적 요인들과 이면적 목적들로부터 분리시켜 "오로지 시를 위해서만 쓴……시 자체"[66]로 보려는 목표는 역사가들이 "예술을 위한 예술" Art for Art's Sake이라는 제목 아래 흔히 모아둔 여러 가지 상이한 이론 중 하나의 요소를 이루게 되었다. 그 강조점과 적절성이 각각 다르고 이론적 맥락이 아주 다양하게 펼쳐지는 가운데, 시에 대한 객관적 접근 방법은 지난 20년 내지 30년간의 혁신적 비평 중에서 가장 뚜렷한 요소 중의 하나가 되었다. "우리가 시를 고려할 때에는 시를 주로 시 자체로 보아야지 그 밖의 다른 것으로 보아서는 안 된다"는 T. S. 엘리엇의 선언

---

66) "The Poetic Principle", *Representative Selections*, ed. Margaret, Alterton and Hardin craig(New York, 1935), pp. 382~3.

(1928)은, 엘리엇 자신의 비평이 가끔씩 이러한 예술적 이상에서 멀리 이탈할 때가 있긴 해도, 널리 인정받게 되었다. 그리고, 이 선언은 "시는 의미해서는 안 되고, 존재해야 한다"는 맥리쉬 Macleish의 운문 경구와 자주 융합되어 나타난다. 시카고의 新아리스토텔레스주의자들 Chicago Neo-Aristotelians의 기묘하고 예리한 비평의 비평, 그리고 시를 시로서 다루는데 적절한 도구에 대한 그들의 옹호는 유사한 목적을 이룩하는 데에 큰 효과가 있었다. 존 크로우 랜섬 John Crowe Ransom은 그의 "존재론적 비평" ontological criticism에서 "그 자체를 위해서 존재하는 작품 자체의 자율성"[67]을 인정할 것을 주장했다. "개인적 이단" personal heresy과 "의도적 오류" intentional fallacy, "감정적 오류" affective fallacy 등을 반대하는 캠페인이 일어났다. 르네 웰렉과 오스틴 웨렌이 쓴 『문학의 이론』 *The Theory of Literature*은 널리 영향을 끼친 입문서로서, 비평은 외적 요소들로부터 분리시켜 시를 시 자체로서 다루어야 한다고 주장했다. 이와 비슷한 견해들이 문학지뿐만 아니라 학술지에도 점점 자주 피력되었다. 적어도 미국에서는 몇 가지 객관적 관점들이 이미 문학 비평의 지배적 양식으로서 그 경쟁자들을 물리치기에 이르렀다.

그러므로, 우리의 분석 체계에 따르면, 네 개의 주요 좌표가 있었는데, 각 좌표는 다양하고 예리한 문학 정신을 지닌 자들에게 있어 예술 일반의 만족스런 비평이 되기에 적절한 것처럼 생각되었다. 처음부터 19세기 초에 이르는 역사적 발전은 플라톤과(수정된 형태로) 아리스토텔레스의 모방설로부터, 헬레니즘 및 로마 시대에 있어서의 시학—수사학의 결합으로부터

---

67) John Crowe Ransom, *The World's Body* (New York, 1938), esp. pp. 327ff.,와 "Criticism as Pure Speculation", *The Intent of the Critic*, ed. Donald Stauffer (Princeton, 1941)를 보라.

시작하여 거의 18세기 전반에 계속 된 실용설을 거쳐, 영국(조금 전에는 독일) 낭만주의 비평의 표현설에 이르기까지 지속되었다.

물론, 낭만주의 비평은 외관상으로 볼 때, 어느 시기의 비평과 마찬가지로 한결같지 않았다. 머콜리 Macaulay(그는 보통 전통적 패턴에 따르는 사고방식을 지니고 있었는데)는 1831년까지도 "이성과 사물의 본성에 기초한"[68] 영원한 법칙으로서 "시는 2000여 년 전에 언급된 바와 같이 모방"[69]이라고 주장했고, 각기 상이한 매개체와 모방 대상을 기초로 하여 여러 예술들 사이의 차이점을 구분했다. 그 다음, 그는 18세기의 표어들로 가득 찬 한 논문에서 스코트 Scott, 워즈워스 Wordsworth, 콜리지 Coleridge가 자연을 보다 정확히 모방하기 때문에 18세기의 시인들보다 우수하다는 그의 주장을 정당화하기 위하여 모방 원리를 이용하는 한편 "다른 것보다 모방을……덜 완전하게 하기 쉽다"는 근거 위에서 신고전주의의 적격성의 원리를 공격했다. 예술과 예술가를 청중에게 종속시키는 비평 양식은 또한 흔히 통속화된 형태로 프랜시스 제프리 Francis Jeffrey 같은 영향력 있는 저널리스트들 사이에서 성행했는데, 그들은 중산층의 문학적 기준을 표방하면서 제프리가

---

68) *"Moor's Life of Lord Byron"*, *in Critical and Historical Essays* (Everyman's Library; London, 1907), xi, 622~8.

69) *Edinburgh Review*, vii(1806), 459~60. 작가나 예술가가 가능한 한 많은 쾌락을, 가능한 한 많은 사람에게 제공하는 것을 목적으로 삼고, 가장 널리 퍼진 대중적 기호에 대한 연구로부터 "추출할 수 있는 취향의 법칙들에 따라 작품을 구성해야 한다"는 요청을 정당화하기 위해 세밀한 관념연합론자의 미학을 제프리가 원용한 것에 관해서는 *Contributions to the Edinburgh Review*(London, 1844), i , 76~8, 128, iii, 53~4. 사회학적 · 도덕적 근거에 입각하여, 문학공화국에 여성정부를 수립할 당대적 정당성을 알아보기 위하여서는, 예컨대, John Bowring's review of Tennyson's *poems, in Westminster Review*, xiv 1831), 223; *Lockhart's Literary criticism*, ed. M. C. Hildyard (Oxford, 1931), p. 66; Christopher North (John wilson), *Works*, ed. Ferrier (Edinburgh and London, 1857), ix, 1945, 228.을 보라.

"여성 인물의 순수성"이라 부른 것을 더럽히지 않고 유지시키는 일에 적극적으로 뛰어들었던 것이다.

그러나 이것들은 셸리가 『시의 옹호』 *Defence of Poetry*에서 "시대정신"이라 부른 지배적 분위기에 공헌한 혁신적 비평 논문은 아니다. 신고전주의 비평과 낭만주의 비평의 특징적 관점 사이에 나타난 차이점은 여전히 뚜렷하다. 1760년대와 1770년대의 대표적 저작물로, 존슨의 『셰익스피어의 서설』 케임즈 Kames의 『비평의 요소』 *Elements of Criticism*, 리처드 허드의 『보편시의 개념에 관하여』, 작가 미상의 『새로운 계획에 의한 시의 기법』 *The Art of Poetry on a New Plan*, 비이티의 『시와 음악에 관한 논문』 *Essays on Poetry on a new Plan*, 조슈어 레이놀즈 Hoshua Reynolds가 쓴 첫 8편의 『논문들』 *Discourses*을 예로 들어 보자. 이 논문들을 다음에 예시하는 바와 같이 낭만주의 세대의 시와 예술에 관한 주요 연구들 옆에 놓아 보라. 즉, 워즈워스의 서문들과 그에 상응하는 논문들, 콜리지의 『문학평전』 *Biographia Literaria*과 셰익스피어에 관한 강의들, 해즐릿 Hazlitt의 「시 일반에 관하여」 *On Poetry in General*와 기타 논문들, 그리고 셸리의 플라톤적인 『시의 옹호』 등. 그 다음에는, 그 그룹에다가 칼라일의 「특징들」 Characteristics과 초기 문학론들, J. S. 밀의 두 시론, 존 케블 John Keble의 「시 강의」 Lectures on Poetry, 레이 헌트 Leigh Hunt의 「시란 무엇인가」 What is Poetry와 같은 훗날의 문헌들을 첨가해 보라. 이 두 시기의 개별적 구성원들 사이에는 특정의 용어와 화제들에 있어 어떠한 지속성이 있다 하더라도 그리고 같은 집단 속에 소속하는 구성원들을 서로 갈라놓는 방법론적, 이론적 차이점들이 아무리 중요하다 할지라도, 하나의 결정적 변화가 워즈워스 시대의 비평을 존슨 시대의 비평으로부터 확연히 구별 짓고 있다. 시인이 비평

체계의 중심부로 들어와서, 과거에는 독자들이 행사했던 많은 특권과 그
자신이 살고 있는 세계의 성격, 그리고 그의 시예술 원리와 본보기들을 유산
으로 물려받았던 것이다.

Ⅱ. 시의 수사

시란 무엇인가[1]

김병택

시에 대한 물음은 그것을 받아들이는 사람에 따라서 심각한 것일 수도 있고 그렇지 않은 것일 수도 있다. 보통의 경우를 말한다면, 시에 대한 물음을 심각한 것으로 받아들일 가능성은 시에 대한 근본적인 문제들을 연구하는 시 전공자에게, 그것을 '그렇지 않은 것'으로 받아들일 가능성은 시를 전공하지 않은 사람들에게 더 많다. 시에 대한 물음을 심각한 것으로 받아들일 가능성과 그렇지 않을 가능성으로 구분해 보는 이유는 앞으로 논의할 내용과 관련하여 그것을 미리 분명히 해둘 필요가 있기 때문이다.

이 글에서 다루는, 시에 대한 물음도 시에 대한 다른 물음과 마찬가지로 심각한 것일 수도 있고 그렇지 않은 것일 수도 있다. 이 글의 독자들 대부분은 시에 대한 공부는 하지만 시를 본격적으로 전공하지는 않은 경우에 해당

---

1) 이 글은 김병택, 『한국문학과 풍토』 (새미, 2002)에 「시에 대한 몇 가지 물음」이라는 제목으로 수록되어 있다.

될 터이므로, 여기서는 시에 대한 물음을 심각하지 않은 것으로 받아들일 가능성을 염두에 두면서 논의하기로 한다.

시에 대한 물음 중의 첫째는, '시는 무엇을 할 수 있는가.'이다. 시가 할 수 있는 것을 찾으려 할 때의 가장 좋은 방법은 시의 기능과 관련시켜 생각해 보는 일일 것이다. 그 기능은 다름 아닌 자율적 기능과 타율적 기능이며, 이 두 가지 기능에 대해 생각해 보는 일은 시가 할 수 있는 것에 대해 생각해 보는 일과 거의 같다고 할 수 있다. 그러나 그러한 생각의 결과로 얻어낸 결론은 사람마다 다 다를 수 있다. '시는 불가능한 것을 가능하게 한다.'는 그 중의 하나로 끌어낼 수 있는 결론이다.

시가 불가능한 것을 가능하게 할 때 근본적인 힘으로 작용하는 것은 무엇인가. 그것은 한마디로 해서 상상력이다. 영국의 시인, 비평가였던 콜리지에 의하면 상상력은 기계와 같이 작용하는 게 아니라 살아서 움직이는 식물처럼 작용하는 유기적 능력이다. 그는, 그러한 능력을 발휘하기 위해서는 생각을 녹이고(dissolve) 퍼뜨리고(diffuse) 흩뜨리는(dissipate) 과정을 필수적으로 거쳐야 한다고 말한다. 그에 의하면, 상상력이 발휘된 결과가 공상과는 다르게 엉뚱하거나 허황된 느낌을 주지 않고 수긍할 수 있는 여지를 확보하고 있는 것은 바로 이 때문이다.

상상력이 작용하여 불가능한 것을 가능하게 하는 것은 시를 시 이외의 다른 것과 관련시키지 않을 때 생각해 볼 수 있는 시의 기능 즉, 자율적 기능이다. 그런데 시가 시 이외의 다른 것들과 끊임없이 관계를 맺으며 존재한다는 것은 자율적 기능을 인정하는 사람들조차도 부인할 수 없는 엄연한 사실이다. 이러한 점에서 보면 시는 타율적 기능을 발휘하고 있음도 분명하다. 타율적 기능과 자율적 기능을 동일한 차원의 것으로 생각하고 끌어낼 수 있는 결론은 '시는 인간과 사물의 관계를 보여준다.'이다.

그렇다. 시는 인간과 사물의 관계를 보여준다. 그런데 인간과 사물의 관계라고 할 때의 '사물'의 의미는 다양하다. 그 사물은 현실·시대·자연·삶 등을 포괄한다. 말하자면 시는 인간과 그러한 구체적 사물들의 관계를 보여주는 것이다. 인간과 그러한 사물들의 관계는 갈등의 관계일 수도 있고, 때로는 화해의 관계일 수도 있다. 대부분의 경우에는 갈등의 관계가 지속되다가 고조되는 단계를 거친 후 화해의 관계로 이동하고 있음을 볼 수 있지만 처음부터 끝까지 어느 하나의 관계가 지속되는 경우도 있다.

결국, '시는 무엇을 할 수 있는가.'라는 물음에 대한 대답은 두 가지이다. 그것의 하나는 '시는 불가능한 것을 가능하게 한다.'이고, 다른 하나는 '시는 인간과 사물의 관계를 보여준다.'이다.

시에 대한 물음 중의 둘째는, '시를 통해서 얻을 수 있는 것은 무엇인가.' 이다. 그 물음은 전적으로 독자가 제출하는 것으로서, 거기에는 내면의 세계를 변화시킬 수 있는, 어떤 도움을 기대하는 독자의 심리가 내포되어 있다. 시를 통해 얻을 수 있는 것들은 교훈·쾌락·정서·의식 등이다.

시를 통해서 얻을 수 있는 교훈은 역사나 철학을 통해서 얻을 수 있는 교훈과는 구별된다. 즉, 역사를 통해 얻을 수 있는 교훈이 구체적 사건이나 사실에 근거를 두고, 철학을 통해서 얻을 수 있는 교훈이 이론적 가정이나 논의에 근거를 두는 데에 비해, 시를 통해서 얻을 수 있는 교훈은 꾸며낸 세계 또는 상상의 세계에 근거를 둔다. 그래서 그 교훈은 복합적이고 우회적인 성격을 지니고 있다.

쾌락이라는 말은 말초적인 것과 관련지어 사용되는 경우가 많지만 시를 통해서 얻을 수 있는 것들 중의 하나인 쾌락은 소박한 즐거움(pleasure)이라는 정도의 의미를 갖는다. 따라서 왁자지껄하고 유쾌하게 소리지르는 식의 정서와는 전혀 관계가 없다.

시를 통해서 얻을 수 있는 것들 중에서 정서와 의식은 독자를 감동시키거나 아니면 행동을 유발하게 하는 힘을 발휘한다. 저항의식을 담은 한 편의 시를 읽고 실제로 저항적으로 행동하게 되는 것은 바로 그러한 점 때문이다.

그러나 시를 통해 얻을 수 있는 것들이 당장 우리를 변모시키는 것은 절대 아니다. 그것들이 우리를 변모시키기 위해서는 시를 진지하게 감상하는 자세와 그에 따르는 지속적인 노력이 필요하다.

시에 대한 물음 중의 셋째는, '시를 어떻게 이해할 것인가.'이다. 그것은 시를 이해하는 방법과 직접적으로 관련된 물음이므로 많은 사람들이 가장 보편적인 것이라고 인정하는 방법을 소개해 보기로 한다.

비평가 에이브럼즈는 플라톤·아리스토텔레스 이후부터 20세기까지에 나타난 수많은 예술 이론들을 검토한 후 그것들을 네 가지의 범주로 구분했는데, 이제는 거의 보편화되어서 귀에 익숙한 모방론(mimetic theories)·효용론(pragmatic theories)·표현론(expressive theories)·객관론(objective theories) 등이 바로 그것들이다. 그 이론은 이론이기 때문에 시를 자연스럽게 이해하기 위한 방법으로서는 지나치게 경직된 것일 수도 있다. 사람에 따라서는 그 이론에 집착하지 않고 그에 준하는 관점으로 시를 다소 융통성 있게 바라보기도 한다. 그러나 그 이론이 지니고 있는, 대부분의 시작품을 충분히 설명할 수 있는 논리는 여전히 빛을 발하고 있다.

모방론적인 관점에 따를 때, 시는 현실의 반영이다. 그런데 그 현실은 어디까지나 반영의 많은 대상들 중의 하나에 불과하다. 시는 현실이 아닌 시대 삶·자연·사물·현상 등의 반영이기도 한 것이다. 신경림의 「농무」

는 모방론적인 관점으로 설명할 수 있는 시이다.

징이 울린다 막이 내렸다
오동나무에 전등이 매어 달린 가설 무대
구경꾼이 돌아가고 난 텅빈 운동장
우리는 분이 얼룩진 얼굴로
학교앞 소줏집에 몰려 술을 마신다
답답하고 고달프게 사는 것이 원통하다
꽹과리를 앞장세워 장거리로 나서면
따라붙어 악을 쓰는 건 쪼무래기들뿐
처녀애들은 기름집 담벽에 붙어 서서
철없이 킬킬대는구나
보름달은 밝아 어떤 녀석은
꺽정이처럼 울부짖고 또 어떤 녀석은
서림이처럼 해해대지만 이까짓
산구석에 처박혀 발버둥친들 무엇하랴
비료값도 안 나오는 농사 따위야
아예 여편네에게나 맡겨 두고
쇠전을 거쳐 도수장 앞에 와 돌 때
우리는 점점 신명이 난다
한 다리를 들고 날나리를 불거나
고갯짓을 하고 어깨를 흔들거나

이 시에는 농촌의 현실과 농민의 삶이 반영되어 있다. 시인의 시적 출발점은 농촌의 궁핍한 현실 또는 부조리한 현실이며 그 현실의 한복판에 울분과 원통함으로 가득찬 농민들의 삶이 놓여있다. 농무는 그러한 현실과 삶을 견디어 내려 하는 농민들의 역설적 축제인 동시에 농민들의 행복한 삶을 바라는 시인이 선택해 놓은 현실적 장치이다.

시를 효용론적 관점으로 바라보면 시는 독자에게 무엇인가를 제공한다. 그 '무엇'은 분명히 어떤 효용성을 지니고 있는 것이며 그것을 구체적으로 제시해 보면 둘째 물음과 관련해서 이미 언급의 대상으로 삼았던, 교훈·쾌락·정서·의식 등이 될 것이다. 독자들이 그것들을 정말 효용성이 있는 것으로 받아들일 것인가 하는 점은 다른 각도에서 생각해 보아야 할 문제이다. 신동엽의 「껍데기는 가라」는 독자에게 자주적인 평화에 대한 어떤 의식을 제공하고 있다.

　　껍데기는 가라
　　四月도 알맹이만 남고
　　껍데기는 가라.

　　껍데기는 가라
　　東學年 곰나루의, 그 아우성만 살고
　　껍데기는 가라.
　　그리하여, 다시
　　껍데기는 가라,
　　이 곳에선, 두 가슴과 그 곳까지 내논
　　아사달 아사녀가
　　中立의 초례청 앞에 서서
　　부끄럼 빛내며 맞절할지니

　　껍데기는 가라,
　　漢拏에서 白頭까지
　　향기로운 흙가슴만 남고
　　그, 모오든 쇠붙이는 가라.

　이 시는 동학혁명과 4·19 혁명 등의 역사적 사건을 소재로 취하고 각 연을 명령형 어미로 끝내고 있음에도 불구하고 처음부터 끝까지 독자에게 자주적인 평화에 대한 의식을 제공한다. 그것은 쇠붙이와 같은 외세적인 것들을 중심으로 형성된 껍데기 계열과 四月·東學年 곰나루·아사달·아사녀·中立·흙가슴 등으로 형성된 알맹이 계열의 대립적 구도를 통해 이루어진다. 그리고 그 의식은 중립국 스칸디나비아에서 볼 수 있는 정치적 중립의 기초 위에서 외세가 아닌, 우리 민족의 자주적인 힘으로 분단을 극복해야 한다는 메시지로 발전한다.

　표현론적 관점에서 시를 바라보는 것은, 우리나라에서는 가장 일반적인 시 이해의 방법이라고 할 수 있다. 통시적인 입장에서 볼 때 그것은 서구의 19세기 초에 통용되던 방법인데도 우리나라에서는 오늘날까지 많은 사람들의 지지를 얻는 방법이기도 하다. 시를, 시작품을 생산하는 작가의 내면세계를 표현한 것으로 바라보는 표현론적 관점은 뿌리가 깊어서 앞으로도 오랫동안 지속될 것으로 보인다. 김영랑의 「모란이 피기까지는」은 표현론적 관점으로 쉽게 설명할 수 있는 시이다.

　　　모란이 피기까지는
　　　나는 아직 나의 봄을 기둘리고 있을테요
　　　모란이 뚝뚝 떨어져 버린 날
　　　나는 비로소 봄을 여흰 설음에 잠길테요
　　　五月 어느날 그 하루 무덥던 날
　　　떨어져 누운 꽃잎마져 시들어버리고는
　　　천지에 모란은 자최도 없어지고
　　　뻗쳐오르던 내 보람 서운케 무너졌느니
　　　모란이 지고 말면 그뿐 내 한 해는 다 가고 말아

三百 예순날 한양 섭섭해 우웁내다.
모란이 피기까지는
나는 아즉 기둘리고 있을테요 찬란한 슬픔의 봄을

　이 시에서의 주된 정서는 슬픔이다. 물론 그 슬픔은 시인의 내면세계에 간직되어 있다가 겉으로 드러난 슬픔이며 대부분 현재형 시제에 의해 생생함을 유지하고 있다. 또한 이 시는 '찬란한 슬픔의'에서 보는 것처럼 역설의 수사가 사용됨으로써 슬픔을 한 단계 높은 차원으로 승화하거나 극복하려는 의지를 보여준다. 그러나 혹자가 제기할지도 모르는 이 시의 부정적 측면들, 예를 들면 감상성이라든가 발표된 때가 일제시대인데도 불구하고 민족의 현실에 대해 무관심했다는 점 등은 다른 관점에서 생각해 보아야 할 문제들이다.

　앞에서 이야기한 세 가지 관점은 시작품을 작품 이외의 것과 밀접하게 관련시킨다는 공통점을 가지고 있다. 그런데 객관론적 관점은 그렇지 않다. 시를 자족적인 존재로 보는 것이다. 따라서 시작품을 생산한 작가나 시작품을 생산하는 데에 영향을 끼쳤을지도 모르는 시대, 환경에 대해서는 관심을 가지지 않는다. 오로지 관심을 가지는 대상은 시작품의 언어 조직에 국한되는 것이다. 특히 김소월의 시 「접동새」는 언어 조직의 정교함을 잘 보여주는 예이다.

접동
접동
아우래비 접동

津頭江 가람가에 살든 누나는

津頭江 앞마을에
와서 웁니다.

옛날, 우리나라
먼 뒤쪽의
津頭江 가람가에 살든 누나는
이붓어미 샘에 죽었습니다.

누나라고 불너보랴
오오 불설워
새음에 몸이 죽은 우리 누나는
죽어서 접동새가 되였습니다.

아웁이나 남아 되든 오랩 동생을
죽어서도 못니저 참아 못니저
夜三更 남다자는 밤이 깁프면
이山 저山 올마가며 슬피 웁니다.

　이 시의 언어조직에 대해 이야기할 수 있는 측면은 세 가지이다. 그것의 첫째는 7·5조 율격의 측면이고, 둘째는 '아우래비'에서 보는 음성적 측면이며, 셋째는 시 전체에 나타나는 구조적 측면이다. 객관론적 관점으로 시를 바라볼 때 이러한 측면들은 시의 가치를 평가하는 절대적 도구가 된다.

　이 글의 제목은 분명히 '시에 대한 몇 가지 물음'이다. 그러나 시에 대한 물음이 세 가지 뿐만은 아니다. 그렇다면 앞으로 끊임없이 시에 대한 더 많은 물음을 제기하고 시작품을 읽으면서 그에 대한 대답을 마련해 보는 자세, 그것은 바로 시를 잘 이해하기 위한 전제조건이 된다고 할 수 있다.

비유의 이해[1]

김용직

비유는 시의 意匠 가운데 가장 빈번하게 쓰이는 것의 하나다. 우리가 시에서 요구하는 것은 자연이나 현실생활에서 맛볼 수 없는 독특한 체험의 형태이다.

시는 그것을 가락이나 심상으로도 구현할 수가 있다. 그러나, 이미 밝혀졌지만 시는 그 표현매체를 언어로 삼는다. 그러니까 그 말들을 아주 독특하고 기능적으로 사용해야 한다. 그것만이 우리가 시에서 맛보는 체험의 묘미를 가장 효과적으로 달성할 수 있기 때문이다. 적절한 비유는 그 지름길을 이루는 기법의 하나가 된다.

---

1) 이 글은 김용직, 『현대시 원론』(학연사, 1988)에 수록되어 있다.

1. 비유의 의미

한마디로 비유는 시적 표상의 가장 기본이 되는 형태라고 할 수 있다. 우리가 새로운 현상에 부딪히거나 독창적 세계를 제시하고자 할 때 그것은 물론 여느 방식의 언어 표현으로는 잘 달성되지 않는다. 그렇다고 새로운 언어를 제멋대로 만들어 쓸 수도 없다. 본래 언어는 역사의 소산이며 사회적 관습이다. 따라서 그 테두리를 벗어난 자의적 언어는 성립될 수 없다. 그리하여 우리는 일단 이미 쓰여 온 말을 이용하지 않을 수 없다. 그리고, 거기에 제3의 체험 내용 내지 심상을 담을 수 있도록 제 나름의 의장을 가한다. 그러면 적어도 창조적이며 새로운 면이 확보되면서 의미내용 파악의 실마리도 갖는 언어가 이루어지는 것이다. 이런 형태의 언어를 비유라고 한다. 참고로 『시학사전』을 보면 비유가 다음과 같이 정의되어 있다.

> 비유란 일정 사물이나 관념 (A)를 뜻하는 술어 (X)로써 다른 또 하나의 대상이나 개념 (B)를 의미할 수 있도록 언어를 쓰는 과정, 또는 그 결과다. 이때 A 개념과 B 개념의 통합에 의하여 복합개념(composite idea)이 형성되는 바, 이것이 X라는 말이 표상하는 것이다. 이 경우 A 개념과 B 개념의 요인들은 각각 X에 의해 상징된 一體系 속에 합쳐져 있으면서도 그들 개념상의 독립성은 보유하고 있다.[2]

여기 나타나는 바와 같이 비유가 성립되기 위해서는 세 개의 요건이 선행되어야 한다. 우선 비유에는 일정 사물, 현상, 개념 등의 원형이 있어야 한다. 그리고, 그것을 변형, 이동하는 보조표현 내지 관념이 행사되어야 하는 것이

---

2) Alex Preminger(ed), *Encylopedia of Poetry and Poetics*(Princeton Univ. Press. 1965), p. 490.

다. 그러니까 어느 의미에서 비유는 언어의 운동형태라고 할 수 있는데, 이 때 그 모양을 가능케 하는 것이 전이 또는 이월이다. 본래 비유란 말은 희랍 어의 metaphora에서 온 것이다. 희랍어에서 meta는 운동 또는 변화를 나타 내는 전치사다. 그리고, phora는 '운반하다, 이동하다' 등을 뜻하는 pherein의 변화형이다. 그러니까 어원으로 보면 비유는"한 장소에서 다른 장소로의 이 동"3)을 뜻한다. 그렇다면 앞의 장소란 무엇인가. 시론의 입장에서 보면 그것 은 이미 결정되어 있는 언어의 테두리라고 할 수 있다. 비유가 전이 또는 전용이 되어야 할 까닭은 자연이나 지각 자체를 생각해 보면 곧 파악된다. 가령 현실적으로 있는 산, 자연 그대로의 산을 말하는 경우를 생각해 보자. "산이 푸르다", "산이 험하다" 등, 이런 말이 일차적 의미 이상을 갖지 않는다 면, 그것은 단순한 진술 이상의 아무 것도 아니다. 한편 사람에 따라서는 "산이 웃는다" 또는 "열차가 숨을 헐떡이며 달린다" 등의 말도 쓴다. 실제 산은 동물이 아니다. 따라서 그것이 웃는 법은 없을 것이다. 또한 기차 역시 사람이나 짐승이 아니다. 그러므로, 그것이 헐떡거리며 달리지도 않을 것이 다. 그러나, 사람에 따라서는 5월의 푸른 산을 웃는다고 생각하거나 높은 산악 지대를 달리는 기차의 바퀴소리를 들으면서 헐떡거린다고 믿는 경우도 없지 않을 것이다. 실제 어린이들 가운데 떨어진 꽃을 보고 '꽃의 죽음'이라 고 믿는 예가 있다. 이런 경우는 그의 지각을 그대로 나타낸 것에 지나지 않는다. '웃음'이나 '헐떡거림'이 말의 전이 형태를 이루지 않기 때문에 비유 는 성립되지 않는다. J. 에디가 말한 바 "자연에 비유는 없으며, 지각에도 비유는 존재하지 않는다"4)는 이런 관점에서 핵심을 찌른 말이라 하겠다.

---

3) Liddel. Scott, *Greek—English Lexicon* (Oxford Univ. Press, 1960)

4) J. M. Eddy, *Language and Meaning.*『언어와 의미』 瀧浦靜雄(譯) (岩波書店, 1970), pp.

　　한편 비유가 전이, 이동 등 운동형태라는 것은 시적인 것과 그렇지 못한 것을 판별해 내는 기준으로도 매우 요긴한 몫이 될 수 있다. 아리스토텔레스는 그의 『시학』에서 비유를 크게 네 개의 유형으로 나누었다. 그에 따르면 비유는 (1) 類를 가리키는 말을 種으로 전용한 경우, (2) (1)의 逆과 같은 경우, 곧 種을 가리키는 말을 類로 전용한 경우, (3) 어떤 種을 나타내는 말을 다른 種으로 전용한 경우, (4) 類比關係에 의한 전용 등 네 가지로 나누어질 수 있다는 것이다. 아리스토텔레스는 이상 네 유형에 속하는 비유의 예도 차례로 들어 두었다. 우선 (1)의 보기로는 "저기에 내 배가 정지하고 있다"가 들려 있다. 그에 따르면 이것은 닻을 내린 상태의 정지, 곧 정박이 단순한 정지로 표현되어 있다는 것이다. 그리고, (2)의 보기로는 "수많은 공훈"이 보기로 적혀 있다. 그 것은 "만에 달하는 공훈"을 가리킨다. 또한 (3)은 살육을 '靑銅의 칼날로 목숨을 길러내며' 라든가 "기세등등한 청동의 배로 물은 쪼개어지고"와 같은 표현이 예거된다. 여기서 '길러내는 것' to arysai는 곧 '자르는 것' to tame in을 뜻한다. 그리고, 그들은 다같이 '뽑아내는 것' aphelein의 일종으로 생각될 수 있다.[5] (4)는 '善의 이데아'를 '태양이라고 일컫는 경우다. 이상 네 가지 비유의 형태 중에서 가장 주목되어야 할 것이 넷째 경우다. 우선 '善의 이데아'와 '태양'사이에는 외견상 전혀 연계 관계가 없는 듯 보인다. 말을 바꾸면 양자 사이에는 단절의 상태가 아주 각명하게 드러난다. 그리고, 이런 양자 사이에 상호작용이 이루어지기 위해서는 일종의 유추 상태가 개입되어야 한다. 구체적으로 '善의 이데아'에서 이데아는 철인만이 이룰 수 있는 높은 정신의 차원이다. 그런 경지에 이르면

262~263.

5) S. H. Butcher(trs). Aristotle's; *Theory of Poetry and Fine Art*(New York, 1951), p. 77.

여러 사물과 현상이 고루 이해, 파악될 수 있다. 그것은 마치 이 지상의 삼라만상이 태양의 빛과 열기로 두루 제 모습을 드러내고 생명을 길러낼 수 있는 것과 같다. 이렇게 보면 '善의 이데아'를 태양이라고 말한 표현의 타당성이 비로소 이해되는 것이다. 그런데, 여기 나타나는 바와 같이 전이를 성립시킨 것, 곧 비유를 가능케 한 힘의 근원이 된 것은 유추다. 그러니까 비유를 가능케 하는 힘의 원천이 상상력이라는 이야기가 가능한 셈이다.

이런 비유의 개념 정의는 그 역도 또한 참일 수가 있다. 즉, 전이나 변용의 정도가 미미해서 상상력 개입의 폭이 별로 느껴지지 않는 비유는 그 존재 의의가 크지 못하다. 그러나, 그 반대되는 단면을 드러내는 비유는 그 존재 의의가 크고 높다. 일상생활에서 우리는 흔히 '책상다리'라는 말을 쓴다. 그 와 함께 인색한 사람을 두고 '구두쇠'라고 부르기도 한다. 나무로 된 기구는 동물이 아니다. 그리고, 사람이 신발의 한 부분인 것도 아니다. 그런 의미에 서 이들 말은 모두가 비유의 형태이기는 하다. 그러나, 이런 표현의 속뜻을 짚기 위해서 별도로 유추과정이 필요하지는 않다. 말을 바꾸면 상상력이 개입될 필요가 없다고 할 것이다. 이런 비유를 우리는 생명력이 없는 비유, 곧 죽은 비유(dead metaphor)라고 말한다.[6] 시가 요구하는 비유는 물론 이 런 것이 아니다.

> 사랑하는 나의 하나님, 당신은
> 늙은 悲哀다.
> 푸줏간에 거린 커다란 살점이다.

---

6) J. R. Kreuzer, *Elements of Poetry*(New York, 1958) p. 87. 해당 부분을 그대로 옮겨 보면 Metaphors which have lost their initial power to produce comparison, however indirect or implied, are called dead metaphor.

詩人 릴케가 만난
슬라브 女子의 마음 속에 갈앉은
놋쇠 항아리다.
손바닥에 못을 박아 죽일 수도 없고 죽지도 않는
사랑하는 나의 하나님, 당신은 또
대낮에도 옷을 벗는 어리디 어린 純潔이다.
三月에
젊은 느티나무 잎새에서 이는
연두빛 바람이다.

—金春洙, 「나의 하나님」 전문

얼핏 보아도 나타나는 바와 같이 이 작품에서 비유되어진 말은 '하나님'이다(정확히 그것은 화자가 부르고 있는 "사랑하는 나의 하나님"이다.). 그런데, 표준 의미의 입장에서 보면 하나님은 신앙의 대상이거나 높고 큰 존재, 또는 절대자이다. 그걸 이 작품에서는 "늙은 悲哀", "푸줏간 에 걸린 살점", "놋쇠 항아리", "대낮에도 옷을 벗는 어리디 어린 純潔", "느티나무 잎새에서 이는 연두빛 바람" 등으로 전이시켜 놓았다. 말할 것도 없이 이것은 표준 의미를 엉뚱하게 바꾸어 놓은 것이다. 이것을 통해서 우리는 한 가지 사실을 알 수 있다. 즉, 표준 의미에서 거리가 먼 비유, 곧 전이의 정도가 심하면 심할수록 그 비유가 기능적 일 수 있다는 점이다. '책상다리'에서 우리는 전이 내지 '낯설게 만들기'의 개념조차 자극 받지 못한다. 그러나, 하나님→놋쇠 항아리의 전이를 통해서는 신선한 충격을 얻는다. 따라서 비유의 질은 전이의 폭에 의해 결정된다는 이야기가 가능하다.

한편 시가 비유를 유력한 요소로 삼는 것은 그 양식적 특성 때문이다. 넓은 의미에서 시는 예술의 한 갈래다. 그리고, 다시 거칠게 말하면 예술은 표출이며 구체화다. 이때 우리에게는 무엇을 어떤 모양으로 만들어내야 한다는 예술의 제일 전제가 대두되는 것이다. 그런데, 이 무엇에 해당되는 것은 '감' 내지 소재다. '감' 내지 소재는 물론 시가 아니며 문하고가 그림도 아니다. 이들에게 우리 자신의 손길이 가해져서 새로운 모양, 창조적 차원이 개척되어야 비로소 그것이 예술의 이름에 값한다. 이 때 '감' 내지 소재는 일단 넓은 의미의 자연이라고 할 수 있다. 자연은 자연 그대로가 아니라 우리 자신, 또는 인간화가 이루어져야 비로소 시가 되고 소설이 된다.[7] 그런데, 그 형태로 볼 때 비유는 바로 이와 같은 자연의 인간화 내지 자아화의 지름길을 가는 표현 기법이다. 이것을 우리는 일체화 내지 同一性의 논리라고 할 수 있을 것이다.

  이 몸이 죽어가서 무엇이 될고 하니
  蓬萊山 第一峰에 落落長松되어 이셔
  白雪이 滿乾坤할제 獨也靑靑하리라

  여기서 落落長松의 표준 의미는 높고 푸른 소나무다. 그것이 이 작품에서는 작자 成三問의 단종에 대한 곧고 굳은 충절을 표상한다. 이처럼 한갓 물리적 차원에 그치는 소나무가 작중 화자 쪽으로 심하게 변형, 일체화된 것이 이 작품이다. 이 작품의 이런 구조를 가능하게 한 것이 바로 비유의

---

7) 물론 이 때 인간의 자연 수용 내지 침투는 인간만이 그 기능을 행사하는 따위의 일방적인 형태로 이루어지지 않는다. 본래 인간 자신이 자연의 한 부분이다. 그의 내면세계나 의식도 부단히 자연의 침투를 받아서 형성 전개된다. 따라서 이 경우의 인간과 자연의 관계는 상호 침투, 보완, 수용의 논리 위에 선다. 이에 대해서는 J. 마리탱이 시를 정의해서 '사물들의 내재적 존재와 인간 자신의 내면적 존재 사이의 상호 교통'이라고 한 말이 참고 될 바 크다. Jacques Maritain, *Creative Intuitior in Art and Poetry* (New York, 1958), p. 3.

기법인 것이다.

　이상의 이야기를 다시 정리하면 비유의 정의가 가능하다. 우선 비유는 일상적 언어의 표준 의미를 뒤바꾸어 놓으려는 시도다. 그 시도는 의미의 전이, 변경으로 출발한다. 그리고, 그 결과 우리 앞에는 하나의 혁명적 사태가 발생한다. 그것은 자연 또는 세계와 나, 객체와 주체의 융합, 수용, 상호작용이 이루어지는 차원의 구축이다. 결국 비유는 우리 자신과 세계를 소재 내지 주춧돌로 삼는다. 그리고는 그를 토대로 완전하게 제3의 실체를 이루는 또 하나의 세계 내지 체험의 차원을 구축해낸다.

　그런 의미에서 비유는 독자적 존재의의라든가 가치체계가 구축되기를 기하는 시의 중요한 기법 구실을 한다.

2. 몇 가지 유형, 직유·은유·환유 등

　비유의 전제가 되는 원관념 내지 현실은 이미 테두리가 정해져 있다. 어느 의미에서 그것은 명사형에 해당된다. 그러니까 그 전이로 가능한 비유 역시 명사의 상태로 이루어진다고 지레 짐작되기 쉽다. 그러나, 자세히 살펴보면 비유는 대상 자체에 대한 관계 설정에서 빚어진다기보다는 주제어 내지 주어에 대한 서술부의 행사로 실현된다. 가령 여기서 '책상다리'의 경우를 예로 들어도 좋다. 이 비유 형태는 그 유추형식이 '책상의 네 支柱가 다리이다'로 된다. 따라서 비유는 본질적인 의미에서 동사형이며 활용형태를 취하는 것이다. 한편 시에서 유의성을 가지는 비유는 구절이나 행, 연 단위로 나타나기도 하지만, 작품 전체가 되기도 한다.

1) 단일비유와 확충비유

〔1〕
바람은
발기발기 찢어진
旗幅

어두운 山頂에서
하늘 높은 곳에서

비장하게 휘날리다가
絶叫하다가

지금은 襤褸한 자락으로
땅을 쓸며
傾斜진 나의 밤을
거슬러 오른다

소리는
窓밖을 지나가는데
그 허허한 자락은
때묻은 이불이 되어

내 가슴
위에
싸늘히
얹힌다.

〔2〕

바람은 산 모퉁이 우물 속 잔잔한 水面에 서린 아침 안개를 걷어 올리면서
일어났을 것이다.

대숲에 깃드는 마지막 한 마리 참새의 깃을 딸 잠들고 새벽 이슬잠 포근한
아가의 가는 숨결 위에 첫마디 입을 여는 참새소리 같은 청청한 것으로 하여
깨어났을 것이다.

처마밑에서 제비의 飛翔처럼 날아온 날신한 놈과 숲속에서 빠져나온 다람
쥐 같은 재빠른 놈과 깊은 산골짝 동굴에서 부시시 몸을 털고 일어 나온 짐승
같은 놀들이 웅성웅성 모여서

그러나 언제든 하나의 體溫과 하나의 方向과 하나의 意志만을 생각하면서
나뭇가지에 더운 입김으로 꽃을 피우고 머루넝쿨에 머루를 익게 하고 은행잎
물들이는 가을을 실어온다

솔잎에선 솔잎소리 갈대숲에선 갈대잎 소리로 울며 나무에선 나무소리 쇠
에선 쇠소리로 음향하면서 무너진 벽을 지나 허물어진 砲臺 어두운 墓地를
지나서 골목을 돌고 都市의 지붕들을 넘어서 들에 나가 들의 마음으로 펄럭이
고 산에 올라 산처럼 傲然히 咆哮하면 高喊소리는 하늘에 솟고 怒號는 彈道
를 따라 날은다.

그 우람한 자락으로 하늘을 덮고 들판에서 또한 山頂에서 몰아치고 부딪쳐
부서지던 그 憤怒와 激情의 咆哮가 지나간 뒤 무엇이 남아 있는가 다시 푸른
하늘뿐 魏然한 山嶽일 뿐 바다일 뿐 地平일 뿐 그리하여 어두운 처마 밑 기어
드는 襤褸한 旗幅일 뿐

바람이여

새벽 이슬잠 포근한 아가의 고운 숨결 위에 첫마디 입을 여는 참새소리 같은
청청한 것으로 하여 깨어나고 대숲에 깃드는 마지막 한마리 참새의 깃을 따라
잠드는 그런 있음으로만 너를 있게 하라

산모퉁이 우물 속 잔잔한 水面에 서린 아침 안개를 걷으며 일어나는 그런

바람 속에서만 너는 있어라.

—鄭漢模, 「바람 속에서」 전문

　얼핏 보아도 나타나는 바와 같이 이 작품에서 주제어에 해당되는 것은 '바람'이다. 이 작품은 거의 그 전편이 이 주제어를 비유로 제시해 놓은 성 보인다. 우선 첫째 연에서 그것은 "찢어진 旗幅"이 되어 있다. 그리고, 그것을 보다 확대해서 전이시켜 나간 것이 넷째 연까지다. 다섯째 연의 주제어 역시 바람이다. 그리고, 형식상으로 이 부분은 비유가 아니라고 할 수 도 있다. 그러나, 앞에서 이미 '바람'은 심하게 의인화된 편이다. 그리하여 이 부분 역시 그 함축적 의미는 순수한 상태의 진술로 그치지 않는다. 그리고, 비슷한 사정이 〔2〕에서 그대로 계속된다. 이 부분 첫째 연에서는 밤이 鳥類의 이미지를 곁들이면서 나타난다. 그리고, 다음 연에서는 그것이 다시 鳥類＋인간＋초인간적인 힘을 가진 존재의 복합개념을 형성시킨다. 이렇게 보면 한 작품에 쓰인 비유의 단면은 의외로 그 농도가 짙다는 이야기가 성립될 수 있다.

이는 먼
해와 달의 속삭임
비밀한 울음

한번만의 어느 날의
아픈 피흘림

먼 별에서 별에로의
길섶 위에 떨궈진

다시는 못돌이킬
엇갈림의 핏방울

커질듯
보드라운

황홀한 한 떨기의
아름다운 靜寂

펼치면 일렁이는
사랑의
湖心아

―朴斗鎭, 「꽃」 전문

이 작품의 제재가 되고 있는 것은 제목에 나타난 '꽃'이다. 그리고, 여기서는 작품 전체가 '꽃'을 표상하기 위한 비유로 되어 있다. 구체적으로 그것은 1연에서 '해와 달의 속삭임'이라든가 '비밀한 울음'으로 전이가 이루어졌다. 그리고, 이어서 2연과 3연, 4연 및 5연, 6연, 7연 등도 한 단위가 되어 '꽃'을 비유로 제시하고 있는 것이다. 이와 같이 작품 전체가 비유로 이루어지면서 비유와 비유 사이에 다시 그 나름의 유추관계가 빚어지고, 그에 따라 의미, 심상의 상승작용이 이루어진다. 이런 비유를 우리는 확충비유라고 한다.[8]

---

8) 이와 같은 생각은 金春洙 교수가 그의 시론, 『김춘수 전집』(문장사, 1977), p. 262, p. 265에서 이미 피력한 것이 있다. 그러나, 여기서 이런 생각은 직유의 경우에 국한 적용되어 있다. 이 글의 생각은 그의 견해를 비유의 테두리 전반에 걸치는 것으로 확대시켜 본 것이다.

그리고, 전자와 같이 작품 전체를 지배하는 것이 아니라 부분적으로 쓰여진 비유를 단일비유라고 한다. 시인이 그 의도를 좀더 직접적으로 드러내기를 원할 때 단일비유가 쓰여질 수 있다. 그러나, 그가 서정시의 기본원리에 입각하여 정서나 가락을 총체적으로 자아내고자 한다면 그는 대체로 확충비유를 쓸 것이다.

2) 주지, 매체, 동기

비유의 속성을 살피면서 우리는 어느 정도 그 구조를 짐작하게 되었다. 결국 비유는 테두리가 정해진 말의 뜻이라든가 기능을 다른 쪽으로 변형, 이동시키는 것이다. 그리고, 이 때 그 형태는 장식적인 게 아니라 제 3의 실체가 된다. 20세기에 들어와서 문예비평과 언어철학은 이런 비유의 속성에 대해 상당히 진지하게 탐색의 손길을 뻗쳐 왔다. 그 보기의 하나가 되는 것이 I. A. 리처즈의 경우다.

본래 우리가 비유를 장식적 표현으로 본다는 것은 수사학적 입장을 취함을 뜻한다. 수사학이란 말하고자 하는 내용이 이미 결정되어 있는 경우다. 그것을 효과적으로 전달하기 위해서 말을 꾸며 나가는 것이 수사학이다. 그런데, 리처즈는 그의 비유론을 포함시킨 저서의 이름을 『신수사학 원론』이라고 붙였다. 여기서 그가 구태여 '新'이라는 관형사를 붙인 것에 대한 주의가 요구된다.

리처즈는 그가 논하고자 하는 수사를 단순하게 이미 결정된 내용의 전달 수단에 그치는 차원에서 탈피시키려고 했다. 그의 이런 생각은 비유론에서도 잘 나타난다.

그는 일단 성립된 비유가 본래 이루어진 언어의 테두리나 전이, 변형을 가능케 한 경우, 그 어느 쪽에 치우쳐 봉사하는 게 아니라고 보았다. 여기서 그는 상호작용이라는 말을 쓰고 있는 것이다.

> 단적으로 그리고 공식적으로 설명한다면, 우리가 은유를 사용할 대에는 서로 함께 작용하며, 단 한 개의 낱말이나 어구에 의해서 유지되고 있는 별개의 사물에 대한 두 가지의 생각을 갖는데, 그 의미는 그것들의 상호작용의 결과이다.9)

상호작용하는 비유의 단면을 보다 각명하게 제시하기 위해서 리처즈는 주지(tenor), 매체(vehicle) 등의 개념도 설정했다. 그에 따르면 비유가 관련하는 요소, 곧 기본적인 생각이 主旨이다. 그리고, 주지를 구체화 하거나 변용, 전달하는 데 사용되는 말들이 매체인 것이다.10)

리처즈에 따르면 주지와 매체의 상호작용 관계는 비유의 본질이 될 뿐 아니라 그 성격도 결정한다. 그에 따르면 비유의 근거가 되는 변형, 이동은 손쉽게 발견되는 경우도 있지만 그렇지 못한 때도 나타난다. 가령 '책상다리'라는 비유는 '말의 다리', '황소 다리'에서 유추된 것이다. 이 때 우리는 類比 가능한 뜻의 유사성을 손쉽게 포착할 수 있다. 그러나, 사람을 '돼지'라고 한다든가 '사슴'이라고 하는 경우는 어떤가. 이 때 우리는 그렇게 비유된 당사자와 '돼지'나 '사슴' 사이의 공통점을 굳이 찾아내려 하지 않는다. 다만 살이 좀 찌고 귀엽다는 느낌만으로 '돼지'라는 비유가 쓰인다. 그리고, 청순하고 잔꾀를 부릴 줄 모르는 소녀에게는 '사슴 같다'는 비유가 쓰여진다.11)

---

9) I. A. Richards, *The Philosophy of Rhetoric* (Oxford Univ. Press, 1979, p. 93.).

10) 상게서, pp. 96~97.

11) 상게서, p. 117. 단, 여기서 리처즈는 사슴 대신 '집오리'를 보기로 들어서 그 비유 성립

이와 같은 리처즈의 생각을 통해서 우리는 하나의 결론을 가질 수 있다. 즉, 전자와 같은 비유에서 우리가 갖는 유추과정의 폭은 비교적 단순하고 제한된다. 그에 반해서 사람을 '돼지'라든가 '사슴'이라고 하는 경우 그 동기 추출은 꽤 우회되고 복잡해진다. 이렇게 보면 그 동기와 성격에 따라서 비유 의 성질도 상당히 달리 나타나는 셈이다.

3) 직유와 은유

다른 모든 경우가 그런 것처럼 비유도 그 기능에 따라서 유형화하는 길이 이해를 돕는다. 그리고, 기능을 문제 삼는다는 것은 형식을 가늠자로 삼는 경우와는 다르다. 종래 우리는 비유를 구분해서 직유라든가 은유 등으로 불러 왔다. 그런데, 이 때 직유란 일단 주지와 매체의 관계가 직접적이며 명시적으로 나타나는 경우를 가리킨다. 그에 대해서 은유란 그 관계가 좀더 내밀한 상태에서 이루어지는 것을 말한다.

그러나, 이런 정의는 너무 막연해서 제대로 갈피가 잡혀지지 않는다. 그리 하여 형식론에서는 기계적으로 '같이'나 '처럼', '마냥', '—듯' 등, 곧 영어의 as나 like에 해당되는 관계사가 쓰인 경우를 직유라고 규정했다. 그리고, 그 렇지 않은 경우를 은유로 처리해 온 것이다. 그러나, 이에 대해서 P. 휠라이 트의 날카로운 반대 의견이 제기 되었다. 그는 비유 방법을 논하는 글에서 R. 번즈의 한 구절을 보기로 들었다. '내 사랑은 빨간, 빨간 장미와 같아라.(O

<hr>

근거를 말한 바 있다. 그에 따르면 우리가 어떤 사람을 '집오리'라고 부르는 것은 입부리 라든가 물갈퀴를 지녔다든가 食用이 되기 때문이 아니다. 그 근거는 좀더 내밀한 차원 에서 이루어지는 것으로 옥스퍼드 사전의 '집오리'에 대한 정의와 상관된다. 거기에는 집오리가 '매력이 있는, 또는 유쾌한 관심'을 지닌 경우로 정의되어 있다는 것이다.

my love is like a red, red rose)’ 이 한 줄을 우리는 like를 뺀 형태로도 생각해 볼 수 있을 것이다. “My lover is a red, red rose.” 그런데, 문제는 이 가운데서 보다 명시적으로 생각이 표상된 것이 전자가 아니라 후자라는 사실이다.[12] 이것은 직유와 은유의 설명이 직접적이냐 아니냐로 이루어질 수 없음을 말해준다.

종래 우리가 가져온 이런 유의 비유론을 극복하기 위해서 생각된 것이 미학 내지 심리학적 개념의 원용이다. 구체적으로 주지와 매체의 관계가 성립되면서 그 사이에는 반드시 감정이입(einfühlen)과 감정이출(erfühlen)이 이루어진다. 그 의식상의 반응이 어떤 상태에서 빚어지는가를 문제 삼을 필요가 있다.

여기서 우리가 주지인 사실범주영역(Sachsphäre)을 S, 매체인 심상범주영역(Bildsphäre)을 B라고 하면 직유에 있어서 그들은 서로 분리된 상태로 나타난다. as나 like 또는 as if 등 제3의 비교범주영역에 의해 그들의 관계가 맺어지면서 비교가 이루어지는 것이다.

참고로 이를 도표로 제시해 보면 다음과 같다.[13]

---

12) Philip Wheelwright, *Metaphor and Reality* (Indiana Univ. Press, 1962), p. 71.

13) Max Deutschbein, *Neuenglische Stilistick* (Berlin, 1932), S. 89.

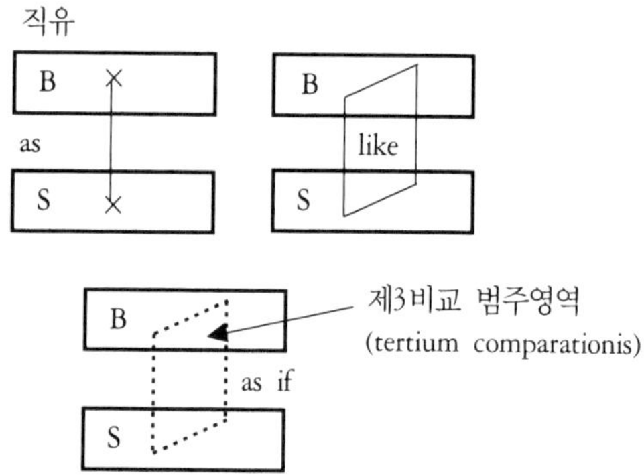

즉, 비유에는 크게 두 가지 유형이 있다. 그 하나는 이미 이루어진 주지, 매체의 관계 형성에 만족을 느끼는 듯 보이는 비유다. 이런 비유를 우리는 직유라고 부른다. 그러나, 어떤 비유 가운데는 主旨와 매체의 관계가 분리된 상태를 유지하지 못하는 것이 있다. 좀더 구체적으로 말하면 양자는 상관관계를 맺으면서 일치 부합한(Einheit) 상태에 들어간다. 뿐만 아니라 주체 (Subjekt)와 사실범주영역 사이에는 다시 감정이출과 감정이입이 이루어지는 것이다. 참고로 막스 도이치바인의 도표를 제시하면 다음과 같다.

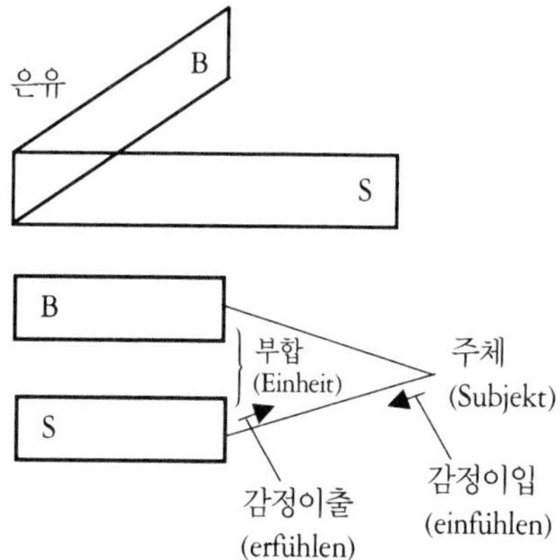

여기 나타나는 바와 같이 비유 가운데는 주지와 매체의 관계가 성립되면서 주체의 개념까지를 등장시키는 게 있다. 그리하여 거기에는 직유와 비교가 되지 않을 정도로 많은 양의 정서라든가 심상이 형성된다. 이런 종류의 비유를 우리는 은유라고 한다. 이렇게 보면 직유와 은유의 구별은 그 구조상의 차이라고 할 수 있다.

이제까지 우리가 해 온 것과 같은 외형상의 차이를 통한 구분은 재고되어야 할 일이다. 한편 실제 작품에서 직유와 은유는 물론 동시에 쓰여지고 그것으로 상승작용을 한다. 칼 샌드버그의 다음과 같은 작품이 그 좋은 보기이다.14)

설핏하고 외롭게
안개가 끼어 퍼져 나가는
湖水 위에서 밤새껏
한 척 배의 고동이
한없이 긴 목울음을 운다.
어쩔 줄 모른 채 눈물 짓는
길 잃은 어린아기처럼
港口의 품을 그리워한다.
港口의 눈길을 그리워한다.

Desolate and lone
All night long on the lake
Where fog trails and mist creeps,
The whistle of a boat

---

14) J. R. Kreuzer, *Elements of Poetry*(New York, 1958), p. 79.

Calls and cries unendingly,

Like some lost child

In tears and trouble

Hunting the harbor's breast

And the harbor's eyes.

여기서 뱃고동은 본래 물리적인 현상에 지나지 않는다. 그것을 전이 시켜서 우리 자신의 울음으로 비유했다. 그러니까 주지와 매체 사이에는 부합이 이루어지고, 다시 그들과 주체사이에도 관계가 맺어진 셈이다.

이 관계는 위의 도표에서 나타난 바와 같이 감정이입, 이출의 단계도 가진다. 그러니까 여기서는 일단 은유가 성립되고 있는 것이다. 그런데, 그 울음, 곧 전이된 뱃고동이 다시 길 잃고 기진한 채 우는 어린 아기의 목소리에 비교되어 있다.

이것은 은유에 다시 직유가 첨가된 형태다. 그리하여 그 자체가 독특한 정서의 차원을 구축하고 있는 것이다.

4) 환유, 제유, 기타

비유 가운데는 주지를 인격화시킨 것이 있다. 이 때 주지는 대개 추상적인 성격을 띤다. 그것을 인간적인 특징들에 연결시켜 제시한 것이 이에 해당된다. 이런 유형의 비유를 우리는 의인법(personification)이라고 한다.[15] 인간은 본래 심하게 자아 중심, 자기 편향성을 가진다. 그런 우리 자신의 속성

---

15) Lynn Altenbernd and Leslie L. Lewis, *A Handbook for the study of Poetry* (London, 1966), p. 22.

이 원용된 결과가 이런 유형의 비유를 낳게 한 셈이다. 한편 의인법은 어디 까지나 비유의 특수형태이다. 그리하여 속성으로 볼 때 그것은 직유나 은유 어느 쪽의 모양으로도 나타날 수 있다.

> 바위는 그녀가 내 사랑과 求婚을 거절하듯이
> 그렇게 매정스럽게
> 波濤를 물리치지는 않는다.
>
> The rocks do not so cruelly
> Repulse the waves continually,
> As she my suit and affection.
> ─Thomas Wyatt, The Love Complaineth the Unkindness of His Love

여기서 主旨가 되는 것은 파도를 맞고 있는 바위다. 그 바위는 물론 무생물일 뿐이지 인간이 아니다. 그걸 이 작품에서는 애정을 주고받을 수 있는 인간에 비유하고 있다. 그리고, 그 인간은 화자가 좋아하는 여인인 동시에, 관계사 as가 거기에 개입되어 있다. 이것으로 우리는 여기에 쓰인 비유가 의인법에 속하는 동시에 형태로서는 직유라는 것을 알 수 있다.[16]

비유의 또 다른 유형은 환유와 제유다. K. 버크는 그의 글에서 비유의 중요 유형으로 은유와 함께 아이러니와 이 두 개의 것들을 들고 있다. 그에 따르면 우리 자신의 현실이 이들 네 유형의 비유에 집약, 응축되어 있다는 것이다. 그에 따르면 아이러니는 변증법이다. 그리고, 변증법이란 본질적으로 드라마성을 띤다. 본래 인간의 역할은 행위자의 상황이나 전술을 특징짓

---

16) J. R. Kreuzer, 전게서, p. 101.

는 여러 관념, 곧 슬로건이나 신조, 경구 가운데 집약될 수 있다. 그리고, 이들 여러 관념의 특성은 행위자와 그가 관계짓는 여러 요인에서 빚어지는 것이다. 관념이 행동화될 때 얻어지는 것이 드라마이며, 이에 대해서 행위자가 관념을 담당할 때 얻어지는 것이 변증법이다. 명백히 변증법적 관념의 운동 속에는 연극적인 인간의 요소가 있고, 그런 행위자의 상호 작용 가운데는 변증법적 요소가 있는 것이다.[17]

비유 가운데는 어떤 대상의 속성이나 그와 밀접하게 관련된 특징을 이용하여 그 대상을 표상, 제시해 내는 것이 있다. 가령 J. 셸리의 어떤 시를 보면 "王笏과 王冠이 굴러 떨어져/낫과 삽과 흙 속에서 구르는 구나"하는 부분이 있다. 여기서 '王笏', '王冠' 등은 지배자를 가리킨다.[18] 그리고, '낫과 삽'은 평민을 뜻하는 것이다. 이것은 왕의 특징적 단면이 왕관으로, 그리고 평민이 낫과 삽으로 제시된 경우다. 따라서 환유가 쓰여진 예라고 할 것이다. 구체적으로 셸리의 시에 다음과 같은 것이 있다. "正午는 육중하게도 꽃과 나무에 누워 있네." 여기서 정오는 의인화되어 있는 데 그치지 않는다. 이 작품의 묘미는 차라리 그보다 正午, 곧 한 낮의 특징적 단면이 열기라든가 권태라는 사실을 기억해 낼 대 제대로 파악된다. 그런 의미에서 이 부분은 환유가 쓰여 있는 것이다.[19]

한편 제유는 부분으로 전체를 나타낸다든가 전체를 부분으로 대치시킨 비유를 가리킨다. 가령 "열다섯 개의 돛"이라 한다면 그것은 15척의 배를 가리킨다. 그리고, "미소의 계절"이라면 그것은 봄이다.[20] 앞의 것은 그 상

---

17) Kenneth Burke, *A Grammar of Motives*(New York, 1945), pp. 512~513.
18) Lynn Altenbernd and Leslie L. Lewis, 전게서, p. 21.
19) J. R. Kreuzer, 전게서, p. 99.
20) 상게서, p. 106.

위 개념이 부분적으로 대치되어 있고, 후자는 그 반대다. 다같이 제유의 예가 되는 것이다. 이 종류의 비유는 재료의 이름을 그 제품으로 표시해도 성립된다. 하우스만의 다음과 같은 구절은 그 좋은 보기가 된다.

> 江가에서는
> 축구가 벌어졌는가
> 어린이가 가죽을 쫓으니
> 나는 그만 이제 떠나야 할까.

> Is football playing
>   Along the river shore
> With lads to chase the leather
>   Now I stand up on more?

여기서 가죽은 문자 그대로의 가죽이 아니다. 그렇게 읽으면 무슨 뜻인지 이 부분의 뜻이 이해되지 않을 것이다. 이것은 가죽으로 만든 제품, 곧 축구공을 가리킨다.[21] 이렇게 보면 제유나 환유는 넓은 의미의 은유라고 할 수 있다. 물론 이들 두 유형의 비유 사이에는 차이점도 포함된다. 제유나 환유에는 그것을 가능케 한 상상력의 실마리 내지 의장의 틀이 그 바닥에 그림자를 드리운다. 그러니까 주지와 매체 사이에는 일종의 유추 가능한 의미맥락의 층이 형성되어 있는 것이다. 그러나, 은유에는 그런 틀 내지 맥락이 존재하지 않는다. 이런 각도에서 보면 전자는 은유의 변형, 특수 형태라고 볼 수도 있겠다.

---

21) 상게서, p. 108.

한편 K. 버크는 환유와 제유에 대해서 아주 재미있는 해석을 가했다. 우리는 흔히 이 두 유형의 비유가 거의 엇비슷한 기능을 가지는 것으로 생각하기 쉽다. 그러나, 버크에 따르면 이 두 유형의 비유는 그 동기에 있어서 전혀 다른 성격의 것이다. 우선 그는 비유를 복잡한 인간적 현실을 해명하기 위한 언어행위, 또는 그것을 기술하기 위한 전략으로 본다. 그에 따르면 은유는 투시 곧 perspective다.[22] 그러나, 은유에 의해 투시가 이루어졌다고 해도 그것은 어디까지나 말의 상대적인 상태에 그친다. 그것으로 언어의 객관적인 리얼리티가 해체되는 것은 아니다. 그리하여 은유는 그 자체가 하나의 현실을 이루지만 그것은 과학의 그것과 다른 상태로 이루어진다. 과학은 본래 실질(substance)에 관계하지 않는다. 그것은 또한 동기에도 관계하는 법이 없다. 과학이 다루는 것은 다만 상관관계일 뿐이다. 그러나, 사회의 영역을 문제 삼는 경우에는 사정이 이와 아주 달라진다. 거기에는 인간관계가 문제되기 때문에 추상적 상관관계만으로는 설명이 불가능해진다. 왜냐 하면 인간관계는 실질의 관계이며, 실질의 관계에서는 항상 동기가 문제될 수밖에 없다. 버크는 이런 사실에 주목했다. 그리하여 그는 과학적 리얼리즘과는 다른 시적 리얼리즘이 있다고 전제하면서 행위의 동기를 다루고자 나섰다. 그런데, 자연의 차원 곧 자연주의적 상관관계의 유추에 따라서 인간관계를 다루고자 하면, 그 형태는 부득이 높은 영역에 낮은 영역 쪽으로, 또는 상위개념에서 하위개념으로의 환원이 되지 않을 수가 없다. 환유의 동기가 여기에 있는 것이다. 버크가 지적하고 있는 바와 같이 이 비유의

---

22) Kenneth Burke, 전게서, p. 503. 여기에는 물론 은유가 투시인 이유가 밝혀져 있다. 버크에 따르면 은유는 어떤 것을 다른 것으로 (in terms of) 보는 것이다. 말을 바꾸면 어떤 것의 속성을 다른 관점에서 보는 그 무엇이 되는 것이다. B의 관점에서 A를 바라본다는 자체가 투시일 수밖에 없는 것이다.

근본 전략은 '비물질적이며 실체가 없는 듯 생각되는 것을 물질적이며 실체적인 것'[23]으로 제시하는 데 있다. 이런 경우 우리에게 좋은 보기가 되는 것이 마음→감정→가슴이라는 말이다. 우리는 몹시 마음이 아픈 경우를 가리켜서 '가슴이 찢어진다'고 말한다. 이 때 가슴은 바로 우리 자신의 심리상태를 말하는 것으로 그 자체가 환유다. 그러나, 세월의 흐름과 함께 출발상태에 나타난 물질적인 것과의 관계는 잊혀져 버렸다. 그것을 다시 돌이켜내는 것은 시인의 비유적 확장에 의해서일 것이다. 이와 같이 환유는 시적 리얼리즘의 방법이다. 그리고, 환원이 과학적 리얼리즘의 방법인 것과 좋은 대비가 되어 준다.

한편 환원이란 바로 대리표상을 뜻한다. 그런데, 대리표상을 하기 위해서는 그 전제가 되는 여건 같은 것이 요구된다. 비유 가운데는 그 조건 내지 여건으로 부분 대신 전체라든가, 전체 대신 부분, 내용 대신 그 그릇, 기호 표현 대신 기호, 제품 대신 재료(이 경우는 환유에 유사해진다.), 원인 대신 결과, 결과 대신 원인, 種 대신 類, 類 대신 種을 이용하는 것이 있다. 이런 형태의 비유가 바로 제유다.[24] 그리고, 제유의 가장 고차적 형태, 혹은 元型은 미크로코스모스와 마크로코스모스의 동일성을 주장하는 형이상학적 학설에서 나타난다. 이런 유형의 논자에 따르면 개인은 우주의 복제에 해당된다. 그리고, 그 역도 참이다. 이것은 양자가 서로 다른 쪽을 대리표상하고 있는 경우다. 따라서 우리는 우주를 이상적인 제유라고 볼 수 있게 되는 것이다. 제유의 또 다른 형태로는 의회제도 같은 것을 들 수 있다. 의회제도는 한 집단 사회의 일부가 사회 전체의 대표라는 논리 위에서 가능하다.

---

23) 상게서, p. 506.
24) 상게서, pp. 507~508.

이런 의미에서 정치적 대표이론 역시 제유에 속하는 것이다. 똑같은 이야기가 예술적 표현의 경우에도 가능하다. 어느 의미에서 우리가 작품이라고 부르는 것들을 구성하는 諸 관계는 그에 대응하는 외부의 관계를 나타낸다(stand for).25) 여기에는 적어도 기호표현과 기호의 관계가 성립되는 셈이다. 이렇게 보면 환유는 제유의 특수형태라는 이야기도 가능하다. 이런 경우 우리에게 좋은 보기가 되는 것이 정신과 신체, 의식과 물질(또는 운동)의 상관관계다. 이들 관계의 유추는 질 대신에 양을, 또는 양 대신에 질을 대치시키는 일을 가능하게 한다. 여기까지는 분명히 제유의 영역이다. 그러나 이 두 형태의 비유 가운데 질 대신 양을 이끌어 들이는 것은 엄격한 의미에서 환원이다. 이런 의미에서 제유의 개념 속에는 이미 환유의 개념도 포함되어 있는 것이다.

3. 비유의 본질, 치환과 병치, 상호작용론

비유는 어느 의미에서 세계 인식과 전달의 한 방법이라고 할 수 있다. 본래 인간은 살아가는 가운데 무수하게 새로운 사태에 직면하고, 일찍이 가져 보지 못한 감정, 분위기에 접하게 된다. 또한 그런 체험은 또 다른 체험을 낳음으로써 제 나름대로 생생한 현실을 빚어내는 것이다. 이런 체험 내용들을 표현, 전달하기 위해서 이용되어 온 것이 비유다. 즉, 비유는 이미 밝혀진 바와 같이 그 발판으로 이미 알려진 체험 내용, 관념, 생각을 이용한

---

25) 상게서, pp. 508~509.

다. 그리고, 그에 곁들여 새로운 관념이나 말을 이용함으로써 우리로 하여금 제3의 국면을 이해, 파악할 수 있도록 해준다. 그런데, 이런 속성을 가진 비유를 형태상으로 나누면 크게 두 가지가 된다.

① 이상하게도 내가 사는 데서는
　새벽녘이면 산들이
　학처럼 날개를 쭉 펴고 날아 와서는
　종일토록 먹도 않고 말도 않고 엎뎃다가는
　해질 무렵이면 기러기처럼 날아서
　들만 남겨 놓고 먼 산속으로 간다.

　산은 날아도 새둥이나 꽃잎 하나 다치지 않고
　짐승들의 굴속에서는
　흙 한 줌 돌 한 개 들성거리지 않는다.
　새나 벌레나 짐승들이 놀랄까 봐
　지구처럼 不動의 姿勢로 떠간다.
　그럴 때면 새나 짐승들은
　기분 좋게 엎데서
　사람처럼 날아가는 꿈을 꾼다.

―金珖燮, 「山」 1, 2연

② 새 한 마린 날마다 그 맘 때
　한 나무에서만 지저귀고 있었다.

　어제처럼
　새 개의 가시덤불이 찬연하다
　하나는

어머님의 무덤
하나는
아우의 무덤

—金宗三, 「한 마리의 새」 1, 2연

얼핏 보아도 나타나는 바와 같이 ①과 ②는 그 비유 형태가 상당히 다르다. ①에서 主旨에 해당되는 것은 '山'이다. 그리고, 매체에 해당되는 것이 '학', '기러기' 등이며 그것이 거느리고 있는 상당량에 달하는 말들이다. 이 작품에서 양자는 일체화되어 있고 그를 통해서 제 나름의 심상이 제시되어졌다. 그러니까 ①의 비유 형식은 T=V로 도식화시킬 수 있는 경우다. 그러나, ②에서는 그런 도식화가 전혀 성립되지 않는다. 물론 이 작품은 마지막인 3연에서 1연의 두 줄이 그대로 되풀이되어 있기는 하다. 그러나, 그것을 고려에 넣는다고 해도 1연과 2연 사이에는 딱 잘라서 어느 것이 주지이며 어느 것이 매체인가를 지적 해 낼 근거가 될 만한 것이 나타나지 않는다. 구체적으로 이 작품 제 1연에서 주제적 심상을 이루고 있는 것은 "나무 위에서 지저귀는 새"다. 그리고, 2연에서는 그것이 좀더 복합적이다. 여기서는 첫 두 줄에서 "가시덤불"이 지배적 심상을 이룬다. 그리고, 이어 그것이 "어머니의 무덤", '아우의 무덤'등으로 비약되어 있는 것이다. 2연의 전반부에서 구태여 우리가 의미맥락의 고리 같을 것을 찾는다면 그것은 "세 개" 라는 숫자에 이어 "하나는/어머니의 무덤", "하나는/아우의 무덤"이라고 대응되는 구절이 나오는 점이다. 그러나, 그 밖의 의미맥락상 고리는 거의 포착되지 않는다. 이렇게 보면 이 작품의 형태, 구조는 철저하게 A/B/C로 이루어져 있음이 짐작된다.

1) 치환비유, 병치비유

우리는 앞에서 비유의 형태에 크게 두 가지가 있음을 보았다. ①의 보기에 나타나는 바와 같은 비유에서는 그 의미의 폭이 커지고 넓어진다. 이것을 우리는 확대(outreaching)라고 할 수 있을 것이다. 그에 대해서 ②에서는 일종의 조합(combining)이 이루어져 있다. 그리고, 그를 통해서 ②에서는 독특한 모양의 의미론적 변용이 이루어져 있다. 그리하여 양자의 효용, 기능이 크게 다르게 나타난다. 비유의 이런 형태에 주목하여 제 나름의 이론을 펼친 예로 P. 휠라이트가 있다. 그는 먼저 비유의 본질이 문법적 형태로 나타나는 규칙에 있지 않다고 못 박았다(이 때 예로 들려진 것이 R. 번즈의 시구다).26) 그에 따르면 비유의 본질은 의미론적 변용의 질로 파악되어야 한다. 이런 각도에서 볼 때 비유 가운데는 치환의 원리에 입각한 것과 병치비유에 해당되는 것이 있다.

(1) 치환비유

휠라이트는 이 비유의 개념을 최초로 수집한 예를 아리스토텔레스에서 찾았다. 그의 『시학』에 나오는 "한 명칭이(일상적으로 지시하는 바에서 다른 대상으로) 치환된 것"27) 이라고 규정한 부분이 이에 해당된다. 그런데, 여기서 치환에 해당되는 희랍어는 epiphora이다. 그리고, 이 때 epi는 '향해서 이동'하는 것을 뜻한다. 그리고, phora는 movement, 곧 동작이다. 본래 우리에게는 하나의 구체적이고 포착하기 쉬운 이미지로부터 모호하고 석연

---

26) Philip Wheelwright, 전게서, p. 71. 이 글의 각주 12) 부분 참조
27) 상게서, p. 72.

치 않은 낯선 것을 향해 이동하는 속성이 있다. 그리고, 이 때에 이용된 비유가 치환의 형태를 취한 것이다.

한편 휠라이트는 치환의 궁극적인 의의를 지적해 두는 것도 잊지 않았다. 일상생활에서 우리는 스스로 비교적 익숙하고 구체적으로 알게 된 것이 있다고 생각한다. 그리고, 그보다는 더욱 소중하고 가치 있는 것이지만 잘 알려지지 않았거나 전혀 알지 못하는 것도 있다. 이런 것들 사이에서 우리는 후자를 나 아닌 다른 사람들에게 느끼게 하고 알리고 싶다. 그것도 어디까지나 말로 해야 할 경우가 있는 것이다. 치환비유는 바로 이 때 우리가 사용하는 언어상의 도구에 해당된다.[28]

또한 이 비유는 그 의미작용을 가능케 하는 확실한 축어적 바탕도 지니고 있어야 한다. 이런 경우 우리는 "人生은 꿈이다"라는 소박한 말을 생각해 보아도 좋다. 여기서 '人生'이란 한마디로 체험이 되지 않는다. 그리하여 그것은 아무래도 막연하다. 그것이 '꿈'으로 치환되는 경우 우리에게는 비교적 구체적인 심상의 테두리가 정해진다. 그리고, 그 관계 형성은 어느 정도 논리적 설명이 가능하다. 이런 의미에서 치환비유는 축어적인 것이다.

> ① 이것은 소리 없는 아우성
> 　 저 푸른 海原을 向하여 흔드는
> 　 永遠한 노스탈쟈의 손수건
> 　 純情은 물결같이 바람에 나부끼고
> 　 오로지 맑고 곧은 理念의 標ㅅ대 끝에
> 　 哀愁는 白鷺처럼 날개를 펴다.
> 　 아아, 누구던가,

---

28) 상게서, p. 73.

이렇게 슬프고도 애달픈 마음을
맨 처음 공중에 달 줄을 안 그는

—柳致環,「旗ㅅ발」 전문

② 모든 울음은 여리고 간결하다.
들은 지금 막 단조로운 여름의 마지막 미사를 읊었고
귀뚜라미는 야위어가는 영구차처럼
건초 사이에서 기어나온다.

All cries are thin and terse;
The field has droned the summer's final mass;
A Cricket like a dwindling hearse
Crawls from the dry grass

—Richard Wilbur, "Exeunt"

①에서 주지가 되는 것은 "旗" 내지 "旗ㅅ발"이다. 그런데, 이 제재 내지 主旨는 완전히 열린 상태에서 생기 있는 심상을 갖지 못한다. 그것을 이 작품에서는 몇 개의 매체로 선명한 심상이 되게 하고 있다. 그리고, 그것으로 우리가 갖게 되는 체험에는 신선하고 충격적인 次元이 마련된다. 그러니까 여기에는 의심할 여지없이 치환의 원리가 작용하고 있는 것이다. ②에 대해서도 아주 비슷한 이야기가 가능하다.[29] 이 작품의 무대 배경은 막 제철에 접어든 가을의 전원, 또는 시골이라고 생각된다. 따라서 그 주지는 건초

---

29) 이 작품의 보기는 상게서, p. 75에서 뽑은 것이다. 단, 여기에 나오는 해석은 필자 자신의 것으로 상게서와는 무관하다.

가 쌓이고 귀뚜라미가 우는 가을이며 그 속에서 느끼는 화자의 정감 같은 것이다. 그런데, 제재 상태에서 그런 정감은 막연하고 테두리를 갖지 않는다. 그것이 이 작품에서는 여러 현상의 제시, 또는 매체 쪽으로의 전이를 통해서 구체적이며 신선한 느낌을 주는 심상으로 바뀌어진다. 특히 인용된 부분의 후반부에서 우리는 아주 독특한 체험에 부딪힌다. 치환비유란 이런 모양의 비유를 가리킨다.

(2) 병치비유

비유의 생명은 우리에게 신선한 심상을 지니게 하거나 긴장된 언어형태를 보여 주는 데 있다. 이런 사실을 치환비유의 속성에 견주어 생각해 보면 재미있는 이야기가 가능해진다. 치환비유에서 우리가 긴장감을 더욱 크게 맛보는 경우는 손쉽게 주지와 매체의 관계가 엉뚱할수록 그 견고성이라든가 탄력감이 배가되는 게 치환비유의 원리였다. 그렇다면 이 논리를 극대화시켜 아예 상관관계를 성립시키는 의장을 제거해 버린 비유도 생각될 수 있겠다. 즉, 순수하게 이질적 두 요소를 병치(juxtaposition)시킨 경우를 가정해 낼 수 있는 것이다. 이런 유형의 비유를 우리는 병치비유 곧 diaphora라고 한다. 휠라이트에 따르면 여기서 dia는 through 곧 통과를 뜻하며, phora는 movement 곧 동작이다. 그러니까 병치비유는 비유를 이루는 두 개의 요소가 서로 대등하게 작용하는 상태를 유지하는 경우다.[30] 이 때 두 요소는 외견상 대립 상태에 있는 것 같다. 그러나, 그 실에 있어서 서로는 독특한 상호 작용 관계를 맺는다. 그리고, 병치의 원리에 따라서 거기에는

---

30) 상게서, p. 78.

새로운 의미가 탄생한다. 이와 같은 설명과 함께 휠라이트는 이 비유의 보기로 다음과 같은 작품을 들었다.

人叢 속에 끼어 있는 이 얼굴들의 幻影
비에 젖은 검은 나뭇가지 위의 꽃잎들

The apparition of these faces in the crowd;
Petals on a wet, black bough.

—Ezra Pound, In a Station of the Metro

이 작품에서 주제어가 되고 있는 것은 환영 곧 apparition과 꽃잎들 곧 petals다. 그리고, 이들 주제어는 치환비유의 경우처럼 주지, 매체의 관계를 이루고 있는 것이 아니라 제각기 독립된 상태를 유지한 채다. 그러면서도 이 병치상태 속에서 우리는 새로운 의미 내지 심상의 제시를 느낄 수 있다. 물론 여기서 빚어진 심상 내지 의미가 표현 또는 표시의 상태에서 이루어지고 있는 것은 아니다. 우리가 표현 또는 표시라고 말할 때 거기에는 먼저 효과적으로 나타내어야 할 그 무엇이 있는 법이다. 범박한 의미에서 그것은 미메시스의 테두리에 드는 언어행위라고 볼 수 있다. 그러나, 여기에서는 전혀 그런 선행조건이 없이 한 쌍의 이미지가 대조되어 있다. 이것은 우리가 비유의 또 다른 속성을 믿는 결과 나타난 제시 방식이라 할 것이다. 앞에서 이미 밝혀진 바와 같이 비유 가운데는 분명히 유사성이나 연접성에 의거하는 것이 있다. 아무리 주지와 매체 사이의 거리가 먼 경우라도 그 형성은 이런 비유의 원리에 입각하는 것이다. 그러나, 에즈라 파운드의 이 작품에서는 사정이 다르다. 여기서 비유와 그것이 낳고 있는 심상은 분명히 어떤 돌발적 경험의 특수성에 의거하고 있다. 그리하여 이 경우 비유는 유추 가능한 상상력의 실마리를 문맥상에서는 전혀 나타내지 않는다. 휠라이트가 이 비유에 대해서 표현의 편이라기보다 제시적이라고 본 까닭이 여기에 있는 셈이다.[31]

2) 상호작용론, 막스 블랙의 방법

비유의 이해에 있어서 병치설은 아주 획기적인 것이었다. 이 개념의 도입으로 우리는 수사론의 테두리에서 시원스럽게 벗어날 수 있게 되었다. 그와 함께 시의 심상 제시에서 가장 기능적이라고 생각되는 당돌한 상관관계의 수립이 어떤 의의를 갖는가도 설명해 낼 길이 열렸다. 그러나, 이런 긍정적인 면과 함께 여기에는 석연치 않은 구석이 전혀 없는 것도 아니다. 우선 우리가 알고 있는 한 비유는 어느 정도의 연계성 내지 동질성을 토대로 한다. 그리고, 이 때 문제되는 연계관계나 동질성은 적어도 어떤 기법이나 의장을 통해서 확보되어야 한다. 그럼에도 에즈라 파운드의 작품에서는 전혀 그런 낌새가 나타나지 않는다. 이렇게 제기될 의문에 대해서도 휠라이트는 그 나름의 인식을 가졌던 듯하다. 그는 우선 '지하철 정거장에서'가 순수한 병치비유가 아니라 그 바닥에 전이, 치환의 느낌도 포함시킨 것이라고 보았다.

위 대구의('지하철 정거장에서'의 두 줄을 가리킴—필자 주) 이미저리가 두드러지게 병치적인 반면에 역시 어떤 epiphora의 뉘앙스도 띠고 있는 것이 아닐까? 外界의 색조와 그 결에 대한 시각적 인식은 다양하며 어떤 독자는 아마

---

31) 상게서, p. 80.

위 대비에 이미 어느 정도 유사성을 깨쳤을 가능성도 있다. 이러한 두 이미저
리의 병치는 매우 약하게, 그리고 미묘하게 어떤 비교를 암시하는 분위기를
띠고 있다는 주장도 가능하다. 이 두 행의 시가 파운드의 다른 시적 맥락 속에
서 고려됐을 때 diaphor 및 epiphor의 요소는 다같이 확대 된다.32)

우리는 이제 이 말을 뒤바꾸어 놓고 생각해 볼 수도 있을 것이다. 순수한
병치 형태의 비유 속에서도 이미 치환의 낌새가 느껴진다. 그렇다면 엄격한
의미에서 병치 또는 대조상태의 비유가 존재할 수 없다는 이야기가 가능하
다. 실제 휠라이트는 병치비유를 논하는 바로 그 자리에서 W. 스티븐슨의
'검은 새를 보는 열 세 가지 방법(Thirteen Ways of Looking at Blackbird)'을
보기로 들었다. 참고로 이 작품의 일부를 들어 보면 다음과 같다.33)

　　i
　　스무 개 눈 덮인 산 속에
　　오직 하나 움직이는 것은
　　검은 새의 눈망울뿐,

　　ii
　　내 마음은 세 가지

---

32) 상게서, pp. 80~81.
　　……while the imagery in the couplet is conspicuously diaphoric, does it not perhaps
　　carry an overtone of epiphor as well? Visual awarenesses of the colors and textures of the
　　external world to vary, and possibly for some readers there may seem to be a slight
　　degree of antecedent similarity in the contrast . It could be argued that the juxtaposition
　　is tinged, faintly and subtly, with a suggested comparison. Moreover, both the diaphoric
　　and the epiphoric elements are enlarged when the two-line poem is considered in the
　　context of the other poems with which Pound has surrounded it.
33) 상게서, p. 84.

세 마리 검은 새가 앉은
한 그루의 나무처럼

iii
가을 바람 속을 검은 새 둥글게 날았다.
그것은 작은 무언극 한토막

iv
한 남자와 여자는
하나이며
한 남자와 여자의 한 마리의 검은 새는
또한 하나이니

v
어느 것을 택하랴
음절의 變化의 아름다움인가
풍자의 아름다움인가
검은 새가 우짖을 적
또는 바로 그 직후

vi
한나절이 기운 저녁 무렵
눈이 내렸소
그리고 눈이 내리려 했소
검은 새는
杉나무의 큰 가지에 앉았었소.

i

Among twenty snowy mountains
The only moving thing
Was the dye of the blackbird.

ii

I was of three minds
Like a tree
In which there are three blackbird

iii

The blackbird whirled in the autumn winds.
It was a small part of the pantomime.

iv

A man and a woman
Are one.
A man and a woman and a blackbird
Are one.

v

I do not know which to prefer
The beauty of inflections
Or the beauty of innuendoes,
The blackbird whistling
Or just after.

vi

It was evening all afternoon.

It was snowing

And it was going to snow

The blackbird sat

In the cedar limbs.

이 작품에 대해서 휠라이트는 각 연이 독립된 단위로 병치의 상태에 있다
고 보았다. 그러나, 그 독립 단위의 연들 자체는 치환에 의해 심상이 제시되
어 있는 것이다. 뿐만 아니라 독립되어 있다고 지적된 각 연 역시 한 매체에
의해서 내밀스러운 연결이 이루어진다. 그것이 각 연에 되풀이되어 나오는
검은 새인 것이다. 휠라이트 자신은 이것을 "아무런 치환비유의 의미가 개재
하지 않는 순전한 제시적 통합"34)이라고 보았다. 그러나, 각 연마다 똑같은
명사가 쓰임으로써 이미 이 작품에는 비제시적 단면이 내포되었다는 해석도
가능하다. 그리고, 여기서 얻어지는 결론 역시 명백해진다. 결국 그것이 시
의 한 요소를 이루는 한 순수한 의미의 병치비유란 존재하지 않거나 무의미
하다. 그렇다면 또 하나의 질문이 제기된다. 이런 논리상의 난점에도 불구하
고 휠라이트가 굳이 병치론을 내세운 까닭은 무엇인가. 그것은 그가 비유의
형태설 내지 문법론을 극복하고자 했기 때문이다. 그가 관심을 가진 것은
비유의 질적 변화 내지 의미맥락상의 속성이다. 말을 바꾸면 그가 파악하려
고 한 것은 비유의 역학 같은 것이었다. 그걸 논증해 가기 위한 중간항으로
제기된 것이 병치 내지 대조론이 되는 것이다.
　휠라이트의 생각은 어느 편인가 하면 그 자체가 제시적이다. 이 말은 그

---

34) 상게서, p. 84.

가 병치론 내지 비유의 역동적인 상태를 충분히 논리적으로 설명해내지 못
했기에 지적되어야 할 점이다. 그런데, 그의 이런 결함을 효과적으로 극복해
낸 예가 나타난다. 그것이 곧 막스 블랙의 방법이다. 그에 따르면 이제까지
비유는 크게 세 가지 각도에서 거론되어 왔다. 대치, 비교, 상호작용론 등이
그것이다. 먼저 대치론(substitution view of metaphor)이란 가장 일반적인
비유론으로 통용되어 온 것이다. 먼저 심상 제시를 위해서 우리가 의도한
것이 선행한다. 그것을 효과적으로 표현하기 위해서 원용되는 기법을 비유
로 보자는 것이 이 관점의 골자다. 그러니까 이 때 비유의 역할은 문자 그대
로의 뜻, 또는 主旨를 다른 형태로 바꾸어 놓는데 있다.[35] 흔히 우리는 '키다
리'를 '전보대'라고 한다. 희고 둥근 소녀의 얼굴을 '달덩이'에 비유하기도
한다. 기록, 이런 비유 사이에는 아주 손쉽게 주지, 매체의 상관관계가 유추
될 수 있다. 이런 생각들이 대치론을 이루어 낸 것이다.

　한편 앞에서 우리는 비유의 또 다른 속성으로 아주 이질적인 두 개 의
관념을 엉뚱하게 연결시키는 면이 있음을 보았다. 이 때 비유의 형태는 대치
나 치환이 아니라 비교, 병치의 성격을 띤다. 이런 비유의 속성을 설명하기
위해서 막스 블랙은 '리처드 왕은 한 마리 사자다'라는 문장을 예로 들었다.
이와는 달리 '리처드 王은 한 마리 사자와 같다'라는 예가 생각 될 수 있겠다.
이 때 우리가 제시하고자 하는 것은 '리처드 왕이 용감하다'라는 속뜻이겠다.
그리고, 후자와 같은 표현으로 그 목적은 어느 정도 달성된다. 즉, 리처드
王의 용감성→사자 같다의 대체현상이 나타나고 있는 것이다. 그러나, 전자
는 그와 달라서 리처드 王/사자의 대비 내지 병치관계가 성립된다. 비유의

---

35) Marx Black, *Metaphor, Studies in Language and Philosophy* (Cornell Univ. Press. 1962), pp.
　　32~33.

이런 단면을 설명하기 위해 비교론(comparison view of metaphor)이 생겨났다는 것이다.[36]

그러나, 비교론으로 비유가 기능적으로 이해될 것이 아님은 이미 휠 라이트의 예를 통해서 단적으로 드러났다. 다시 "리처드 王은 사자다"라는 예문을 생각해 볼 필요가 있겠다. 이 때 비유는 단순하게 새로운 의미맥락 형성이나 심상의 제시에 그치지 않는다. 비유를 형성하는 두 개의 관념, 곧 '리처드 王'과 '사자'는 제각기 독자성을 가진다. 그러면서 주지는 매체에 작용하고, 매체는 또한 부단히 주지에 작용한다. 그리하여 양자는 서로 역동적인 상관관계를 지속시켜 나간다. 뿐만 아니라 비유의 이들 요소는 다시 그것이 시의 행과 연, 구조, 형태의 일부로서도 그 폭이라든가 깊이, 질량을 확대, 신장시켜 나간다. 비유의 이런 성격을 가리켜 막스 블랙은 상호작용론(interaction view of metaphor)의 입장을 취할 필요가 있다고 보았다.[37] 결국 상호작용론은 비유를 시의 필수불가결한 요소로 보자는 입장이다. 이런 관점에 따르면 비유는 끊임없이 시의 형태, 구조를 활성화시키는 역학적 실체로 해석될 수 있다. 이제 우리는 그런 사실을 구체적 작품을 통해서도 입증 해 낼 수 있다.

바람도 없는 공중에 垂直의 파문을 내며 고요히 떨어지는 오동잎은 누구의 발자춰 입니까.

지리한 장마 끝에 서풍에 몰려가는 무서운 검은 구름의 터진 틈으로 언뜻언뜻 보이는 푸른 하늘은 누구의 얼굴입니까.

꽃도 없는 깊은 나무에 푸른 이끼를 거쳐서 옛 塔 위의 고요한 하늘을 스치

---

36) 상게서, p. 36.
37) 상게서, p. 39.

는 알 수 없는 향기는 누구의 입김입니까.

근원은 알지도 못할 곳에서 나서 돌부리를 울리고 가늘게 흐르는 적은 시내
는 구비구비 누구의 노래입니까.

연꽃 같은 발꿈치로 가이 없는 바다를 밟고 옥같은 손으로 끝없는 하늘을
만지면서 떨어지는 해를 곱게 단장하는 저녁놀은 누구의 詩입니까.

타고 남은 재가 다시 기름이 됩니다. 그칠 줄을 모르고 타는 나의 가슴은
누구의 밤을 지키는 약한 등불입니까.

이 작품은 한국 서정시의 한 차원을 개척한 기념비적 존재로 평가될 수
있다.[38] 이런 평가는 비유론의 입장으로도 가능하다. 얼핏 보아도 나타나는
바와 같이 이 작품은 그 의미 단위가 한 문장으로 이루어져 있다. 그리고,
그들 각 단위 안에는 예외 없이 비유를 이루는 주지와 매체가 포함되어 있는
것이다. 제 1연에서 그것은 오동잎→누구의 발자취로 나타나며, 2연에서는
푸른 하늘→누구의 얼굴, 3연, 알 수 없는 향기→누구의 입김, 4연, 가늘게
흐르는 적은 시내→누구의 노래, 5연, 저녁 놀→누구의 詩로 되어 있다.
그리고, 여기서 가장 주목되어야 할 것이 이 작품의 마지막 부분이다. 여기
서 주지는 물론 '나의 가슴'이다. 그리고, 매체에 해당되는 것은 '등불'이다.
그런데, 비유가 성립되기 전 이들 두 개의 개념들은 아주 이질적이며 무관한
상태의 것이었다. 참고로 이들이 지닌 개념 내용을 생각해 보면 다음과 같은
도식화가 가능하다.

---

38) 이에 대해서는 이미 김용직, 「만해 한용운의 시와 문학사적 의의」, 『한국근대시사』(학
   연사, 1986)에서 언급을 가한 것이 있다. 따라서 자세한 설명은 그 쪽에 미룬다.

등불—물질의 영역, 일정한 공간 점유, 감각적 실체, 계량화 가능

나의 가슴(마음)—정신 또는 의식의 영역, 心意 現象, 비실체적, 계량화 불가능

韓龍雲은 이상과 같은 두 개의 관념을 한 문맥 속에 엮어 놓았다. 그것을 가능케 한 것이 "그칠 줄을 모르고 타는"이라든가 "누구의 밤을 지키는"과 같은 구절이다. 그리고, 무엇보다 중요하게 생각되는 것이 의문어미로 이루어진 "—입니까"이다. 이와 같은 관계 구절, 또는 의장을 통해서 이들 두 개의 이질적 관념이 한 문맥에 수용되면서 일종의 구조적 변혁이 빚어진다. 먼저 그들은 이질적인 것들이기 때문에 서로 독자적인 속성을 유지하려고 안간힘을 쓴다. 그러나, 이미 그들은 비유를 이루고 있다. 그리하여 그들은 다시 결합될 수밖에 없다. 그리하여 모순, 충돌과 화합, 일치하려는 동작이 끊임없이 되풀이된다. 그리고, 그를 통해서 이 부분이 지닌 詩의 의의가 비로소 제자리를 갖는다. 또 한 전체 작품과도 유기적인 상관관계가 맺어진다. 이제 설명의 편의를 위해서 그 사이의 사정을 도표로 제시해 보면 다음과 같다.

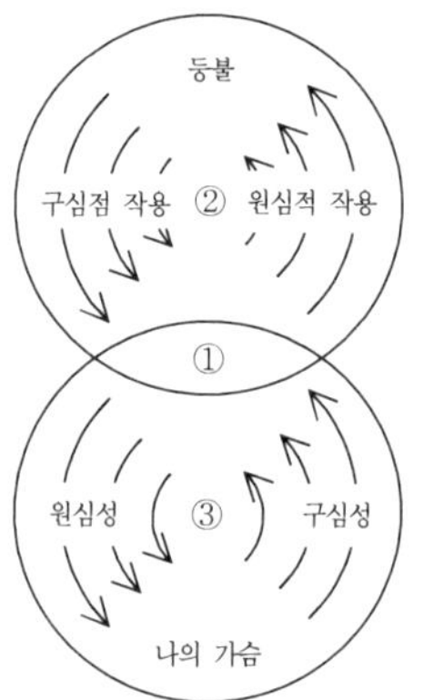

이 그림에서 ①은 비유를 성립시킨 관계장치를 의미하며 그에 부수된 의장의 영역을 가리킨다. 이런 영역이 형성되기 전, 비유는 물론 이루어지지 않는다. 그러나, 일단 ①이 형성됨과 함께 ②와 ③은 한 문맥 속에 엮어지면서 그 자체의 구조를 이룬다. 또한 이와 함께 ②와 ③은 이미 단순한 병치나 비교의 차원을 넘어선다. ①의 영역이 작동하면서 ②와 ③은 일종의 역학적 상관관계 속에 놓이는 것이다. 이 때 성립되는 역학적 상관관계는 그것이 다시 반대지향성의 것으로 나뉘어 이야기 될 수 있을 것이다. 그러나, 도표에서 나타나고 있는 바와 같이 이들은 끝내 하나의 원이 되어서 돌아갈 뿐이다. 이 역동적인 상태는 선조적인 것이 아니라 하나의 집합형태가 되고 나아가 입체적이 된다. 그리하여 ②와 ③은 일종의 역학적 소용돌이를 이룬다. 그러니까 상호작용이란 주지, 매체 사이의 단순한 교호작용에 그치지 않는다. 어느 의미에서 그것은 제 3의 역동적인 실체가 출현했음을 뜻한다. 이제 우리는 비유 논의에서 상호작용의 뜻이 무엇인가를 짐작하게 되었다. 그와 아울러 그것이 기능적으로 시를 이해하기 위해서 부분적인 개념으로 그치는 게 아님도 짐작하기에 이르렀다. 막스 블랙이 그의 비유론에서 대치론과 비교론을 지양, 극복하고자 한 까닭이 바로 여기에 있는 것이다. 또한 휠라이트의 병치비유론이 지닌 논리의 빈터 역시 이런 각도에서 보완되어야 한다.

상 징[1]

이승훈

1. 상징의 개념

1) 비유와 상징

상징이란 말 'symbol'의 어원은 희랍어 'symballein'이다. 'symballein'은 동사로서 '짜맞추다'(to put together)를 의미하며, 이것의 명사형은 'symbolon'으로서 '표시'(mark, token, sign)라는 의미로 사용되었다. 즉, 다시 말해서 상징은 두 사람이 헤어지면서 서약의 표시로 동전을 반으로 나누어 몸에 지닌 다음, 서로가 만나게 되었을 때 그 표시로서 동전을 서로 맞추어 의견의

---

1) 이 글은 이승훈, 『시론』(고려원, 1995)에 수록되어 있다.

일치를 본다는 의미를 함축하고 있는 것이다. 따라서 상징은 근본적으로 둘이 결합 혹은 연결됨으로써 비로소 자율적인 의미를 나타내는 언어의 양식이라고 부를 수 있다.

따라서 문학의 경우 상징이란 용어는 유추적으로 可視의 세계, 곧 물질세계가 연상의 힘에 의하여 不可視의 세계, 곧 정신세계와 일치하게 되는 표현의 양식이다. 연상의 힘에 의한다는 점이 여기서 강조되지 않으면 안 된다. 연상은 두 사물이 상상적으로 연결되고 결합되는 정신활동이요, 그런 점에서 상징의 어원이 내포하는 의미를 읽을 수 있기 때문이다. 이상과 같은 고찰에서 결국 문학적 상징이란 한마디로 심상(image)과 관념(idea)의 결합이요, 관념은 심상이 암시적으로 환기한다.

이제까지 많은 사람들은 상징의 이러한 개념으로부터 다음과 같은 사실을 유도해 냈다.[2] 그들은 모든 상징논의를 비유법과 유사한 측면에서 진행시켰다. 비유란 관례적 언어사용으로부터 벗어나, 어떤 특수한 의미나 효과를 위하여 언어가 독특한 양식으로 쓰임을 의미한다. 관례적 언어사용은 축어적으로 언어를 사용함, 곧 축어적 언어(literal language)를 지향한다. 문제는 상징을 비유와 유사한 것으로 인식한다고 할 때, 비유는 과연 어떻게 정의되는가에 있다. 에이브럼즈는 비유를 특히 사상적 비유(figures of thoughts, of tropes)와 수사적 비유(rhetorical figures, or figures of speech)로 나눈다.[3] 전자는 轉移 혹은 역전(conversion)에 의해 한 의미를 나타내고,

---

2) Preminger, A, (ed.), "Symbol", *Encyclopedia of Poetry & Poetics* (Princeton Univ. Press, 1965) 참고.

3) Abrams, M. H., "figurative language", *A Glossary of Literary Terms* (Holt, Rinehart & Winston, Inc. 3rd ed. 1971) 참고. 또한 Wellek, R & Warren, A., op. cit., p. 300, chap 15. notes 12)에는 metaphors가 symbols이 되는 때를 (a) metaphor의 vehicle이 concrete—sensuous가 될 때와 (b) metaphor가 recurrent and central일 때로 논의한다.

후자는 말의 수사적 효과를 위해 쓰일 때를 지칭한다. 따라서 우리가 상징을 비유적 측면에서 논의한다는 말은 일단 좀더 명료하게는 사상적 비유, 곧 직유(simile)·은유(metaphor)·환유(metonymy)·제유(synecdoche) 따위와 유사한 개념으로 본다는 말이 된다.

그러나 상징은 이러한 사상적 비유는 아니다. 상징은 어떤 비유법의 항목으로도 드러나지 않는다. 이 사실은 좀더 분별력 있는 고찰을 요구한다. 상징이 사상적 비유와 유사하지만 유사하지 않다는 사실은 과연 어떤 의미를 나타내는 것인가. 첫째로 사상적 비유와 유사하다는 점에서 우리는 상징이 폭넓게 드러내는 한 가지 사실, 곧 표면적 진술이 어떤 다른 진술을 의도한다는 사실을 밝힐 수 있다. 마치 은유에서 A라는 진술이 B라는 진술로 전이되거나 역전되듯이, 상징 역시 포괄적으로는 A라는 이미지가 B라는 관념을 나타낸다. 둘째로 그러나 상징은 사상적 비유와 유사하지 않다는 사실에서 우리는 특히 은유와의 차이에 유념케 된다. 은유는 대체로 상사성 혹은 유사성을 통해 두 사물을 결합한다. 그러나 상징은 비상사성 혹은 비유사성을 터널로 한 두 사물의 결합이라고 할 수 있다. 좀더 부연하면 전혀 이질적인 두 사물, 곧 심상과 관념이 내면적인 유사성을 암시하거나 진술하는 표현의 양식이다.

그런 점에서 우리는 상징을 한편으로 확장된 은유 혹은 반복적 은유라고 부를 수 있으며, 다른 한편으로는 의사주체 (pseudo-subject)라고 부를 수 있다. 후자는 두 사물 간의 연결이 어떤 유사성을 토대로 하지 않고, 오히려 그들 간의 연결이 원시적이고 마술적인 결합의 양식임을 뜻한다. 사이비 혹은 의사주체란 실제로 상징 자체가 주체이지만 말의 참뜻에서의 주체, 곧 객관적 실체가 될 수 없음을 의미한다. 심상은 자율성을 강조하지만 심상

이 표출하는 관념은 어디까지나 어떤 비논리적 힘, 이를테면 마술적인 힘에
의하여 태어남을 의미한다. 상징에선 심상 자체가 아니고 반드시 심상이
구현하는 관념이 강조된다.

2) 상징의 원리

그렇다면 심상과 관념을 어떤 유사성도 토대로 하지 않고 연결시킬 수
있는 힘을 어디서 찾아야 할 것인가. 이것은 또한 상징의 보다 바람직한
개념 정립을 위하여 반드시 다루어야 할 문제이기도 하다. 모든 문학 논의의
핵심이 그렇듯이, 상징논의 역시 언어의 문제를 중심으로 개진된다. 언어의
측면에서 상징은 신호와 변별된다.

일찍이 인간성의 실마리를 상징에서 찾은 카시러는 상징의 원리야말로
인간을 다른 동물과 구별케 하는 독특한 국면이라고 주장했다. 그에 의하면
동물은 그들의 기능원환(funktionskreis)이라 할 수 있는 수용계통과 운동계
통, 곧 해부학적 구조로서만 살고 있음에 비하여, 인간은 해부학적 구조 외
에 제3의 연결물, 곧 상징적 체계 속에서 살고 있다. 그리고 이렇게 새로운
체계 속에 인간이 사는 것을 그는 '실재의 새로운 차원 속에 살고 있음'이라
고 언명한다.[4] 이 새로운 실재의 차원은 언어, 신화, 예술, 역사, 과학 등
상징형식의 세계를 의미한다. 무엇보다도 인간이 언어의 세계에 산다는 점
때문에 인간은 동물적 '반동의 양식'에서 '인간적 반응'의 양식으로 살게 된
다. 언어의 경우 동물적 반동의 양식과 인간적 반응의 양식은 기호와 상징으
로 환치된다. 카씨러는 기호와 상징을 다음과 같이 구별한다.[5]

---

4) Cassirer, *An Essay on Man* (최명관 역, 민중서관), p. 59.

신호와 상징은 서로 다른 두 개의 논의의 세계에 속하는 바, 신호는 물리적인 존재 세계의 일부요, 상징은 인간의 의미 세계의 일부다. 신호는 조직자(operators)요, 상징은 지시자(designators)다. 신호는 신호로 이해되고 사용될 때에도 역시 일종의 물리적 혹은 실질적 존재요, 상징은 다만 기능적인 가치를 가지고 있을 따름이다.

이처럼 물질적 존재→신호, 기능적 가치→상징으로 언명되는 두 명제를 그는 한 마디로 전자를 실제적 상상력, 후자를 상징적 상상력의 세계라고 요약한다. 실제적 상상력이란 '그것에 관하여' 생각하는 것이 아니라 '다만 그것'을 생각함이며, 상징적 상상력이란 '다만 그것을 생각함이 아니라 '그것에 관하여'를 생각함을 뜻한다. 그것에 관하여 생각함은 사물을 구체적으로 이해함이 아니라, 추상적으로 이해함이다. 그리하여 모든 사물을 있는 그대로 수용함이 아니고, 다른 어떤 체계 속에서 이해하려는 사고능력이 카씨러의 경우 상징 능력이 된다. 사실 헬렌 켈러가 이름과 사물의 관계를 인식했을 때, 그녀는 얼마나 새로운 세계의 빛을 맛보았던 것인가라고 물으면서, 그는 이렇듯 한 사물을 사물로서의 구체적 존재가 아니라 어떤 다른 수준의 추상적 존재와 결합시키려는 원리는 인간만의 삶의 원리가 된다고 본다. 그것이 상징의 원리이며, 또한 마술의 열쇠가 된다. 상징의 원리는 인간세계의 두 차원, 곧 공간과 시간의 차원에서 보다 세밀하게 천착될 수 있다.

첫째로 인간은 어떻게 공간을 지각하는가. 모든 동물들은 자기들의 환경에 스스로를 적용하면서 산다. 어떤 새로운 전망도 없이 공간과 자신의 삶을 유기적으로 결합하며 사는 것이다. 카씨러는 이러한 공간지각을 행동의 공

---

5) Ibid,. pp. 72~73.

간, 곧 '유기적 공간'이라고 부른다. 그러나 인간은 동물들처럼 유기적 공간에 살면서 어떤 전망을 구축한다. 그것은 감각적 경험을 포함은 새로운 세계에의 갈망이 성취한다. 카씨러는 이러한 공간지각을 상징의 공간, 곧 '추상적 공간'이라고 부른다. 이를테면 기하학의 점과 선이 구축하는 공간이 그렇다. 실제로 이러한 공간은 어떤 물리적 심리적 세계도 반영하지 않지만 우리의 인식을 한결 빛나게 하고 있음이 반증된다. 뿐만 아니라 모든 예술이 대상의 소박한 모방에서 벗어나 마침내 비대상의 차원을 지향할 때, 그 예술의 공간 역시 근본적으로는 추상적 공간이 되는 것이다.

둘째로 시간의 문제에 있어서도 이러한 상징의 원리는 그대로 적용된다. 낮은 단계의 삶은 시간을 유기적 생명의 일반적 조건으로 보았다. 환언하면 시간을 계기적 질서의 한 패턴으로 보았고, 따라서 카씨러도 예시하듯이, 헤라클리투스 같은 철학자의 '만물유전설'이 정당하게 받아들여졌던 것이다. 그러나 모든 시간 논의가 마침내 귀속되는 의식의 문제를 상기할 때 우리는 시간이 의식의 내용에 지나지 않음을 깨닫게 된 것이다. 특히 이 의식의 내용을 우리는 기억이라는 개념으로 반성하게 된다. 카씨러는 기억의 문제를 무네메(mneme)적 생물학의 개념과 인간학적 개념으로 대비시켜 고찰한다.6) 전자는 쎄몽의 이론으로서 무네메란 '유기체에 일어나는 여러 변화 속에서 여러 사건을 보존하는 원리'를 일컫는다. 따라서 이러한 견해에 의하면 기억은 자극→인상(engram)→유기체의 반작용, 곧 무네메적 생물학적 과정에 지나지 않는다. 한마디로 모든 기억은 엥그람의 연쇄인 것이다. 그러나 기억에 관한 인간학적 개념은 생물학적 개념과 다르다.

기억의 인간학적 개념은 여커스의 『회상론』, 베르그송의 『물질과 기억』,

---

6) Ibid., pp. 107~112.

괴테의 『시와 진실』이 보다 구체적으로 알려 주고 있다. 여커스의 경우 회상이란 '단순한 반복이 아니라 과거의 갱생, 창조적이고 건설적인 과정'이다. 한마디로 재수습(re-collect)이다. 이것은 '인지와 동일성 확인의 과정으로서 매우 복잡한 구성의 과정을 내포'한다. 또한 베르그송의 경우 기억은 '內化와 집약'을 의미한다. 모든 과거 생활이 상호 침투됨으로써 정신적 자아, 곧 '연속적 진보 속의 개인적 역학'으로 드러난다. 따라서 기억은 어떤 인과관계도 내포하지 않는 '창조적 자발성'(élan vital)인 것이다. 물론 그는 창조적 자발성을 『물질과 기억』에 앞서 저술한 『시간과 자유』에서 자유의 개념으로 파악했다. 곧 진정한 시간이란 물리적 시간이 아니요, 물리학적 개념을 배제한 심리적 현실이다. 따라서 이러한 심리적 현실은 과거·현재·미래라는 국면이 한 곳에 엉키어 새로운 세계를 지향하는 현실이다. 이것을 그는 특히 '순수지속', 곧 시시각각 이동하면서 상호 침투하는 시간으로 보았다. 괴테의 경우, 카씨러가 명쾌히 지적하는 것이지만, 진실, 곧 생애의 진리는 시라는 형식을 통해서 성취된다. 시적 형식은 상징적 형식이요, 상징적 형식은 상징적 기억에 힘입는다. 특히 괴테가 자신의 자서전 표제를 '시와 진실'이라고 했음에 유의할 때, 무엇보다도 모든 삶의 진리는 '분산된 여러 사실에 지적인, 곧 상징적인 형식을 줌으로써' 발견된다는 관념을 깨닫게 된다. 현재의 과거에 대한 관계는 과거 경험의 반복이기보다는 그 경험의 재구성, 곧 상상력의 개입에 의해 비로소 그 진의가 밝혀짐을 깨닫게 된다. 카씨러가 시간의 문제를 상징의 원리에서 어떻게 파악하는가를 살폈다.

그러나 이상은 주로 과거와의 관계였다면, 미래와의 관계 역시 검토되어야 한다. 카씨러는 삶의 본질을 '불안과 희망 사이의 삶'으로 규정한다. 이것은 하이데거가 실존의 본질을 시간의 개념에서 파악하는 것과 유사한 발상이다. 인간의 삶은 한마디로 불확정성의 요소에 의해 지탱된다. 이때 미래는 하나의 심상이면서 하나의 이상으로 드러난다. 그것은 하이데거 식으로는 하나의 명령이 된다. 카시러는 이것을 '예언적 미래' 혹은 '상징적 미래'라고 정의한다. 그것은 현실성과 가능성이란 두 요소에 대한 끊임없는 인간적 인식을 떠올리며, 이러한 인식의 국면이야말로 인식의 근본조건이며, 그것은 이원론을 토대로 한다. 그리고 이러한 인식이 모든 문화를 창출한다.

이제 우리는 상징적 세계는 한마디로 가설적 세계에 지나지 않지만, 이 가설적 세계의 구축이야말로 모든 인간의 꿈이 개화하는 장소라고 말할 수 있다. 상징은 인간성의 실마리요, 모든 인간은 상징적 행위에 의하여 인간만의 세계를 구축하고, 그 세계의 빛 속에서 인간답게 사는 것이다. 모든 마술의 열쇠가 인간의 꿈과 결합되듯이, 상징의 개념 역시 이러한 인간의 꿈과 결합된다.

2. 상징의 유형

1) 문학적 상징

상징의 개념에서 읽을 수 있는 이러한 양면성, 즉 다시 말해서 상징이 사상적 비유와 유사하면서 동시에 유사하지 않다는 사실은 우리에게 새로운 접근법을 상정하게 한다. 한 이미지의 상징적 연상은 분명치 않고 오히려 모호하며, 더욱 작품 자체의 문맥에 전폭적으로 의존하기 때문이다. 그렇다면 독자의 입장에서 우리는 어떻게 문학적 상징을 읽어야 할 것인가. 대체로 우리는 다음과 같은 질문의 과정을 밟을 수 있다.

첫째로 한 편의 시 속에 나타난 이미지가 상징인가 아닌가를 판별해야 한다. 주어진 이미지가 상징인가 아닌가를 묻는 양식은 일반적으로 다음과 같은 세 가지 모습을 띤다.[7] ① 관념과 이미지의 결합이 작품 속에서 분명하게 인지되는 경우, 이를테면 아놀드의 「도버해협」 속의 '신념의 바다', ② 이미지가 교묘하게 제시되어 단순히 축어적 해석으로는 그것이 상징인지 아닌지를 깨달을 수 없는 경우, 이를테면 예이츠의 「비잔티움에의 항해」에서 '비잔티움'이 그렇다. '비잔티움'은 실제로 존재하지 않기 때문이다. 또한 마블의 「정원」이란 시 속에서의 '정원'이 그렇다. '정원'은 실제로 세계에 존재하지만 시 속에서는 정원에 대한 화자의 반응이 그것을 매우 특수한 것으로 만들기 때문이다. ③ 암시적 연상의 압력이 지나치게 커서 상징적 해석을 요구하는 경우, 이를테면 테니슨의 『율리시즈』 속의 '율리시즈'가 그렇다. 율리시즈는 시 속에서 호머나 단테의 문학적 세례뿐만 아니라 신화적 설화적 세례를 테니슨 이전에 폭 넓게 받았기 때문이다. 그러나 문제는 여기서 종결되지 않고 또 다른 질문의 양식과 마주치게 된다. 그것을 둘째의 질문 양식이라고 부를 수 있다.

둘째로 작품 속에서 상징의 위치와 기능을 어떻게 해석할 것인가라는 물음이다. 이러한 물음은 대체로 중첩되는 세 가지 탐구의 영역을 살핌으로써 해결될 수 있다.[8] ①이미저리의 근원을 경험적으로 천착할 수 있다. 이를테면 그것이 자연세계에서 온 것인가, 인간의 신체에서 온 것인가, 인공적 세계에서 온 것인가 따위이다. ② 주어진 작품 속에서 이미저리의 상태가

---

7) Preminger, A (ed)., "Symbol", *op. cit.* 참고
8) *Ibid.* 참고

어떤가를 살필 수 있다. 이를테면 실제적 경험세계가 축어적으로 제시되었느가, 아니면 꿈이나 환영(vision)의 세계가 비유적으로 제시되었는가를 살핌인데, 전자에선 경험세계가 경험세계 이상의 것으로 연상되고, 후자에선 꿈이나 환영이 동시에 다른 것으로 연상된다. ③ 이미저리가 연상력을 획득하는 방법을 살필 수 있다. 이를테면 ⓐ 주로 보편적인 인간경험, 곧 원형(archetype)에 의하는가, ⓑ 특수한 역사적 인습에 의하는가, ⓒ 주어진 작품의 요소들 사이의 내적관계에 의하는가, 곧 구조적 강조·배치·지위·발전에 의하는가, ⓓ 시인 스스로의 개인적 체계에 의하는 가, 혹은 어떤 협동에 의하는 가를 살펴 그 연상력의 획득 방법을 이해할 수 있다.

　문제는 이상 세 가지 영역에 서로 중첩됨에 있지만, 무엇보다 마지막 ③의 영역을 좀더 세심하게 고찰할 필요가 있을 것이다. 흔히 인용되는 보기로서 다음과 같은 것들이 있다. ⅰ) 보편적 인간경험에 의하여 상징을 획득하는 것들로, '계단이나 산을 오름'은 '정신적 정화', '헤엄쳐 물을 건넘'은 일종의 '정신적 전환', '일몰'은 '죽음', '일출'은 '재생'의 의미로 연상 된다. ⅱ) 인습적 상징의 예로는 다음과 같은 것들이 있다. 곧 '납을 금으로 변화시킴'은 속죄' 혹은 '구원', '백합'은 '정숙', '장미'는 '격정', '호랑이'는 '기독'을 의미한다. ⅲ) 내적 관계로서의 상징으로 다음 예들이 摘示된다. '벽'은 프로스트의 경우 '원시적 세계와 문명의 양분' 혹은'자연적 혼돈과 인간적 질서의 양분'을 의미하며, 스티븐스의 경우 '기이타'와 '푸른 빛'은 '심미적 상상력'을 의미한다. 또한 오든의 경우, '자기만족'과 '바다'는 '용기'를 의미한다. ⅳ) 개인의 상징들의 예로 다음과 같은 것들이 있다. 예이츠의 경우 '달의 국면들'은 '개인적인 심리세계와 연결된 역사적 순환(cycles)'을 의미하며, 토마스의 경우 '미이라 만들기, 혹은 방부를 위해 향수를 뿌림

(embalment)'은 '정신을 소생시키려는 시도에 있어서 끝끝내 극복 될 수 없는 장애'의 의미를 환기한다.

2) 언어적 상징과 문학적 상징

이상과 같은 상징에 대한 두 가지 질문 양식과 그 질문에 대한 고찰에서 우리는 상징의 몇 가지 유형을 제시한 셈이 된다. 앞의 질문양식 가운데 특히 이미저리가 자신의 연상력을 획득하는 방법에 대한 탐색이 제시한 몇 가지 사항들은 상징의 일반적 유형이라는 측면에서 다시 검토될 수 있다. 일일이 예시까지 하면서 제기된 네 가지 사항은 iii) 내적 관계로서의 상징을 iv) 개인적 상징으로 편입시킴으로써 크게는 세 가지로 요약된다. 왜냐하면 구조적 요소들의 관계가 환기하는 상징은 결국 한 시인의 작품의식에 힘입기 때문이요, 따라서 작품의식은 시인과 독립되어 움직이지 않기 때문이다. 구조는 자율적 체계이지만 시적 구조에는 시인 개인의 표시가 은밀히 배어 있기 때문에 iii)을 iv)에 포함시킴이 자연스러울 듯하다.

휠러는 상징의 유형을 매우 간결하게 자연적 상징, 인습적 상징, 개인적 상징으로 구별한다.9) 이러한 세 가지 국면으로 나타나는 상징의 유형은 상징을 해석함에 있어 그 해석의 기초를 제공한다. 특히 휠러는 모든 상징 논의가 귀결된 언어의 차원에서부터 상징을 고찰한다. 카씨러에 의해 명료히 파악된 것처럼 언어는 상징의 으뜸가는 형식이다. 다만 그는 상징과 신화의 차이를 구별하면서 보다 포괄적으로 상징을 해명했을 뿐이다. 말하자면

---

9) Wheele, C. B., *The Design of Poetry* (W. W. Norton & Company, Inc., New York: 1966), p. 187.

그에 의하면 신호는 동물적 반동의 양식, 상징은 인간적 반 반응의 양식이지만 사실 신호든 상징이든 모두가 오늘날 인간적 사고의 두 측면을 환기하는 것이라면 이제 좀더 구체적인 접근법이 허용되어야 하리라. 휠러는 모든 상징의 문제를 언어적 상징과 문학적 상징으로 양분한다.[10] 전자는 기호, 후자는 상징을 폭넓게 지시하는 것이지만, 이러한 명명에 의하여 보다 생생한 차이가 집약될 수 있다.

언어적 상징이란 모든 언어의 특성이라 할 수 있는 '대신함'(standing for)을 기본속성으로 하고 있다 이 '대신함'은 상징이 드러나는 '연결'의 의미를 환기한다. 그러나 이 언어적 상징은 다시 (1) 언어학적 적용으로서의 상징, (2) 비언학적 적용으로서의 상징으로 분별된다. (1)은 예를 들면 '책상'이라는 상징이 실제 책상이라는 사물을 대신함이요, (2)는 논리적 혹은 문법적 기능만을 나타내는 '는' 혹은 '9'같은 상징을 의미한다. 특히 (2)를 언어적 기호(linguistic sign)라고 부를 수 있다.

문학적 상징은 물론 언어로 구현된다는 점에서 언어적 상징과 다르지 않다. 그러나 언어적 상징의 경우 그 대상은 무의미 하지만, 문학적 상징의 경우 그 대상은 의미를 환기한다. 왜냐하면 '대상이 그러한 의미를 갖기 때문에 문학작품에서 그렇게 사용되기' 때문이다. 그러나 휠러는 언어적 상징에서 대상의 무의미하다는 것이 그 대상의 모든 가치를 부인하는 것은 아니라고 강조한다. 대체로 문학적 상징은 상징이 되기 위하여 (1) 추상화의 과정, (2) 정신적 조작의 중개라는 두 가지 방식을 취한다. (1)의 예로서 '십자가', (2)의 예로서 '십자가'란 말 자체의 의미를 생각할 수 있다. 문제는 우리가 상징의 본질에서 말할 때 남겨두었던 은유와의 차이를 어떻게 명료하게

---

10) Ibid., pp. 180~181.

인식할 것인가에 있다. 물론 상징은 은유적 형식과 유사하면서 은유적 형식을 초월한다. 그리고 이러한 특성이 마침내 상징을 마술의 한 영역으로 몰아가게 했고, 또 모든 마술의 열쇠는 인간성의 실마리로 번영되어 해석되었음을 우리는 안다.

휠러에 의하면 은유와 상징은 문학작품에서 비슷한 양식으로 드러난다. 그러나 좀더 면밀히 분석할 때, 은유가 언어적 기교임에 비하여 상징은 단순한 언어적 연결이 아니다. 둘 다 일종의 이중성(doubleness)을 핵으로 한다. 곧 두 개의 중복되는 圓이 문맥을 형성한다. 그러나 은유의 경우, 두 개의 원은 모두 낱말인 반면, 상징의 경우 두 개의 원은 각각 사물과 관념을 표시한다. 요약하면 은유는 오직 언어에 의해서만 존재하고 상징은 물론 언어에 의하지만 동시에 언어에 의해서만 존재하지는 않는다. 상징은 '사물과 더불어 사고하는 방법'이요, 은유보다 더욱 분별적이고 근본적이다. 상징의 이중성은 인간 사유가 물질세계의 대상들과 갖는 상호 반응을 조건으로 하기 때문이다. 앞의 이중성의 개념을 도표로 나타내면 다음과 같다.

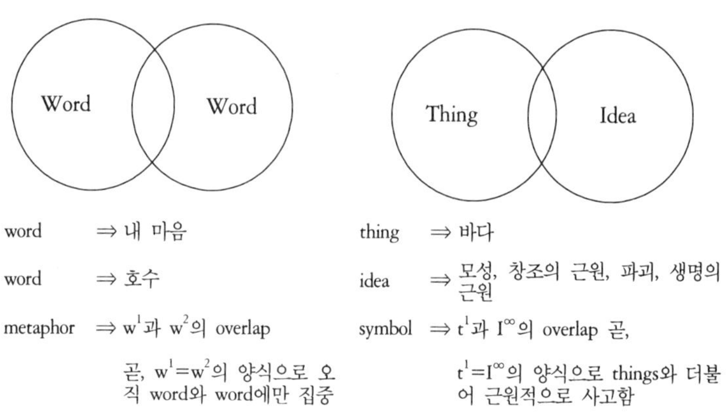

word	$\Rightarrow$ 내 마음	thing	$\Rightarrow$ 바다
word	$\Rightarrow$ 호수	idea	$\Rightarrow$ 모성, 창조의 근원, 파괴, 생명의 근원
metaphor	$\Rightarrow$ w^1과 w^2의 overlap 곧, $w^1=w^2$의 양식으로 오직 word와 word에만 집중	symbol	$\Rightarrow$ t^1과 I^∞의 overlap 곧, $t^1=I^\infty$의 양식으로 things와 더불어 근원적으로 사고함

이상은 우리가 그 개념을 명백하게 정의하지 않았던 몇 가지 유보사항들을 해명하는 것이다. 이러한 사실들이 해명됨으로써 비로소 상징의 일반적 유형이 보다 바람직하게 파악될 수 있다. 따라서 상징의 일반적 유형으로 摘示한 세 가지 국면은 작가나 시인이 사물과 더불어 보다 근원적으로 사고함을 뜻하기 때문에, 근원적 사고가 띠는 사물에의 직접성과 사물에의 共鳴性을 언제나 잊지 말아야 할 것이다. 어떤 유형의 상징이든 그 상징해석은 일반성이 아니라 특수성을 지향한다. 곧 해석의 일반화는 위험한 것이다. 특히 개인적 상징의 경우 독자의 적절한 해석력 결핍의 문제, 작가의 애매한 처리가 환기하는 암시성의 실패 따위는 가장 큰 문제로 제기된다. 또한 인습적 상징 역시 그 것이 常套型이 아니고 언제나 작품에선 임의적 요소가 개입되기 때문에 인공적인 것이든 자연적인 것이든 한 사물을 선택하는 행위가 바로 새로운 의미를 탐구하는 행위라는 점을 잊어서는 안 된다. 시인들은 과연 작품 속에서 어떤 유형으로 상징을 제시하는 것인가.

3. 상징의 분석

1) 분석의 일반성

상징분석의 일반성이란 앞에서 제시한 상징의 몇 가지 유형을 작품에서 구체적으로 읽으려는 자세를, 그리고 특수성이란 상징이 이러한 일반성을 초월한다는 점을 감안해서 택한 용어이다. 상징분석의 일반성이란 앞에서 제시한 상징의 두 번째 질문양식에 상응하는 세 탐구의 영역에서 출발한다.

다만 이 세 가지 탐구의 영역 가운데에서 특히 마지막 영역, 다시 말해 이미지가 연상력을 획득하는 방법에 대한 고찰에 많은 강조점이 놓이는 것이지만, 언제나 모든 상징분석은 실제로는 이러한 여러 탐구 영역들의 동시적인 적용을 전제로 한다.

> (1) 麝香 薄荷의 뒤안길이다.
>   아름다운 배암…….
>   얼마나 커다란 슬픔으로 태어났기에
>   저리도 징그러운 몸뚱어리냐.
>
>   꽃대님 같다.
>   너의 할아버지가 이브를 꼬여내던 達辯의 혓바닥이
>   소리를 잃은 채 날름 거리는 붉은 아가리로
>   푸른 하늘이다…….물어뜯어라, 원통히 물어뜯어,
>
>   달아나거라, 저놈의 대가리!
>   돌팔매를 쏘면서, 쏘면서, 麝香 芳草ㅅ길
>   저놈의 뒤를 따르는 것은
>   우리 할아버지의 아내가 이브라서 그러는 게 아니라
>   石油 먹은 듯……石油 먹은 듯……가쁜 숨결이야.
>
>   바늘에 꼬여 두를까부다. 꽃대님보다도 아름다운 빛……
>
>   클레오파트라의 피먹은 양 붉게 타오르는
>   고운 입술이다…….스며라, 배암!
>
>   우리 순네는 스물난 색시, 고양이 같이 고운

입술……스며라, 배암 !

  (2) 男子와 女子의 아랫도리가
    젖어 있다.
    밤에 보는 오갈피나무,
    오갈피나무의 아랫도리가 젖어 있다.
    맨발로 바다를 밟고 간 사람은
    새가 되었다고 한다.
    발바닥만 젖어 있었다고 한다.

  (1)은 徐廷柱의 「花蛇」 전문이고, (2)는 金春洙의 「눈물」 전문이다. 이 두 편의 시는 모두 그 중심 이미지가 상징으로 드러난다. 「화사」의 경우에는 '배암', 「눈물」의 경우에는 '바다'가 그것이다. 따라서 위의 두 편의 시는 이러한 상징의 의미가 어떻게 전개되느냐에 따라 시의 의미가 보다 명료해지는 시편들의 보기라고 할 수 있다.

  첫째로 두 개의 상징 '배암'과 '바다'는 모두 경험세계를 그 상징의 근원으로 한다. 말하자면 '배암'과 '바다'는 자연 세계에서 얻어 온 상징이다. 둘째로 이 두 상징이 보여주는 작품의 상태, 곧 축어적(literal)으로 존재하는가 비축어적(nonliteral)으로 존재하는가에 따라 '바다'는 전자에 '배암'은 후자에 속한다. 비축어적 존재란 물론 축어적으로 존재하면서 동시에 어떤 꿈이나 환영처럼 존재함을 의미한다. 셋째로 그러나 두 상징이 어떻게 연상력 내지 암시력을 획득하는가하는 문제는 상징분석의 중심과제로서, 이 과제는 대체로 보편적 인간경험, 특수한 역사적 인습, 개인적 체계에 따라 해명된다. 휠러 식으로는 자연적 상징, 인습적 상징, 개인적 상징의 유형으로 드러난다.

먼저 '배암'은 시 전편에서 간취되듯 인습적 상징(이브를 꼬여내던 달변의 혓바닥)과 자연적 상징(징그러운 몸뚱아리, 꽃대님보다도 아름다운 빛, 클레오파트라의 고운 입술)과 개인적 상징(고양이같이 고운 입술)이 구조적으로 결합되어 있다. 따라서 우리는 중심 상징으로서의 '배암'이 어떤 의미를 암시하는 것인가에 따라 시인의 핵심적 사상이나 기본 정조가 무엇인가를 알게 된다. 구조적으로 '배암'의 상징논리는 자연적 상징→인습적 상징→개인적 상징으로 발전한다. 결국 시인은 '배암'으로써 징그러움→악에의 유혹→정열이라는 세 가지 일반적 의미구조를 형상화하고 마침내 인간의 에로스가 구현하는 정욕이나 관능의 현란함을 묘사한다.

다음 '바다'는 중심적 상징이기보다는 한 편의 시를 형성하는 상징적 요소들인 '남자와 여자의 아랫도리', '오갈피나무의 아랫도리', '새', '발바닥' 등과 함께 협동적으로 그 의미가 읽혀야 하는 상징의 예이다. 앞에서 작품의 내적 구조로서의 상징이란 말을 했고, 다시 그러한 유형을 우리는 개인적 상징의 유형 속에 편입시켰다. 따라서 '바다'는 일차적으로 구조적 상징으로서 파악되어야 한다. 작품의 내적 관계로 드러나는 이러한 상징은 이 시의 경우, 어떠한 자연성·인습성도 부재함으로써 결국은 개인적 상징의 유형이 된다. 자연성의 부재는 '맨발로 바다를 밟고 간 사람'이라는 표현에서 그렇다. 이런 '바다'는 인간들의 보편적 이해에 배반되기 때문이요, 인습성의 부재는 이 상징이 어떤 역사적 특수성과도 무관하기 때문이다. 어디까지나 시인 스스로의 개인적 상징으로 머문다.

먼저 구조적 측면에서 '바다'는 '남자와 여자', '오갈피나무'라는 두 상징체계 다음에 드러나는 새로운 상징으로 이해된다. 따라서 이 시의 구조는 이상의 세 상징체계가 합병적인가, 병치적인가, 구심적인가, 원심적인가를 살핌으로써 일단 그 의미가 해석되어진다. 그리고 이때 '바다'의 의미 역시 드러나게 되는 것이다. '남자와 여자'는 '오갈피나무'와 합병적인 구조를 형성한다. 둘 다 '아랫도리'가 '젖어 있다'는 서술을 공유함으로써 이러한 추리는 가능하다. 그러나 '바다'는 앞의 두 상징체계와, 어떠한 요소도 공유하지 않는다. 따라서 '바다'는 앞의 두 상징체계와는 병치적 구조를 나타낸다.

결국 이 시는 '아랫도리가 젖어있는 남자와 여자, 그리고 오갈피나무'라는 상징체계와 '맨발로 바다를 밟고 간 사람'이라는 상징체계가 병치적인 구조를 형성하는 시라고 볼 수 있다. 모든 병치는 제3의 의미를 향하여 변증법적으로 지양된다. 따라서 구심적이다. 다만 이 시의 경우, 그 구심점으로서의 의미는 시인 개인의 인식의 힘과 결합된다. 그 인식은 '눈물'에 대한 인식이다. 따라서 문제는 한 시인이 개인적으로 '바다'라는 사물과 더불어 어떻게 근원적인 사고를 하는가에 대한 탐색이 남게 된다. 이것은 심리학적 천착을 통해 비로소 가능한 것이고, 이때 우리는 상징 분석의 일반성이 아니라 그 특수성과 마주치게 된다.

2) 분석의 특수성

휠라이트는 상징을 약속상징(steno-symbol)과 장력상징(tensive-symbol)으로 나누면서 장력상징에서는 다양한 연상들이 잠재의식적으로 상호 관련된다고 본다.[11] 그는 상징을 '견고하고 반복적인 요소'로 정의하면서 '경험 자체에는 실재하지 않는 더 큰 의미나 일련의 의미를 대신하는 것'으로 본다. 말하자면 경험적 의미를 초월하는 어떤 근원적 의미로 본다. 또한 약속상징

---

11) P. Wheelwright, *Metaphor & Reality* (Indiana Univ. Press, 1962), pp. 92~110.

이란 앞에서 살폈던 '기호', '언어적 상징'의 다른 이름에 지나지 않으며, 다만 그의 경우 이러한 상징의 양식은 (1) 임의적으로 의미가 조작되고, (2) 그러나 그 의미가 공중적인 정확성을 띠도록 요구된다. 따라서 그에 의하면 약속상징은 장력상징보다 더욱 우연적이다. 이에 반하여 장력상징은 (1) 필연적으로 의미가 조작되며, (2) 그 의미는 매우 애매하다. 이러한 장력상징은 본질적으로 장력(tension)을 생명으로 하며, 장력은 다양한 여러 연상들 속에서 그 생명을 유인한다. 대부분 잠재의식적으로 상호 관련되어 하나의 텐션을 야기한다. 대체로 장력상징이 암시력과 환기력을 나타내는 범위는, 곧 이들의 표현적 기능이 띠는 사회적 한계는 휠라이트에 의하면, 다섯 가지 이해의 단계, 혹은 감동의 폭(breadth of appeal)을 드러낸다.

첫째로 단일 시 속에서 중심 이미지로서의 역할을 한다. 엘리엇의 「황무지」, 크레인의 「다리」 등이 그러한데, 이들 관념—이미지(idea-image)는 특히 (1) 친화력과 (2) 대비의 다양성에 따라 의미가 획득된다. 둘째로 어떤 시인에게 있어서 개인적으로 특수한 중요성과 의미를 띤다. 개인적 상징이다. 재미있는 것은 어떤 이미지에의 편애가 시인의 외면적 생활과는 무관하다는 점을 휠라이트가 지적하고 있다는 사실이다. 이것은 개인적 상징을 시인의 내면 의식과 결부시켜 살피도록 만든다. 셋째로 한 상징은 한 시인에게서 다른 시인에게로 경과되고, 또한 신선한 시적 문맥 속에서 새로운 생명을 나타내도록 혼융됨으로써 그 문학적 생명을 발전시킬 수 있다. 말하자면 대비나 패러디(parody)나 인용(allusion)을 통한 새로운 의미의 획득이 그것이다. (1) 병치적 합병(diaphoric merging), 곧 과거의 의미와 현재의 새로운 의미의 병치, (2) 인용적 가능성(allusive possibilities)이 나타난다. 시의 경우, 이러한 두 가지는 대체로 반어적 상황을 구현한다. 아이러니는 인용되는 어구와 새로운 시적 문맥사이의 대비를 통하여 발생한다. 넷째로 상징은 총체적인 문화집단이나 종교집단에 대하여 의의를 띤다. 이를테면 엘리엇의 「4중주」에서 '상처 입은 외과의사', '죽어가는 간호원'은 변질된 '기독'을 상징한다. 혹은 '몰락한 백만장자'는 변질된 '아담'을 상징한다. 『신약』의 경우, '기독'은 문, 생명의 빵, 포도나무, 말 빛 따위를 상징한다. 다섯째로 모든 인류에게 대체로 공통되는, 동일한 의미를 띠는 상징이 있다. 이러한 상징은 역사적 영향으로부터 독립된 것으로, 흔히 원형적 상징 혹은 원형(archetype)이라고 불린다.

김춘수의 '바다'라는 상징은 일반적 상징분석의 방법을 초월한다는 것을 알 수 있었다. 그리하여 다른 방식을 살피기 위하여, 여러 연상들 상호간의 장력을 축으로 하여 상징이 암시력을 획득 할 수 있다는 휠라이트의 이론을 고찰했다. 휠라이트가 구체적으로 열거하는 다섯 가지 이해의 단계를 상정하여도, 김춘수의 '바다'는 결국 둘째 단계에 머문다는 사실을 다시 확인할 수밖에 없다. 그리고 이 단계의 상징은 어쩔 수 없이 시인의 무의식과 관련된다는 사실을 깨달을 수 있다.

따라서 상징분석의 특수성은 이 시대 많은 시들의 상징을 보편적으로 해명하는 것이 용이치 않음을 반증한다. 김춘수의 경우 앞에서 일반적으로 분석해 본 병치적 구조와 구심적 구조라는 구조적 양면성이 '눈물'이라는 이미지를 창조하는 데에 있어서 어떻게 작용하는가를 명시하지 않는다. 따라서 첫째로 김춘수의 대부분의 시에 '바다'라는 이미지가 어떤 의미를 나타내는가를 구조적 접근에 의해 파악 할 수밖에 없고, 둘째로 특히 이 시인의 개인적 시적 체계를 해명함으로써 '바다'의 이미지가 씨의 시 세계에 자리하는 상태를 밝혀야 하고, 끝으로 좀더 체계적인 정신분석의 방법론으로 '바다'

의 이미지를 해명할 수밖에 없다. 곧 프라이가 말하는 반어적 반우화적 (ironic & antiallegorical) 이미저리의 유형 가운데 중심적 표상(central emblematic) 이미지와 개인적 연상(private association)의 이미지로 '바다'가 작용하는 방식을 검토할 수밖에 없다.12)

4. 상징의 이론

1) 축어적 국면

이와 같은 상징분석의 특수성은 결국 많은 종류의 상징론을 낳게 한다. 더욱 역사적으로는 19세기 말에 개화하는 상징주의가 이 시대 문학에 폭넓은 영향을 끼쳤고, 그러한 영향 속에서 이 시대 문학이 다양하게 개화했다는 점에서 특히 많은 문학론은 논의의 중심을 상징에 놓게 되었다. 앞에서 간략히 언급된 카씨러, 휠라이트, 휠러 등도 그렇지만 이제 보다 새로운 시각에서 상징을 해석하는 몇 가지 견해를 살펴봄이 좋을 듯하다. 특히 정신분석학적 조명으로 상징을 밝히거나, 생리학적 측면에서 상징을 해석하는 이론들은 실제로 시의 본질, 문학의 본질을 상징과 관련시켜 논의할 때 다시 없는 도움이 될 것 같다.

프라이는 시학의 전문용어 가운데 '예술로서의 문학작품'에 해당하는 알맞은 용어의 부재, '상징'이라는 말의 개념을 두 개의 특수문제로 지적한다.13) 프라이는 '예술로서의 문학작품'에 해당하는 용어로 아리스토텔레스

---

12) 이승훈, "말의 새로운 모습"(『비대상』, 민족문화사, 1983), pp. 125~127 참고.

의 시(poem), 곧 운문 작품(composition in metre), 그리고 시(poetry)의 확장 개념으로서의 산문작품을 든다. 그러나 시(poem)는 그에 의하면 짧은 말들을 사용함으로써 상대적 제유(synecdoche)의 세계다. 따라서 제유란 말의 개념적 혼란이 나타난다. 프라이는 차라리 '가설적 언어구조'(hypothetical verbal structure)라고 부를 것을 강조한다. 다음 '상징'을 그는 '비평적 관심을 위하여 분리될 수 있는 문학적 구조의 단위'로 본다. 그에 의하면 문학작품의 '의미'는 가설적 언어구조라는 거대한 전체의 한 부분에 지나지 않는다. 곧 의미(dianoia)는 문학 작품을 형성하는 3대 요소, 설화(mythos)·인물(ethos)·의미(dianoia) 가운데 한 요소이다. 따라서 모든 문맥은 이 세 가지를 구현하며, 이 세 가지가 구현되는 관계 혹은 맥락을 그는 '국면'(phases)이라고 부른다.

그에 의하면 상징은 축어적 기술적 국면(literal & descriptive phase)에 모티프(motif) 내지 기호(sign)의 모습으로 먼저 나타난다. 말하자면 축어적 기술적 국면이란, 작품을 읽을 때 우리의 주의가 움직이는 두 방향, 곧 (1) 원심적 방향과 (2) 구심적 방향 양쪽에 다 관계되는 것으로, 이때 (1)과 (2) 동시에 작용하는 것이 '상징'이다. 보기를 들면 독서시 '고양이'란 낱말은 (1) 책 밖의 동물, (2) 작자의 의도, 두 방향으로 우리의 주의를 몰고 가는데, 어떤 경우나 (1)과 (2)는 '상징' 곧 '대신함'에 지나지 않는다. 그러나 좀더 면밀히 검토할 때, (1)은 어떤 사물의 재현, 따라서 기호(sign)의 세계요, (2)는 재현이 아니라 '연결', 따라서 상징(symbol)의 세계다. 크게는 (1)과 (2)가 모두 상징이지만, 좀더 정확히는 (1)은 기호, (2)는 상징이 된다. 그것을 우리

---

13) Frye, N., *Anatomy of Criticism*(Princeton Univ. Press, 1973), pp. 72~73, 이하 축어적 국면에서의 상징 논의는 프라이의 견해를 따랐음.

는 광의의 상징, 협의의 상징이라고 부를 수 있다. 프라이는 특히 (2), 곧 협의의 상징을 모티프(motif)라고 부른다.

결국 상징은 축어적 기술적 국면에서 (1) 기호, (2) 모티프의 모습으로 드러난다. (1)과 (2)는 동시에 나타나지만 언어 구조는 그 궁극적 방향에 의하여 결국은 양분된다고 본다. 곧 모든 언어구조는 (1) 기술적·설명적 저술(descriptive of assertion writing), (2) 문학적 언어구조(literary verbal structure)로 양분되며, 전자를 외향적, 후자를 내향적이라고 부를 수 있다. 문학적 의미는 언제나 내향적 언어구조에서 태어나며, 이것은 외부현시로가 상상적(imaginative)으로 맺어진다.[14] 따라서 문학 작품은 자율적 언어구조가 된다.

프라이에 의하면 시적 상징은 어떤 것을 지시하거나 언명하지 않고, 상호 연관 속에서 정조를 암시하고 환기한다. 말하자면 그것은 무드를 표현하고 조정한다. 프라이는 무드를 정서의 국면(phase of emotion)으로 이해하고, 정서를 '쾌락이나 미적 관조를 향하는 심리상태'로 규정한다. 특히 19세기말 상징주의는 언어의 육화(incarnation)를 성취함으로써, 견고하고 포착하기 어려운 언어의 유형(pattern)을 시의 핵으로 보게 하였으며, 문학적 구조를 반어적 구조가 되게 하였다. 물론 시의 상징을 언어적 기호의 측면, 곧 외향적으로 볼 때는 설화성이 강조되어 사실주의적 문학이 나타난다. 다만 문학을 구심적 언어유형으로 간주할 때, 상징주의의 강점은 시적 상징 자체가 시가 된다는 점에 있다. 이 말은 시의 통일성은 곧 무드의 통일성이 됨을 의미한다. 시를 반어적 구조로 보는 견해가 신 비평가들에게 나타남은 주지

---

14) *Ibid.*, 'imaginative'는 객관세계에 대한 관계, imaginary는 자기단정적 언어를 완수 못하는 단정유보적 언어구조를 의미한다.

의 사실이다. 이들은 시의 상징을 (1) 연결되는 모티프들의 애매한 구조(interlocking motifs)로 보며, (2) 시적 의미유형(poetic pattern)을 자족적인 조직으로 본다.

2) 형식적 국면

프라이는 축어적 국면 외에 형식적 국면(formal phase)에서 상징을 논의한다. 형식적 국면에서 상징은 일반적으로 이미지의 양식으로 드러난다. 형식이란 프라이 식으로는 내용에 상응하는 용어로, 구조적 통일체(unity of structure)를 뜻한다. 시의 형식은 프라이의 견해에 따르면 처음부터 끝까지 정적이든 동적이든 음악적 구성의 형식과 동일하다. 요약하면 시 속에서 의미는 정태적 실화요, 설화는 동태적 의미가 된다.

이때 형식은 대체로 ① 형성원리(shaping principle), ② 내용을 담는 원리(containing principle)를 함축한다. ①은 시의 재료를 조직하는 것, ②는 시가 구조 속에 지니는 것을 의미한다. 고전적 혹은 신고전적 관점으로는 '질서'의 개념, 아리스토텔레스의 관점으로는 '모방'의 개념으로 인식된다. 그러나 시가 의식의 隨意的 활동일 뿐만 아니라, 전의식, 혹은 무의식적 과정의 산물이란 점에서 시인의 형식의지는 바로 삶에의 의지(will power)라고 할 수밖에 없다. 또한 詩作은 이러한 삶에서 의지를 이완시키기도 한다. 따라서 시작의 대부분은 무의식적이다. 그럼에도 불구하고 이제까지 대부분의 상징논의는 의식적 국면, 곧 우화적(allegorical) 해석을 토대로 했음을 알 수 있다. 우화란 프라이에 의하면 ① 이미지들과 교훈과의 관계를 명백히 지시하는 실제적 우화(actual allegory), ② 토론적 저술에서 보이듯 변장된 형식, 곧 순진한 우화(naive allegory)로 나누어진다. 대부분의 시적 표현의 기초가 은유라고 할 때, ②는 혼합은유의 형식에 지나지 않게 된다. 그러나 이러한 두 가지 우화는 ①의 단계에서 ②의 단계를 거쳐 차츰 반어적이고 역설적인 우화의 국면으로 접어든다. 곧 우화는 명료한 진술에서 퇴각하기 시작한다. 따라서 현대적 이미지는 반어적이고 반우화적 이미저리로 제시된다.

프라이는 이러한 이미저리의 유형을 다섯 가지로 요약한다. 첫째로 '기상 conceit'이 있다. 형이상학파 시인들이 사용한 전형적 상징으로, 연결시킬 수 없는 사물들을 폭력적으로 결합하는 것이다. 이것은 예술과 자연의 내적 관계를 파괴하여 외적 관계로 만드는 역설의 정신을 기초로 한다. 둘째로 '대치 · substitute'가 있다. 이것은 이미지와 관념의 결합, 혹은 중첩(overlap)으로, 사물을 암시하고 환기할 뿐 명료한 명명을 피한다. 셋째로 '객관상관물 objective correlative'이 있다. 엘리엇이 주장한 것으로, 이미지는 정서의 내적 초점이 되며 동시에 그 자체가 관념을 대신한다. 넷째로 '중심표상 이미지 central emblematic image', 혹은 '예고적 상징 heraldic symbol'이 있다. 현대문학에서 '상징'이란 말의 참뜻은 이것을 암시하는 것으로 호손의 『주홍글씨』, 멜빌의 『백경』, 조이스의 『황금의 잔』, 울프의 『등대』 따위를 들 수 있다. 이것은 지속적 관계가 없다는 점에서 우화가 아니고, 또한 예술과 자연 사이에 연관관계도 없으며, 설화와 의미의 관계는 반어적이고 역설적이다. 곧 의미의 단위로서는 설화를 포섭하고, 설화의 단위로서는 의미를 혼란시킨다. 요약하면 이러한 유형의 상징은 내적 상징, 곧 자체의 내적 의미를 외적 상징과 결합시킨다. 내적 상징과 외적 상징의 극단을 말라르메와 졸라에게서 본다. 다섯째로 '개인적 연상 · private association'이 있다. 매우 간접적인 기교의 하나로서, 이때 의미는 완전히 이해되지 않는다. 프라이의 상징논의는 축어적 국면, 형식적 국면 외에도 신화적 국면, 신비적 국면 (anagogic phase)으로 더욱 그 논의가 연장된다.

3) 상징적 행위

버크는 시 혹은 언어예술 일체를 상징적 행위(symbolic action)로 본다.[15) 모든 인간의 행위는 언제나 실제적 행위만을 지향하지 않는다. 실제적 행위 라 하더라도 사람은 효용성이 아니라 비효용성을 목표로 행위하는 수도 있 다. 버크는 실제적 행위(practical act)와 상징적 행위를 양분하지만, 두 행위 사이에 명백한 선을 긋기가 불가능하다고 본다. 이를테면 사람이 가구를 사는 것은 실제적 효용성 때문이지만, 어떤 사람은 필요에 의해서가 아니라 순전히 비효용성을 의식하면서도 사는 것이다. 이 때의 행위는 상징적 성분 을 나타낸다. 상징적 성분을 나타낸다는 것은 무슨 뜻인가.

버크는 그것을 '태도의 무용 dancing of an attitude'이라고 명명한다. '태도' 는 주지되다시피 리처즈가 '충돌들의 결합'으로 해석한, 상상적 행위의 세계요 또한 실제적 행위의 앞 단계에 속하는 세계이다. 리처즈는 시의 가장 소망스러 운 효과는 '충돌들의 균형, 상호 비활성화, 분해', 곧 충동들의 새로운 통일을 꾀함에 있다고 본다. 태도의 환기는 시적 효과의 최상의 부분으로 인식된다.[16) 이러한 태도화(attitudinizing)는 버크의 견해에 따르면 인간의 정신이 포괄됨 으로써, 방법론적으로는 행동주의의 원리(doctrines of behaviorism)를 암시한

---

15) Burke, K., "The philosophy of Literary Form"(*The Philosophy of Literary Form—Studies in Symbolic, Action*, 3rd ed, University of California Press, London, 1973), pp. 8~9, 이하 몇 가지 논의는 그의 견해를 따랐음.

16) Richards, I. A., *Principles of Literary Criticism*(London: 1963), pp. 112~113.

다. 곧 정신과 육체의 상호관련성이 의식화된다. 그리하여 모든 상징적 행위는 표면적으로는 신체적 행위와 다르지만 내면적으로는 정신적 갈등의 이행에 지나지 않는다. 상징적 행위란 결국 육체에 상응하는 심리상태의 물질화, 곧 무용에 지나지 않는다. 따라서 상징적 성분을 나타낸다는 것은 이렇게 하나의 행위가 내포하는 '심리적 상관성'을 나타낸다는 말에 지나지 않게 된다.17) 어떻게 하여 심리적 갈등이나 정신 상태가 상징적으로 행위와 밀접한 관련성을 띠는 것인가.

버크는 파겟의 『제스처 언어론』(the theory of gesture speech)을 인용하면서 이 사실을 실증한다. 제스처 언어란 "인간의 육체적 활동이 곧 언어로 화"한다는 것으로, 이를테면 누가 무엇인가를 손으로 잡을 때, 그의 혀·목구멍의 근육조직은 그의 잡는 행위를 반영한다고 본다. 이때 그의 입에서 나오는 한 마디, 그러니까 잡는 자세(posture or gripping)에 '소리'를 줄 때, 우리는 그 소리를 언어로 수용한다. 물론 파겟의 이론은 이러한 언어적 모방이 오랜 역사적 과정을 경과함으로써 모호해졌다는 점에서 비판받기도 한다.

그러나 파겟의 이론은 버크에 의해 시학으로 수용된다. 이를테면 시인이 시를 쓴다고 할 때, 그가 무엇에 대하여 쓰는가라는 질문에 대한 새로운 대답이 이러한 이론을 배경으로 드러날 수 있게 된다. 한마디로 버크에 의하면 시인은 그를 깊이 괴롭히는 세계, 곧 '부담 burden'에 대해서 쓴다. 이 부담은 질병 같은 육체적 본질을 내포한다는 점이 버크의 주장이요, 우리는 재산을 모아 빚을 갚듯이, 이 부담의 축적과 그 축적에 대한 통찰을 기초로 할 때 삶에 대하여 승리한다. 곧 시인은 자기의 약점 속에 귀속적 이점 (vested interest)을 갖게 됨으로써 승리한다.

---

17) Burke, K., *op, cit.*, pp. 8~11. 이하 그의 책에서 pp. 12~77.까지를 요약.

이러한 견해는 윌슨의 시학이 표명하는 '상처와 화살'의 개념을 보다 구체적으로 표현한 것일 수 있다. 따라서 이러한 약점들·고통들이 시인의 문제(style)를 태어나게 하고, 그 문제는 또한 시인의 육체적 질병과 은밀히 연관된다. 따라서 모든 상징적 행위의 주제(subject)는 이러한 부담, 육체적 질병을 지향한다. 곧 '부담'은 문제를 상징하고, 문제는 부담을 상징한다. 구체적으로 천식의 문체(Proust), 폐결핵의 문체(T. Mann), 졸도적 문체(Flaubert), 맹인적 문체(Milton) 등이 지적된다. 그러나 버크도 지적하듯이 참된 논의의 핵심은 이러한 질병 자체에 있는 것이 아니고, 시인이 그 질병을 둘러싸면서 형성하는 구조적 힘에 있다.

4) 구조적 전략

그렇다면 우리는 예술행위, 즉 다시 말해 모든 상징적 행위를 작가의 구조적 힘이란 면에서 검토해야 하리라. 버크는 그의 「상징적이라는 용어에 대한 또 다른 견해」라는 글에서 '상징적'이란 말을 '전략적'(strategical)이라는 말과 동일시한다. 왜 전략적이란 말을 쓸 수 있는가. 한 소설가가 소설을 쓴다는 행위는 바람직하지 않은 사회 속에서 갈등을 겪는 개인의 입장을 표명하는 일이 된다. 작가들은 사회가 지니는 공통적 관점(common paradigm)에 저항하는 상이한 개별적 관점(individuation)을 표명한다. 따라서 그들은 그들대로의 어떤 사회적 경향을 재현하며, 그것을 대표한다. 대표한다는 것은 선택성(selectivity)을 계기로 하며, 따라서 사회에서의 그들의 행위는 어떤 전형을 투사하는 일(type-casting)이 된다.

이러한 '상징적→재현적'이라는 명제는 화가의 경우를 보기로 용이하게 이해된다. '책상에 팔을 얹는 사람'은 현실적 행위의 세계이다. 그는 자기의 행위를 의식하지만 확실하게 모르는 부분이 있다. 곧 무한한 근육과 신경의 조절이 어떻게 행동을 동반하는가에 대해선 잘 모른다. 화가의 경우 '팔을 책상에 얹은 사람'을 그린다고 할 때, 그린다는 행위는 상징적 행위다. 그리고 이 행위는 책상에 팔을 얹은 사람의 특성(character)을 재현한다. 왜냐하면 화가는 책상에 팔을 얹은 사람에게 "그렇지, 바로 그게 자네의 특징적인 자세야."라고 말하면서 그 사람을 그리기 때문이다. 재현성은 있는 그대로 드러냄이 아니라, 사물의 본성 혹은 특성을 집약적으로 제시함이다. 이러한 제시에는 필연적으로 어떤 '선택'이 따른다. 무엇을 선택한다는 것은 벌써 어떤 관념이나 세계를 위한 전략으로 그것이 쓰임을 의미한다.

전략은 구조를 지향한다. 왜냐하면 작품은 전략의 구체화이기 때문이다. 모든 작품들에서 우리는 이 구조적 요소로 '일련의 암시적 동일화'를 읽을 수 있다. 곧 모든 구조는 버크에 의하면 일단 '동일화(equation) 속의 상호연관관계'로 파악된다. 따라서 작품의 형성에 작용하는 동기화(motivation)의 구조는 이러한 상호관계성 자체가 된다. 왜냐하면 '동일화 속의 상호연관관계'가 바로 작가의 상황(situation)이요, 상황은 동기의 동음이곡에 지나지 않기 때문이다. 결국 작가가 자기의 전략을 이행하는 방식, 곧 글의 동기는 그가 사건과 가치들을 배치하는 구조적 방식에 지나지 않는다.

따라서 이상과 같은 '상징적→전략적→재현적'의 논의는 이제 '재현적'이란 말보다 명료한 개념정립으로 우리를 몰고 간다. 버크는 시의 구조뿐만 아니라 모든 인간관계의 구조에서 제유(synecdoche)가 기본적 비유의 형식임을 통찰한다. 제유는 대표적인 재현의 형식이 된다. 제유법적 재현은 그리하여 현실, 예술, 정치, 종교 등을 포괄하는 기본적 형식이 된다.[18] 이러한

---

18) Ibid., pp. 25~27, "Other Words for Symbolic" 참고. synecdoche의 일반성은 다음과 같다.

방식으로 보면 시 속에 나타나는 '집'이라는 이미지는 ① '집에 다른 내용성
분이 첨가된' 세계이다. 또한 가령 이 집이 애인이 사는 집이라면 이 집은
애인과 동일시된다. 그럼으로 해서 ② 제유법의 중요 국면으로 '동일시
identified'가 드러나며, 동일시는 '명칭 name'의 중요성을 암시한다. '명칭'이
란 '명명된 것의 물신적 재현'이다. 따라서 명칭이 변할 때, 사물의 동일성도
변한다. 이러한 명칭에 의한 동일성증명은 물론 다양하다. 제유법적 기능은
또한 시의 형식에 있어서 순수히 기교적 시각(technical angle)에서 고찰된다.
이를테면 사건 B가 사건 A 다음에 오고, 사건 C를 유발한다면, 이들 각
사건은 제유법적으로는 서로 다른 것들을 재현함이 된다.

5) 내적 경험의 세계

이상과 같은 상징에 대한 생리심리학적 조명은 사회심리학적 견해를 표
명하는 프롬 같은 이론가에 오면 보다 보편적으로 그 논의가 확산된다.[19]
프롬은 상징을 어떻게 해석하고 있는가. 무엇보다도 프롬은 상징에 대한
일반적 개념에 저항한다. 곧 상징이 '어떤 다른 것을 대신하는 것'이라는
정의는 바람직하지 않다는 것이다. 왜냐하면 우리에게 상징적 표현을 요구
하는 것은 표현의 어려움이기 때문이다. 이를테면 흰 포도주의 맛과 붉은

---

1) 현실적······손을 씻다←몸을 씻다(淨化)
2) 예술적······나무의 그림←현실의 나무(colors & forms)
3) 정치적······precise vessel of authority←representative of a whole
4) 종교적······㉠ 物神(fetish)으로서의 애인의 구두←애인
　　　　　　㉡ 속죄양(scapegoat)←어떤 burdens에 대한 symbolic vessel.

19) Fromm, E., "The Nature of Symbolic Language"(*Myths & Motifs in Literature*, ed. by
　　Burrows etc. The Free Press, New York: 1973), pp. 37~41.

포도주의 맛이 나타내는 차이를 말해야 한다던가, 어떤 황량한 정조(mood)를 전달하려고 할 때, 우리는 표현의 어려움과 만난다. 그러나 프롬이 지적하고 있듯이, 꿈속에서 '텅 빈 거리, 도시 변두리, 가난한 집들만 보이는 풍경 속에 있는 한 대의 우유차'를 보았다고 한다면, 이러한 풍경은 어떤 황량한 정조를 표현하는 방법일 수 있다. 곧 정조의 상징이 되는 것이다.

따라서 그에 의하면 상징은 '단순한 대신함'이 아니라, '내적 경험, 감정, 사상을 대신하는 감각적 표현'이 된다. '상징적 언어란 내적 경험을 마치 감각적으로 경험되는 것처럼 표상하는 언어'이다. 환언하면 외면적 세계가 내면적 세계를 표상하는 언어, 곧 인간의 영혼과 감정을 표현하는 언어이다. 따라서 문제는 '상징과 상징되는 대상 사이의 특수한 연결 관계가 무엇인가'에 있는 것이다. 모든 상징의 논의는 이 기본적 질문을 중심으로 전개되지 않을 수 없다. 프롬은 이 문제에 대한 해답으로 세 가지 상징의 국면을 제시한다.

첫째로 인습적 상징(conventional symbol)이 있다. 인습적 상징이란 ① 상징과 상징되는 대상 사이에 어떤 내재적 연관성도 없는 것이다. 이를테면 '책상'이란 말과 이 말이 지시하는 '대상으로서의 책상' 사이에는 어떤 필연성도 없다. 오직 인습적으로 우리는 그 상징을 수용한다. 그러나 이러한 인습적 상징만 있는 것이 아니다. ② 어떤 상징은 그 상징과 감정 사이에 내재적 연관관계를 갖는다. 이를테면 '푸—'하는 소리는 어떤 사물을 밀어내려는 우리의 의도를 표상하고 그 몸짓을 모방한다. 버크가 상징논의의 기초로 삼는 원리가 바로 이것임은 두말할 필요도 없다. 다음 ③ 인습적 상징으로 '국기'나 '깃발'을 들 수 있다. 곧 어떤 회화는 오직 인습적으로 상징이 된다. 그러나 이러한 회화적 상징이 모두 인습적인 것은 아니다. 곧 ④ '십자가'는 기독교의 인습적 상징이지만, 십자가의 특수 내용은 예수의 죽음을 의미하고, 또한 정신과 육체의 상호관련성까지를 의미한다. 곧 단순한 인습을 초월하여 대상과 상징 사이에 연결 관계가 놓인다.

둘째로 우연적 상징(accidental symbol)이 있다. 한 인간이 한 도시에 대해 슬픈 감정을 느낀다. 그러나 그 도시 자체는 그 감정과 무관하다. 그럼에도 불구하고 그 도시의 '이름'에서 그 사람은 슬픔을 연상한다. 한 도시에 관해 한 인간이 꿈을 꾼다. 꿈속의 풍경이 어떤 감정을 표상한다. 그러나 실제로 꿈을 꿀 때 그 도시는 어떤 감정과도 무관했던 것이다. 우연적 상징이란 이렇게 상징이 상징되는 대상의 전부가 아니라 일부를 우리의 감정과 연결시켜 수용케 하는 것이다. 많은 이야기, 신화, 예술작품에 이러한 상징이 나타난다. 따라서 이러한 상징은 작가가 스스로 사용하는 상징에 대해 어느 정도 이야기하지 않는 한 교통이 불가능하다. 그러나 꿈속에서 우연적 상징은 자주 나타나고, 이 '자주 나타남'에 착안해서 우리는 상징의 의미를 해석할 수 있다.

셋째로 보편적 상징(universal symbol)이 있다. 대상과 상징 사이에 내재적 연관관계가 언제나 있음으로써 이러한 상징은 보편적이다. 우연적 상징의 특수성, 개인성에 비하면 보다 분명히 그 개념이 파악된다. 흔히 지적되듯이, '불'은 불에 대한 감각적 경험 속에 획득된 여러 요소들에 의해 그 내적 경험을 기술할 때 상징으로 쓰일 수 있다. 그것은 '힘', '광명', '움직임', '우아', '쾌활' 등의 정조를 표상한다. 어떻게 하여 물질세계의 현상이 이렇게 인간의 내적 경험을 표상할 수 있는가. 프롬은 우리의 신체들이 우리의 심리세계의 상징이 될 수 있다는 사실을 토대로 그 가능성을 제시한다. 이를테면 '피의 역류'라는 신체활동은 분노라는 심리세계를 상징한다. 그리하여 얼굴

표정, 자세 등은 모두 어떤 정조를 표상하며, 행동과 몸짓은 감정을 표상한다. 프롬에 의하면 '참으로 인간의 신체는 우화가 아니라 내면의 상징'이다. 따라서 어떤 물질현상은 바로 그 자체의 본질에 의해 정서적 정신적 경험을 암시하고, 우리는 정서적 경험을 물질적 경험의 언어로, 곧 상징적으로 암시한다. 이러한 관점에서 결국 보편적 상징은 유일하게 상징과 대상의 관계가 우연적이 아니고 내재적인 상징으로 인식된다. 그것은 '사상이나 정서의 감각적 경험이 나타내는 친화성'에 근거한다. 따라서 이러한 상징적 언어는 인류 공통적이다.

그러나 모든 상징은 다양한 문화 속에서 문화 자체가 갖는 실제적 의미 때문에 그 의미가 다양해진다. ① '상징적 방언·symbolic dialect'이 나타난다. 이를테면 '해'는 북방문화에서는 '곡식의 풍요화', 동방문화에서는 '위험스러운 것'으로 이해된다. ② 또한 상징은 다양한 경험의 차이에 따라 하나 이상의 의미를 나타낸다. 이를테면 '불'은 1) '따뜻함·기쁨·활기'(←화롯가), 2) 위험·공포·인간적 무력(←화재)으로, '물'은 1) 평화(←시냇물), 2) 파괴력·혼돈·전율(←홍수)로, '골짜기'는 1) 안전·보호(←산의 보호), 2) 감옥·유폐감(←산에 의한 인간의 고립화)으로 판독된다. 이상 '상징적 방언'의 문제와 '문화적 다양성의 문제'는 상징해석에 있어서 반드시 유념해야 할 사항들이다.

6) 승화의 논리

끝으로 정신분석학적 관점에서 상징논의는 진행될 수 있다. 이것은 우연적 상징, 혹은 개인적 상징의 동기구조 뿐만 아니라 보편적 상징, 혹은 자연적 상징의 동기구조까지를 비교적 체계적으로 해명한다. 프로이트에 의하면[20] 상징은 무의식적 이드(Id)로부터 흘러나오는 금기적 원망들을 동기로 한다. 이런 원망들은 초자아(superego)의 윤리적 요구사항들과 충돌하지 않을 수 없기 때문에 의식 속에서 그들 스스로를 변장하지 않으면 안 되고, 이 변장의 양식이 상징이다. 그런 점에서 상징은 꿈과 동일시된다. 따라서 꿈의 내용을 분석하는 정신분석학적 접근이 상징의 분석에도 허용된다. 꿈의 내용은 현시적 내용(manifest content)과 잠재적 내용(latent content)으로 나누어진다. 모든 꿈의 잠재내용은 프로이트의 개념으로 이드, 곧 무의식적 자아의 본질인 성충동(libido)을 소유한다. 한편 인간의 총체성은 무의식적 자아(Id), 현실적 자아(ego), 초자아(super ego)라는 세 국면에서 이해된다.[21]

이 세 국면은 의식의 안내 없이 내던져진 본능이나 충동의 세계에서 우리가 차츰 자아(self)를 확신하게 되는 유기체적 반응의 세계, 곧 현실의 원칙과 조우하게 되고, 다시 사회의 윤리적 금기, 곧 양심의 부름에 따르지 않으면 안 되는 세계로 우리의 삶이 이행됨을 암시하고 있다. 문제는 이러한 삶의 이행이 심층적으로는 더 깊은 무의식적 자아를 지향한다는 데 있다. 이러한 지향은 외부적 현실과 윤리적 금기와 갈등을 일으킨다. 곧 자아는 이드와 초자아 사이에 존재한다. 이러한 존재의 유형에서 이드가 간접적으로 충족되는 것이 '승화 sublimation'이며, 승화란 이드의 세계를 간접적으로 표현하는 행위이므로 상징적 표현이 된다. 한 예술가의 경우 창조 행위는 상징적

---

20) Brown, J. A. C., *Freud & Post—Freudians*(Penguin Books, 1972), pp. 112~113. 참고. 특히 '응축'과 '환치'의 개념은 From, E.의 *The Forgotten Language*(이경식 역, 현대사상총서 Ⅷ) 참고 바람. 응축과정은 外的 實現의 견지에서 두 인간, 두 사물이 다르지만, 內的 實在의 견지에서 그 다름이 무의미하게 됨. 곧 동일한 내적 경험과 관계되며, 환치는 잠재적 꿈의 요소가 明示的 꿈에서는 관계가 먼 요소, 중요치 않은 요소로 표현되는 경우로 꿈의 참다운 의미를 변장한다. 기타는 Freud의 『정신분석입문』(삼성사상전집) 참고 바람.

21) *Ibid.*, pp. 28~29.

행위이다. 곧 창조과정은 상징적 과정이며, 그것은 승화의 형식을 나타낸다. 그러나 문제는 이러한 승화, 곧 상징적 세계는 어디까지나 '대치 substitution' 의 세계이므로, 어떤 세계가 다른 것으로 대치되었을 때, 우리는 분노의 공간 에 존재케 된다는 퍽 색다른 사회학적 해석도 낳을 수 있다. 곧 상징은 분노 의 다른 이름이 된다. 왜냐하면 상징에 의해 어떤 세계를 획득함과 동시에 우리는 상징으로 대치된 다른 세계를 상실하게 되기 때문이다. 상실은 분노 의 장을 태어나게 만든다.

아무튼 이러한 체계로 조명되는 상징은 꿈이 그렇듯이 대체로 ① 응축 (condensation), ② 환치(displacement), ③ 조소적 재현(plastic representation), ④ 고정적 상징(fixed symbolism)으로 판독될 수 있다.[22] ①은 잠재적 내용 의 대부분이 생략된 것으로, 공통적 흔적을 나타내는 요소들이 혼용된 것, 이를테면 꿈속의 어떤 초상은 실제생활 속에서 만나는 사람들의 초상과 혼 합된 심상이 된다. ②는 강한 정서적 의미를 띠고 나타나는 요소들이 무의미 하거나 그 역이 되는 경우이다. 왜냐하면 꿈꾸는 사람에게 그들의 중요성은 은폐되기 때문이다. ③은 프로이트가 직접 '이미저리의 조소적, 구체적 단편 으로서 말 속에 조직되는 것'이라고 기술한 것이다. 이를테면 꿈의 인상이 높은 산에 올라가 아래를 조감한 듯하다면, 이러한 구체적, 감각적 단편은 자유연상에 의하여 '외국관계를 주제로 서평(review)을 쓴 책을 출판한 친구 에 대한 회상'이 된다. 꿈꾼 자는 자신을 서평자(reviewer)와 동일시했다. 왜 냐하면 그는 그의 분석에서 자신의 생애를 개괄하고 있었기 때문이다. 끝으 로 ④는 상징적 표현의 어떤 양태(mode)가 더 이상 분석될 수 없는 고정적 의미를 나타낼 때이다. 이것은 개인적인 표현이 아니고 인류 공통적 표현이

---

22) Ibid., pp. 112~113.

며, 특히 프로이트는 이러한 상징들을 성적인 것으로 본다. 따라서 고정적 상징은 개인적으로는 결코 획득되지 않으며, 인간의 고대적 유산과 관련된다. 곧 신화, 설화, 예술, 종교 등에서 발견된다. 이러한 것이 왜 상징적 형식인가에 대해서는 프로이트의 독특한 개념인 '문화에의 적의'를 상기할 수 있다. 문화는 필연적으로 원시적 충동, 결코 만족되지 않고 충족되지 않는, 그러나 만족과 충족을 지향하여 움직이는 원망들을 억압한다. 이 원망들, 곧 억압되고 성적이고 근친상간적인 원망들은 특정한 시대에 획득되는 문화의 정도에 따라 변장되지 않으면 안 된다. 그 변장된 형식을 우리는 신화 속에서 발견할 수 있다. 초기의 신화들은 부친 살해·거세·멸망시키는 괴물·근친상간적 관계 따위로 가득 찼으며, 후기의 신화들에선 그들의 원시적 내용이 더욱 교묘하게 은폐된다고 본다.

정신분석학적 접근은 물론 프로이트의 견해를 대담하게 극복 지양하는 융 같은 이론가의 접근에 의해 보다 새롭게 확산된다. 이러한 견해는 '원형'과 '신화'라는 별도의 개념으로 해명되어야 함으로 여기서는 생략한다.

5. 상징의 종합

이상에서 상징에 대한 몇 가지 견해를 프라이, 버크, 프롬, 프로이트의 이론에 따라 살펴본 것은 구체적으로 상징분석이 야기한 분석의 특수성 때문이었다. 예컨대 김춘수의 「눈물」 같은 시에서 '바다'라는 상징을 어떻게 해석할 것인가에 모든 관심이 집중되었다. 이 '바다'는 개인적 상징이요, 구조적 상징이요, 프라이 식으로는 형식적 국면에서의 대치(substitute), 혹은 중심표상적 이미지(emblemastic image)라고 부를 수밖에 없었다. 따라서 그 형식적, 구조적 논리만으로는 충분한 의미가 개진될 수 없었다. 이제 몇 가지 문제를 제기하면서 이 문제 자체가 하나의 해결을 암시하리라는 기대감 속에서 상징 해석에 대한 보다 충분한 조건들을 더듬어 보도록 하자.

우선 첫째로 '바다'란 상징을 시의 구조적 측면에서 분석한 결과 시 전체가 크게 두 개의 구조적 단위로 형성되었음을 발견했다. 곧 ① 남자와 여자→밤에 보는 오갈피나무(아랫도리가 젖어 있다) : ② 맨발로 바다를 밟고 간 사람(→새가 됨→발바닥만 젖어 있을)이 그것이다. 기호 「 : 」는 병치적 구조를 뜻하고, 기호 「→」는 합병 혹은 유추적 동일성을 뜻한다. 또한 이러한 구조로부터 기호 「 : 」 양쪽에 있는 세계 ①과 ②는 서로 충돌하면서 제3의 세계를 지향한다. 우리는 이 시에서 모든 병치적 구조가 함축하는 변증법적 지양의 세계를 읽을 수 있다. 그러나 그 제3의 의미, 곧 시의 주제를 파악하기에 앞서 우리는 ②의 의미형성에 결정적 역할을 하는 듯이 보이는 '바다'의 이미지를 분석해야 할 필연성과 만났다. 우선 ②를 구조적 측면에서 해석할 때, '바다'라는 상징의 의미적 요소로 '새'와 '발바닥만 젖어 있음'이 분석되어야 한다. '맨발로 바다를 밟고 간 사람'은 '새'가 되었다. '새'는 물론 김춘수의 시세계에서 중심표상 이미지로 드러나는 이미지이지만, 그것은 현실초월의 공간에 마음대로 배회한다는 점에서 일상적 현실을 배제한 공간의 삶을 표상한다. 따라서 '바다'는 '현실배제'의 공간으로 이행하는 장소, 혹은 공간이 된다. 물론 어디까지가 바다고 어디까지가 새가 사는 공간인지는 분명치 않다. 그렇기 때문에 우리로선 오히려 '바다'가 바로 '새의 공간'일 수 있다고 유추할 수 있다.

둘째로 그러나 구조적 분석만으로는 어찌하여 이 시인의 경우, '바다'라는 상징이 바로 '새의 공간'으로 유추될 수 있는가를 설명할 수 없다. 또한 그것이 '눈물'과 어떤 관계를 띠는가 역시 명료하게 파악될 수 없다. 그런 점에서 상징이 어떤 것을 지시하거나 언명하지 않고 상호연관 속에서 정조(mood)를 암시하고 환기한다는 프라이의 견해는 일단 수긍할 만하다. 아랫도리가 젖은 남녀, 혹은 밤에 보는 오갈피나무의 이미지는 어떤 사람에겐 슬픔의 정조를 환기한다. 그것처럼 맨발로 바다를 밟고 가서 새가 되어 버린 사람의 이미지도 말로 표현할 수 없는 어떤 슬픔의 정조를 환기한다. 이때 '슬픔'이라는 정조는 물론 '쾌락이나 미적 관조'를 지향하는 정서적 국면에 속한다. 따라서 프라이의 유형 가운데 대치(substitute)의 유형으로 볼 때, 이 시에선 이미지와 관념이 결합되지만, 어떤 명명도 회피한다. 또한 중심 표상 이미지의 유형으로 볼 때, '바다'는 김춘수의 시세계를 해석하는 하나의 열쇠가 될 수 있다.

셋째로 우리는 버크의 견해에 의하여 '바다'라는 상징이 어떻게 해서 이렇게 명백치 않은 관념들을 표상하는가를 일단 해명할 수 있다. 버크에 의하면 상징은 '태도의 무용'이었고, 그것은 순전히 상상적 행위의 세계요, 또한 리처즈 식의 '충동들의 결합'을 지향하는 세계이다. 따라서 상징, 곧 '태도화'는 인간의 육체적 요소와 매우 밀착되어 나타난다. 표면적으로는 육체적 징후이면서 내면적으로는 정신적 갈등을 이행함이 된다. '바다'는 그런 점에서 먼저 시인의 정신적 갈등을 표상한다. 심리적 세계의 표상이다. 버크 식의 '부담 burden'이다. 물론 버크는 이 부담이 질병과 같은 육체적 본질을 내포한다고 하지만, 반드시 그렇게만 보아서는 안 되겠고, 오히려 윌슨 식의 '상처'의 개념으로 받아들임이 좋을 것 같다. 곧 약점이 바로 이점일 수도 있다는 역설의 수용이다. 그러나 '상징적'이 곧 '전략적'이라는 견해나, '재현적'

혹은 '제유법적'이라는 견해는 시의 구조를 다른 각도에서 살피게 하는 타산
지석일 수도 있다.

넷째로 '바다'는 시인의 정신적 갈등을 표상한다고 했지만, 그 갈등의 내
용은 아직 분명치 않다. 왜 분명치 않은가. 프롬의 견해를 빌면, 상징은 '단순
한 대신함'의 세계가 아니라 오히려 '내적 경험, 감정, 사상을 대신하는 감각
적 표현'이다. 내적 경험이나 감정의 세계는 논리적으로 전달할 수 없고,
사상 역시 가장 심오한 사상은 표현을 초월한다. 따라서 우리로선 '감각적
표현'의 절대성만을 상징에서 읽을 수 있다. 물론 프롬의 견해를 따를 때,
'바다'는 우연적 상징이고, 따라서 바다라는 '대상'과 시인의 내적 갈등 혹은
새의 공간이 표상하는 '관념'을 '바다'가 나타낸다는 사실 사이에는 내적인
필연성이 없다. 다만 '바다'가 나타내는 어떤 일면을 시인이 수용했을 뿐이
다. 따라서 우리로선 시인 스스로가 자신의 이러한 상징에 관해 자주 이야기
하거나, '바다'라는 상징이 자주 나타나는 시편을 면밀히 살필 수밖에 없다.
김춘수는 다음처럼 말하고 있다.[23]

바다는 病이고 죽음이기도 하지만, 바다는 또한 회복이고 부활이기도 하다.
바다는 내 幼年이고, 바다는 또한 내 무덤이다. 물새가 거기서 날고 거기서
죽는다. 물새의 죽음은 그러나 주검(屍體)을 남기지 않고, 거기서는 증발하거
나 가라앉아 버린다. 혼적이 없다. 말하자면 완전히 抽象이 된다. 나는 이러한
추상을 사랑한다. 릴케의 어떤 詩의 한 구절처럼……. 나는 바다를 다음과
같이 세 가지 다른 소리로 불러본다.

(1) 맨발로 바다를 밟고 간 사람은

---

23) 김춘수, "내가 가장 사랑하는 한마디 말"(『문학사상』, 1976, 6.)

새가 되었다고 한다.

  (2) 내 손바닥에 고인 바다,
　　그때의 어리디 어린 바다는 밤이었다.

  (3) 울지 말자
　　山茶花가 바다로 지고 있었다.

　　(1)은 「눈물」, (2)는 「처용단장 Ⅰ - Ⅷ」, (3)은 「처용단장 Ⅰ - Ⅸ」의 일부이다. 그의 경우 '바다'는 첫째로 '병·죽음'이면서 동시에 '회복·부활'을 표상하고, 둘째로 '유년시절'이면서 지금은 가고 없는 '무덤의 세계'를 표상하고, 셋째로 물새가 날고 있는, 그러면서 어떤 흔적도 남기지 않고 물새가 죽은 그러한 공간, 곧 '완전한 추상의 세계'를 표상한다. 그리고 그는 무엇보다 셋째의 의미를 사랑한다. 따라서 「눈물」이 셋째의 세계를, 「처용단장 Ⅰ - Ⅷ」이 둘째의 세계를, 「처용단장 Ⅰ - Ⅸ」이 첫째의 세계를 함축함은 거의 명백하다. 결국 우연적 상징으로서 '바다'는 크게 세 범주의 세계를 표상하며 우리가 해명하려던 '바다'는 그 가운데 하나로서 셋째의 세계임을 인식할 수 있고, 그런 점에서 구조의 해명 역시 크게 틀린 것은 아님이 반증된다.

　　끝으로 이러한 상징분석이 프로이트 식의 정신분석학적 조명에 의하여 얼마나 타당한 해석의 공간을 획득할 수 있는가 하는 문제가 남는다. '바다'는 물론 우연하게 한 상징의 공간이 된다. 그리고 이 우연한 획득을 우리는 영감이라고 부르지만, 영감이나 직관이란 인간의 무의식 세계의 갑작스런 투사에 지나지 않는다고 해석할 수 있다. 그런 점에서 보면 '바다'는 시인의 무의식을 반영하지만, 그 무의식적 자아가 변장의 형식을 취했다고 볼 수 있다. 따라서 이러한 변장의 형식은 앞에서 열거한 네 가지 변장의 양식 가운데 어떤 양식으로 처리할 수 있는가의 문제가 남는다. 보다 면밀한 고찰이 요구됨으로 자세한 논의는 추후로 미루지만, 일단 시인이 시의 표제를 「눈물」이라고 부친 점과, 병치적 구조의 전반부 "아랫도리가 젖어 있는" 세계를 열쇠로 어느 정도 시인의 무의식적 자아의 실체는 해명될 수 있으리라고 본다.

이미지[1]

백운복

1. 이미지의 개념 및 특성

　시란 본질적으로 어떤 대상의 기술이나 재현이 아니라 주관적 경험의
자기표현이다. 시인이 선택하여 형상해내는 대상과 현실의 새롭고 낯선 모
습들은 결국 시인의 내적 세계를 표현하는 제재인 것이다. 이처럼 시는 抒情
이란 명칭대로 개인의 감정과 정서를 그리는 문학으로, 모든 문학 유형 중에
서 가장 사적이고 개인적인 양식이다. 따라서 한 편의 시작품은 곧 시인이
현실을 보는 안목이며, 그것의 인식이다. 사물과 사물을 연관지우고 인간과
세계 사이에 새로운 매듭을 만드는 일, 그것이 바로 시적 인식이다. 이 인식

---

1) 이 글은 백운복, 『시의 이론과 비평』(태학사, 1997)에 수록되어 있다.

행위는 자아와 세계의 일체감을 통해 이루어지며, 자아와 세계의 새로운 매듭을 위해 시적 인식은 항상 새로운 세계를 지향하게 되는 것이다.

그러나 시는 현실을 대하는 개성적인 감정이나 인식을 직접 제시하거나 이야기하지 않고 어떤 대상을 통해 그려서 보여준다. 이런 점에서 시의 언어는 추상적 의미를 전달하는 매체인 일상의 언어와는 달리 시인의 주관적 경험과 세계관이 스며있는 표현의 매체이다. 따라서 시의 언어는 일상적인 언어의미를 전달하는 것이 아니라, 그 언어와 관련된 다양한 경험을 구체적으로 보여주는 기호이다. 결국 시의 언어를 비롯한 모든 구성요소들은 물론, 나아가 한 편의 시작품은 시인이 표현하고자 한 의미나 세계관을 담는 가장 적절한 형식이나 그릇으로 선택된 것이지, 일상 언어로서의 기호체계를 답습한 것은 결코 아니다.

한 편의 시작품을 그 시의 구조 전체로 밝힐 때, 시를 구성하는 가장 중요한 요소가 되는 것은 이미지다. 관념적이고 추상적인 것이 시작품 속에서 개성적이고 구체적으로 밝혀지고, 그 작품 속에서만의 독특한 의미를 지니게 되는 것은 바로 이미지를 통해서 가능해진다. 따라서 대상에 대한 시적 반응과 인식은 이 이미지를 통해 재현되며 구체화되는 것이다. 시는 추상이 아니라 구체적으로 특수한 것을 통하여 추상의 의미를 전달한다[2]고 할 때, 이 특수한 것은 곧 이미지를 지칭한다고 볼 수 있다. 그만큼 관념의 구체화로서의 이미지는 대상과 서정의 시적 조응을 통해 시작품에 표상된 시인의 미적 경험이다.

사실 '말로써 이루어진 그림'[3]이라든지, '신체의 지각작용에 의해서 제작

---

2) C. Brooks & R. P. Warren, *Understanding Poetry*, 4th ed. (New York, 1976), p. 208.
3) C. D. Lewis, *The Poetic Image* (도명화 역, 정음사, 1956), p. 25.

되어지는 감각의 마음 속 재생'4)이라는 이미지의 정의나, 우리말로 '心象' 또는 '映像'이라는 번역처럼 '마음속에 그리는 언어에 의한 그림'이라는 이미지 의미는 광범위하기는 하지만 이미지의 개념을 이해하는 출발이라고 할 수 있다.

앞서 지적했듯이 시인은 느끼고 체험한 것을 그대로 서술하거나 설명하는 것이 아니라 그것을 어떤 감각적 또는 지적 표상으로 간접화하여 재생시켜야 한다. 체험을 재생시키고 구체적인 표상으로 재현하기 위한 수단이 이미지인 것이다. 한 편의 시는 그 자체가 이미지의 한 단위이며 한 편의 시 가운데는 여러 개의 이미지들이 포함되어 있다. 그런 이미지들을 통해서 시는 다양하고 복합적인 체험을 감각적인 실체로 제시할 수 있으며, 시의 전체적인 내용과 정서는 각개의 이미지들의 유기적 결합에 의해서 형성되는 전체적 이미지를 통해서만 파악할 수 있다.

2. 시적 이미지의 조성원리

엄밀히 말해 시에서 언어는 이미지가 되며, 이미지가 없는 시는 존재할 수 없다. 그만큼 이미지는 시의 의미와 내용을 담아내는 하나의 容器요, 시인의 감정과 정서를 간접적으로 드러내는 객관적 상관물이다. 그렇지만 기존의 이미지 논의는 대체로 이미지의 유형을 나누고,5) 그 각 유형을 다시

---

4) Alex Preminger(ed.), *Encyclopedia of Poetry and Poetics*, (Princeton Univ. Press, 1965), p. 363.
5) 프레밍거(A. Preminger)의 세 가지 유형, 즉 정신적 이미지(mental image), 비유적 이미지 (figurative image), 상징적 이미지(symbolic image)의 분류가 그 대표적인 예이며, 이 구분

세분화하여 다양한 수사적 명칭을 부여하고 방법과 특성을 규명하는 데에
바쳐져 왔다.[6]

우리가 이미지에 관심을 갖고 이미지의 논리를 접근하는 것은 이미지
구사의 새로운 방법이나 그에 따른 수사적 명칭의 부여를 위해서는 결코
아니다. 오히려 이미지를 조성하는 보편적 원리를 규명할 필요가 있고, 더
나아가 이미지의 궁극적 목적이요 기능이라고 할 수 있는 의미융합과 새로
운 의미창조의 원리를 밝혀낼 필요가 있다.

앞에서도 강조한 바처럼 이미지는 시인이 전달하고 싶은 추상적 관념이
나 실제 경험 또는 상상적 체험들을 미학적으로 그리고 호소력 있는 형태로
형상화시킬 수 있는 수단이다. 따라서 이미지는 결국 시의 의미를 전달하는
기능을 수행한다.[7]

흔히 정신적 이미지, 비유적 이미지, 상징적 이미지라고 유형화하는 것은
곧 이미지 형성의 방법에 따른 분류 명칭이다. 또한 각각의 이미지들은 그
감각자극 기관의 차이에 따라, 그리고 조성방법의 차이에 따라 매우 다양한
명칭으로 분류되고 있다.

언어기호 자체에 더욱 집중하고 새롭고 독특한 문체의 발견과 표현법에
몰두하는 현대시의 특징을 유념할 때, 이미지 형성의 방법과 명칭은 더욱

은 현재까지 거의 보편적으로 수용되고 있다.

6) 그 대표적인 논저로는 Brooke Rose, *A Grammer of Metaphor (London, 1970)*, *Philip
Wheelwright, Metaphor and Reality* (김태옥 역, 문학과지성사, 1982)등을 들 수 있다.

7) 이 이미지의 기능을 좀더 상세히 검토해 보면, 첫째로 시인이 전달하고자 하는 관념과
정서, 즉 시의 의미를 肉化하는 기능이 있다. 둘째로 대상을 모방적으로 재현하는 기능을
들 수 있으며, 셋째로 새로운 사물과 관념을 창조하는 기능을 들 수 있다. 넷째로는 강렬
하고 신선한 인상을 주어 독자의 인식 세계를 강하게 자극할 뿐만 아니라 자율적 해석을
확대해 주는 기능을 들 수 있다. 그리고 다섯째로 시적 정서와 분위기를 조성하고 전체
의미를 유기화 하여 하나의 주제로 응결시키는 기능 등을 들 수 있다.

다양하고 복잡해질 것이다. 따라서 앞으로의 이미지 연구도 그 다양한 이미지 구사의 방법을 규명하고 그에 따른 새로운 명칭을 찾는 데 바쳐질 것이다.

그러나 아무리 새롭고 독창적인 이미지 구사를 창출해 냈다 하더라도 시의 의미를 구체화시키는 이미지 본래의 기능을 수행하지 못한다면, 그것은 결코 시의 이미지라고 할 수 없을 것이다. 또한 아무리 다양한 형태의 이미지 구사가 이루어지고 이미지의 하위명칭들이 세분화된다 하더라도 어떤 일정한 조성의 원리를 벗어날 수는 없을 것이다. 따라서 이미지의 類와 種을 다양하게 세분화하고 그에 따른 각각의 법칙을 규명하기보다는 이미지 논의를 위한 보편적인 문법, 즉 그 조성의 일반적 원리를 정립하는 것이 필요하다고 본다.

이미지의 조성은 표현기법상의 다양성에도 불구하고 결국 감각적 인식이거나 유추적 轉移, 또는 主旨的 代置의 세 가지 원리에 의한다. 시에 있어서의 이미지 조성은 이 세 가지 원리에 근거를 두고 있다고 할 수 있다. 다만 이미지 구사의 방법은 작가나 작품에 따라 얼마든지 다양한 형태로 나타날 수 있다.

1) 감각적 인식

이미지의 조성원리 중에서 가장 단순하면서도 보편적인 방법이 감각적 인식을 통한 이미지 형상이다. 이는 언어발달의 단계에 맞추어 볼 때, 가장 초보적인 이미지 조성방법이다. 기존의 이미지론에서 정신적 이미지로 논의해 온 언어에 의해서 우리의 마음속에 떠오른 감각적 이미지[8] 뿐만 아니

---

8) 이 정신적 이미지에 대한 그 동안의 일반적인 논의는 "감각기관과 자극의 장소에 따라

라, 그 밖의 다양한 수사를 통해 이루어질 수 있다. 그런데도 기존의 논의에서는 五感의 자극 부위를 중심으로 감각의 종류를 따지는 일을 기초로 하여 표현상의 특성에 따라 매우 선택적이고 제한적으로 감각적 이미지를 논의해 왔다. 그러나 어떤 관념이나 대상을 감각적으로 인식함으로써 그 대상을 구체화하려는 방법으로 선택된 것이라면 모두가 감각적 이미지로 보아야 할 것이다. 따라서 기존의 한정적이고 분류적인 감각적 이미지라는 용어 대신 보다 포괄적인 '감각적 인식'이라는 용어를 이미지 조성의 한 원리로 설정하고자 한다. 결국 유추적 전이나 주지적 대치의 이미지 조성원리가 아닌 다른 방법으로 이루어진 이미지는 모두 감각적 인식으로 포괄시킬 수 있다. 유추적 전이나 주지적 대치가 원관념과 보조관념을 전제로 한 유사성과 인접성의 상호작용에 의해 형성되는 이미지라고 한다면, 감각적 인식은 어떤 추상적 관념이나 대상을 구체화시키고 형상화하기 위해 보조적인 어떤 수사나 감각적 인식을 차용하여 수식하는 형태로 이루어진 이미지라고 할 수 있다.

이육사의 시에서 감각적 인식의 형태로 조성된 이미지의 예들을 살펴보면 다음과 같다.

(1) 쎌딩의 避雷針에 아즈랑이 걸녀서 헐덕어림니다. (「春愁三題」)
옛날의 記憶을 아롱지게 繡놓는 고이한 소리! (「海潮詞」)
化石되는 마음에 이끼가 끼여 (「南漢山城」)

시각적 이미지, 청각적 이미지, 미각적 이미지, 후각적 이미지, 촉각적 이미지와 器官이미지(심장의 고동과 맥박, 호흡, 소화 등의 감각을 제시한 이미지), 근육 감각적 이미지(근육의 긴장과 움직임을 제시한 이미지) 등으로 세분된다. 또한 두 개 이상의 감각이 결합된 형태나 감각이 관념과 결합된 형태를 공감각으로 부른다."라고 유형화하고 있다.

肝잎만 새하얗게 단풍이 들어 (「年譜」)

먼데 하늘이 꿈꾸려 알알이 들어와 박혀 (「靑葡萄」)

진주가 빛나는 못가, 별들 춥다 얼어붙고 (「少年에게」)

불개는 그만 하나밖에 없는 내 날을 먹었다. 다만 한 봉오리 피려는 薔薇
벌레가 좀치렸다. (「日蝕」)

오롯한 思念을 旗幅에 흩니네 (「獨白」)

파이프엔 조용히 타오르는 불꽃도 향기론데, 옛날의 들창마다 눈동자엔 짜
운 소금이 저려, 매운 술을 마셔 돌아가는 그림자 발자최 소리 (「子夜曲」)

검은 世紀에 喪裝이 갈갈이 찢어질 긴 동안 (「蝙蝠」)

(2) 黃昏아 네 부드러운 손을 힘짓 내미라, 黃昏아 네 부드러운 품안에 안기
는 동안이라도 (「黃昏」)

바람은 밤을 집어삼키고/아득한 까스속을 흩너서가니 (「失題」)

조심스리 걸어오는 고이한 소리!, 海潮는 가을을 불러 내 가슴을 어루만지
며 (「海潮詞」)

눈물먹은 별들이 조상오는 밤 (「江건너 간 노래」)

紅疫이 만발하는 거리로 쏠려 (「鴉片」)

하늘 밑 푸른 바다가 가슴을 열고 (「靑葡萄」)

하늘도 그만 지쳐 끝난 高原 (「絶頂」)

큰江 목놓아 흘러 (「少年에게」)

거칠은 海峽마다 흘긴 눈초리 (「狂人의 太陽」)

짓푸른 깁帳을 나서면 그 몸매/하이얀 깃옷은 휘둘러 눈부시고/정영 '왈츠'
라도 추실난가봐요.

도톰한 손결야 驕笑를 가루어서 (「娥眉 —구름의 伯爵夫人—」)

슬픔도 자랑도 집어삼키는 검은 꿈, 달은 강을 따르고 나는 차듸찬 강 맘에
드리라 (「子夜曲」)

芭蕉 너의 푸른 옷깃을 들어 (「芭蕉」)

모든 山脈들이/바다를 戀慕해 휘달릴때도, 부지런한 季節이 피여선 지고

(「曠野」)

물새 발톱은 바다를 할퀴고/바다는 바람에 입김을 분다. 흰 돛은 바다를 칼질하고/바다는 하늘을 간질여 본다. 낡은 그물은 바다를 얽고/바다는 大陸을 푸른 보로 싼다. (「바다의 마음」)

(1)은 전통적 이미지 논의에서 정신적 이미지 또는 감각적 이미지로 설정할 수 있는 것과 관련된 예들이라고 할 수 있다. 물론 전통적 이미지론에서 감각적 이미지로 설정할 수 있는 것들이 위에 제시한 예들 이외에도 이육사의 시에는 많이 나타나고 있다. 그러나 여타의 감각적 어구들은 단순한 묘사의 차원에 그치는 것들로서 이미지의 기능을 갖지 않기 때문에 감각적 인식의 이미지 조성으로 볼 수 없다.

또한 (2)의 예들은 전통적 수사법의 분류에 의하면 의인법 또는 활유법으로 논의될 수 있는 것들이다. 사실 자아와 세계의 동일성이라는 서정시의 장르적 특징을 유념할 때, 시는 본질적으로 擬人觀的 世界觀으로 이루어진다고 볼 수 있다. 그러나 의인과 활유의 수사적 선택도 시적 이미지로서의 기능을 수행할 때라야 비로소 감각적 인식으로 조성된 이미지가 될 수 있을 것이다.

이육사의 시들을 통해 볼 때, 위의 a와 b의 경우와는 별도로 또 다른 형태로 조성된 감각적 인식의 이미지들이 있다.

(3) 새로운 地球엔 단罪 없는 노래를 眞珠처럼 흘이자 (「한 개의 별을 노래하자」)

여기저기 흐터저 마을이 한 구죽죽한 漁村보다 어설푸고/삶의 틔끌만 오래묵은 布帆처럼 달어매엿다. //시궁치는 熱帶植物처름 발목을 오여쌋다. (「路程記」)

　　내 노래는 제비같이 날러서 갔소. 밤은 예 ㅅ일을 무지개보다 곱게 짜내나
니 (「江건너 간 노래」)
　　玉돌보다 찬 넋이 있어, 무지개같이 恍惚한 삶의 光榮 (「鴉片」)
　　쇠사슬을 잡아맨 듯 무거워졌다. (「年譜」)
　　자주빛 안개 가벼운 瞑帽같이 나려씨운다. (「湖水」)
　　마츰내 가슴은 洞窟보다 어두워 설래인고녀 (「日蝕」)
　　悔恨을 사시나무 잎처럼 흔드는 (「西風」)
　　雲母처럼 히고찬 얼골, 돛대보다 놉다란 어깨, 갈멕인양 떠도는 심사 (「獨
白」)
　　촛불처럼 타오른 가슴속 思念 (「娥眉」)
　　왼 누리의 심장을 거기에 느껴 보겠다고 모든 길과 길을 피줄같이 얼클여서
(「서울」)
　　이제는 '아이누'의 家系와도 같이 서러워라 (「蝙蝠」)

　　전통적 이미지 논의에 의하면 이상의 이미지들은 그 조성 형태로 보아
비유로 설정될 수 있을 것이다. 특히 '－같이, －보다, －처럼, －인양' 등과
같은 이른 바 직유를 조성하는 연결어가 있어 더욱 그러하다. 그러나 일반적
인 비유처럼 연결어로 끌어오는 보조관념들이 원관념과 등식관계에 놓여
상호 유사성을 통한 동질의 개념을 창출해 낸다기보다는 단순히 수식적인
기능만을 지니고 있다. 따라서 원관념과 보조관념이 대등한 관계에서 상호
작용을 한다기보다는 원관념의 일반적 의미를 보충해 주거나 묘사, 수식해
주는 역할만을 할 뿐이다. 또한 원관념과 보조관념의 상호작용을 통해 개성
적이고 창의적인 새로운 의미융합이 나타나는 것이 아니라, 관습적인 의미
를 차용하는 데에 머무르고 있다. 다만 원관념의 의미를 보다 구체화시켜
감각적으로 인식하는 효과를 지니고 있을 뿐이다. 따라서 위의 예들도 구문
형태는 비록 비유의 특성을 지녔다 하더라도 감각적 인식을 통한 이미지

조성의 한 형태로 보아야 할 것이다.

그 밖에 이육사의 시에 나타난 감각적 인식의 조성으로 소유격을 사용한 형태를 볼 수 있다. 이에는 '내 孤島의 매태 긴 城郭(「海潮詞」), 매운 季節의 챗죽에 갈겨(「絶頂」), 지나간 世紀의 喪章같이 슬프지 않은가, 虛無의 分水嶺에 앞날의 旗빨을 걸고(「邂逅」), 서러운 呪文일사 못 외일 苦悶의 이빨을 갈며, 運命의 祭壇에 가늘게 타는 香불마저 꺼졌거든, 검은 化石의 妖精이여!(「蝙蝠」)' 등을 들 수 있다.

2) 유추적 전이

감각적 인식에 이어 이미지 조성의 원리로 설정할 수 있는 또 다른 방법은 유추적 전이이다. 이는 우선 전통적인 수사학이나 이미지론에서 비유로 논하는 것들과 관련이 있다고 볼 수 있다. 사실이 비유야말로 전통적 이미지론에서 가장 많은 논의와 비중을 차지해 왔다. 기존의 논의에서 전제로 삼고 있듯이 이 비유는 일종의 비교로서 반드시 이질적인 두 사물의 결합양식으로 이루어진다. 리처즈가 체계화한 수사적 용어를 사용하면 원관념 또는 취의어(tenor)와 보조관념 또는 매체어(vehicle)의 결합의 비유다. 취의는 비유하고자 하는 원뜻이고, 매체는 취의를 드러내기 위한 말이나 이미지를 말한다. 리처즈는 매체어와 취의의 공존은 단순한 장식이 아니라 그들의 상호작용 없이는 달성될 수 없는 어떤 의미로 귀착되는데, 이 때 그 의미는 취의와는 명백하게 구별된다는 점을 강조하고 있다.9) 이처럼 취의와 매체어는 각각 독립적으로 서로의 의미를 강하게 살리고 있으면서도 상호 협동적

---

9) I. A. Richards, *The Philosophy of Rhetoric* (Oxford Univ. Press, 1965), p. 100.

으로 작용하여 또 다른 생명력 있는 의미를 창조하는 것이다.

한편 비유의 근거는 유추, 즉 두 사물 사이의 유사성 또는 연속성에 있으며,[10] 두 사물의 어떤 동질성에 의해 비유는 성립하게 된다. 결국 유추를 통한 유사성의 발견과 그 발견의 결과 한 대상의 의미를 다른 대상에 전이시켜 표현하는 것이 비유의 근본원리라고 할 수 있다.

그간의 비유나 은유논의는 그 구사의 방법과 특성에 따라 유형화하여 다양한 수사적 명칭을 부여하는데 바쳐져 왔다. 휠라이트가 은유의 본질적인 중요성이 의미론적 변용에 있음을 강조하고 은유를 치환은유와 병치은유로 나누고 있는 것이나,[11] 부룩 로즈가 은유를 문장성분에 따라 명사은유, 동사은유, 부사은유, 형용사은유 등으로,[12] 그리고 리처즈가 은유를 새로운 사용법으로 전환되는 언어 활용으로 보고 의미은유와 정서은유로 나누고 있는 것[13]들이 그 대표적인 예라고 할 수 있다.

그러나 어떠한 형태를 가진 비유나 은유라 하더라도 시의 이미지가 되기

---

10) 전통적인 비유론에 의하면 유사성에 의한 양자의 관계맺음을 은유라고 하고, 인접성에 토대한 관계를 환유라고 한다.

11) 치환은유는 일상적 의미가 인과적 관계나 친화적 관계(비교, 대조, 유추, 동일시)를 토대로 하여 다른 의미로 전환되는 것을 의미하는 전통적인 은유라고 할 수 있다. 반면 병치은유는 병렬이나 종합의 과정을 통하여 새로운 의미를 형성해 가는 새로운 방법의 은유이다. 치환은유는 원관념과 보조관념의 관계가 一元的인 데 반해 병치은유는 그 관계가 多元的이다. (P. Wheelwright, 앞의 책 참조)

12) 체언과 체언이 대치되어 생겨난 은유를 명사은유로, 체언과 용언 사이의 일탈을 통해 생겨난 은유를 동사은유로, 관형어와 용언 사이의 일탈로 인한 것을 부사은유로, 관형어와 체언 사이의 일탈을 통한 은유를 형용사은유로 보고 있다. (Brook Rose, 앞의 책, pp. 265~285. 참조)

13) 이 전환이 낱말이 정상적으로 적용되는 대상과 새로이 적용되는 대상 사이의 유추나 유사성에 근거하는 것이 의미은유이고, 이 전환이 정상적 상황이 야기하던 감정과 새로운 상황이 야기하는 감정 사이의 유사성에 근거할 때 이는 정서은유가 된다. (김영철, 『현대시론』, 건국대학교출판부, 1995. 202면 참조)

위해서는 다음 두 가지를 충족해야 할 것이다. 첫째, 유추를 통한 유사성의 발견과 그 발견의 결과 한 대상의 의미를 다른 대상에 전이시켜 표현한 것이라는 비유의 근본원리를 벗어나서는 안 된다. 둘째, 시의 의미를 전달하는 이미지의 기능을 지녀야 한다. 따라서 앞으로 어떠한 낯설고 새로운 비유의 형태가 나타난다 하더라도 그것이 시적 이미지라면, 유추적 전이라는 근본원리를 통해 이미지의 기능을 수행하게 될 것이다.

또한 비유나 은유는 어디까지나 시인의 어떤 감정과 정서를 구체화시켜 표현하는 하나의 방법이다. 여기에 보조관념은 결국 문자 그대로 원관념을 보조하여 구체화시켜 주는 하나의 보조 자료인 셈이다. 따라서 원관념에 중심을 두어 이미지의 조성원리는 논의되어야 할 것이다. 앞에서도 강조했듯이 그간의 다양한 수사적 명칭들은 원관념과 보조관념이 관계 맺는 특성이나 문장성분 등에 집중한 것들로써 지나치게 수사적인 데에 초점이 맞추어져 왔었다.

본 논의에서는 기존의 혼란스러운 다양한 명칭들 대신 원관념에 중심을 둔 포괄적인 용어인 '유추적 전이'를 두 번째의 이미지 조성 원리로 설정하고자 한다.

이육사의 시에서 유추적 전이의 형태로 조성된 이미지의 예들을 살펴보면 다음과 같다.

> 밤송이 가튼 털 (「말」)
> 고무풍선갓흔 첫겨울 달을, 거리의 主人公인 해태의 눈쌀은 (「失題」)
> 목숨이란 마―치 깨여진 배쪼각, 밤마다 내꿈은 西海를 密航하는 '쩡크'와 갓해/소금에 짤고
> 湖水에 부프러 올넛다. 새벽 밀물에 밀여온 거믜인양/다 삭어빠진 소라 깍

질에 나는 부터왔다. (「路程記」)

　구겨진 하늘은 묵은 얘기책을 편 듯/돌담울이 古城같이 둘러싼 山기슭, 洞
里의 密告者인 江물조차 얼붙는다. (「草家」)

　언덕은 잔디밭 파라솔 돌리는 異國少女 둘/海棠花 같은 뺨을 돌려 望鄕歌
도 부른다. (「小公園」)

　넌 帝王에 길들인 蛟龍, 昇天하는 꿈을 길러 준 洌水 (「南漢山城」)

　겨울은 강철로된 무지갠가보다. (「絶頂)

　전통적인 비유논의나 수사학을 통해서 본다면 이육사의 시에는 앞의 예
들 이외에도 비유나 은유의 형태로 이루어진 구절들이 많이 있다. 그러나
여타의 것들은 원관념의 의미를 구체화시키고 보조해 주는 기능을 담당할
뿐, 보조관념과의 활발한 상호작용을 통해 새로운 의미를 재구성해 내지는
않는다. 유추적 전이를 통한 이미지 조성은 원관념과 보조관념이 유사성과
인접성을 매개로 활발한 상호작용이 있어야 하며, 그 결과 한 대상의 의미가
다른 대상에 전이되어 의미론적 변용을 이루었을 때로 한정시켜야 한다.

3) 주지적 대치

　감각적 인식과 유추적 전이에 이어 세 번째 이미지 조성원리로 설정할
수 있는 것이 主旨的 代置이다. 이 방법은 우선 전통적인 수사학이나 이미
지론에서 상징으로 논하는 것들과 관련이 있다고 볼 수 있다. 비유나 은유에
대한 논의 못지않게 상징에 대한 논의도 그동안 매우 활발하게 진행되어
왔다. 그러나 비유의 경우처럼 상징도 그 개념과 성격을 기준으로 종류를
다양하게 유형화하는 데 많은 노력을 기울여 왔다.

　문학적 상징의 경우만 하더라도 대체로 "내적 상태의 외적 기호"[14]라거

나, "불가시적인 것을 암시하는 가시적인 것",[15] 또는 "그 자체를 넘어서
다른 것을 가리키거나, 그 자체를 넘어선 지시 범위를 지닌 대상이나 사건을
가리키는 단어나 구"[16]로 한정시키거나 "심상 image과 관념 idea의 결합이
고, 언어로 표상된 심상이 어떤 관념을 암시적으로 환기하는 것"[17] 등으로
정의하고 있다.

그리고 이미지로서의 상징은 그 성격상 주로 비유와 비교하여 논의되고
있다. "비유에서 원관념을 떼어 버리고 보조관념만 남아 있는 형태"라거나
"취의(first term)가 생략된 은유",[18] 또는 "상징은 은유의 원리가 고도화된
것으로서 은유의 이미지가 종착한 곳에서 시작된다. 은유에 의해서 발생된
이미지가 반복해서 출현하면 보다 큰 의미의 영역을 가리키게 되는데 이
재현하는 이미지가 상징인 것이다"[19]와 같은 논의들을 그 예로 들 수 있다.

또한 문학적 상징의 유형에 대한 논의는 대체로 그 환기력의 범위나 탄생
주체에 따라 개인적 상징과 관습적 또는 보편적 상징, 그리고 원형적 상징의
셋으로 나누고 있다.[20]

개인적 상징은 그 시인만의 체험을 바탕으로 채택한 상징으로 어떤 하나
의 작품 속에만 있는 단일한 상징이나 어떤 시인이 자기의 여러 작품에서

---

14) W. Y. Tindal, *The Literary Symbol* (Indiana Univ. Press, 1955), p. 5.
15) 김준오, 『시론』, 삼지원, 1991. 146면.
16) 이명섭 편, 『세계 문학비평 용어 사전』, 을유문화사, 1993. 223면.
17) 김영철, 앞의 책, 206면.
18) C. Brooks & R. P. Warren, 앞의 책, 556면.
19) 김영철, 앞의 책, 206면.
20) M. H. Abrams, *A Glossary of Literary Terms* (Holt, Rinehart and Winston Inc., 1971), pp.
    168~169; P. Wheelwright, 앞의 책, pp. 94~100 ; W. Y. Tindal, 앞의 책, p. 5. 등 참
    조

특수한 의미로 즐겨 사용하는 상징을 말한다. 반면 보편적 상징은 역사적, 문화적 배경을 같이하는 집단의 구성원이라면 누구나 이해할 수 있는 제도적이고 인습적인 대중적 상징을 의미한다. 그리고 원형적 상징은 역사나 문학, 종교, 풍습 등에서 무수히 되풀이되는 이미지나 話素, 또는 테마를 채택하는 것으로 인류에게 꼭 같거나 유사한 의미를 지니는 상징을 말한다.

유추적 전이에서도 강조했듯이 상징의 논의도 비유와 관련하여 그 특성을 밝히고 구성상의 성질에 따라 세분화하여 다양한 종류로 유형화하는 것이 그 목적이 되어서는 안 될 것이다. 우리가 시에서 비유나 상징을 논하는 것은 어디까지나 그것이 시의 이미지로서 어떤 기능을 지니고 있다는 전제에서 유효한 것이다.

사실 상징은 전통적인 논의처럼, 비유와 비교할 때 단지 원관념이 생략되었거나 제시되지 않은 형태라고만 보기는 어렵다. 오히려 원관념의 의미를 다양하게 헤아릴 수 있도록 하는 일종의 열린 이미지라고 할 수 있다. 시인에게 있어서도 더 이상은 구체화할 수 없는 어떤 강렬한 의미나 주제의식을 바로 이 상징을 통해 제시하고 있다고 보아야 할 것이다. 물론 숨어있는 원관념을 찾아내는 것은 독자들의 몫이다.

상징적 이미지는 단일한 감각적 이미지나 비유적 이미지가 아니라 한 시인의 작품 전체를 통하여 반복적으로 드러나는 이미지 패턴이나 이미지군에 대한 연구를 통해 밝혀지는 것이다. 이런 의미에서 상징이라는 수사적 명칭보다는 그 기능을 유념한 '주지적 대치'를 감각적 인식과 유추적 전이에 이은 또 하나의 이미지 조성원리로 설정하고자 한 것이다. 이 주지적 대치는 곧 시의 주제를 지향하는 특수하고 개성적인 등가물이거나 반복적으로 드러나는 이미지의 개성적 패턴으로서의 대치물로 볼 수 있다.

이육사 시에서 주지적 대치의 형태로 조성된 이미지로 볼 수 있는 예들을 살펴보면 다음과 같다.

* 오! 구름을 헷치려는 말/새해에 소리칠 힌말이여! (「말」)
너는 駿馬 달리며/竹刀 져 곧은 기운을/목숨같이 사랑했거늘 (「少年에게」)
白馬타고 오는 超人이 있어 (「曠野」)
* 제비떼 까마케 나라오길 기다리나니 (「꽃」)
* 꼭 한 개의 별! 아침 날 때 보고 저녁 들 때도 보는 별 (「한 개의 별을 노래하자」)
傳說에 읽어본 珊瑚島는 구경도 못하는/그곳은 南十字星이 비처주도 안엇다. (「路程記」)
沙漠은 끝없이 푸른 하늘이 덮여/눈물먹은 별들이 조상오는 밤 (「江건너간 노래」)
거리엔 노아의 洪水 넘쳐나고/위태한 섬우에 빛난 별 하나 (「鴉片」)
희미한 별 그림자를 씹어 노외는 동안 (「湖水」)
그만 그는 별階段을 성큼성큼 올러가고 (「나의 뮤—즈」)
모든 별들이 翡翠階段을 나리고 (「邂逅」)
* 지금 눈 나리고/梅花香氣 홀로 아득하니 (「曠野」)
눈속 깁히 꽃 맹아리가 옴작어려, 바람결 따라 타오르는 꽃城에는 (「꽃」)
나는 초ㅅ불도 꺼져 百合꽃 밭에 옷깃이 젖도록 잤소 (「나의 뮤—즈」)
* 해오래비 靑春을 물가에 흘려 보냈다고/쭈그리고 앉아 비를 부르건마는 (「小公園」)
저녁 놀빛을 건어올리고/어데 비바람 있음즉도 안 해라. (「南漢山城」)
동방은 하늘도 다 끗나고/비 한방울 나라쟌는 그따에도 (「꽃」)
* 가난한 귀향살이 손님은 파려하다. 한밤에 찾아올 귀여운 손님을 맞이하자. (「海潮詞」)
내가 바라는 손님은 고달픈 몸으로/靑袍를 입고 찾아 온다고 했으니 (「靑

葡萄」)

    * 巨人의 誕生을 祝福하는 노래의 合奏! (「海潮詞」)

다시 千古의 뒤에/白馬타고 오는 超人이 있어 (「曠野」)

壯士의 큰칼집에 숨어서는/귀향가는 손의 돛대도 불어주고. (「西風」)

    * 처음은 정녕 北海岸 매운 바람속에 자라/大鯤을 타고 단였단 것이 자랑이죠 (「나의 뮤-즈」)

쥐는 너를 버리고 부자집 庫간으로 도망했고/大鵬도 북해로 날아간지 이미 오래거늘 (「蝙蝠」)

    * 서리에 번적이는 네굽 (「말」)

돈 벌러 港口로 흘러 간 몇 달에/서릿발 잎져도 못 오면 바람이 분다. (「草家」)

서리밟고 걸어간 새벽길우에/肝잎만 새하얗게 단풍이들어 (「年譜」)

하늘도 그만 지쳐 끝난 高原/서리빨 칼날진 그우에 서다 (「絶頂」)

서리 빛을 함복 띄고/하늘 끝없이 푸른데서 왔다. (「西風」)

    * 닭소래나 들니면 갈라/안개 뽀얗게 나리는 새벽/그곳을 가만히 나려서 감세 (「獨白」)

까마득한 날에/하늘이 처음 열리고/어데 닭 우는 소리 들렷스랴 (「曠野)

전통적인 상징의 논의들을 적용하여 이육사 시에서 상징을 추적한다면 이상의 예들 이외에도 관점에 따라 훨씬 많은 예들을 찾을 수 있을 것이다. 그러나 이미 보편화되고 일상화된 관습적 상징이나 원형적 상징은 단지 시의 제재나 시어로 취택된 것으로 보아야지 상상력에 의한 이미지로서의 기능과 역할을 한다고 볼 수 없다. 이런 점에서 개인적 상징이 진정한 의미의 시적 이미지라고 할 수 있다. 또한 이것은 반드시 작품 전체의 의미를 암시하여 주제로 지향하는 표상물로서의 기능을 지녀야 한다. 이 같은 맥락에서 세 번째 이미지 조성원리로 설정하고자 한 것이 주지적 대치였다.

지금까지 검토한 바처럼 시적 이미지의 조성은 그 방법이나 표현 기법상의 다양성에도 불구하고 결국은 감각적 인식과 유추적 전이, 그리고 주지적 대치의 세 가지 원리에 의해 이루어진다고 할 수 있다.

3. 의미융합의 원리

이미지의 논의는 전통적인 유형처럼 감각적 이미지, 비유적 이미지, 상징적 이미지를 구분하거나, 또는 필자가 새롭게 제기한 감각적 인식, 유추적 전이, 주지적 대치의 조성 양상을 구분하는 것 자체에 그 의미가 있는 것은 결코 아니다. 우리가 시에서 이미지를 논하는 것은 장르적 특성상 시의 의미를 구체화하는 가장 중요한 요소가 되는 것이 이미지이기 때문이다. 따라서 이미지의 유형보다는 이미지의 기능과 가치에 유념해야 할 것이며, 각각의 이미지들이 어떻게 새로운 의미를 창출해 내는가에 초점이 모아져야 할 것이다. 이미지의 진정한 가치는 시의 전체적 문맥과 구조를 통해서만 파악될 수 있는 것이다. 그러므로 시의 이미지는 구조의 개념이며, 구조를 통해서 그 의미가 파악되어야 하는 것이다.[21] 아무리 새롭고 참신한 이미지 구사가 이루어졌다 하더라도 그것이 시의 구조 속에서 이미지로서의 기능과 의미융합을 통한 의미론적 변용이나 제3의 의미체계를 이루어내지 못 한다면 결코 시적 이미지라고 할 수 없다.

시적 이미지의 의미융합과 새로운 의미창조는 그것이 어떠한 형태의 이미지 조성이라 하더라도 결국 구심점 선택과 원심적 통합이라는 두 가지 구조적 원리에 의해 이루어진다고 할 수 있다.

---

21) 장도준, 『현대시론』, 태학사, 1995, 142면 참조.

1) 구심적 선택

감각적 인식과 유추적 전이에 의해 조성된 이미지들은 시인의 의식적이고 의도적인 책략에 의해 조성되며, 이러한 이미지들의 의미 융합은 구심적 선택의 원리에 의한다고 볼 수 있다.

어떤 대상이나 관념을 구체화하기 위해 선택한 감각적 인식어나 보조관념은 시인의 의도적으로 취사선택한 것이다. 감각적 인식어는 원관념의 의미를 선택적으로 규정해주며, 보조관념은 원관념의 의미와 각각 독립적으로 서로의 의미를 강하게 살리고 있으면서도 상호 협동적으로 작용하여 원관념의 의미들도 다른 생명력 있는 구체적인 의미로 규정해 준다. 또한 감각적 인식과 유추적 전이로 조성된 이미지는 시 작품 전체보다는 그 이미지가 나타난 작품의 일부분이나 구정 자체에서 의미가 창출되고 있으며, 역시 그 부분에서 기능을 담당하고 있다. 이런 점에서 의미융합의 원리는 구심적 선택이라고 할 수 있다.

> 목숨이란 마―치 께여진 배쪼각
> 여기저기 흐터저 마을 이 한 구죽죽한 漁村보다 어설푸고
> 삶의 틔끌만 오래묵은 布帆처럼 달어매엿다.
>
> 남들은 깃벗다는 젊은 날이엿건만
> 밤마다 내 꿈은 西海를 密航하는 '쩡크'와 갓해
> 소금에 짤고 湖水에 부르러
>
> 항상 흐릿한밤 暗礁를 버서나며 颱風과 싸워가고
> 傳說에 읽어본 珊瑚島는 구경도 못하는

그곳은 南十字星이 비처주도 안엇다.

쫏기는 마음! 지친 몸이길래
그리운 地平線을 한숨에 기오르면
시궁치는 熱帶植物처름 발목을 오여쌋다.

새벽 밀물에 밀여온 거믜인양
다 삭어빠진 소라 깍질에 나는 부터왓다
머—ㄴ 港口의 路程에 흘너간 生活을 드러다보며

—「路程記」 전문

이육사의 이 작품에서 1연은 감각적인 인식과 유추적전이의 이미지가
혼합적으로 조성되어 있다. 1행의 "목숨이란 마—치 께여진 배쪼각"이라는
유추적 전이 이미지가 2행과 3행의 감각적 인식 이미지로 이어지면서 유추
적 전이를 통한 의미가 보다 구체화되고 있다. '배쪼각'이라는 보조관념과의
상호작용을 통한 목숨의 구체화된 의미, 어설픈 목숨을 '구죽죽한 漁村'으로
인식하고, 달어매어진 삶의 티끌을 '오래묵은 布帆'으로 감각적으로 인식함
으로써 구체화된 의미가 이들 시적 이미지가 표상한 의미라고 할 수 있다.
이처럼 의미융합을 통한 제3의 의미창출은 구심적 선택의 원리에 의해 이미
지가 나타난 그 부분에서 구축되고 있다.

이 같은 구심적 선택에 의한 의미융합은 "시궁치는 熱帶植物처름 발목을
오여쌋다."라는 감각적 인식의 이미지나, "밤마다 내꿈은 西海를 密航하는
'쩡크'와 갓해"와 "새벽 밀물에 밀여온 거믜인양" 같은 유추적 전이에 의한
이미지에서도 마찬가지이다.

이처럼 감각적 인식이나 유추적 전이에 의해 조성된 이미지는 구심적

선택의 원리에 의해 의미융합이 이루어져 제3의 의미가 창출 된다고 할 수 있다.

2) 원심적 통합

감각적 인식과 유추적 전이에 의해 조성된 이미지의 의미융합이 구심적 선택의 원리에 의해 이루어지는 데 비해, 주지적 대치에 의해 조성된 이미지의 의미융합은 원심적 통합의 원리에 의해 이루어진다고 할 수 있다.

그리고 감각적 인식과 유추적 전이로 조성된 이미지는 시인의 의식적이고 의도적인 책략에 의한 것인 데 반해, 주지적 대치로 조성된 이미지들은 무의식적이고 무의도적으로 선택된 것이라고 할 수 있다. 따라서 독자의 주관이 개입할 여지가 그만큼 많으며 암시적이고 多義的인 속성을 지니게 된다. 또한 앞에서 살핀 예에서 볼 수 있듯이 주지적 대치의 이미지들은 한 시인의 작품에 매우 반복적으로 나타나며, 시인의 모티프와 주제를 응축하는 기능도 지니고 있다. 따라서 이 같은 주지적 대치의 이미지는 시 작품의 부분에서 의미를 표출하기보다는 한 작품 전체의 주제를 지배하거나 한 작가나 한 시대의 작품세계 전체를 지배하는 주도적인 이미지가 되며, 이러한 전반적 특성과 관련지어 지속적으로 의미를 표출하는 경향이 있다. 이런 점에서 주지적 대치의 이미지는 그 의미융합의 원리를 원심적 통합에서 찾아야 할 것이다.

> 동방은 하늘도 다 끗나고
> 비 한방울 나리쟌는 그 따에도
> 오히려 꼿츤 밝아케 피지안는가

내 목숨을 꾸며 쉬임업는 날이여

北쪽 '쓴도라'에도 찬 새벽은
눈속 김히 꼿 맹아리가 옴작어려
제비떼 까마케 나리오길 기다리나니
마츰내 저버리지 못할 約束이여!

한 바다 복판 용소슴치는곧
바람결 따라 타오르는 꼿城에는
나븨처럼 醉하는 回想의 무리들아
오날 내 여기서 너를 불러보노라

주지적 대치로 조성된 이미지를 사용한 이육사의 대표적인 작품이다. 여기서 '하늘', '비', '꽃', '눈속', '제비떼' 등은 모두 주지적 대치로 조성된 이미지로 볼 수 있다. 특히 '꽃─꽃 맹아리─꽃 城'으로 이어지면서 반복적으로 드러나는 이미지의 패턴은 주제적 의미를 환기하는 원관념을 구체화하면서 이육사 시가 지닌 주지적 대치 이미지의 한 특성을 보여준다. 곧 원심적 통합에 의해 꽃의 시적 의미가 암시적으로 드러나고 있는 것이다. 따라서 「광야」에서의 '梅花香氣'나 「나의 뮤ㅡ즈」에서의 '百合꽃 밭'의 의미도 같은 원심적 통합의 맥락에서 구체화된다.

지금까지 두 편의 작품을 대상으로 시적 이미지의 의미융합이 어떤 원리에 의해 이루어지는가를 검토했다. 결국 감각적 인식과 유추적 전이에 의해 조성된 이미지는 구심적 선택의 원리에 의해 의미융합이 이루어지며, 주지적 대치에 의해 조성된 이미지는 원심적 통합의 원리에 의해 의미융합이 이루어짐을 알 수 있었다.

끝으로 이미지는, 그것이 어떠한 형태로 조성된 것이라 하더라도 신선성, 강렬성, 喚情性[22]을 자아내는 기능을 지녀야 한다는 점을 잊어서는 안 될 것이다. 또한 그것이 독창적이든 아니든 간에 그 이미지가 어떻게 사용되고 있는지, 무슨 시적인 목적에 그것이 기여하고 있는지를 따져 보아야 할 것이다.[23] 시에 있어서 이미지란 결국 감각적 체험을 재생시키며, 정서와 관련된 추상적이고 관념적인 시의 의미나 주제를 구체화시켜 주는 가장 중요한 수단이기 때문이다.

---

22) C. D. 루이스가 이 세 가지, 즉 신선성(freshness), 강렬성(intensity), 환정성(evocative power)을 이미지의 구성요소로 제기한 이래 (C. D. Lewis, 앞의 책, 참조), 이미지의 기능과 역할에서 이 세 가지 요소는 필수적인 항목으로 논의되고 있다.

23) 이 점과 관련한 劉若愚의 견해는 매우 시사적이다. 즉 "심상의 효과란 오로지 그 독창성에 달려있는 것은 아니다. 왜냐하면 독창적인 심상은 신기함 때문에 독자의 상상력을 자극할 수 있지만, 습관적인 심상은 그 친근성 때문에 더욱 쉽게 의욕적인 반응과 관련된 연상을 불러일으킬 수 있다. 만약 시인이 한 장의 일치되는 그림을 그려내기 위하여 비슷한 연상들을 지닌 심상들을 사용한다든가, 그가 습관적인 심상을 사용하지만 그것이 한 줄의 새로운 문맥 속에서 묘하고도 청신한 의미를 부여한다든가, 혹은 그가 이러한 심상을 더욱 발전시킨다든가, 혹은 그것을 그의 지금 목적에 부합시키기 위해서 수식한다면, 그 심상이 독창적인 것인가 아닌가 하는 것은 별로 문제가 되지 않을 것이다." (劉若愚, 『中國詩學』, 李章佑 역, 범학도서, 1976. 153면)

아이러니[1)]

오세영

1. 발생과정

20세기 문학 비평에 자주 등장하고 있는 패러독스와 아이러니는 영미 신비평의 중요한 용어들 가운데 하나이다. 그러나 아직 그 개념이 명확하게 한정되지 않은 채 사용되어 온 탓으로 여러 가지 혼란을 야기시켜 왔음도 사실이다. 특히 패러독스와 아이러니의 구별과 같은 것들이 그렇다.

'아이러니 irony'는 그리스어 'eironeia'에서 파생된 단어로 그 어원은 고대 그리스 희극의 주인공들 중 하나를 가리키는 'eiron'에서 왔다. 원래 그리스 희극은 eiron이라고 불리는 인물과 alazon이라고 불리는 인물이 무대상에서

---

1) 이 글은 오세영, 『문학과 그 이해』(국학자료원, 2003)에 수록되어 있다.

펼치는 논쟁을 내용으로 담고 있었다. eiron은 약자로서 겸손하고 항상 자신을 양보하는 입장이지만 매우 총명한 사람이다. 반대로 alazon은 강자로 자만에 가득 차 있고 허세를 부리며 뽐내나 우둔한 인물이다. 그리스 희극은 약자이면서 일견 패배할 듯이 보이는 eiron이 관객의 예상을 뒤엎고 강자 alazon을 물리쳐 승리하는 데 그 본질을 두었다. 이렇게 패배할 듯이 보이는 행위가 오히려 승리를 거두게 되고 표면에 드러난 의미가 숨겨진 의미에 의해서 전도되는 그리스 희극은 본질로부터 그 주인공 eiron에 어원을 둔 eironeia란 말이 생기게 된 것이다. 따라서 원래 이 단어는 '자신을 어리석게 가장하거나 진의와 다르게 표명하여 시치미를 떼는 것 dissimulation especially through under statement'이라는 뜻을 지니고 있다.

eironeia는 맨 처음 플라톤의 대화편에 등장한다. 플라톤은 이 저서에서 소크라테스의 대화술에 걸려 자신의 무지가 폭로된 사람들이 그를 헐뜯는 뜻으로 이 말을 사용했다고 한다. 즉 그들은 소크라테스의 대화술이 사람을 속이는 교활하고 비열한 방법이라고 비난하면서 이를 'eironeia'로 명명했다는 것이다. 그 후 이 말은 그리스 수사학에서 보통 이면에 숨겨진 참 뜻과는 다른 언어 진술을 통해 상대방에게 의미론적 충격을 주는 언사, 어떤 것을 말하면서 다른 것을 뜻하거나, 칭찬하기 위해서 비난하고, 비난하기 위해서 칭찬하는 등의 모순된 발언을 지칭하는 것으로 정의되었다.

이러한 뜻으로서의 아이러니는 그 실제 사용에 있어서 어느 정도 말장난 (pun, 同音異議語를 통한), 패러독스 paradox, 의식적으로 가장한 어리석음 conscious naivety, 서투른 모방에 의한 풍자 parody, 우둔하게 말함으로써 의표를 찌르는 발언 under statement, 위트 wit 등을 내포하는 바, 때로는 이들과 동일한 개념으로 간주되기도 하였다. 그리스 수사학에서는 아이러니의 변형으로 냉소(sarcasm, 아이러니가 상대편 모르게 이중의 의미를 구사함에 비해 냉소는 상대편이 알도록 이중 의미를 구사하여 면박을 준다), 緩叙法, meiosis, and litotes 완곡하게 말함으로써 오히려 상대방의 약점을 찌름), 허풍 hyperbole, 대조 antiphrasis, 조롱 asteism and charientism, 흉내 chleuasm, 모방 mimesis, 조소 mycterism 등을 들고 있다.

고대 그리스 로마에 있어서 수사학 용어의 하나인 아이러니는 일반적으로 우리가 오늘날 '말의 아이러니 verbal irony'라고 부르는 것에 한정되었으며 현대 비평용어의 하나인 '극적 아이러니 dramatic irony' 혹은 '상황이나 사건의 아이러니 situational irony or irony of events'는 그 범주에 포함되지 않았다. 더군다나 시의 구조로 파악되는 소위 신비평 그룹의 구조적 아이러니는 그 개념조차 성립되지 못하였다. 그리스 문학 특히 비극에 있어서 우리가 오늘날 극적 아이러니라고 부르는 사건 혹은 상황의 顚倒 reverse는 아리스토텔레스에 의해서 다만 'peripetia'(상황 혹은 사건의 급격한 역전)로 불렸을 따름이다. 즉 그리스, 로마 그리고 중세에 이르기까지의 아이러니는 곧 말의 아이러니라는 뜻에서 크게 벗어나지 않았다.

아이러니가 극이나 서사문학에 있어서 사건, 상황의 전도를 지칭하는 뜻으로까지 확대된 것은—18세기 후반의 몇몇 문인들, 예컨대 리차드 케임브리지 Richard Cambridge 등이 우연하게 이 용어를 사용한 것을(1752년 그의 저작 「엉터리 文士」의 주인공에 대한 자신의 논평 가운데) 제외한다면—대체로 19세기 낭만주의자들에 의해서였다. 그러나 오늘날 아리스토텔레스가 그와 『시학』에서 비극의 플롯의 본질로 규정한 소위 'peripetia'가 바로 극적 아이러니를 가리킨다는 사실에 대하여 이의를 제기할 사람은 아무도 없다. 즉 그리스 문예학에선 이 용어가 통용되지는 않았으나 실제 극문학에서 극적 아이러니는 대단히 중요한 본질로 이미 인식되고 있었던 것이다.

희랍의 전통을 이어받은 로마의 철인들, 예컨대 키케로 Cicero, 퀸틸리언 Quintilian 등은 그리스인들과 달리 아이러니를 부정적인 의미로서 보다는 긍정적인 의미(상대방의 약점을 찌르고 비난하기보다는 고상한 깨우침을 주려는 의도의 아이러니)로 전용해서 사용했다. 그러나 대체로 이후 18세기에 이르기까지 아이러니는 이와 같은 고적적인 뜻에서 크게 벗어나지 못하였다. 그러던 것이 르네상스와 18세기 합리주의 시대를 거치는 동안 아이러니는 보다 새로운 조명을 받게 되었다. 그것은 합리주의의 인식태도가 회의적인 문제에 대해서는 가능한 확정적이고 명백한 언사를 기피했기 때문이었다. 어떻든 이 시대의 주인공인 볼테르 Voltaire나 에디슨 Addison은 근대적 아이러니의 발견자들이다.

그러나 뭐니뭐니 해도 현대 문학과 철학에서 통용되는 뜻으로서의 아이러니의 개념 성립은 19세기 낭만주의자들에게 그 공적을 돌려야한다. 세계의 실체를 機會原因論的 Occasionalism 상대주의적 relativism, 스스로 생성 변화하는 힘 power of spontaneity이 지배하는 것으로 인식했던 낭만주의자들은 이 세계 자체가 모순 혹은 역설적 차원에 놓여 있는 것으로 파악하였는데, 그것은 다른 말로 우주 혹은 자연을 아이러니로 인식하는 것과 다름없었기 때문이다. 슐레겔 형제, 티크, 솔저 Solger, 쟝 폴 리히터, 하이네 등과 특히 후기 칸트학파 및 독일 관념론에 깊이 영향 받은 영국의 시인 콜리지, 워즈워스 등이 그 대표적인 예들이다.

낭만주의 시기에 팽배했던, 아이러니에 대한 이 같은 인식은 이후 현대철학과 문학에 지대한 영향을 끼쳐 특히 철학에서 실존주의, 문학에서 신비평의 이론 확립에 초석을 마련해 주었다. 그리하여 낭만주의와 그 이후의 시대에 있어 아이러니의 개념은 이 고전적인 '말의 아이러니'의 범주를 넘어서

이제 세계와 인간의 근원적인 문제들을 인식하는 방법으로까지 확신하게
되었다.

2. 본질

20세기 인문학 분야에 있어서 아이러니라는 말은 매우 다양한 의미를
지니고 있다. 철학의 경우 그것은 때로 '우주 혹은 자연을 지배하는 질서의
원리 irony of philosophy or cosmic irony'를, 때로 인간 삶의 한 양태를(키에
르케고르), 때로 존재의 근원적 조건을(J. P. 사르트르) 지칭하며 문학의 경
우 고전적인 뜻 verbal irony 그대로, 구조나 플롯의 원리로 사용되는 것
등이다. 그러나 이상의 용법이 각기 상이한 분야의 상이한 특성을 설명하기
위해서 동원되었다 하더라도 그 내포된 고전적인 의미로서의 원칙만큼은
그대로 지켜지고 있다. 즉 상반하는 의미의 이중성, 특별한 언어표현에 의해
서 정반대로 전달된 의도 등이다.

키에르케고르는 삶의 태도를 설명하는 개념으로 아이러니라는 용어를 사
용한 바 있다. 그에 의하면 인간이 실존에 이르는 과정에는 세 단계가 있다
고 한다. 첫째, 쾌락을 추구하는 삶으로서 미적 단계, 둘째, 도덕적 선을
추구하는 삶으로서 윤리적 단계, 셋째, 신의 구원을 통해 완성된 삶인 종교
적 단계가 그것이다. 그리고 이에 토대해서 그는 다시 이 세 가지 단계의
중간적 위치에 각각 '아이러니한 삶의 태도'와 '유모어 humore로서의 삶의
태도'를 설정하였다. 즉 키에르케고르에 있어서 아이러니한 미적 단계와 윤
리적 단계의 중간적 삶을 뜻한다.

한편 사르트르는 그의 소설 「벽 Le Mur」의 주인공을 통해 극명히 밝힌
바 있듯이 인간이란 근원적으로 아이러니한 삶의 조건을 지닌 존재로 보았
다. 그의 경우 아이러니는 인간 삶 자체인 것이다.

문학에 있어서도 아이러니는 양식을 지칭하는 것에서부터 수사학의 용어
에 이르기까지 철학 못지않게 다양한 뜻으로 사용되어 왔다. 예컨대 노드롭
프라이의 경우 그것은 모형(模型, mode 문학을 사적으로 고찰할 때 그 주인
공이 지닌 능력이나 힘에 의해 각 시대의 문학은 일정한 모형을 지니게 된
다.)이나 장르에 유사한 명칭이며, 리처즈의 경우 수사학의 용어나, 플롯의
원리를 지칭하는 말이다.

프라이는 모형이라는 기준에 의해서 전체문학을 신화 myth, 로망스
romance, 고차원의 모방 high mimetic, 저차원의 모방 low mimetic, 아이러
닉 ironic의 5종으로 나눈 바 있는데 그에 의하면 신화는 주인공이 신성한
존재이고(예: 신화), 로망스는 주인공이 전형적인 영웅이며(예: 전설, 민담,
및 구비문학), 고차원의 모방은 주인공이 권위를 지닌 집단의 지도자(예:
서사시, 비극)이고, 저차원의 모방은 주인공이 우리와 같은 일상인(예: 근대
리얼리즘의 소설)임에 비해 아이러닉은 주인공이 우리보다 저 저열한 힘의
소유자 즉 분열된 인간이라고 한다2)(예컨대, 현대 소설의 지적 인간들). 아
이러닉에서 작가는 소외되고 좌절당한 인간 즉 자아상실의 인간을 그려보여
준다. 노드럽 프라이는 또한 그의 독특한 원형비평적 관점으로 문학을 분류
하여(소위 'mythos'의 이론으로) 봄의 유형은 코미디, 여름의 유형은 로망스,
가을의 유형은 비극, 겨울의 유형은 아이러니 혹은 풍자 satire라고 말한
바도 있다.3) 그의 모형이론이든 원형이론이든 프라이의 경우 아이러니란

---

2) Northrop Frye, *Anatomy of Criticism* (Princeton: Princeton Univ. Press, 1967), pp. 33~70.

일종의 문학 장르에 유사한 명칭이다.

리처즈의 아이러니에 대한 인식은 특히 20세기 영미시론의 토대를 마련해 주었는데, 그는 그것을 아리스토텔레스의 비극 이론과 영국 낭만주의 시인들의 상상력 이론으로부터 도출해 냈다. 리처즈는 모든 훌륭한 시는 구조적으로 아이러니를 내포한다고 말하면서 그것을 '내포하는 시 poetry of inclusive'라 명명하고 아이러니가 없는 시, 즉 '배제하는 시 poetry of exclusive'와 구별하였다.

리처즈의 심리학적 시론에 의하면 시란 인간의 마음속에 내재해 있는 '모순된 충동 opposite impulse'을 해소시키는 방법의 하나이다. 그런데 이 경우 모순 혹은 갈등을 해소시키는 길은 두 가지가 있다. 하나는 모순되는 두 요소를 종합하여 조화 혹은 평형 reconciliation or equilibrium시키는 길이고, 다른 하나는 모순되는 요소의 하나를 배제, 제거하는 길이다. 리처즈는 전자에 의해서 쓰여진 시를 내포하는 시, 후자에 의해서 쓰여진 시를 배제하는 시라고 불렀다. 따라서 아이러니란 대립하는 두 충동(혹은 정신적 가치, 필자 주)의 조화로 정의될 수 있다.

리처즈의 아이러니는 아리스토텔레스의 비극이론으로부터 큰 영향을 받았다. 『시학』 제 6장에서 아리스토텔레스는 비극을 정의하는 가운데, 결론적으로 비극은 '공포 fear'와 '애련 pity'이라는 상반하는 감정의 카타르시스에 그 본질이 있음을 밝힌 바 있다. 그런데 리처즈에 의하면 공포는 배타적인 감정 impulse to retreat이고 애련은 우호적인 감정 impulse to approach인 바 서로 상반하는 두 감정이 하나로 통합되는 심리현상이 아이러니이자 곧 카타르시스라고 한다.

---

3) Northrop Frye, Op. Cit., pp. 158~242

한편 그는 콜리지의 상상력 이론을 연구하면서(그의 콜리지 연구서로서 주목할 만한 것은 익히 알려진바 Coleridge on Imagination이다.) 그로부터 또한 많은 것을 배웠다. 예컨대 콜리지는 상상력이란 동일성과 개별성, 보편성과 특수성, 신기성과 일상성, 이성과 감성 등의 종합에서 존재한다고 주장하였는데 이는 당대 낭만주의자들의 일반적인 세계관 혹은 인생관으로부터 연유하는 소위 낭만적 아이러니 romantic irony를 칸트의 영향 아래 그 나름으로 정리한 것이었다. 여기서 리처즈는 콜리지가 상상력의 본질을 '모순하는 두 가지 가치의 조화 balance or reconciliation of opposite or discordant quality'에서 찾는 것에 주목하여[4] 아이러니에 대한 자신의 개념을 정립하게 된다. 따라서 리처즈가 서정시의 구조로 파악한 아이러니는 아리스토텔레스의 카타르시스 이론과 콜리지의 상상력 이론을 모태로 하여 형성된 것이라 할 수 있다.

리처즈의 시에 대한 견해는 동시대의 비평가들 특히 신비평 그룹에 지대한 영향을 주었다. 가령 브룩스의 '역설', 앨런 테이트의 '텐션 tension', 랜섬 Ransom의 '형이상학적인 시 metaphysical poetry' 그리고 엘리엇의 '통합된 감수성 unified sensibility', 워렌 R. P. Warren의 같은 용어로서의 '아이러니'가 모두 직접적이든 간접적이든 이에 관련된 것들이다.

물론 이들 각개 비평가들의 용어는 서로 달랐다. 그러나 그 안에 일관된 원리—가령 모순된 의미의 초월이든, 내포와 외연의 긴장이든, 즉물적, 객관적인 시와 주관적, 관념적인 시의 조화이든, 모순된 감수성의 통합이든 간에—는 결국 대립 혹은 모순되는 충동의 조화라는 점에서 모두 리처즈가 말한

---

4) I. A. Richards, *Principles of literary Criticism* (London: Routledge, 1964), Chap. 32. "Imagination", Cf.

바 아이러니와 일치한다고 볼 수 있다. 바로 이러한 관련성 때문에 우리들은 이들 개념 특히 리처즈의 아이러니와 브룩스의 패러독스를 혼동 내지 동일 시하게 되는 것이다. 버크 K. Burke는 오늘의 시대, 우리들이 추구하는 인문학의 영역 그 자체가 아이러니로 팽배해 있다고 말함으로써 20세기 문학에 있어서 아이러니가 차지하는 비중을 높이 평가한 바 있다.

리처즈는 이 이상 아이러니에 대한 개념 규정 혹은 그 범주를 구체적, 체계적으로 언급한 적이 없다. 그는 다만 문학 혹은 철학에서 통용된 아이러니를 '모순의 종합'이라는 원리로 파악하여 그것을 시의 구조로 인식했을 따름이다.

아이러니에 대한 보다 깊이 있는 연구는 그 후 부스(W. C. Booth, *A Rhetoric of Irony* (Chicago; Univ. of Chicago, 1974)) 뮈케(D. C. Muecke, *The Compass of Irony* (London, 1969)), 베다(A. Beda, "Ironie als literarisches Prinzip"; *Ironie und Dichtung*, Ed. Albert Schafer (Munich : CH, Beeek, 1970), 브룩스(C. Brooks, "Irony and Ironic Poetry", College English, Ⅸ, 1984) 등에 의해서 진척되었다.

뮈케는 일단 아이러니를 "어떤 일을 말하면서 그 반대의 뜻을 나타내는 것"이라고 정의하고 고전 수사학적 입장을 기초로 해서 그것을 극적인 아이러니의 개념으로까지 확대시켰다. 그가 제시한 아이러니의 보편적 특징은 다음과 같은 여섯 항목이다.[5]

1) 순박함 혹은 모르면서 자신에 참—아닌 것을 그런 척하거나 그런 것을
   아닌 척하는 것, 그리고 사실에 있어서는 잘못된 일임에도 불구하고

---

5) D. C. Muecke, *Irony*(Norfolk: Methuen and Co. LTD., 1970), pp. 24~48.

그것을 무시해버렸던 까닭에 잘 되어가는 것으로 착각하는 것 따위.

2) 실제와 그것이 현상으로 나타난 것 사이의 모순—이것을 말하는 것 같으면서도 실은 전혀 다른 것을 말하는 것, 자기가 확신하는 것이 실제에 있어서는 오류라는 사실을 모르고 있는 경우 따위.

3) 희극적인 요소—모순과 그 모순을 인지하지 못하는 무지로부터 일어나는 일종의 웃음 혹은 고통.

4) 거리의 요소—아이러니스트의 지혜와 상대편의 무지, 속임수와 속임당함, 대립하는 두 가지 의미들 사이의 거리는 아이러니스트에게 우월, 자유, 재미 등을 느끼게 만든다.

5) 극적 요소—우리가 연극을 통해 즐기는 등장인물과 관객 사이의 아이러니한 관계.

6) 심미적 요소

부스는 아이러니의 개념을 보다 확산하여 그것을 세계를 바라보는 관점으로 이해하였다.

아이러니는 모든 도그마의 붕괴에 의해서 또는 세계가 자체로서 지닌 필연적인 무無 혹은 부정否定을 인식함에 의해서 확고한 것이 지닌 절대성으로부터 자유를 획득한 어떤 것이다. 나아가서 그것은 확고한 것의 절대성을 파괴하고 혼돈에의 문을 열어서 명백한 것으로 여겨지는 기초를 무너뜨리는 어떤 것이다.6)

이러한 관점에 의해서 그는 아이러니를 여덟 가지 종류로 분류한 바 있는

---

6) W. C. Booth, *A Rhetoric of Irony* (Chicago: Univ. of Chicago, 1974), p. 1.

데 그중 문학에 관련된 좁은 의미의 아이러니 stable irony의 특성들을 다음 네 가지 요소로 설명하였다.[7]

1) 의도성 intended—모든 아이러니는 의도성이 개재되어 있다. 우연히 진술된 언어가 아이러니를 유발하지는 않는다.

2) 은폐성 covert—공개성의 반대 개념으로 모든 아이러니는 은폐성을 지닌다. 그것은 솔직한 언어에 의해서가 아니라 숨겨진 언어를 통해 표층적 의미를 전도시키는 데 그 본질을 둔다.

3) 불변성 stable—가변성 unstable의 반대 개념으로 모든 아이러니는 또한 항상 불변성을 지닌다. 아이러니는 그것을 대하는 독자나 청자들이 각기 다르게 이해하거나 해석해서는 성립될 수 없다는 뜻에서 불변적이다.

4) 한정성 finite or local—무한성 infinite의 반대 개념으로 모든 아이러니는 동시에 어느 정도 그들의 통용에 있어서는 제한적이다.

동시에 부스는 아이러니는 독자나 혹은 제 3자에게 자신이 아이러니임을 자각케 해주는 힌트를 스스로 내포하고 있다고 말하면서 그 힌트로 다음과 같은 것들을 열거하였다.[8]

1) 필자 자신의 간접적인 경고, 혹은 교시(예컨대 글의 제목이나 에피그람 등의 방법을 통해서).

2) 이미 공인된 잘 알려진 오류(역사적 사실이나, 관습, 두루 통용되는

---

7) Ibid., pp. 5~6.
8) Ibid., pp. 49~77.

언어표현 등에 빗대어서).

3) 작품 자체가 보여주는 사실의 갈등.

4) 비정상적인 문체.

5) 신념들 사이의 갈등(예컨대 작품에 표현된 신념과 독자들의 신념 혹은
   저자가 지녔을 것이라고 추측 되는 신념 사이의 갈등의 노출).

이상의 논의를 정리하면 대체로 아이러니란 "표현된 의미와 다른 진실이
그 이면에 감춰진 발언"을 뜻한다. 그리고 이러한 고전적인 개념이 낭만주의
이후 크게 확대되어 문학에서는 모순되는 두 충동의 조화, 사건이나 상황의
전도, 혹은 특별한 장르의 호칭 등으로 혼용되는가 하면, 철학에선 존재의
근원적 조건이나, 삶의 태도, 또는 세계와 자연이 갖는 존재 의미의 이중성
등을 가리키는 말로 사용되기에 이른다. 따라서 아이러니는 그 명칭을 차용
한 각개 분야의 실천적 용법(즉 아이러니의 종류)에 의해서만이 그 구체적인
뜻을 드러내 보일 수 있는 용어라 할 수 있다.

3. 분류

문학에 있어서 아이러니는 대개 네 가지 관점에서 분류될 수 있다. 첫째
는 수사학, 둘째는 시의 구조, 셋째 픽션 혹은 극의 플롯, 넷째는 문학과
인생에 대한 일반적 태도 등이다. 이와 같은 기준에 의해서 문학의 아이러니
는 1) 말의 아이러니 verbal irony, 2) 신비평 그룹의 용어로서 구조적 아이러
니 irony as poetic structure, 3) 극적 아이러니 dramatic irony, 4) 낭만적
아이러니 romantic irony 등으로 분류될 수 있다.

1) 말의 아이러니—수사학적 아이러니이다. 하나의 진술 속에 상반하거
   나 반대되는 의미들이 함축되어 있는 경우이다. 이것은 의미론적, 통
   사론적 규범과 동떨어진 언어 표현이라 할 수 있는 것으로 날씨가 더
   운 날, "매우 춥다"고 말한다든지 비극 「맥베드」에서 주인공이 속으로
   는 던컨 왕을 죽일 음모를 꾸미고 있으면서도 겉으로는 그를 환영하는
   듯이 말하는 것 등이다.

2) 신비평 그룹의 아이러니—앞에서 언급한 바 있다.

3) 극적 아이러니—비극적 아이러니와 희극적 아이러니로 나눌 수 있다.
   비극적 아이러니는 주인공이 추구하는 것과 정반대로 전도되는 사건
   이나 상황 혹은 플롯을 가리킨다. 이는 다시 다음과 같이 나눠진다.
   즉 ㉠주인공 자신은 모르고 독자(관중)만이 아는 경우(가령 「오이디푸
   스 왕」에서 주인공은 그의 아버지의 살인자가 바로 자신임을 모르고
   있으나 독자들은 알고 있다.). ㉡주인공이 추구하는 행위가 그가 의도
   하는 것과 정반대의 결과를 낳는 경우(오이디푸스는 자기의 결백을
   증명하기 위해서 여러 가지 증거를 제시하지만 그것이 오히려 자신이
   범인인 것을 반증하는 결과가 될 뿐이다.). ㉢인물들이나 상황이 서로
   상반되는 입장에서 제시되는 경우(눈먼 제사장 타이어리시스가 알고
   있는 진실을 눈뜬(눈이 밝은) 오이디푸스는 모르고 있었다.). ㉣주인공
   이 소망했던 것과 정반대의 결말이 주어지는 경우(오이디푸스는 이
   세상의 영광을 추구했지만 결과적으로 가장 비참하고 불행한 인간으
   로 전락한다.).

   여기서 ㉣은 절대의 운명 혹은 신에게 패배한 인간의 의지를 통해
   삶의 유한성을 자각시켜 준다는 점에서(소위 공포와 애련의 감정을

유발시켜 준다는 점에서) 비극의 가장 중요한 본질로 인식되었다. 절망 앞에 선 주인공이 그 인간적 패배에도 불구하고 정신적 초월 tragic transcendence을 이룩하는 비극의 결말은 그러한 관점에 있어서 일명 운명의 아이러니 irony of fate 혹은 비극적 아이러니 tragic irony로 명명될 수 있다. 어떤 상황 아래 놓인 인물이 그 상황과 정반대의 생각 혹은 행동을 전개하는 상황의 아이러니 혹은 사건의 아이러니라 불리는 것도 넓은 의미에선 극적 아이러니의 범주에 드는 것이다. 예컨대 셰익스피어의 「베니스의 상인」에서 바사니오는 그의 약혼자가 재판관이 되어 앞에 앉아 있는데도 그녀를 알아보지 못한 채 그녀에 관해 이야기한다.

희극적 아이러니는 아이러니의 어원을 밝히기 위해 앞장에서 언급한 바대로이다.

4) 낭만적 아이러니—19세기 독일 관념론과 그의 영향 아래서 형성된 일종의 세계관 혹은 자연관에 붙여진 명칭이다. 낭만주의자들은 우주, 자연, 인생 그 자체를 모순과 갈등에 차 있는 것으로 보았다. 이와 같은 세계관은 문학에서도 그래도 반영되어 문학 역시 보편성과 개성, 객관성과 주관성, 내용과 형식, 창조와 파괴, 감성과 이성 따위의 서로 모순된 요소들의 복합체로 존재한다고 생각했다. 낭만주의의 상상력의 이론, 모순의 성격론 등도 여기에 관련된다.

이외에도 소크라테스적 아이러니(소크라테스가 그 대화 속에서 자신을 어리석은 것처럼 가장하여 상대방을 유도함으로써 마침내 그 결점을 고백케 만드는 대화술), 우주적 아이러니(cosmic irony 세계는 근본적으로 모순에 차 있다는 우주관) 등의 개념도 있다.

부스는 아이러니의 범주를 크게 확산시켜 그것을 세밀하게 여덟 종류로 나누었는데 분류의 기준은 필자가 앞에서 언급한 아이러니의 네 가지 속성에 따른 것이다. 그는 우선 아이러니를 불변적인 stable 것과 가변적인 것 unstable으로 대별하고, 이를 각각 은폐성 covert이 있는 것과 없는 것 overt으로 나눈 다음, 다시 이 4종의 아이러니를 한정된 것 finite or local 과 한정되지 않는 것 infinite 으로 나누어 결국 여덟 가지 종류의 아이러니를 구별하였다. 이를 도표로 나누어 보면 다음과 같다.

속성 범주	은폐된 것 covert	공개된 것 overt
가변적인 것 unstable	한정된 것 local	한정된 것 local
	한정되지 않은 것 infinite	한정되지 않은 것 infinite
불변적인 것 stable	한정된 것 local	한정된 것 local
	한정되지 않은 것 infinite	한정되지 않은 것 infinite

이 중에서 부스는 은폐되고 한정되고 불변적인 아이러니를 문학적 아이러니로 보았다.

4. 패러독스와 아이러니

패러독스와 아이러니의 구별은 아주 애매하다. 그것은 첫째 이 두 개념이 서로 비슷한 의미 지향을 보여준다는 점, 둘째 이 용어를 사용한 각 시대의 문인들이 개념 규정을 명확히 하지 않은 채 이 둘을 혼용하여 왔다는 점 등의 이유 때문이다(Cicero나 Quintilian으로부터 오늘날 C. Brooks에 이르기까지 경우는 비슷하다.).

패러독스 역시 아이러니와 마찬가지로 고대 그리스 시대부터 수사학의 용어로 사용되었으며 대체로 아이러니와 같은 경로로 각 시대에 적용되어 왔다. 그레코 로망의 문인들, 예컨대 메난더 Menander와 헤르모그네스 Hermognes, 키케로, 퀸틸리언 등이 널리 애용했고 중세, 르네상스, 바로크 시대를 거쳐 17, 18세기에 이르러서는 시의 중요한 특성으로 인식되었다 (포프, 드라이든, 헤즐릿 Hazzlit의 경우). 특히 19세기 낭만주의 시대에 와선 그 중요성이 보다 크게 부각되었는데 그것은 역설과 아이러니를 거의 동일시한 데서 연유한 것이라 할 수 있다. 슐레겔, 드 퀸시 등이 그 대표자 이다. 20세기 철학과 문학에서는 가령 키에르케고르가 인간의 존재 조건을 패러독스로 규정한 것에서부터 시작하여 브룩스가 모든 훌륭한 시는 그 시어나 구조에 패러독스를 지녀야 한다고 공언하는 데 이르기까지 보편화 된다.

서로 모순되는 의미, 상반하는 가치를 제시한다는 점에서 패러독스는 아 이러니와 동일하다. 그러나 엄밀한 관점에서는 물론 각자 다르다. 전자는 언어 진술 그 자체에 모순이 있지만 후자는 진술된 언어와 그것에 의해서 지시된 대상 혹은 숨겨진 의미 사이에 모순이 있기 때문이다 예컨대 후자의 경우 진술 내용 그 자체에는 모순이 없다.

　㉠ 죽는 자가 사는 자이다.
　지는 자가 이기는 자이다.

ⓛ 그는 지독히도 영리한 아이다(실은 바보 아이를 가리키면서).
상처가 샘보다는 깊지 않았다.

㉠은 진술 자체에 모순된 두 개의 명제(죽음과 삶, 승리와 패배)가 내포되어 있으므로 패러독스에 속한다. 그러나 ⓛ은 언어 표현 그 자체로서는 그어떤 모순이나 논리의 당착도 발견되지 않고 있다. 다만 그 진술이 지시한대상과 관련지을 때 정반대의 의미를 발언했다는 사실(바보 아이와 영리한아이) 혹은 전혀 불가능한 엉뚱한 사항이 비교되었다는 사실(상처와 샘)을깨닫게 될 뿐이다. 패러독스는 논리학에서 말하는 소위 비모순의 법칙으로부터의 자유를 의미하지만 아이러니는 언어에 내포된 명제들 사이의 문제가아니라 이렇듯 언어와 대상 사이에 놓인 모순에 관계하는 것이다.

패러독스와 아이러니는 진술 그 자체로서건, 지시하는 대상과의 관계로서건 서로 상반하는 의미를 내포한다는 점에서 오랫동안 혼용되어 왔다. 그리하여 관습적으로 패러독스는 아이러니의 하위 개념 혹은 한 특성으로간주되기도 했다. 그러나 아이러니가 수사학적 개념인 '말의 아이러니'라는범주를 벗어나 플롯, 성격 등 근본적인 문학관에까지 확산된 데 비해 패러독스는—비록 낭만주의 문인들이 이를 아이러니와 혼동했던 탓에 문학관, 자연관을 지칭한 말로 일시 사용되었음에도 불구하고—진술의 영역에서 크게벗어나지 못한 것이 사실이다(최소한 극이나 픽션에서 비평용어로 사용된적은 없다).

결국 20세기 문학비평에서 패러독스와 아이러니가 개념상 서로 혼란을일으키게 된 이유는 첫째 신비평가들, 특히 클리언즈 브룩스가 명확한 개념규정 없이 이들 용어를 사용했기 때문이며(「아이러니와 아이러닉한 시」라는 논문에서 아이러니를 보다 원초적이고 순수한 개념으로 환원시키려는 노력을 보여주긴 했어도 그의 유명한 논문 「역설의 언어」에서 그는 역설의 정확한 개념 규정 내지 아이러니와의 차이점에 대해서 전혀 언급을 하지 않은 채 오히려 패러독스를 아이러니와 같은 뜻으로 사용하였다), 둘째 클리언즈 브룩스를 포함한 신비평가들의 시에 대한 기본 태도가 리처즈의 아이러니의 개념에서 크게 다르지 않기 때문이다.

그러나 브룩스의 패러독스는 리처즈의 아이러니와 같이 모순의 조화라는 원리를 지니고 있으며 실제적으로 시의 구조를 가리키는 말로 사용된다 하더라도 이 양자 사이에 구별이 없을 수는 없다. 예컨대 리처즈의 시학이 심리학에 토대하여 실용론을 지향하는 반면, 클리언즈 브룩스는 언어학에 토대하여 존재론을 지향한다는 점에서 그러하다.

리처즈는 인간의 복잡한 심리현상을 충동들의 갈등으로 파악하여 이 갈등을 해소시킴으로써 마음의 평정을 되찾도록 하는 것이 시의 임무라고 생각했다. 따라서 그에게 있어 시의 아이러니는 이와 같은 인간 심리의 모순된 충동을 화해시키는 기능이다. 그러나 브룩스는 시를 사물이 지닌 총체적 진리(존재론적 진리)를 드러내는 언어 진술이라 보고 사물이 지닌바 모순된 의미, 그 존재론적 실체를 드러낼 수 있는 것은 오직 역설이 아니고서는 불가능하다고 생각했다. 요컨대 리처즈의 경우, 아이러니는 갈등하는 인간의 심적 충동을 화해시켜 주는데 관계하지만 브룩스의 역설은 모순에 찬 세계의 실체를 드러내 그것을 초월하는 일에 관계한다. 브룩스가 시의 언어를 종교의 언어와 같다고 공언한 이유가 여기에 있다.

그러므로 리처즈의 아이러니는 '모순의 조화(심리학적 측면에서)'를 본질로 함에 비해서 브룩스의 패러독스는 '모순의 초월(존재론적 측면에서)'을 본질로 한다고 말할 수도 있을 것이다.

운율의 미적 가치와 작품 분석[1]

김대행

1. 율격의 개념

리듬 · 律格 · 韻律이라는 용어는 매우 유사하면서도 서로 다르다. 쓰는 사람에 따라 달리 쓰이기도 하고, 막연한 뜻으로 사용하기도 해서 혼란을 드러내고 있다면 그 개념을 명확하게 할 필요가 있다.

리듬이란 영어의 rhythm을 그대로 사용하고 있는 경우다. 그 까닭은 우리 말 번역어가 적당한 것이 없어서이기도 하고, 습관적으로 그리 된 것도 같다. 우리말로 바꾸면 율동 정도가 되겠는데, 리듬이란 말이 지니고 있는 포괄적인 뜻을 다 드러내지 못하는 약점이 있다.

---

1) 이 글은 신동욱 편 『문예비평론』(고려원, 1985)에 수록되어 있다.

리듬을 사전적으로 풀이하면, 상이한 요소들이 재현하는 흐름이나 운동을 말한다. 그런데 그 흐름이나 운동은 기본적으로 반복적이라야 하고, 상이한 요소들은 서로 대립적일 것이 요구된다. 예를 들면 춘하추동 같은 것은 대립적이며 반복적인 계절의 리듬인 것이고, 생로병사 같은 것은 기본적으로 반복적인 재현을 보이기 때문에 生의 리듬이 되는 것이다. 따라서 음악에도 리듬이 있고, 미술에도 공간적인 리듬이라는 것이 있으며, 무용에도, 그리고 자연계에도 리듬은 있는 것이다. 밤과 낮, 밀물과 썰물은 자연의 리듬이라고 할 본보기다.[2]

그러나, 여기서 문제 삼고 있는 것은 언어, 그 가운데서도 문학 작품에서의 리듬이다. 따라서 일반적이고 넓은 의미인 리듬의 개념을 좀더 특수화·구체화할 필요가 있다. 즉 문학 작품에 있어서의 리듬이란 작품에 쓰인 언어에 의해 구체화된 음성조직으로 형상화된다. 이 경우에도 리듬을 문학작품에서 구현된 음성 현상 전반을 뜻하는 넓은 의미로 사용하는가 하면, 이상적으로 규칙화된 패턴이라는 뜻으로 사용하기도 한다. 산문의 리듬이라는 말을 쓸 수 있는 경우는 전자의 개념을 따른 것이고, 민요조의 리듬이라는 말은 후자의 입장에서 하는 말이다.

그러나 엄밀히 말하면 언어, 특히 시에서 문제되는 음성의 규칙적 재현은 율격(metre)으로 칭하는 것이 일반적 경향이다. 율격의 사전적 정의가 "律文(verse)을 이루고 있는 소리의 반복적 양식"이기 때문이다. 언어는 시간적 순서에 의해서 행해지므로 소리의 양식이 일정한 거리를 두고 반복이 된다면 그 반복의 단위를 수량적으로 측정할 수가 있다. 율문, 특히 시의 가장

---

2) 리듬의 보다 자세한 설명은 Alex Preminger ed., *Princeton Encylopedia of Poetry and Poetics* (Princeton University Press, 1965) 참조.

중요한 특성 가운데 하나가 소리의 반복성이기 때문에 이 반복성을 유형화하고 규칙화하는 데서 율격론이 성립되는 것이다. 요약하면, 율격이란 시행에서 이상적으로 규칙화된 리듬이라고 할 수 있다. 즉 리듬은 율격을 포함한다. 그러나 율격은 리듬의 한 부분이다.[3]

세 번째 용어인 운율은 좀더 포괄적인 뜻을 갖고 있다. 이것은 韻과 律의 두 가지 개념이 합쳐진 용어다. 韻이란 이른바 押韻(rhyme)을 말하고 律이란 율격을 이름이다. 따라서 운율론 또는 운율학이라는 용어는 양자를 다 포함하는 개념으로 영어의 prosody에 해당한다.

2. 압운과 율격

압운이나 율격이나 그것들은 시행에서 구현되는 소리(sound)의 현상이라는 점, 그리고 규칙성과 반복성을 갖는다는 점에서는 같다. 그러나 압운은 일정한 위치에서 반복되는 규칙성이라는 점에서 시간적 질서 위에서 나타나는 일정한 거리의 반복인 율격과는 다르다.[4]

---

3) 율격에 대한 보다 자세한 이해는 전게서 및 다음 책을 참조

ㄱ) W. K. Wimsatt ed., *Versification Major Language Types* (New York: New York University Press, 1972)

ㄴ) E. Stankiewicz & W. N. Vickery ed., trans. C. F Brown, *Introduction to Metrics* (Hague: Mouton & Co., 1966), ch. I.

ㄷ) S. Chatman, *A Theory of Meter* (Hague: Mouton & Co., 1965), ch. I ~ II.

ㄹ) W. C. Morton, *The Harmony of Verse* (Toronto: University of Toronto Press, 1967), ch. I.

ㅁ) M. Boulton, *The Anatomy of Poetry* (London: Loutledge & Kegan paul, 1968), ch. III.

4) 압운과 율격은 이처럼 성립 근거가 다르기 때문에 율격론(metrics)에서는 다루지 않는다.

그렇기 때문에 압운은 언어의 차이에도 불구하고 영시나 한시 그리고 한국시에도 같은 양상으로 나타날 수가 있다. 그러나 율격은 압운과는 달리 언어의 특성에 따라 그 양상을 달리 하게 된다.

가령 鄭知常의 「送人」이라는 詩의, "雨歇長堤草色多, 送君南浦動悲歌, 大同江水何時盡, 別淚年年添綠波"는 제 1 · 2 · 4행 끝의 '多 · 歌 · 波'가 일정한 위치에서 동일한 소리를 반복한 것이므로 압운이 된다.

또 브라우닝(Browning)의 시에서,

"How *sad* and *bad* and *mad* it was"에서의 'sad · bad · mad'는 이웃해 있는 단어들에서 '—ad'라는 동일한 음이 반복된 압운이고, 허버트(Herbert)의 시에서,

O cheer and tune my heartless *breast*;
Defer no *time*,
That so Thy favors granting my *request*,
They and my mind may *chime*.

처럼 1 · 3행의 '—st', 2 · 4행의 '—ime'은 압운인 것이다.

이 같은 압운은 그것을 시적 기교로 철저하게 발전시켜 온 영시나 한시 같은 데서는 그 이론이며 유형이 체계화되어 있다.[5] 그러나 우리의 경우,

---

주 3)에 적힌 책들 가운데서도 시의 전반적 문제를 다르고 있는 ㅁ) 같은 책은 압운을 다루지만 ㄱ)~ㄹ)의 책들은 압운에 대해서 언급하지 않는다.

5) 웬만한 영시 이론서는 이 체계에 대해 상세히 언급한다. 더 깊은 탐구는 다음 책을 참조
　ㄱ) M. Boulton, *ibid*.
　ㄴ) Paul Fussel, Jr., *Poetic Meter and Poetic Form* (Random House Inc., 1966).
　ㄷ) G. S. Fraser, *Meter, Rhyme and Free Verse* (Methuen & co. Ltd., 1973).

이 부분에 관한 체계적 이론이나 유형화 작업은 이루어지지 않았다.

그 까닭은 우리의 시가에 압운의 전통이 없었기 때문인 것 같다. 어찌 생각하면 우리 선인들이 한자 문화를 거의 생활화하고 있었으므로, 한시의 중요한 기교 가운데 하나인 압운의 정체에 대해서 충분히 알고는 있었을 것으로 보인다. 그러나 한시에서와 같은 압운을 시도한 작품이나, 체계화된 이론서 같은 것이 발견되지 않고 있는 사실은 압운의 전통이 없었음을 보여주는 증거라고 할 것이다. 어떤 사람은 다음과 같은 구절을 압운의 형태로 보고 그것을 체계화하고 있기도 하다.

> 德으란 곰비예 받줍고
> 福으란 림비예 받줍고
>
> ―「動動」

> 大同江 너븐디 몰라서
> 비내여 노흔다 샤공아
> 네가시 럼난디 몰라서
> 녈빈예 연즌다 샤공아
>
> ―「西京別曲」

「動動」의 경우는 1·2행에서 동일한 음의 동일한 위치상 반복을 보여주고 있고, 「西京別曲」은 제 1·3행과 제 2·4행의 경우가 그러하다는 견해다. 그러나 이것은 압운의 본질에 대한 고려가 선행되지 않은 데서 온 잘못된 분석으로 보인다.

위의 두 경우는 똑같은 단어가 동일한 위치에서 반복되고 있으며, 그 결과 文의 통사(syntax) 구조까지도 동일해져 있다. 따라서 이것은 수사적 반복에 해당하는 것이지 압운의 단위는 될 수가 없는 것이다. 앞에서도 정의했지만 압운이란 음소 단위의 반복이므로 굳이 나눈다면 음운론의 차원에서 이루어지는 시적 효과다. 그러나 「動動」이나 「西京別曲」의 경우는 형태론적, 통사론적 반복이기 때문에 미세하고 섬세한 단위인 압운의 효과를 넘어서서 수사학적 단위로 확산되어 있다.

이 같은 형태를 압운으로 간주하는 것은 압운의 형식적 요건에만 주의를 기울이고 그 미적 본질에 대해서는 주목하지 않았기 때문일 것이다. 시에 있어서 압운의 미적 가치는 ① 상이한 단어에서 동일한 소리가 출현하므로 주의를 요하게 한다는 것, ② 음의 동질성으로 하여 시행을 유기적으로 결속되게 한다는 것, ③ 영시나 한시의 경우 정형시로서 반드시 요구되는 요소이고, 그 결과 정형의 틀에 맞추어 냈을 때 성취의 쾌감을 느끼게 한다는 것 등을 그 미적 가치로 지적한다. 그렇기 때문에, 이 같은 효과를 위해서 압운은 각기 상이한 단어에서 동일한 음이 반복되는 것을 이상적인 것으로 하고 있다. 앞에서 예를 든 한시에서 '多·歌·波'가 서로 다른 단어인 것이나, 'bad·sad·mad'가 서로 다른 단어이고, 'breast·request' 또는 'time·chime'이 각기 서로 다른 단어로서 그 속에서 발견되는 동일한 음이 있다는 점에서 압운의 미적 가치를 충분히 구현하고 있다고 볼 수 있다. 거기에 비하면 「動動」이나 「西京別曲」의 예에서 보는 것은 의미상으로 완전히 동일하기 때문에 압운론에서 요구하는 섬세한 단위의 미적 가치를 벗어나 있는 것이다.

지금까지 주로 살펴 본 것은 압운의 위치로 보아 주로 각운의 경우였다. 그런데 각운의 경우, 한국시가 이에 대한 관심을 기울이지 않은 것은 국어가 접미사를 대동하게 마련인 부착어이기 때문이 아니었나 하는 관찰이 유력하다. 「動動」이나 「西京別曲」의 예에서 보듯이 어미의 형태가 같다 보면 그 문법적 직능이나 의미가 같아지기 때문에 벌써 수사학적 반복이 되어 버리는 것이다.

아울러 압운이란 음절(syllable)에 대한 의식이 강한 언어를 사용하는 시에서 주로 발달하였다는 사실도 주목되어야 할 것이다. 한시가 그렇고, 구미의 경우도 음절의식이 강한 프랑스나 이탈리아에서 먼저 발달했고, 영시도 중세 이후에야 압운을 도입하게 된 것이다. 우리 시가의 경우, 뒤에서 살피게 되겠지만 음절수에 대해서 매우 가변적인 태도를 보여 온 것은 음절의식이 강렬하지 못했던 증거라 할 수 있고, 그렇다면 음절의식의 결여가 압운기교의 개발을 그만큼 저해했다고 볼 수도 있을 것이다.[6]

그러나 脚韻의 경우는 그렇다 하더라도, 여타의 다른 韻까지 전혀 무망한 것은 아니다. 가령,

- 니미 나를 ᄒᆞ마 니ᄌᆞ시잇가 (「鄭瓜亭」)
- 넉시라도 님을 ᄒᆞᆫ듸 녀닛景 너기다니 (「滿殿春」)
- 내몸을 내ᄆᆞ자 니즈시 ᄂᆞᆷ이 아니 니즈랴 (시조)

각기 다른 세 작품에서 뽑은 이 구절들은 'ㄴ'음의 두운적 반복을 보이고 있다. 따라서 언어적 차이에도 불구하고 국어가 두운이나 요운에 부적합한 것으로 보기 어렵다.

그러나 압운이 이렇듯 단순히 음성 형태의 되풀이에 불과하다면 굳이 압운을 시적 기교로 집요하게 발전시켜 왔을 까닭은 없을 것이다. 특히

---

6) 이 문제에 대한 구체적 논의는 김대행, 『한국 시가구조 연구』(삼영사, 1976) 참조

압운이 정형시의 요소였다고 한다면, 정형시의 전통이 사라진 현대시의 입장에서는 압운적 기교가 굳이 시의 구조에 기여할 것도 없을 것이다. 그런데 지금도 압운의 존재에 대해 관심을 갖는 것은 비록 정형시적 완고성은 멀리했다 하더라도 압운적 기교가 작품의 미적 유기성에 기여하기 때문이다.

가령, 웰렉(R. Welleck)이 지적한 것처럼 테니슨의 시구 "the murmuring of innumerable bees"에서 'm · n'음은 압운적 기여를 하는데 그것은 단순한 형태만의 반복이 아니라 시행에서 그 의미인 '벌들의 잉잉거리는 소리'가 느껴진다. 만약 이것을 "the murdering of innumerable beeves"라고 고친다면 음은 비슷함에도 전혀 다른 뜻이 되어 음과 의미가 유기적으로 조화를 이루지 못하는 것이다.[7]

여기서 문제가 되는 것이 음상징(sound symbolism)의 문제인데, 압운은 단순히 형태상으로 동일한 반복일 것을 넘어서서 시의 의미에 유기적으로 기여하는 음의 반복일 때 그 가치가 더욱 고양되는 것이다. 그렇게 본다면 앞의 예에서 보는 'ㄴ'음의 두운적 기교는 그 내용과 유기적으로 조화를 이루고 있을까? 이론서에 의하면 'ㄴ'음은 콧노래를 하는 정도의 흥거운 청각 영상을 갖는다.[8] 콧노래를 흥얼거리는 느낌과 이 시구들의 내용에는 상당한 거리가 있어 유기적 조화를 이룬 것으로 보기 어렵다.

현대시에서 볼 수 있는 비슷한 예로,

---

7) 음과 의미의 유기적 상관에 관한 문제는 다음 책 참조
　　ㄱ) R. Welleck & A. Warren, *Theory of Literature* (Harcourt Brace & World, 1968).
　　ㄴ) Norman C. Stageberg & W. L. Anderson, "Sound Symbolism in Poetry", *Introductory Readings on Language* (Holt, Reinhart and Winston, 1970).
8) M. Boulton, *ibid.*, pp. 53~59.

> 말리지 못할 만치 몸부림치며
> 마치 천 리 만 리나 가고도 싶은
> 맘이라고나 하여 볼까

— 金素月, 「千里萬里」

같은 것도 'ㅁ'음이 두운의 형태로 사용되었지만 절박한 의미와는 들어맞지 않는 인상이다. 그러나,

> 밤하늘에 부딪친 번갯불이니
> 바위에 부서지는 바다를 간다

—宋穉, 「쥬리에트에게」

에서는 'ㅂ'이라는 파열음이 주는 인상이 격정적인 의미와 조화를 이룸으로써 그 효과를 드러내었고, 그 미적 가치를 구현한 것으로 볼 수 있다.

이처럼 압운은, 당초에도 그랬지만, 더욱이 정형시의 전통이 사라진 현대에 와서는 음상징의 효과에 힘입어 내용과의 조화를 이룰 때, 비로소 시적 기교로서 가치 있는 것이 될 수 있다.

3. 율격의 유형과 한국시의 율격

율격의 유형을 여러 가지로 말하고 있으나 가장 적절한 설명은 다음의 것으로 보인다.

· 순수음수율(pure syllabic)—순전히 음절의 수효만으로 형성되는 율격
· 복합음수율(syllabic-prosodic)—음절수의 기초 위에 또 다른 언어적 요소
  가 율격 형성에 기여하는 것.9)

　여기서 복합음수율은 다시 세 종류로 나뉜다. 악센트(accent) 또는 강세
(stress)가 율격 요소로 작용하는 강약률, 그리고 음절의 장단이 규칙적인
장단율, 音의 고저가 규칙화하는 고저율이 그것이다. 이렇게 유형화되는 율
격 체계는 각기 그 율격 단위에 의해서 규칙성의 최소 단위인 음보(foot)가
측정되어 음보의 형태도 다양하게 유형화되어 있고, 다시 음보가 어떻게
놓여 있는가에 따라 그 유형이 체계화되어 있다. 그러나 영시나 한시를 이해
하기 위해서라면 모를까 우리 시를 이해하는 데는 별 도움이 되지 못하므로
그 이론적 설명은 여기서는 생략하기로 한다.
　중요한 것은 한국시의 율격이 도대체 어느 유형에 속하는가 하는 것이다.
그동안 이 문제에 대해 많은 논의가 있어 왔고, 연구가 깊어진 것도 사실이
나 만족할 만한 결론에 이르렀다고 하기는 어렵다. 음수율·강약률·고저
율10) 등으로 한국시의 율격을 체계화하려고 노력했으나, 어떤 것은 입론의

---

9) John Lotz, "Metric Typology", *Style in Language*, T. A. Sebeok ed., (The M. I. T. Press,
   1960)
10) 이 방면의 연구 성과로는 다음과 같은 것들이 있다.
　ㄱ) 정병욱, 『·한국 고전시가론』(신구문화사, 1977).
　ㄴ) 조동일, 『서사민요 연구』(계명대 출판부, 1970).
　ㄷ) 정광, '한국 시가의 율격 연구시론」『응용언어학』 7—2, (서울대 어학연구소, 1975).
　ㄹ) 예창해, '한국 시가 운율의 구조 연구」『성대문학』 19 (1976).
　ㅁ) 조동일, 『한국 시가의 전통과 율격』(한길사, 1982).
　ㅂ) 성기옥, '한국 시가의 율격체계 연구」『서울대국문학연구』 48 (1980).
　ㅅ) 김대행, 『한국 시가 구조연구』(삼영사, 1976).
　ㅇ) 김대행, 『한국시의 전통 연구』(개문사, 1980).

무리에서, 어떤 것은 실증의 불철저에서 다 문제를 안고 있는 것으로 판명되었다.

　그 중에서도 가장 철저한 파탄을 보인 것은 음수율설이다. 종래에 시조의 형식을 설명할 때, 초장 3·4·3·4, 중장 3·4·4·4, 종장 3·5·4·3 이라는 식으로 설명해 온 것이라든가 7·5조가 곧 민요조라는 식의 설명이 바로 한국시를 음수율로 설명하는 태도에서 나온 것이다. 그런데 실제로 살펴보면 시조 3천여 수 가운데서 위에 보인 음절수의 정형에 딱 들어맞는 시조는 별로 없고 적어도 1～2 음절, 심하면 5～6, 7～8 음절 이상씩의 차이를 보이는 것이 많다는 것을 알 수 있다. 그렇다면 이 규칙이란 것의 파악이 잘못된 것이 아닐까? 또 7·5조가 민요조라는 견해도 자세히 살펴보니 우리 재래의 민요에는 7자 5자 형식을 엄밀히 지킨 것은 하나도 없고, 일본의 영향이 밀려올 무렵 일본 것을 받아들여 생겨난 이른바 신민요란 것이 7·5조를 취하고 있음이 드러났으므로, 7·5조가 곧 민요조라는 설명은 그 단위의 설정이 잘못된 것으로 보인다. 예외가 없는 규칙은 없다지만, 규칙에 맞는 것보다 예외가 대다수를 차지한다면 그 규칙 자체의 도출이 잘못된 것으로 보아야 할 것이다.

　이 같은 반성에서 출발하여 그동안 연구해서 얻은 성과는 첫째로 한국시가 음절수를 규칙화함으로써 정형 율격을 갖추려 하지는 않은 것 같고, 많은 시가에서 3음절, 4음절이 주로 나타나는 것은 국어가 2～3음절의 단어를 많이 갖고 있기 때문이라는 점이 밝혀진 것이다. 다음으로 대체로 3음절 또는 4음절을 기본으로 하는 어절을 단위로 낭독의 休止(pause)가 이루어지는데, 음절수에 관계없이 한 시행에서의 한 음보는 다른 음보의 길이와 비슷한 시간적 길이를 갖는다는 점도 지적된 것이다. 이것을 가리켜 음보의 시간적 等長性이라고 한다.

다음 예를 보자.

> 청산도 절로절로 녹수도 절로절로
> 산 절로 수 절로 산수간에 나도 절로
> 이 중에 절로 자란 몸이 늙기도 절로 하리라

이 시조의 문법적 어절은 律讀의 경우와 달리 더욱 세분되어 있지만 율독에 필요한 단위끼리 한데 묶어 3~4음절을 단위로 끊어 읽게 된다. 이렇게 서로 응집력이 있어 한데 묶이는 단위를 마디(colon)라 하는데 율독에는 마디의 역할이 상당히 중시되고, 그 결과 대체로 다음과 같이 끊어 읽게 된다.

> 청산도/절로절로/녹수도/절로절로/
> 산 절로/수 절로/산수간에/나도 절로/
> 이 중에 절로 자란 몸이/늙기도 절로/하리라/

이 같이 끊어 읽기(scansion)에는 상당히 많은 자의적 구분이 행해진 것 같지만 한국어를 모국어로 하는 사람이면 심한 이질감 같은 것을 느끼지 않게 된다. 그것은 율격의 미감이 선험적으로 체득되어 있기 때문이다. 따라서 끊어 읽은 각 음보가 심한 음절수의 차이를 보임에도 불구하고 이질감을 느끼지 않게 되는 것이다.

여기서 우리는 한 음보가 대체로 3~4음절을 기준으로 하되 그 기준은 4음절이 되고 그보다 짧은 것은 길게, 그보다 자수가 많은 것은 빨리 짧게 줄여서 읽게 되는 것을 알 수 있다.그렇게 함으로써 각 음보의 시간적 등장성을 구현하고 있어서 이것을 한국시 율격의 기본이 라고 말할 수 있다.

그러나 이렇게 한다 해서 문제가 해결이 되는 것은 아니다. 한 음보의 시간적 길이가 같다는 것은 음보의 일반적 속성일 수가 있다. 또 율격이란 앞서의 개념 정의에서 본 것처럼 상이한 음성 요소들이 대립적으로 반복·규칙화해야 하는 것이다. 강약률, 고저율, 장단율이라는 명칭은 다 그 대립적 요소가 작용하고 있음을 뜻하는 것이다. 그리고 그 대립적 음소는 그 언어체계 자체에 내재해 있어야만 성립되는 것이지, 그 언어에 존재하는 요소가 객관적 규칙성으로 작용할 수는 없는 것이다.

그런데 국어에서는 변별적(distinctive) 음소로 강약도 장단도 고저도 없다. 장단이 일부 어휘에 있기는 하나 극히 일부분이어서 이것이 시에서 규칙의 요소로 작용하지는 않는 것 같다. 그 결과 우리 시가의 율격론은 외래의 율격론으로는 측정할 수 없는 어려움에 부딪쳤던 것도 사실이고 외국인의 귀로 듣기에는 우리 시의 낭송은 시 낭독 같지가 않고 연설문을 읽는 것 같다고 단조로움이 지적되기도 한다. 그것은 언어체계의 차이가 가져다주는 필연적 결과인 것이다.

그러나 찬찬히 따져 보면 그 나름대로 대립적 반복이 이루어지고 있는 것을 볼 수도 있다.

동창이/밝았느냐/노고지리/우지진다/
소치는/아희놈은/상기 아니/일었느냐/
재너머/사래 긴 밭을/언제 갈려/하느니/

이 시조의 끊어 읽기에서 우리는 두 가지 사실을 발견하게 된다. 첫째는 각 시행의 두 음보씩이 의미론적으로 긴밀한 관계를 갖는다는 점이다. 그

결과 이 끊어 읽기는 다음 단계로,

> 동창이/밝았느냐//노고지리/우지진다//
> 소치는/아희놈은//상기 아니/일었느냐//
> 재너머/사래 긴 밭을//언제 갈려/하느니//

와 같이 끊어 읽어, //로 표시된 부분은 /로 표시된 부분보다 좀더 긴 쉼을 두는 것을 알 수 있다. 말하자면 두 음보씩 긴밀하게 짝을 이룬다. 이렇게 두 음보씩 짝을 이루는 것을 二音步 대응이라고 부른다.

그런데, 서로 대응하는 二音步에서 3음절인 음보는 4음절인 음보에 맞추려는 노력으로 음절의 율격적 장음화 현상이 일어난다. 이때 장음화하는 것은 대체로 그 음보의 최종 음절이다. 그 결과 장음화하면 강음화한다는 국어의 특질과 文(sentence) 안에서 어절의 첫음절은 강음화한다는 통사음운론적 변화에 의해 다음과 같이 읽을 수 있다.

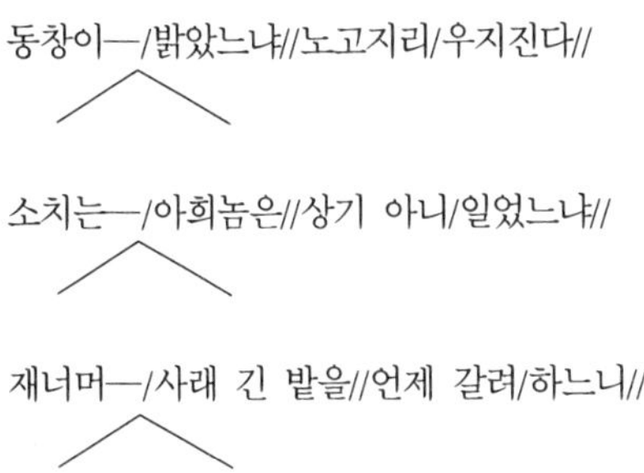

즉, 제1음보의 끝을 높여 읽고 제2음보의 처음을 높여 읽음으로써 波狀의 강약 변화를 구현하고, 3·4음보는 음절수와 관계없이 1·2음보의 현상에 맞추어 역시 파상의 강약 변화를 보임으로써 두 음보 사이에 ⌃같은

모습의 강약 율독이 변화된 요소로 작용하는 것이다.

　지금까지 한국시의 율격적 특성을 살피고 그 요건이 ① 등장성의 음보 ② 二音步 대응 ③ 대응하는 두 음보 간의 파상 강약변화로 나타남을 율독의 실제를 중심으로 살핀 바 있다. 그 구체적 예를 현대시 가운데서 살펴보기로 하자.

　해야/솟아라//해야/솟아라//맑앟게//씻은 얼굴//고운 해야/솟아라//산 넘어/산 넘어서//어둠을/살라 먹고//이글이글/애띤 얼굴//고운 해야/솟아라//

— 朴斗鎭, 「해」

　이 같은 끊어 읽기가 대체로 무리 없이 느껴지는 것은 위에서 말한 세 가지 요소가 이 시행에서 구현되고 있기 때문이다. ③항의 음절수 차이에 따른 파상의 강약 변화는 꼭 일정하지 않으면서도 지켜지는데, 그것은 하늘 천, 따 지,……하고 천자문을 읽던 습관이나, 어린이들이 기계적으로 책을 읽는 데서 발견되듯이 선험적 관습에 의해 율격적 조정이 되기 때문이다.

　이를 좀더 분명하게 해 주는 예로는 우리 고전소설을 들 수 있다. 흔히 우리 고전소설은 율문으로 되어 있다고 한다. 그 律的 規則性은 다음과 같이 끊어 읽는 데서 나타난다.

　삼십삼천/어린 마음//옥황젼의/알외 고져//옥갓탄/츈향 몸의//솟난이/유혈이요//흐르난이/눈물리라//피눈물/한틔 흘러//무릉도원/홍유슈라//

—「烈女春香守節歌」

　이 같은 끊어 읽기에서 우리가 확인할 수 있는 것은 이 글이 3·4조이기 때문에 율문인 것이 아니고 二音步 대응이기 때문에 율독을 하게 된다는 점이다. '무릉도원홍유슈라'라는 한 개의 구절을 둘로 끊어 읽는 것은 그것이 3 · 4 또는 4 · 4음절로 되어 있기 때문이 아니고 律的 관습이 거기서 끊어 읽도록 강요하기 때문인 것이다.[11]

4. 율격의 미적 가치와 분석의 실제

시에서 율격이 하는 역할은 무엇인가? 전통적인 관점에서 본다면 그것은 정형시가 갖추어야 할 하나의 필요조건이었다. 근대로 오면서 자유시가 씌어지기 이전까지는 모든 문화에서 정제된 질서를 미적으로 가치 있는 것으로 생각해 왔다. 그것은 혼란으로부터 질서화 된다는 데서 인간의 가치를 찾았기 때문이며, 거기에 미적 가치가 부여되었던 것이다. 고로 규칙화된 율격의 패턴에 시상을 담아낸다는 것은 관습적으로 요구되는 형식 요건이면서 동시에 유희 본능을 충족시켜 주는 요소가 되었던 것이다. 따라서 율격의 미적 가치는 작자에게나 독자에게나 모두 질서화를 통한 쾌감을 가져다주는 것이다.[12]

율격이 주는 쾌감을 또 다른 각도에서 설명하기도 한다. 율격은 강약 · 고저 · 장단의 어느 경우든 서로 대립되는 음소들이 교체해 가면서 반복되는 것이다. 따라서 이는 사람의 심장 박동이나, 호흡 또는 걸음걸이와 비슷한 것이다. 그런데 시에 있어서의 율격은 호흡이나 심장 박동보다 속도가 약간

---

11) 이 부분의 보다 깊은 이해는 주 10)의 ㅅ) 졸저 참조.

12) A. Preminger, *Princeton Encyclopedia of Poetry and Poetics* 참조.

빠르다. 빠른 교체를 뒤따르려면 생리적 교체 반복에 익숙한 우리는 자연히 주의와 흥분을 하게 되고, 그 결과 최면적 상태에 이르기까지 하는 것이다. 이렇듯 율격은 육체적 흥분의 쾌감까지 가져오기도 한다.

그러나 정형시가 폐기된 현대에 와서 그 같은 고전적 율격론은 다른 각도에서 살필 필요가 있다. 즉, 유형화되고 규칙화된 율격보다 자유로워진 형식의 리듬이 요구되는 것이 자유시다. 李箱의 「正式」이라는 시를 보자.

 海底에가라앉는한개닻처럼小刀가그軀幹속에滅形하여버리더라完全히닳
아없어졌을때完全히死亡한한개小刀가位置에遺棄되어있더라

이 시는 율격의 관습에 젖은 독자들을 당혹하게 한다. 물론 이런 시행에서도 최소한의 규칙을 찾아낼 수는 있을 것이다. 그러나 여기서 중요한 것은 그 규칙성이 아니다. 오히려 최소한 지켜졌어야 할 몇 가지 규칙들이 남김없이 파기되어 버린 것이 특징이다. 잘 알려진 바와 같이 이 시는 그 형태로 보아 다다이즘 취향이 드러나 있는데 다다이즘의 출발이 그렇듯이 철저하게 질서를 파기하고 있다. 띄어쓰기나 문장부호는 물론, 통상적인 통사구조까지도 부숴 버린 것이다.

그러고 보니 이 시를 읽는 독자는 우선 답답하다. 시각적으로도 그렇지만 음독을 하는 데도 답답함을 느낀다. 그 답답함은 이 시의 내용이 지향하고 있는 갈등하는 의식과 맥락을 같이함으로써 그 의미 구현에 유기적으로 작용하는 요소가 되고 있는 것이다. 또한 끊어 읽기의 혼란스러움이 곧 의미의 혼란과 상보적으로 작용함으로써 그 의미를 더욱 증대시키고 있기도 하다. 이 시의 리듬은 완전히 독창적인 것이어서 이 작품의 개별성에 중대한 기여를 한다고 볼 수 있다. 정형시에서의 율격이 혼돈으로부터 질서로 향함으로

써 미적 가치를 얻었다면, 근대 이후의 자유시는 전형으로부터 개성으로 향함으로써 개성과 다양성의 가치를 미적 요소로 치환한 것이다.

따라서 자유시 이후의 시에서는 전형적 패턴보다 개개의 작품에서 구현되는 개별적 율격이 중시된다. 그 예로 행을 바꿔 쓰지 않은 점에서는 李箱의 시와 비슷하면서도 전혀 분위기가 다른 율격을 볼 수 있다.

> 詩人 鄭知常이는 무슨 빛보다도 萬物의 本故鄕 빛―하늘의 玉빛을 가장 숭상하는 神仙 마음으로 살다가, 人倫의 붉은 핏빛을 얼굴에 자주 나타내는 是非儒生 金富軾이한테 몰려서 잡혀죽어 鬼神이 되었것다.(以下略)
>
> ―徐廷柱, 「玉色과 紅色」

이 시의 낭독은 누군가 곁에 앉아 얘기를 들려주는 것 같다. 이른바 口語體(colloquial)의 리듬을 지니고 있다. 그 같은 리듬은 마치 고담을 들려주는 것 같은 효과를 이루는데, 이 음성적 효과가 고려 때 鄭知常을 얘기하는 내용을 효과적으로 뒷받침하는 것이다. 미술작품 전시회를 할 때 서양화를 끼우는 액자와 동양화를 표구하는 액자가 다르고, 또 그래야 할 듯이 느껴지는 것처럼 그 내용과 형식이 유기적 조화를 이룰 때 작품의 미적 가치는 더욱 고양되는 것이다. 그런 점에서 이 시는 리듬과 의미의 조화에 성공한 작품이다.[13]

그러나 자유시라 하여 반드시 지금 본 것 같은 특이한 리듬으로만 된 것은 아니다.

---

13) 자유시에 있어서의 리듬에 관해서는 B. Hrushovski, "On Free Rhythms in Poetry", T. A. Sebeok ed., *Style in Language* 참조.

벌레 먹은 두리기둥 빛 낡은 丹靑 풍경 소리 날러간 추녀 끝에는 산새도
비둘기도 둥주리를 마구 쳤다. 큰나라 섬기다 거미줄 친 玉座 위엔 두 마리
봉황새를 틀어올렸다.

—趙芝薰, 「鳳凰愁」

行을 구분하지 않은 점에서는 앞의 두 작품과 같지만 율독의 감각은 사뭇
다르다. 그 차이는 어디서 오는 것일까? 찬찬히 읽어 보면 비록 줄글 형식으
로 썼으되 "벌레 먹은/두리기둥//빛 낡은/丹靑//풍경 소리/날러간//……"식으
로 전통적 율격을 머금고 있음을 알 수 있다. 그 율격이 전통적인 것이기에
우선 친근감을 주고 민족의 역사를 생각하는 의미를 효과적으로 살려 주고
있다. 사라센의 비단을 말하고 알라딘의 램프를 말하는 내용이라면 어울리
지 않았을 리듬이지만 여기서는 전통적 리듬의 효과를 십분 발휘하고 있는
셈이다. 역사와 전통은 같은 나무의 서로 다른 이름이기 때문이다. 청록파인
세 시인이 각기 서로 다른 시세계를 지향한 것으로 지적되면서도 이질적이
라고만 느껴지지 않는 것도 바로 이 같은 전통적 율격을 채용한 점에서 공통
점이 있기 때문이다.

전통적 리듬이라는 말을 할 때 반드시 떠오르는 시인으로 金素月이 있다.
그는 7·5조의 시를 많이 썼고, 그 결과로 7·5조 = 민요조라는 피상적
관찰을 하게 하는 원인도 되었지만, 그 자신은 7·5조가 4음보격으로서
우리의 전통적 율격과 접합될 수 있다는 것을 가장 잘 알아차려 시를 썼던
사람이다. 그 결과 그는 4보격에서 3보격의 창안이라는 시사적 기여를 하기
에 이른다. 가령 「진달래꽃」이라는 시의 한 구절만 하더라도

나 보기가/역겨워//가실/때에는//
말없이/고이//보내 드리/우리다//[14]

와 같이 율독함으로써 7 · 5조가 곧 4보격과 접합되고 있다. 그 당시 岸曙나
巴人 등이 7 · 5조에서 출발하여 음절수 맞추기에 몰두하고 있었던 사정을
감안할 때 김소월의 천재성은 짐작될 수 있다. 바로 이런 요소 때문에 그의
시는 전통적 정서를 그 율조에서도 잘 구현하여 조화를 이룬 시인으로 기억
된다.[15]

지금까지 살펴 본 바와 같이 자유시 시대에 개개의 작품에서 구현되는
리듬은 철저히 개별적이고 따라서 다양하다. 그것을 그 나름으로 유형화하
고 체계화하는 노력은 연구가들의 지적 호기심 때문이고, 시인들은 그 한
편의 시상에 가장 알맞은 리듬을 창조할 것이다. 최근에는 말을 더듬는 사람
의 투를 흉내 내어 쓴 시 리듬을 본 적이 있는데, 이 경우 그 내용의 암중모색
같은 서투른 방황과 갈등에 조화되어 훌륭한 효과를 자아내고 있는 것으로
보였다. 요컨대 시에 있어서의 리듬은 의미의 보조 수단이 아니라 유기적으
로 양자가 화합해 있는 의미 그 자체인 것이다.

이제 마지막으로 朴木月의 「佛國寺」라는 시를 살펴보자.

---

14) 이 율독에서 두 번째 行의 끊어 읽기는 여러 가지로 달리 행해질 수 있다.
    ㄱ) 말없이/고이//보내 드리/우리다//
    ㄴ) 말없이/고이 보내//드리/우리다//
    ㄷ) 말없이/고이 보내//드리우리/다//
    이런 이형태는 율격의 속성인 관습에 의해 이루어진 것이고 주어진 시행의 환경 안에서
    상대적으로 마디(colon)를 형성하기 때문에 나타난다. 이 중 어느 것이 반드시 옳다고는
    할 수 없다. 관습에의 적응도가 문제시된다.
15) 이 문제에 관해서는 졸고, "김소월과 전통의 문제"『한국 현대시사 연구』(일지사, 1983)
    참조.

흰달빛/紫霞門//달안개/물소리//大雄殿/큰보살//바람소리/솔소리//……

이렇게 이어지는 이 시는 결코 정형시가 아니다. 일찍이 이 시가 이렇게 되어야 할 패턴도 제시된 일이 없으며, 현대라는 그 시대적 배경 또한 그러하다. 그러나 여기서 우리가 정형시 같은 질서 정연한 느낌을 받는 것은 무슨 까닭인가?

이 시에는 이른바 의미의 리듬이라고 할 만한 것이 숨어 있다. '바람소리, 솔소리'로 대표되는 청각영상과 '흰달빛, 紫霞門'으로 대표되는 시각영상이 주기적, 반복적으로 교체하고 있는 것이다.

실로 자유시에 있어서 리듬의 미적 가치는 따로 존재하는 것이 아니고 의미 그 자체, 나아가 시작품 그 자체인 것이다.

신화와 원형[1]

윌프레드 L. 게린

1. 정의 및 그릇된 개념

조셉 캠벨은 그의 저서 『원시 신화 : 신의 꾸민 얼굴들』(1959)에서 우리의 호기심을 끄는 동물 행동에 대해 말한 바 있다. 매가 하늘 위에서 날면 계란 껍질이 아직도 꼬리에 붙어 있을 정도로 갓 태어난 햇병아리들이 급히 달려가 몸을 숨긴다는 것이다. 그렇지만 그것들은 다른 새들한테서는 아무런 영향을 받지 않는다. 더군다나 철사에 연결시켜 닭장 위로 끌어온 나무로 된 모형 매도 그들을 종종걸음을 쳐 달아나게 했다(그러나 그 모형을 뒤로

---

1) 이 글은 윌프레드 L. 게린의 Mythological and Archetypal Approaches를 이상우 교수가 번역한 것으로, 이상우 역(노스롭 프라이 저), 『문학의 원형』(명지대 출판부, 1998)에 '신화·원형비평 방법」이라는 제목의 부록 논문으로 수록되어 있다.

끌어오면 아무런 반응을 나타내지 않는다.). 캠벨은 묻고 있다. "어째서 그럴까. 어떤 이미지에 의한 이런 돌연한 행동은 병아리의 세계 말고 다른 데서는 없는가? 살아있는 갈매기와 오리, 백로와 비둘기들은 전혀 병아리에게 어떤 영향을 주지 못한다. 그러나 예술 작품은 문뜩 생각나게 하는 것이 있다."

캠벨의 이런 암시적 유사성에 대한 이야기는, 비록 쉽게 닮은 점을 찾기는 어렵지만, 신화비평을 이해하는 길을 열어주는 데 도움이 될 것이다. 왜냐하면 신화비평은 문학과 인간의 본성 속에 있는 문득 생각나게 하는 것과의 관련성을 다루고 있기 때문이다. 신화비평은 어떤 문학작품에 생기를 불어넣는 신비한 요소들을 찾아내고, 매우 엄청난 힘으로 극적이고 보편적인 인간의 반응을 유도해내는 신비한 요소들을 찾아내는 데 관심이 있다. 신화비평가는 독자들이 어떤 문학작품, 흔히 어떤 진실의 이미지를 갖고 있는 '고전'이나 고전이 될 것이 틀림없는 문학작품에 대해서는 계속적으로 반응을 보이는데 반해서, 우리가 볼 때 잘 만들어졌을 뿐만 아니라 진실을 갖추고 있다고 여겨지는 어떤 작품은 오히려 우리에게 별로 감동을 주지 못하는 것은 왜 그런가를 알아내고 싶어 한다. 비유적으로 말한다면, 신화비평은 위대한 문학에 있어서의 '모형 매'를, 다시 말해서 원형들이나 원형적 전개 양식(archetypal pattern)들에 대해서 철저히 연구하는 것인데, 작가는 그것들을 자기 작품에 끌어들여 단단히 구조적 철망을 이루도록 하고, 서로 통하는 공감이 독자의 마음 깊이로부터 우러나오도록 하여 독자를 감동시킨다.

신화비평과 심리주의 비평과는 아주 밀접한 연관이 있다. 이 둘은 인간 행동의 기초가 되는 動機들에 대해 깊은 관심을 기울인다. 두 비평의 차이라면 동기에 관심을 기울이는 정도와 친근성의 차이이다. 심리학은 실험적이고 진단적인 경향이 있으며, 생물학과 긴밀한 연관이 있다. 신화학은 관조적이고 철학적인 경향을 띠는데, 종교, 인류학, 문화사 등과 긴밀한 연관이 있다. 물론 그와 같은 일반화는 지나치게 단순화시키고 말 위험이 있다. 예를 들어 프로이트 같은 위대한 심리학자는 실험적, 임상적 연구를 뛰어넘어 신화의 세계에까지 미치고 있고, 그의 뛰어난 제자인 칼 융은 현대의 대표적 신화학자들 중의 한 사람이다. 그렇다 하더라도 이 두 비평 방법은 다른 면이 있는데, 신화학은 그 범위가 보다 더 넓다. 예를 들면, 정신분석이 개개인의 개성을 드러내려 한다면, 신화 연구는 국민의 마음과 성격을 드러낸다. 그리고 꿈들은 무의식적 욕망과 개인의 불안들을 반영하는 데 대하여, 신화는 국민들의 희망, 가치, 공포, 그리고 소망들을 상징적으로 투사한 것이다.

혼히 볼 수 있는 그릇된 개념과 오용에 따르면, 신화는 단지 터무니없는 추리에 의해 만들어진 원시적 허구이고 환상이다. 실제로 신화는 그리스와 로마의 신들에 대한 초등학교 학생들의 이야기들, 또는 어린이의 오락물로 (또는 문학과정을 밟고 있는 대학생들의 골칫거리로) 만들어진 이야기들을 포함한 것들이다. 신화가 우리 시대에 맞는 사실적 진실의 표준만이 아니라 위대한 문학을 접하게 하지 않는다는 것은 사실이다.

그 대신 그것들은 보다 깊은 진실을 나타낸다. 마크 쇼러(Mark Schorer)가 『윌리엄 브레이크 : 비전(이상상)의 역학 관계』(1946)라는 저서에서 말했듯이, "신화는 근본적인 것을 표현한 것으로, 우리의 가장 은밀한 본능적 삶에 대해서, 그리고 우주 속에 살고 있는 인간에 대한 초보적인 자각을 극적으로 표현한 것이어서, 모든 특별한 의견과 태도는 그것에 의해서만 통합이 가능하다."

앨런 왓츠(Alan W. Watts)의『기독교 신앙에 나타난 신화와 제의』(1954)
에 의하면, "신화는 의심할 수 없는 사실과 환상의 이야기들이 복합된 것으
로 규정해 볼 수 있는데, 인간들은 그것을 여러 가지 이유로 우주와 인생에
대한 내적 의미의 표현으로 간주한다. 조지 휠레이(George Whalley)는『시
적 창조 과정』(1953)이란 저서에서 다음과 같이 주장하였다.

신화는 과학을 초월한 직접적이고 형이상학적인 진술이다. 그것은 분명한
상징 또는 분명한 이야기의 구조 속에서 진실의 모습을 구체적으로 표현한
것이다. 그것은 인간 존재에 대하여 요약한 이야기이고, 구조적 신빙성 속에서
진실을 표현하고, 인간이 진실을 구성하는 두드러지고 기초적인 관계를 단번
에 가리키려고 의도한 것이다. 신화는 진실을 모호하고 완곡하게, 또는 공들인
방식이 아니라 최상의 방식으로 표현한 것이다.

신화들은 본래 집단적이고 공동체적이다. 그것들은 국민의 공통적인 심
리적, 정신적 활동들 속에서 종족이나 국가를 결속시킨다. 앨런 테이트
(Allen Tate)가 엮은 책『시의 언어』(1960)에서 필립 휠라이트(Philip
Wheelwright)는 "신화는 통합—지성의 수준만이 아니라 감정과 행동, 그리
고 생활 전체의 통합—의 깊은 의미를 표현한 것이다"라고 설명하였다.
더욱이 멜빌의 유명한 흰 고래(그 자체가 하나의 원형적 이미지이다)처럼
신화는 어느 나라만이 아니라 어느 시대에나 있게 마련이다. 그것은 인간
사회 어느 곳에서나 활력을 불어넣는 요소다. 그것은 시대를 초월하여 과거
(전통적인 신앙 양식)와 현재(현행의 풍조)를 연결하고 미래(정신적, 문화적
열망)를 지향한다.

2. 원형의 실례들

신화의 의미를 파악했으므로 이제 원형들과 원형적 패턴들이 그것과 어떤 관련성을 갖고 있는지 검토해 볼 필요가 있다. 모든 민족은 전설, 민담, 이념 속에 반영되듯이 그 자체에 특징 있는 신화를 갖고 있지만(다시 말해서 신화는 민족이 자라온 문화적 환경에 따라 독특한 형태를 이루지만), 일반적으로 신화는 세계 공통적인 면이 있다. 더욱이 낯익은 모티프나 테마들이 많은 다른 신화들에서 발견되고, 시간적, 공간적으로 널리 떨어져 있는 여러 민족들의 신화들 속에 나타나는 이미지들이 공통된 의미 또는 더 정확히 말해서 비교해 볼만한 심리학적 반응을 이끌어내고 유사한 문화적 기능을 하도록 하는 경향을 띠고 있다. 그와 같은 모티프와 이미지들을 우리는 원형이라고 부른다. 간단히 말해서 원형들은 보편적인 상징들이다. 휠라이트(Wheelwright)는 『은유와 진실』(1962)에서 그와 같은 상징들을 다음과 같이 설명했다.

> 그것들은 비록 전부는 아니지만 인류의 상당한 부분에서 동일한 또는 유사한 의미를 지니는 것들이다. 하늘은 아버지, 대지는 어머니를 상징하는 것은 흔히 볼 수 있는 것들이고, 빛·피·상하·수레바퀴의 축 등등은 시간적, 공간적으로 멀리 떨어져 서로 간에 어떤 역사적 영향 관계나 뚜렷한 연결고리를 발견할 수 없는 데도 여러 문화 속에서 되풀이해서 나타나는 것을 볼 수 있다.

> 널리 연관을 맺고 있는 원형의 예들과 그 상징적 의미들은 다음과 같다. (이러한 의미들은 문맥에 따라 의미 깊게 다양화될 수 있다는 것을 먼저 유념해야 한다.)

1) 이미지

(1) 물 : 창조의 신비; 탄생·죽음·부활; 정화와 속죄·풍요와 성장. 융에 따르면, 물은 가장 일반적으로 무의식을 상징한다.

  ① 바다 : 모든 생명의 어머니; 영혼의 신비와 무한성; 죽음과 재생; 무궁과 영원; 무의식

  ② 강 : 죽음과 재생(세례); 시간의 영원한 흐름; 생명 주기의 변화상; 신들의 화신

(2) 태양(불과 하늘은 이와 밀접하게 관련을 맺는다) : 창조적 에너지; 자연의 이치; 의식(사고, 각성, 지혜, 정신적 포부); 父性의 원리(달과 지구는 여성 또는 모성의 원리와 관련된다); 시간과 생명의 흐름.

  ① 떠오르는 해 : 탄생, 창조, 각성

  ② 지는 해 : 죽음

(3) 색채 :

  ① 적색 : 피, 희생, 격렬한 열정; 무질서

  ② 녹색 : 성장; 흥분; 희망; 비옥; 부정적 맥락에서 죽음·쇠퇴와 연관되기도 한다.

  ③ 청색 : 흔히 아주 긍정적인 맥락에서 진실, 종교적 느낌, 안전, 정신적 순수와 연관된다.

  ④ 백색 : 긍정적인 면에서 매우 가치 있고 의미 있는 빛, 순수, 순진, 영원; 부정적인 면에서 죽음, 공포, 초자연, 그리고 수수께끼 같은 우주적 신비에 싸여있는 알 수 없는 진리(예를 들어 허먼 멜빌의 「모비 딕」에서 '고래의 흰색'에 관한 장을 보라.).

(4) 圖 : 전체, 통합

  ① 만다라(하나의 단일한 중심을 둔 원과 사각형으로 이루어진 기하
학적 형상 ; 고대 스리 얀트라의 만다라(Mandala)에 관한 설명을
보라.) : 정신적 합일과 영적 통합에의 욕망, 고전적, 동양적인 형
태들에 나타난 만다라는 3, 4, 7의 숫자와 맞먹는 삼각형, 사각형,
그리고 원을 두드러지게 병치시키고 있다.

  ② 알(卵) : 생명의 신비와 번식의 힘

  ③ 陰陽 : 음(여성원리, 암흑, 피동, 무의식)과 양(남성원리, 빛, 활동
성, 의식) 같은 대립세력의 결합을 나타내는 중국의 상징.

  ④ 우로보로스(Ouroboros) : 자신의 꼬리를 물고 있는 뱀의 고대적
상징. 생명의 영원한 순환, 원초적 무의식. 음양과 같은 반대 세력
의 통합.

(5) 뱀(벌레) : 리비도(libido)와 같은 심적 에너지와 순수한 힘의 상징;
악, 부패, 관능성; 파괴; 신비; 지혜; 무의식

(6) 숫자 :

  ① 셋(3) : 빛; 정신적 자각과 합일(cf. 성부 · 성자 · 성신의 삼위일체);
남성원리.

  ② 넷(4) : 원, 생명의 순환, 사계절과 연관됨; 여성원리, 지구, 자연,
4원소(물, 불, 흙, 공기)

  ③ 일곱(7) : 가장 힘 있는 상징적 숫자—3과 4의 결합, 한 주기의
완결, 완전한 질서를 의미함.

(7) 원형적 여자(위대한 어머니—삶, 죽음, 변화의 신비들) :

  ① 착한 어머니(地母神의 긍정적 면모) : 생명원리, 탄생, 따스함, 양
육, 보호, 비옥, 성장, 풍요(예를 들면 데메테르, 세레스 같은 신)

② 무서운 어머니(地母神의 부정적 양상을 포함함) : 마녀, 여마법사, 요정, 매춘부, 요부—관능성, 성적 방탕, 공포, 위험, 암흑, 분할, 거세, 죽음과 관련됨; 두렵게 하는 면에서의 무의식.

③ 마음의 친구 : 소피아 같은 인물, 성모, 공주 또는 아름다운 숙녀— 영감의 구체화와 정신적 실현(cf. 융학파의 아니마)

(8) 老賢者(구조자, 구세주, 지도자) : 정신적 원리의 화신, 한편으로는 지식, 숙고, 통찰, 지혜, 현명, 직관적 통찰력을 나타내고, 또 한편으로는 도움을 줄 수 있는 선의와 대비와 같은 도덕적 자질을 나타내는데, 그것은 그 사람의 정신적 성격을 충분히 보이도록 한다. 노인은 총명, 지혜, 통찰력과는 관계없이 두드러진 도덕적 자질을 갖고 있다; 그 외에 여러 가지로 그는 다른 사람의 도덕적 자질을 시험하고 그 테스트에 따라 선물을 베푼다. 노인이 항상 나타나는 것은 주인공이 희망을 잃고 절망에 빠졌을 때인데, 깊은 숙고와 좋은 착상이 그 상황에서 그를 구출하게 한다. 그러나 그 후 내적, 외적 이유로 인해 주인공은 스스로 이를 이룰 수 없고, 그 부족을 보상하는 데 필요한 지식은 하나의 전형적인 사고의 형태, 즉 총명하고 유용한 노인의 모습이 된다.

(9) 정원 : 낙원; 천진난만; 손상되지 않은 아름다움(특히 여성); 풍요

(10) 나무 : 가장 일반적인 의미로 나무는 우주의 삶, 즉 우주의 조화, 성장, 증식과 재생의 과정을 상징적으로 의미한다. 그것은 끝없는 삶을 뜻하므로 불멸을 상징한다.

(11) 사막 : 정신적 빈약; 죽음; 허무주의; 절망.

이러한 예들은 결코 예사로운 것이 아니라, 독자들이 문학에서 접하기 쉬운 아주 흔한 원형적 이미지들을 열거한 것이다. 이러한 이미지들은 그것들이 문학작품 속에 나타났을 때 꼭 원형으로서만 기능하는 것은 아니다. 생각 깊은 비평가는 작품의 전체적 문맥이 원형적 독해를 논리적으로 뒷받침할 때만 그것들을 그와 같이 해석한다.

2) 원형적 모티프 또는 패턴(전개 양식)

(1) 창조 : 모든 원형적 모티프들 중에서 가장 근본적인 것이다. 실제로 모든 신화는 우주와 자연과 인간이 초자연적인 존재 또는 어떤 다른 존재들에 의해서 어떻게 생기게 되었는가에 대해서 꾸며진다.

(2) 영원불멸 : 또 하나의 기본적인 원형으로, 대체로 다음의 두 가지 기본 설화 형태 중 한 가지를 택한다.

　① 시간으로부터의 해방 : 부패와 죽음이 있는 비극적 세계로 떨어지기 전에 인간이 누리던 완전하고 무시간의 상태인 '낙원으로의 회귀'

　② 순환적 시간으로의 신비한 침잠 : 끝없는 죽음과 재생의 주제—인간은 대자연의 영원한 순환, 특히 四季의 순환과 같은 광대하고 신비스러운 리듬에 맞춤으로써 不死를 성취한다.

(3) 주인공의 원형(변화와 구원의 원형)

　① 탐색 : 주인공(구세주의 구원자)은 긴 여행길에 오르는데, 이 기간에 괴물과 싸움을 벌이고, 대답하기 어려운 수수께끼를 푸는 등의 하기 힘든 일을 완수하고, 이겨내기 어려운 장애를 극복해내어 마침내 왕국을 구하고 공주와 결혼하게 된다.

② 이니시에이션(initiation) : 주인공은 無知와 미성숙의 상태에서 사회적이고 정신적인 성숙으로의 통과, 다시 말해서 사회 구성원의 한 사람으로 훌륭하게 자립하고 성숙하게 됨에 있어서 일련의 시련을 겪는다. 이니시에이션은 분리(separation)·변화(transformation)·귀환(return)의 3국면으로 구성된다. 이것은 탐색처럼, 죽음과 재생 원형의 한 변화된 갈래이다.

③ 희생적 속죄양 : 종족과 국가의 번영과 동일시되는 주인공은 백성의 죄를 씻고 그 땅을 비옥하게 하기 위해 죽어야 한다.

『영웅 탄생의 신화』(1959)에서 모세, 헤르쿨레스, 오이디푸스, 지크프리트, 예수 등을 포함한 70명의 다른 영웅들에 대해 검토한 오토 랭크(Otto Rank)는 '대표적 모험담'이라 부르고 다음과 같은 기본적인 구성 요소를 제시했다.

[1] 영웅은 아주 뛰어난 부모의 아이인데, 흔히 왕의 아들이다. [2] 그의 출생에는 금욕, 장기간의 불임, 또는 외적인 금지 또는 장애로 인해 비밀스러운 양친의 성교와 같은 난관들이 선행된다. [3] 임신 전이나 기간에 꿈 또는 신탁의 형식을 빌어 그의 출생을 경계하라는 예언이 있는데, 흔히 아버지(또는 그의 후계자)에게 위험이 있을 것이라고 협박한다. [4] 일반적으로 그는 상자에 넣어져 물로 버려진다. [5] 그러나 그는 동물 또는 양치기 같은 천민에 의해 구출되고, 여성동물 또는 비천한 여자에 의해 양육된다. [6] 그는 자란 후에 다재다능한 모습으로 그의 뛰어난 부모를 찾게 된다. [7] 그는 한편 아버지의 복수를 떠맡고, 또 한편으로는 그것을 승인하게 된다. [8] 마침내 높은 지위와 명예를 얻게 된다.

3) 장르적 전개 양식의 원형

지금까지 설명했듯이 원형은 이미지와 모티프로서 나타날 뿐만 아니라
계절적 순환의 주요 국면에 일치시킨 문학의 장르들이나 유형들과 같은 좀
더 복잡한 결합들에서도 발견된다. 노스롭 프라이가 그의 저서『비평의 해
부』에서 말한 바에 의하면 네 계절에 일치시킨 장르들은 다음과 같다.

    (1) 봄의 미토스 : 희극
    (2) 여름의 미토스 : 로망스
    (3) 가을의 미토스 : 비극
    (4) 겨울의 미토스 : 아이러니

아주 놀라울 정도로 과감하게 프라이는 "신화는 문학 형식의 구조적 구성
원리이고, 원형은 문학적 표현의 필수적인 요소이다."라고 주장함으로써 신
화를 문학과 동일시한다. 그리고『불변의 구조』라는 저서에서 그는 "신화체
계는 문학 전체가 말해주는 모든 내용, 즉 인간이 처한 상황의 시작과 끝에
대한 상상적 개관을 가능하게 하고, 상황의 상승과 하강을 상징적으로 생각
할 수 있는 일종의 도형 혹은 설계도를 제공한다"고 주장하였다.

3. 신화비평의 실제

프라이는 작품 분석에 신화적 접근법을 쓰도록 하는 데 직접적으로 공헌
한 사람이다. 신화체계에 대한 논의에서 보았듯이, 신화비평가는 특수한 일

을 한다. 주로 작가의 생애와 전기에 의존하는 전통적인 비평가와는 달리, 신화비평가는 역사 이전의 사건과 신들의 傳記에 더 관심을 둔다. 작품 자체의 형태와 조화에 관심을 두는 형식주의 비평가와는 달리, 신화비평가는 문학 형식에 활력과 지속적인 감동을 주는 내적 정신을 면밀히 조사한다. 그리고 인공물을 性的 신경증의 산물로 보려는 정신분석 비평가와는 달리, 신화비평가는 문학작품을 인류의 집단적 정신생활의 깊은 곳으로부터 솟아나서 생기를 주고 완전하게 하는 힘들의 표현으로 보는 것처럼 전체론적으로 본다.

신화비평의 공헌에는 특별한 중요성이 있음에도 불구하고, 이 연구 방법은 여러 가지 이유 때문에 잘 이해되지 못한 면이 있다. 첫 번째로 금세기에 이르러서야 그 고유한 해석 도구들이 인류학, 심리학, 그리고 문화사 같은 학문의 발달을 통해 이용되었다. 두 번째로 많은 학자와 문학교사들이 신화비평에 대해 회의적이었는데, 그 까닭은 그것이 異教와 秘學의 경향을 띠고 있기 때문이다. 결국 신화 전수자들 사이에 개념과 정의에 대하여 실망시키는 분규가 있었고, 이 분규의 소리와 분노는 많은 신화비평가들에게 그들의 에너지를 전통주의적 혹은 형식주의적 연구방법같이 보다 명확하게 규정된 연구방법으로 시선을 돌리게 하는 원인이 되었다. 이러한 혼란을 통해 조심스럽게 우리의 길을 찾는다면, 우리는 아주 배타적인 것은 아니지만 신화비평의 발달에 중요한 자리를 차지했던 세 갈래의 학문을 발견할 수 있다. 그것들이 각각 비평적 분석에 어떻게 응용되었는가에 유의하면서 연대기적 순서에 따라 이것들을 검토해 보고자 한다.

1) 인류학과 그 적용

19세기 말 이후 현대 인류학의 급속한 전진은 신화비평의 성장에 가장 결정적인 영향을 미쳤다. 이 영향은 20세기 초에 캠브리지의 헬레니스트와 일군의 영국 학자들에 의해 발간된 여러 중요한 연구들 속에 나타나게 되었는데, 그들은 신화와 제의의 기원에 관한 최근의 인류학적 발견들을 그리스 신화를 이해하는데 사용하였다.

이 그룹의 구성원들이 이룩한 주목할 만한 공헌은 마레트(R. R. Marett)에 의해 편집된 논집인 『인류학과 고전들』(1908), 해리슨(Jane Harrison)의 『테미스(Themis)』(1912), 머레이(G. Murray)의 『유리피데스와 그의 시대』(1913), 그리고 콘포드(F. M. Cornford)의 『아테네 희극의 기원』(1914)들이 포함된다. 그러나 영국학파 중에서 가장 귀중한 사람은 프레이저로, 그의 기념비적인 저서 『황금가지』는 20세기 문학에, 즉 비평가뿐만 아니라 제임스 죠이스, 토마스 만, 엘리엇 같은 창조적인 작가들에게 커다란 영향을 끼쳤다.

프레이저의 업적으로서 주술, 제의, 신화 속에 나타난 원시종교의 기원에 대한 비교 연구는 1890년에 두 권으로 처음 출간되었다가 나중에 열두 권으로 확대되었다가 1922년에 한 권으로 된 축소판이 간행되었다. 프레이저의 주요 공헌은 "어느 곳 어느 시대에서나 인간의 주된 욕구는 아주 닮았다"는 것을 보여준 것으로, 특히 이러한 욕구는 고대신화들 속에 반영되어 있다. 그는 축소판에서 다음과 같은 예를 들어 설명하였다.

이집트와 서아시아의 백성들은 오시리스, 탐무즈, 아도니스, 그리고 애티스라는 이름 아래 매년 생명, 특히 식물에 있어서 생명의 소멸과 재생을 재현하였는데, 그들은 식물의 생명을 해마다 죽고 다시 죽음에서 살아나는 신으로 인격화했다. 그 의식의 이름과 세부 묘사는 장소에 따라 다양하지만 본질적으로 동일한 것이다.

프레이저가 다룬 중심 모티프는 십자가에 못 박힘과 부활, 엄밀하게 말하면 '거룩한 왕의 죽음'을 설명한 신화들의 원형이다. 많은 원시인들은 통치자는 신적 혹은 반신반인적 존재라고 믿었는데, 그의 생명은 자연과 인간의 생명 주기와 동일시되었다. 이러한 동일시 때문에 백성의 안전과 심지어 세계의 안전이 신 같은 왕의 생명에 달려있다고 생각되었다. 원기왕성하고 건강한 통치자는 자연과 인간의 생산력을 보장하고, 그 반대로 병들거나 쓸모없게 된 왕은 그 나라와 백성들을 파괴하고 병들게 한다는 것이다. 프레이저의 설명에 의하면,

> 만일 자연의 흐름이 왕의 생명에 따라 좌우된다면, 점점 쇠약해지는 그의 힘과 죽음의 사멸로 인한 재앙을 피할 수 있는 길이 있겠는가? 여기에는 유일한 한 가지 방법이 있다. 그것은 왕의 힘이 쇠약해지기 시작했다는 징조가 보이는 대로 그를 죽이고, 그의 영혼이 위협적인 쇠퇴에 의해 손상되기 전에 원기왕성한 후계자에게로 옮겨지도록 하는 것이다.

어떤 백성들은 종족의 번영을 이루기 위해 일정한 사이를 두고 왕을 죽였다. 그러나 나중엔 왕 대신에 대리인을 죽이거나, 그렇지 않으면 사실적인 것보다 상징적인 제물을 바쳤다.

'속죄양'의 원형은 희생 제의에서 추론된다. 이 모티프는 종족의 부패를 신성한 동물이나 사람에게 전가시켜 이 속죄양을 죽임으로써(어떤 경우 먹음으로써), 종족이 자연적, 정신적 재생에 필요하다고 생각되는 정화와 속죄

를 성취할 수 있다는 믿음에 초점이 있다. 음식과 아이들은 인간 생존의 기본 욕구라고 지적한 프레이저는 고대인들이 과즙 성찬과 정화 의식을 식물과 인간 모두에 있어서 주술적 원기회복의 보증 혹은 생명의 보증으로 생각한 것이라고 역설했다. 만일 그런 풍습들이 믿을 수 없을 만큼 원시적이라는 생각이 들면, 우리는 우리 자신의 문명 세계에서 그것들의 자취들—예를 들면 어떤 국민이 흑인 같은 소수 그룹과 희생양 같은 유태인의 박해에 의해 얻은 불합리한 만족, 또는 새해의 축제와 다짐에서 유래하는 보다 건강해 보이는 재생의 감정, 춘계 대청소, 부활절 행사, 성찬식 등의 흔한 전통—을 인지해 볼 필요가 있다.

현대 작가들도 이 속죄양 모티프를 아주 적절하게 사용해 왔다. (예를 들면, 쉬레이 잭슨은 「복권 뽑기」에서, 로버트 하인라인의 「이국 땅의 손님」에서, 톰트리온의 「추수감사제」에서) 프레이저와 캠브리지의 그리스 문화 연구자들이 우리들에게 일깨워 준 통찰들은 신화비평, 특히 드라마의 신화적 접근에 크게 기여했다. 많은 학자들이 비극은 우리가 설명해 온 원시적 의식들에서 기원한 것이라고 이론화했다. 예를 들어, 소포클레스와 아이스킬로스의 비극들은 디오니소스 축제와 해마다 열리는 식물의 생장 의식 기간에 공연되도록 쓰여졌는데, 그 기간에 고대 그리스인들은 겨울왕의 죽음과 봄의 신들의 재생과 갱생을 경축했다.

소포클레스의 「오이디푸스 왕」은 신화와 문학의 연합을 보여주는 훌륭한 예이다. 소포클레스는 위대한 희곡을 남겼으나 「오이디푸스 왕」의 플롯은 그의 창작이 아니다. 그는 오래 전부터 잘 알려진 신화적 이야기를 가지고 비극의 드라마로서 불후의 명성을 갖게 된 작품을 만들었다. 신화와 희곡 모두는 줄거리의 짧은 요약이 암시하듯이 상당히 낯익은 원형들을 갖고 있다.

옛 테베의 왕과 왕비인 라이우스와 요카스타는 예언에서 새로 태어난 아들이 성장하면 아버지를 죽이고 그의 어머니와 결혼하게 될 것이라는 소리를 들었다. 이 재앙을 막기 위해서 왕은 부하에게 어린애의 발 뒤꿈치를 찌르고 황야에 버려 죽게 하라고 명령했다. 그러나 그 아이는 양치기에 의해 구제되어 코린트로 가게 되었다. 그 곳에서 그는 폴리버스 왕과 메로프 왕비의 아들로 자라게 되었는데, 소년은 그들을 그의 진짜 부모로 믿고 있었다. 오이디푸스는 그가 어른으로 자라면 부친을 살해하고 근친상간을 범할 것이라는 예언을 듣고 코린트에서 테베로 피해 갔다. 여행 중에 그는 한 노인과 그의 부하들을 만났는데 말다툼을 하다가 그들을 죽여 버렸다. 테베로 들어가기 전에 그는 마법을 걸어 도시를 장악하고 있는 스핑크스를 만났으나, 그녀의 수수께끼를 풀고, 도시를 자유롭게 하는 일을 해냈다. 그 보상으로 그는 미망인이 된 왕비 요카스타의 조력자가 되었다. 그 후 그는 여러 해 동안 테베를 다스려 번성하게 했고, 요카스터가 낳은 네 아이의 아버지가 되었다. 그러나 라이우스를 살해한 범인이 처벌되지 않았기 때문에 마침내 식물의 마름병이 그의 왕국에서 발생하게 되었다. 오이디푸스는 범인을 찾아내기 위해 강력한 수사를 벌렸고, 마침내 그 자신이 범인이라는 것을, 그리고 테베로 들어가는 길에서 죽였던 그 노인이 그의 진짜 아버지 라이우스였다는 것을 알게 되었다. 이 비밀의 폭로에 몹시 당황한 오이디푸스는 스스로 목매달아 죽은 어머니이며 아내의 브로치로 자신의 눈을 찔러 장님이 된 채 유랑의 몸이 되었다. 그의 형벌의 희생에 따라 테베는 번영과 풍요를 되찾게 되었다. 이런 간략한 요약에서 우리는 적어도 다음의 두 가지 원형적 모티프를 발견할 수 있다.

첫째, 탐색 모티프 : 영웅으로서의 오이디푸스는 여행을 떠나는데, 그 동안에 그는 사자의 몸에 여자의 머리를 가진 불가사의한 괴물인 스핑크스를 만난다. 그 괴물의 수수께끼를 풀어냄으로써 그는 왕국을 구제하고 여왕과 결혼한다.

둘째, 희생적 속죄양으로서의 왕 모티프 : 국가의 번영, 인간과 자연 모두의 번영(테베는 전염병과 가뭄으로 타격을 받았음)은 통치자의 개인적 운명과 밀접한 관계가 있다. 오이디푸스가 자신을 속죄양으로서 제공하고 난 후에 그 땅은 회복되었다.

소포클레스가 제의적 축제를 위해 그의 비극을 특별히 썼다는 것을 생각해 볼 때, 「오이디푸스」가 프레이저가 설명한 풍요신화의 일면을 확실히 반영하고 있다는 것은 별로 놀랄 일이 아니다. 신화비평에 관심을 둔 학생들이 더욱 주목하고 주시해야 할 것은 2천 년 뒤에 셰익스피어가 쓴 위대한 비극에 유사한 양상이 드러나고 있다는 사실이다.

(1) 희생적 주인공 : 햄릿

이 유사성을 맨 처음 밝힌 현대 학자들 중에 한 사람은 길버트 머레이(Gilbert Murray)이다. 1914년에 처음 강연원고로 전해지고 나중에 『시에 나타난 고전적 전통』(1927)이란 저서에 수록된 그의 논문 「햄릿과 오레스테스」에서 머레이는 셰익스피어의 희곡에 나타난 신화적 요소들과 「오이디푸스 왕」과 아이스킬로스의 「아가멤논」에 나타난 신화적 요소들 간의 많은 닮은 점들을 지적하였다. 이 세 작품들의 영웅들은 황금가지 왕들(Golden Bough Kings)에서 그 기원을 찾을 수 있다. 그들은 모두 고뇌에 시달리는 희생적인 인물들이다.

더욱이 그리스 비극과 함께 햄릿의 이야기는 극작가의 창작이 아니라 전설에서 끌어온 것이다. 문학사가들이 언급했듯이, 유트란트 반도의 왕자인 아므레투스(Amlehtus) 또는 아므렛(Amlet)에 대한 옛날 스칸디나비아의 이야기는 벌써 12세기에 쎅소 그라미티커스에 의해『덴마크의 역사』속에 기록되었다. 머레이는 약 980년경에 지어진 스칸디나비아의 시에 일찍이 원형적 햄릿에 대한 놀라운 언급이 있었음을 예로 들었다.『햄릿의 물방앗간』(1969)에서 상틸라나와 데첸트는 이 원형적 인물을 아이슬란드의 아므로디(Amlodhi) 전설에서 동양의 신화에 이르기까지 추적했다. 이로써 셰익스피어 희곡의 핵심이 신화적이라는 것은 분명해졌다. 머레이의 말을 인용하면,

「햄릿_에서 공포에 떨게 하고 놀라게 하는 것들은 중세의 엘지노르(Elsinore)에 대한 어떤 역사적 특색들이 아니라, 옛날의 이야기들과 오래된 주술적 의식들에 속하는 것들이다. 그 의식은 5, 6천년 전에도 우리 조상들을 흥분시키고 공포에 떨게 했고, 언덕에서 밤새도록 춤추게 했으며, 짐승과 하인을 갈기갈기 찢어 놓고, 죽어가는 세상을 푸른 세계로 바꾸고 자기나라 백성들의 구조자가 되기 위하여 자신들의 몸을 버려 무시무시한 죽음을 택하였다.

소포클레스와 아이스킬로스가 아테네의 청중을 위해 비극들을 만들어냈는데, 이제 그런 제물은 더 이상 수행되지 않고 오직 무대에서 상징적으로 상연된다. 하지만 그것들의 신화적 의미는 똑같다. 정말로 그것들의 의미는 셰익스피어의 청중들의 경우에는 아주 닮았다. 엘리자베스 시대의 사람들은 신화적 사고를 갖고 있고 상징을 잘 받아들이는 국민들이었다. 셰익스피어가 청중들에게 해설을 해 줄 필요가 없었다. 청중들은 그의 희곡의 신화적 내용에 감동하였다. 그리고 비록 신화가 오늘날의 청중에게 별로 감동을

주지 못한다 하더라도, 우리는 아직도 지적 세련에도 불구하고 「햄릿」의 원형들에 반응을 나타낸다.

머레이와 아주 최근의 프랑시스 페르구슨 같은 비평가들은 많은 햄릿의 원형적 수수께끼들을 풀 수 있는 단서를 제공해 주었다. 『연극의 개념』 (1949)에서 페르구슨은 셰익스피어 희곡의 장면들이 그리스 비극에, 특히 「오이디푸스 왕」에 나타난 것과 똑같은 제의적 패턴을 어떻게 따르고 있는 지를 하나하나 자세히 밝혔다. 그가 지적한 바에 의하면,

> 이 두 희곡들에서 왕족의 수난자는 근원적으로 사회질서 전체의 타락과 연관되어 있다. 양쪽 희곡들은 모두 멸종위기에 처한 국가의 번영을 비는 기원으로 시작한다. 이 두 희곡에서 개인과 사회의 운명은 밀접하게 뒤얽혀 있다. 그리고 왕족의 희생자가 겪는 고통은 정화와 재생이 이루어지기 위해 필요한 것으로 생각된다.

셰익스피어 희곡에 나타난 도덕적 규범이 얼마나 고대의 식물신화의 것들과 밀접하게 연관되어 있는가를 알아보기 위해서, 우리는 햄릿이 살고 있는 덴마크를 황폐화시킨 악을 상징화하기 위해 질병과 부패의 이미지들이 얼마나 자주 사용되었는가를 주시해 볼 필요가 있다. 선과 악의 근본적인 원천을 설명한, 필립 휠라이트의 『불타는 샘』(1954)에서 언급한 다음과 같은 진술은 「햄릿」에 나타난 도덕적 비전, 특히 암시적인 클로디우스의 죄와 그 비참한 결과와 직접적으로 관련된다. 자연스러운 또는 근본적인 관점에 대해 살펴보면,

> 선은 삶, 활력, 번식, 건강이고, 악은 죽음, 무기력, 질병이다. 이 여러 항목들 중에서 건강과 질병은 가장 중요하고 포괄적이다. 죽음은 일시적인 악이어서,

주기적으로 일어난다. 그러나 다시 모습을 드러내어 자신의 지위를 차지하게 될 새 삶의 보장이 있다. 삶과 죽음의 일정한 주기는 유익한 주기이다. 그리고 디오니소스 축제 같은 주요 계절적 축제의 목적은 위대한 창조적 자연의 돌아가는 수레바퀴를 기쁘게 경축하여 주술적 효과를 거두려는 것이다. 그렇지만 질병과 황폐는 그 주기를 가로막는다. 그것들은 진짜 파괴자이고, 건강은 가장 높이 존중되어야 할 善이다.

휠라이트는 계속해서 살해(제의적 희생과 혼동하지 말 것)는 생의 자연스러운 주기와 사회의 유기적 조직체 모두를 위반하는 것이기 때문에 살해자는 상징적으로 병들게 된다는 것을 설명하였다. 더군다나 희생자가 살해자의 가족 구성원 중의 하나이고, 종족 또는 정치적 국가보다 더 간결한 유기적 조직체일 때 그 질병은 특히 전염성이 강하다.

우리는 「햄릿」의 의미와 긴밀히 관련을 맺고 있는 또 하나의 다른 신화인 '신성한 언약'의 신화에 대해 말해야겠다. 이 신화는 헨리 7세, 헨리 8세, 그리고 엘리자베스 1세와 같은 영국의 튜더 왕조의 군주에 의해 강력히 육성된 신앙이었고, 튜더 왕가가 시민의 투쟁에서 질서와 행복을 가져오기로 신성하게 약속되었을 뿐만 아니라 이 신성한 조례를 깨뜨리려는 기도(예를 들면 반란 혹은 암살에 의하여)가 사회적, 정치적, 그리고 자연의 혼돈을 낳게 할 것이라는 신앙이었다. 우리는 이 튜더 신화가 셰익스피어의 여러 희곡들(예를 들면 「리처드 3세」, 「맥베드」, 「리어 왕」) 속에 반영되어 있는 것을 알고 있다. 거기서 신성한 왕위 계승권의 순위 혹은 약속을 깨뜨린 것은 정치적 혼돈과 자연의 무질서를 낳는다. 그리고 불구의, 부패한, 혹은 병약한 군주는 병든 국가의 전형이다. 이 국가 신화는 아주 분명하게 「햄릿」의 중심을 이룬다.

신화와 「햄릿」의 관련성은 이제 분명해졌다. 희곡은 주제적 핵심은 고대적, 원형적인 생활 주기의 신비 그 자체이다. 그런 삶의 맥동은 비극적 리듬과 똑같아서 디오니소스 축제에 참가한 소포클래스 희곡은 청중을 감동시키고, 우리의 의식 과정을 초월하는 힘들을 통하여 오늘날의 우리들을 감동시킨다. 그렇지만 문화인류학자들이 제공해준 통찰들을 통하여 우리는 셰익스피어 비극의 필수적인 원형적 패턴을 파악할 수 있었다. 햄릿이 태어난 덴마크는 병들고 부패한 나라다. 왜냐하면 클로디우스가 자기의 형인 왕을 비열하고 가장 몰인정스럽게 살해한 것은 신성하게 규정한 자연의 법칙과 왕위 계승의 법칙을 파괴한 것이기 때문이다. 혼란은 희생자와 살해자와의 혈족 관계에 의해 강화된다. 유령이 '뱀'으로 간주하는 클로디우스는, 카인이 받은 최초의 살인 저주를 떠맡는다. 그리고 국가가 통치자와 동일시되기 때문에, 덴마크는 그의 살인죄의 고통을 함께 나눈다. 자연의 주기가 끊기게 되고, 국가는 안으로의 시민투쟁과 밖으로의 전쟁이라는 혼란에 의해 위협을 받게 된다. 햄릿이 외친 것처럼, "시간은 뒤죽박죽이 되었고, 오 저주 받은 원한이여, 내가 태어난 것은 그것을 바로잡기 위해서다!"

드라마에서 햄릿의 역할은 왕자로서, 그는 그 나라에 닥쳐온 가뭄으로부터 나라를 구원하기 위해 아버지의 살해자에게 복수를 감행할 뿐만 아니라 자신을 왕족의 희생양으로 던진다. 왕실의 한 구성원인 햄릿은 개인적으로 아무 죄가 없는데도 국왕 시해의 병균에 감염되었다. 병리학의 또 다른 은유를 사용해서 말한다면, 클로디우스의 살인적인 암은 전이되어 궁전과 국가까지도 치명적 악화의 위협을 받게 되었다. 햄릿의 임무는 이 질병의 원천을 찾아내어 그것을 제거하는 것이다. 오직 완전한 정화가 있은 후에야 덴마크는 안전한 균형의 상태를 회복할 수 있다.

클로디우스를 살해하는 일이 지연되는 주된 이유는 햄릿이 자멸을 수반할지도 모르는 정화의 대리인 역을 꺼리기 때문이다. 그는 마음이 내키지 않지만 본분을 다하는 희생양이다. 그리고 그는 이 희생 의식에 희생자를 대치할 수가 없다는 것을 마침내 깨닫는다. 그래서 그는 클로디우스가 마련했을 것이라고 의심이 가는 결투 경기에 나가 레르테스의 도전을 받아들이게 된 것이다. 그 때문에 피를 흘리는 비극의 절정은 단지 구경거리의 멜로드라마가 아니라 희생－보상－정화의 원형적 패턴에서 필수적 요소이다. 나쁜 전염병에 감염된 이 모든 사람들(클로디우스, 게르투르드, 폴로니우스, 로젠크란쯔, 길덴스턴, 그리고 오필리아와 레르테스에 이르기까지)은 죽어야 할 뿐만 아니라, 주인공 왕자 자신은 고통을 겪어야만 한다. 그래야만 덴마크가 포틴브라의 건강한 새 체재 아래 정화되고 새로 태어날 수 있게 되는 것이다.

희생적 속죄양 모티프에 더욱 매력을 느끼게 하는 것은 천진스럽고 근심 걱정이 없는 청년시절(그는 대학생이었음)로부터 일련의 고통스러운 시련을 거쳐 고생한 자, 성숙한 자에 이르기까지 햄릿의 길고도 힘든 정신적 여정, 즉 그의 이니시에이션이다. 그의 여정은 긴 밤이고, 셰익스피어는 이 주제적 모티프를 전하기 위해 원형적 이미지를 사용하였다. 사실 「햄릿」은 어둠과 피의 이미지가 가득 차 있는 가을과 밤의 희곡이고, 주인공은 우울의 원형적 색상인 검은 옷을 입고 있다.

그의 우울한 탐색의 표면상의 대상은 그의 아버지의 죽음의 수수께끼를 푸는 것이다. 좀더 높은 수준에서 보면, 그의 탐색은 그를 미로와 같은 인간적 비밀, 즉 인간의 삶과 운명의 비밀 속으로 이끌어간다(얼마나 그의 독백이 시종일관 삶의 수수께끼와 자신의 수수께끼로 향하고 있는가를 보라.). 스핑크스의 수수께끼에서처럼, 불가해한 해답은 '사람'인데, 그 해답의 단서는 "진실은 그대 자신에게 있노라"는 폴로니우스의 그럴듯한 충고에서 주어진다. 이런 의미에서 햄릿의 탐색은 진기하고 알 수 없는 현자의 돌(옛날 연금술사가 애써 찾던 것)인 자기인식을 성취하려고 우리 모두가 떠맡았던 탐색이다.

(2) 시간과 불멸의 원형―앤드류 마블의 「수줍어하는 연인에게」

신화적 접근이 서정시 같은 짧은 문학 형식의 해석보다 드라마나 소설의 해석에 더 적합한 면이 있지만, 이런 짧은 작품 속에서 신화의 요소들을 발견하는 것도 흔히 볼 수 있는 일이다. 사실 블레이크, 예이츠, 엘리엇 같은 신화창조적 시인들은 그들의 많은 작품들을 신화의 바탕 위에서 면밀히 구축하였다. 이들은 자기 자신을 신화창조자라고 지명하지는 않았지만 의도적이든 그렇지 않든 간에 원형으로 기능하는 이미지들과 패턴들을 종종 쓰고 있다. 앤드류 마블(Andrew Marvell)의 「수줍어하는 연인에게」는 이 후자의 범주에 잘 드는 작품이라고 여겨진다.

「수줍어하는 연인에게」는 매우 강하게 관능성을 암시하고 두드러지게 냉소적인 테마를 다루고 있기 때문에, 부도덕한 연시가 아님에도 불구하고 때때로 미숙한 시로 오해되고 있다. 그러나 그 시를 단지 영리한 '진술'로만 보는 것은 그 시의 위대성을 놓치고 만다. 고전은 단지 '영리하거나' 잘 쓰여졌기 때문에 살아남는 것이 아니다. 그것은 얼마간의 보편성을 지니고 있고 그렇기 때문에 원형의 요소들을 내포하고 있다. 이제 원형적인 내용을 염두에 두고 「수줍어하는 연인에게」를 검토해 보기로 하자.

외면적으로 「수줍어하는 연인에게」는 연시이지만, 보다 깊은 의미면에서 이 작품은 시간에 대한 시이다. 그렇기 때문에 그것은 신화의 근본저인 모티프인 불멸과 관계된다. 첫 번째의 두 연에서 우리는 인간 불멸에 대한 전통적 개념의 전도나 거부를 보게 된다.

제1연은 연인들이 무궁무진한 시간을 얼마든지 쓸 수 있는 어떤 무릉도원 같은 나라를 찾아 '시간으로부터의 도피'를 아이러닉하게 제시한 것이다. 그러나 그와 같은 완전한 상태의 영원한 축복은 화자가 종속절("Had we……")에서 암시하고 있고 사랑의 묘사에서 기괴한 식물이 원형적 정원에서 무한정으로 서서히 자라고 있는 것처럼 어리석은 망상이다.

제2연은 극적 대조 속에서 또 다른 종류의 자연의 시간에 의하여 사막의 원형을 제시하고 있다. 이는 냉혹한 자연의 법칙('시간의 날개를 단 마차'로 이미지화된 태양의 원형을 유념할 것), 즉 쇠퇴, 죽음, 그리고 육체적 소멸의 법칙에 의하여 다스려지는 시간이다. 2연은 1연이 실행 불가능한 이상화에 있는 것처럼 극도의 철학적 사실주의에 있다.

어조가 근본적으로 바뀐 맨 끝 연은 순환적 시간으로 도피함으로써 불멸의 기회를 얻게 될 세 번째의 시간을 제시한다. 또다시 우리는 태양의 원형을 만난다. 그러나 이것은 '영혼'의 태양이고 '섬광'의 태양이다. 다시 말해서 죽음의 이미지가 아니라 생명과 창조적 에너지의 이미지로서, 그것들은 최초의 완전과 성취의 원형인 球形으로 융합되어 있다("Let us roll all our strength and all/Our sweetness up into one ball").

엘리아데는 『신화와 진실(*Myth and Reality*)』(1963)에서 불멸의 신화에서 가장 널리 보급되어 있는 모티프 중의 하나는 창조의 '근원으로의 회귀' 혹은 상징적 생명의 자궁으로의 회귀이고, 이 회귀는 연금술의 불을 통해 몇몇 철학자들(예를 들면 중국의 도교 신자들)에 의해서 상징적으로 실행할 수 있는 것으로 간주된다고 지적했다.

금속들이 융해되는 동안 도교 신자 연금술사들은 천지창조 이전에 존재했던 최초의 혼돈 상태를 다시 만들어내기 위해서 하늘과 땅이라는 두 개의 우주론적 원리의 결합을 그의 몸 속에서 이루어내려고 시도한다. 이 원초적 상황은 계란(즉, 원형적 구형)이나 태아의 상태와 창조되기 전의 무릉도원 같고 순결한 세상의 상태에 해당된다.

우리는 마블(Marvell)이 도교도의 철학을 잘 알고 있다거나 그가 의식적으로 불멸의 원형들을 잘 알고 있었음을 말하고 있는 것이 아니다. 하지만 마블은 해묵은 시간과 불멸의 딜레마를 표현함에 있어서 신화적 의미를 담고 있는 많은 이미지들을 사용하였다.

시인인 그의 연인은 자연적 시간의 법칙들을 부숴버리기 위한 방법으로 사랑의 연금술을 제공하는 것 같다. 사랑은 동일시함으로써 자연의 영원한 주기와 같은 신비한 리듬에 참여하는 수단이다. 몇몇 철학자들이 말했듯이, 삶이 耐久가 아니라 강렬에 의해 평가받게 된다면, 마블의 연인들은 적어도 사랑을 나누는 동안 시간을 '삼켜 버리거나' 시계에 의한 시간의 법칙을 초월함으로써 불멸을 성취할 것이다.

그리고 이 연금술적 變成이 시간들을 녹여 최초의 공으로 만들 만큼 불이 뜨거워지기를 요망한다면, 아마도 불은 또한 태양 그 자체를 녹이고 '달려가게 할' 만큼 뜨거울 것이다. 그래서 우리는 마블의 시의 공공연한 성적 관심이 신화적 의미에서 깊은 형이상학적 통찰을 암시하고, 그 통찰은 시간과 영원성의 신비들을 꿰뚫어보려는 철학자들과 과학자들을 계속해서 매혹시킨다.

2) 융 심리학과 원형적 통찰

　신화비평에 두 번째로 큰 영향을 미친 것은 위대한 심리학자며 철학자인 칼 융의 업적이다. 한때 그는 프로이트의 제자였는데, 너무 협소한 접근을 시도하기 때문에 정신분석을 제대로 해낼 수 없어서 스승과 갈라서게 되었다. 융은 리비도(정신적 에너지)를 성적인 것으로만 믿지 않았다. 또한 그는 프로이트가 정신의 건강한 면보다 신경증을 더 강조하기 때문에 그의 이론이 너무 부정적이라고 생각하였다.

　융이 신화비평에 최초로 공헌한 것은 종족의 기억력과 원형에 관한 이론이다. 이 개념을 발전시키기 위해서 융은 프로이트의 개인 무의식의 이론들을 확대시켰는데, 그는 개인 무의식 아래에 모든 가족 구성원들의 정신적 유산을 함께 나누어 갖고 있는 태곳적 집단 무의식이 있다고 주장하였다. 융은『정신의 구조와 원동력』(1960)에서 다음과 같이 설명하였다.

　　만일 무의식을 의인화할 수 있다면, 우리는 그것이 兩性의 특징을 겸비하고, 젊음과 연령, 탄생과 죽음을 초월하며, 무의식의 명령에 의해 1, 2백만년의 인간적 경험을 가짐으로써 실질적으로 불멸의 집단적 인간으로 생각할 수 있을 것이다. 만일 그런 존재가 나타난다면 모든 현세의 변화가 찬양될 것이고, 현재는 기원 전 백 번째의 천 년간의 어느 해와 똑같다는 것을 의미할 것이고, 그런 존재는 고대로부터의 꿈을 꾸는 몽상가이고 헤아릴 수 없는 광대한 경험을 갖고 있기 때문에 비교가 되지 않는 예언자일 것이다. 그것은 개인, 가족, 종족, 그리고 국가의 생활을 거듭해서 무수한 시간을 살아왔기에 성장, 개화, 쇠퇴의 리듬에 대한 생생한 감각을 소유하였을 것이다.

　하등동물에 유전된 어떤 본능처럼(예를 들어 병아리는 매의 그림자를 보고도 도망치려는 본능이 있다.) 더욱 복잡한 정신적 경향, 즉 '민족적 기억'이 인간에게 유전된다. 융은, 18세기 록킨(Lockean)의 심리학과는 반대로, "정신은 깨끗한 기록처럼 태어나지 않는다. 육체처럼 그것은 미리 제정된 개인적인 명확성, 다시 말하면 행동의 형태들을 갖고 있는데, 그것은 늘 되풀이하여 일어나는 정신 작용의 패턴들에서 명백해진다"고 믿었다. 그렇기 때문에 융이 '신화 형성하기'라 불렀던 구조적 요소들은 깨닫지 못하는 정신 속에 늘 나타난다. 그는 이 요소들의 표현을 '모티프', '근본적인 이미지', 또는 '원형'이라고 말했다.

또한 융은 원형들은 관념 또는 사고의 패턴을 물려받은 것이 아니라, 어떤 자극에 유사한 방식으로 반응하는 경향이 있다고 조심스럽게 설명하였다. "사실 그것들은 본능들의 활동 영역에 속하고 그런 의미에서 물려받은 정신적 행동 형태를 말한다." 그가 『심리학적 반사작용』(1961)에서 주장한 바에 따르면, 이런 심리적 본능들은 "역사적 인간보다 더 오래되고 태초부터 사람 속에 깊이 뿌리박히게 된 것이며, 모든 세대에 걸쳐 영원히 살아있고 지속되어 마침내 인간 정신의 토대를 이룬다. 우리가 이런 상징들과 조화를 이룰 때만 가장 충만한 삶을 살 수 있고, 그것들로 복귀하는 것이 지혜롭게 사는 것이다." 융은 어느 인류학자들보다 일찍이 원형들은 실제로 '물려받은 형식'이라고 주장한 사람인데, 인류학자들은 이러한 형식들을 정신 그 자체의 구조를 통해서라기보다 여러 가지 다양한 의례들을 통해서 한 세대에서 다음 세대로 전해지는 사회적 현상들로 보려는 경향이 있었다. 더욱이 그는 『원형들과 집단 무의식』(1959)에서 신화는 계절이나 태양의 주기와 같은 외적 요소로부터 유래하는 것이 아니라 진실로 타고난 정신적 현상들의 투사에서 유래한다고 이론화했다.

여름과 겨울, 달의 현상들, 비가 많이 오는 계절 등과 같이, 신화화하는 모든
자연의 과정들은 의미면에서 이 객관적 사건들의 알레고리가 아니라, 그것들
은 투사의 방식, 즉 자연의 사건들에 비추어져서 인간의 의식에 접근하기 쉬운
내적, 무의식적인 정신의 드라마를 상징적으로 표현한 것들이다.

달리 말하면, 신화는 본질적으로 무의식적 형태인 원형들을 의식에 나
타나도록 하고, 의식적 정신에다 분명하게 말하는 수단이다. 융은 더 나아
가 원형들은 개개인의 꿈속에서 스스로를 드러내고 있어서, 꿈들은 '개인
화된 신화'이고, 신화는 '개인화되지 않은 꿈'이라고 말할 수 있다고 진술
하였다.

융은 꿈과 신화와 예술들 사이의 친밀한 관계를 탐구했는데, 이 셋은 원
형들이 의식에 접근하기 쉽도록 하는 매체로서 봉사한다. 융이『현대인의
영혼을 찾아서』(1933)에서 관찰했듯이, 위대한 예술가는 '원시적 비전
(primordial vision)', 즉 원형적 패턴에 대한 특별한 감각을 소유하고 그의
예술 형식을 통해 '내면세계'의 경험들을 '외면세계'로 전할 수 있도록 하는
원시적 이미지들 속에서 말할 수 있는 재능을 소유한 사람이다. 다듬지 않은
재료들의 본질을 두루 생각한 융은 예술가가 "그의 경험을 가장 알맞은 표현
을 이루도록 하기 위하여 신화로 갈 것이다"라는 것은 단지 논리일 뿐이라고
말했다. 이것은 예술가가 그의 재료들을 傳聞으로 얻는다는 것을 말한 것이
아니다. "원시적 경험은 예술 창작의 원천이고, 그것은 통찰되어질 수가 없
어서, 그것에 형태를 주기 위해서 신화적 이미지를 필요로 한다. 예술가는
보다 고상한 감각을 가진 사람, 즉 '집단적인 사람(collective man)'이라는
것과 "시인의 작품은 그가 살고 있는 사회의 정신적 욕구를 만나게 한다"는
것을 주장함으로써, 융은 에머슨, 휘트먼, 그리고 다른 낭만적 비평가들이

19세기에 시인에게 부여했던 것과 똑같은 고귀한 역할을 예술가에게 도로 갖다 놓았다.

융 자신은 문학비평이라 불려질 수 있는 글을 비교적 많이 쓰지 않았지만, 그가 썼던 글들은 문학이, 일반적으로 예술이 인간 문명에 활력소가 된다는 것을 그가 분명히 믿었음을 보여준다. 그의 이론들에서 가장 중요한 것은 신화적 접근의 도구를 사용하는 데 관심이 있는 비평가들과 프로이트 이론에 너무 얽매어 있다고 느껴온 심리학적 비평가에게 문학적 해석의 지평을 넓혔다는 것이다.

(1) 특별한 원형들—그림자, 가면, 아니마

융은 『원형과 집단 무의식』(1959)에서 우리가 이미 검토해 본 많은 원형적 패턴들(예를 들면, 물, 색채, 재생)에 관하여 길게 이야기했다. 여기서 그는 인류학보다 심리학을 더 강조하고 있지만, 상당히 많은 그의 연구는 프레이저와 그 밖의 학자들의 연구와 겹치는 부분이 있다. 그러나 이미 우리가 지적했듯이, 융은 단지 모방적 인물이거나 부차적 인물이 아니라 신화비평의 발달에 중요한 영향을 끼친 사람이다.

한 가지만 예를 들면, 그는 신화비평가들 사이에서 지금도 현재 즐겨 사용하는 몇몇 전문용어들을 제공하였다. '원형(archetype)'이란 용어는 비록 융이 만들어낸 것은 아니지만 맨 처음 그의 영향 때문에 현재 신화비평가들 사이에서 널리 사용되고 있다. 또한 프로이트처럼 그는 개척자로서, 그의 섬광처럼 빛나는 통찰력은 인간 정신의 보다 깊숙한 곳을 탐색하는데 있어서 우리의 길을 밝혀 주었다.

융이 공헌한 한 가지 중요한 것은 '개성화(individuation)'의 이론인데, 그것은 '그림자', '가면', 그리고 '아니마'처럼 지정된 원형들과 관련된 것이다. 개성화는 심리학적인 '성장', 즉 자기를 인류의 다른 구성원들과 다른 개인으로 만드는 자기 자신의 여러 양상을 발견하는 과정이다. 그것은 본래 인지의 과정으로, 즉 개인은 그가 성숙하면서 의식적으로 호의적인 것과 마찬가지로 호의적이지 않은 그 자신 전체의 여러 가지의 양상들을 인지하지 않으면 안 된다. 이러한 자기 인지는 대단한 용기와 정직을 요구하나 만일 그가 균형이 잘 잡힌 개인이 되고자 한다면, 자기 인지는 절대 필요한 것이다. 융은 신경증은 그가 직면한 개인적 실수의 결과이고 그의 무의식의 어떤 원형적 성분을 받아들인 데서 비롯된 것이라고 이론화했다. 신경증 환자는 이 무의식적인 요소를 그의 의식에 동화시키는 대신에 그것을 어떤 다른 사람이나 객체에다가 투사하는 것을 고집한다.

융의 말에 의하면, 투사는 주체에게 무의식적인 내용이 객체에게 옮아가는 '무의식적', 자동적 과정이다. 그래서 그것이 마치 그 객체에게 속하는 것으로 생각되는 것이다. 투사는 그것이 의식이 되는 순간, 즉 그것이 주체에게 속하는 것처럼 보여지는 때에 멈춘다. 투사는 흔히 사람들이 "나를 제외한 모든 사람은 시대에 뒤떨어졌다" 혹은 "군중 속에서 나만 정직한 사람이다"라고 말하는 태도에 반영되어 있다. 우리는 우리 자신의 무의식적 결점과 약점을 우리 자신의 본성 중의 한 부분으로 받아들이기보다 쉽게 타인에게 투사하는 것을 흔히 볼 수 있다.

그림자(shadow), 가면(persona), 그리고 아니마(anima)는 닭이 매에 대한 자신의 마음 속에 새겨진 반응을 물려주었었듯이 인간이 물려받은 정신의 구조적 성분이다. 우리는 인류가 남긴 신화와 문학을 통해 이러한 원형들의 상징적 투사를 만날 수 있다. 텔레비전 혹은 할리우드의 서부영화와 같은 멜로드라마에 나오는 주인공, 여자 주인공, 그리고 악한들의 성격에 상당히 투사되어 있다.

그림자는 우리들의 무의식의 보다 어두운 면, 즉 우리가 억누르고 싶은 열등하고 즐거워할 것이 못 되는 인격의 양상들이다. 융이『심리적 반사작용』에서 말하기를 "좀더 깊은 의미로 들어가면, 그림자는 보이지 않는 도마뱀류의 꼬리인데, 인간은 아직도 꽁지에 그것을 달고 있는 것이다." 그것이 투사됐을 때, 이 원형의 가장 흔한 변형은 마왕(the Devil)인데, 융이『분석심리학에 관한 두 가지 소론』(1953)에서 말한 바에 의하면, 마왕은 "인지되지 않은 인격의 어두운 절반의 위험한 양상"을 표현한 것이다. 문학에 나타난 셰익스피어의 이아고(Iago), 밀턴의 사탄, 괴테의 메피스토펠레스, 그리고 콘래드의 쿠르쯔(Kurtz)와 같은 인물은 이 원형의 상징적 재현이다.

아니마(anima)는 아마도 융의 원형 중에서 가장 복잡한 것이다. 그것은 '영혼의 이미지'이거나, 생명 유지에 필요한 인간의 생기, 인간의 생명력, 혹은 생명의 에너지이다. 융에 따르면, 아니마는 '영혼'이란 의미에서 "인간 속에 살아 있는 것이고, 살아 있으면서 생명을 일으키는 것이다. 만일 영혼의 도약과 반짝임이 없다면, 인간은 강렬한 격정과 나태 속에 쇠퇴하고 말 것이다."

융은 아니마를 남성의 정신 속에 있는 여성적 요소를 가리키고, "아니마 이미지는 흔히 여자에게 투사된다"고 설명했다. 이런 의미에서 아니마는 인간의 정신 속에 있는 이성의 부분, 즉 인간이 개인 무의식과 집단 무의식에 갖고 있는 이성의 이미지이다. 옛날 독일의 속담이 그것을 잘 표현하고 있는 것처럼, "모든 남자는 자기 안에 자기 자신의 이브를 갖고 있다." 바꾸어 말하면, 비록 우리들 각자가 지니고 있는 이성의 심리적 특징들이 일반적

으로 무의식적이어서, 꿈속이나 우리 주위의 어떤 사람에게 투사 속에서만
그 모습을 드러내지만, 인간의 정신은 양성적이다. 사랑의 현상, 특히 첫눈
에 반하게 되는 것은 융의 아니마 이론에 의해 적어도 부분적으로 설명되어
질 수 있다. 우리는 자기 자신의 내적 특징을 비추는 이성들에게 매력을
느끼게 된다. 융은 문학에서 트로이의 헬렌, 단테의 베아트리체, 밀턴의 이
브, 그리고 해거드의 그녀와 같은 인물들을 아니마의 화신으로 간주한다.
융의 이론에 따르면, 색다른 의미나 힘으로 싸인 여성 인물은 아니마의 상징
이기가 쉽다고 말할 수 있다.

아니마의 또 다른 기능은 여기서 주목할 만하다. 아니마는 자아(의식적
의지 또는 자의식)와 무의식 또는 개인의 내면세계를 연결시키는 일종의
중개자이다. 이 기능은 만일 우리가 아니마와 페르조나를 비교해 보면 좀더
분명해질 것이다.

페르조나(persona)는 자아(ego)와 외적 세계 사이를 중개하는 아니마의
표면이다. 은유적으로 말한다면 자아는 동전이다. 한 면의 이미지는 아니마
이고, 또 한 면은 페르조나이다. 페르조나는 우리가 배우처럼 꾸며 세상에
보이는 얼굴(mask)이다. 그것은 우리의 사회적 인격을 드러내는 것으로, 그
런 인격은 때에 따라 우리가 생각하는 진실과는 아주 다를 수 있다. 융은
이 사회적 얼굴에 대해 논하는 글 속에서, 심리적 성숙을 이루면 인간은
정신적 화장을 한 다른 사람들과 조화로운 관계를 이룰 수 있게 되기 위해
유연성 있고 실행 가능한 가면을 가져야 한다고 설명했다. 더 나아가 그는
너무 인위적이거나 굳은 페르조나는 과민성과 우울증과 같은 신경성 장애의
증후를 가져오게 된다고 말했다.

(2) 「젊은 굿맨 브라운」―개성화의 실패

　우리는 호돈의 「젊은 굿맨 브라운」에서 그림자, 아니마, 그리고 페르조나에 대한 융의 이론을 문학적으로 표현한 것을 볼 수 있다. 첫 번째로, 브라운의 페르조나는 어울리지 않고 유연성이 없다. 그것은 신을 두려워하고, 신앙심이 깊으며, 독신적인 청교도의 사회적 얼굴, 다시 말해서 모든 경건을 다 함축한 '착한 사람'의 페르조나이다. 브라운은 자기는 착한 크리스천이고 '축복받은 지상의 천사'와 결혼한 착한 남편이라고 생각한다. 그러나 사실 그는 불량소년보다도 훨씬 못한 착한 사람이다. 시작부터 끝까지 그의 행동은 청년기의 남자처럼 미숙하다. 예를 들어 그가 아내를 돌보지 않은 것은 양심적인 톰(Peeping Tom)처럼 '최후의 도약'을 이루어야겠다는 그의 젊은 이다운 야망에서 비롯된 것이다. 그가 사탄, 즉 그의 그림자를 직면했을 때, 자기 자신을 깨닫지 못했던 것은 그가 정신적으로 미숙했음을 보여 주는 또 하나의 지표이다.

　브라운의 페르조나가 자신의 자아(ego)와 외적 세계와의 사이를 충분히 중개하지 못했던 것처럼, 그의 아니마는 자신의 내면세계와 관련을 맺는 데에 실패했다. 그의 '영혼 이미지' 혹은 아니마는 페이스(Faith)라는 여자 이름으로 불려지는 것이 딱 들어맞을 것이다. 그의 고뇌는 그가 "어머니의 스커트를 꼭 잡고 하늘나라까지 따라갈 것이라고" 생각할 때 드러나듯이, 그가 페이스를 진실한 아내다운 친구로 보는 것이 아니라 어머니(융은 유아 시절에 아니마는 흔히 어머니에게 투사된다고 말했다.)로 보는 것이다. 달리 말해서 젊은이의 페이스가 착한 어머니의 속성을 가졌다면, 그는 이따금 어린이에게나 어울리는 엉뚱한 짓에 빠져 버리고 싶어 할 것이다. 그러나 성숙한 성실(faith)은 결혼처럼 양쪽을 서로 결합시켜 신성한 맹세를 유지하게 하는 서약이다. 만일 한 쪽이 브라운처럼 이 서약을 깨뜨린다면, 최악의 경우 이별과 이혼, 최선의 경우에는 의심(아마 페이스 자신이 불성실했다면), 조화, 믿음, 그리고 마음의 평화를 잃는 불유쾌한 결과를 맞고 말 것이다. 브라운이 직면한 것은 후자의 결과들이다. 그러면서도 그는 여전히 어린애처럼 행동한다. 그는 자신의 잘못을 인정하고 화해를 위해 노력하는 대신에 끝낸다.

임상의학의 용어로 말해서, 젊은 굿맨 브라운은 성격 융화의 실패로 고통을 당하고 있는 사람이다. 그는 정신적 성장(개성화)에 방해를 받아왔는데, 그 이유는 그가 자신의 그림자와 맞서고, 그것을 자기 정신의 일부분으로 인식하며, 그것을 자기의식에 동화시킬 수가 없기 때문이다. 그 대신에 그는 그림자 이미지를 처음에는 마왕의 형태에, 그 후엔 공동체의 구성원들에게, 맨 나중에 가서는 페이스 자신(그의 아니마)에게 투사하는 데에만 고집한 결과, 마침내 그의 눈에는 온 세상이 그림자나 우울로 가득찬 것을 보였다. 융은 『정신과 상징』(1958)에서 그러한 투사는 흔히 개인에게 비참한 결과를 안겨 주게 된다고 설명했다.

투사의 결과는 환경과 실제적인 관계 대신에 환상적인 관계만 있기 때문에 주체를 그의 환경으로부터 소외시키고 만다. 투사는 세상을 자기 자신의 알려지지 않은 얼굴을 복사해 놓은 것으로 바꾸어 놓는다. 그 결과로 생기는(불안이 그 속에 있다) 변화는 투사에 의한 환경의 악의로 설명되고, 이러한 악순환에 의해서 소외는 강화된다. 투사가 주체와 환경 사이를 막으면 막을수록 에고가 환상을 통해 보려고 하는 것은 더욱더 어려워진다(굿맨 브라운이 현실과 숲 속에서의 그의 환상적인 꿈을 구별할 수 없음을 유의하라.).

인간이 얼마나 노골적으로 자기 자신의 삶을 실수하는가를 보고, 모든 비극은 얼마나 많이 자기 자신에게 비롯된다는 것을 전체적으로 보지 못한 채 여

전히 살아가는 다른 사람들의 삶을 보며, 그리고 그가 어떻게 실수를 계속해
서 부채질하여 오래 가게 하는가를 보는 것은 흔히 비극적 표현이다. 물론 의
식적으로는 아니지만, 의식적으로 그는 더욱 더 멀리 물러난 성실성이 없는
세상을 몹시 슬퍼하고 저주하는 일에 매달린다. 오히려 그것은 그의 세상을
베일로 가리는 환상들을 장황하게 늘어놓는 무의식적 요소이다. 그리고 누에
가 계속해서 실을 뽑아낸 것이 고치인데, 그것은 끝에 가서 자기를 완전히 덮
어 가린다.

융은 호돈의 이야기에 대해 이런 설명들을 논리정연하게 해 왔지만, 굿맨
브라운의 병을 더 이상 정확하게 진단할 수는 없었다. 그가 일반화한 것은
호돈의 도덕적 통찰뿐만이 아니라 그의 이론에 큰 영향을 미쳤다.

(3) 융심리학과 인류학의 종합

작품 해석에 융의 이론을 적용하는 것은, 「젊은 굿맨 브라운」에 관한
해석에서 볼 수 있었던 것처럼, 신화적 접근보다 심리적 접근에 더 가깝다고
볼 수 있다. 그러므로 융의 통찰을 사용하는 대부분의 신화비평가는 또한
인류학의 재료들을 사용한다는 것을 깨달아야 한다. 이런 신화학적 절충주
의의 고전적 예는 모드 보드킨(Maud Bodkin)의 『시의 원형적 패턴』인데,
그것은 1934년에 처음 발행되어 지금도 원형비평의 개척자적인 저서로 인
정받고 있다. 보드킨은 그녀가 융뿐만이 아니라 길버트 머레이와 인류학자
들에게 빚을 지고 있다고 고백했다. 그런데 그녀는 한 걸음 더 나아가 서구
문명의 위대한 문학을 통해 여러 가지 주요 원형적 패턴을 추적하였다(예를
들면, 콜리지의 「늙은 선원의 노래」에 나타난 재생, 콜리지의 「쿠블라 칸」
에 나타난 천국과 지옥, 단테의 「신곡」, 밀턴의 「실락원」, 그리고 호머의

「데티스」, 유리피테스의 「페드라」, 밀턴의 이브에 반영된 여성 이미지). 이와 동일한 비평적 종합이 노스롭 프라이의 『비평의 해부』같은 최근의 신화학적 연구들 속에서 발견되는데, 이 저서를 통해 문학비평이 인류학과 융심리학이 제공한 통찰의 도움으로 새로운 '사회 과학'이 될 가능성이 높아졌다.

최근의 이러한 신화 연구들 중에서 가장 훌륭한 것 중에 하나는 베어드(James Baird)의 『이스마엘 : 원시주의의 상징적 양식에 관한 연구』(1960)이다. 베어드의 접근은 융과 인류학자들로부터만이 아니라 랑거(Susanne Langer)와 엘리아데(Mircea Eliade) 같은 철학자들로부터 유래하였다. 베어드가 허먼 멜빌의 작품들을 높이 평가했지만, 그의 첫 번째의 목표는 「모비 딕」의 다충적 의미를 풀 수 있는 원형적 열쇠를 찾아내는 것이었다(우연하게도 융은 그 작품을 '가장 위대한 미국의 소설'이라고 보았다).

그는 이러한 열쇠를 원시적 신화, 특히 젊은 멜빌이 남태평양에서 2년간의 해양 근무 기간에 접하게 되었던 폴리네시아 신화에서 찾았다(멜빌이 작가로서 일찍 성공할 수 있었던 것은 주로 한 달간 타이피의 식인종들 속에서 살았던 사람이라는 평판 때문이었다.). 멜빌의 문학적 원시주의는 루소와 같은 작가의 감상적인 원시주의와는 다르게 근거가 있다고 베어드는 말했다. 왜냐하면 멜빌은 확실한 동양적 원형들이나 '삶의 상징들(life symbols)'을 받아들여, 이것들을 독창적으로 '模寫'들, 즉 개성화된 개인 상징으로 변형시켰기 때문이다.

이런 창의적인 원형과 모사에 대한 가장 도움이 되는 실례는 멜빌의 악명 높은 흰 고래인 모비 딕(Moby-Dick)이다. 베어드는 동양 신화의 전체에 걸쳐 '거대한 물고기'는 신성한 창조와 삶의 상징으로 되풀이되었다고 말했다. 예를 들어 힌두교에서 고래는 '모든 창조신의 보호자'인 비쉬누(Vishnu)

의 화신이다(우리는 또한 기독교의 전통에서 예수 그리스도를 '어부'로 명명한 것을 유의해야 한다.). 더욱이 베어드에 따르면, '백색'은 완전히 달성함(all-encompassing), 헤아려 볼 수 없는 신성의 원형이고, "끝없는 모순의 神인 바가바, 브라마 같은 모든 신적 존재는 흰색 표시의 동양적 이름을 갖고 태어난다."

멜빌은 커다란 고기(또는 고래)와 백색이라는 두 개의 원형을 결합시켜 그 자신 특유의 상징인 모비 딕을 만들어냈다. 이 상징에 대한 베어드의 해석은 「흰색의 고래」라는 章에서 그가 모비 딕에다 신비한 도피와 무서운 힘을 수여한 것에 의해서뿐만 아니라, 흰색(공포, 신비, 순수)의 반대들에 대한 멜빌의 언급에 의해 증명되었다. 그러므로 베어드의 말에 의하면, 모비 딕은 '애매성이 없는 애매성'이다. 괴물 같은 지식인인 에이하브 선장은 자기 자신과 탑승한 선원들을 모두 파멸시켰는데, 그 까닭은 그의 미친 충동 속에 있는 가면을 꿰뚫고 영원하고 불가해한 창조의 신비를 이해하려고 했기 때문이다. 이스마엘은 혼자 구원되었는데, 그 까닭은 폴리네시안의 왕자인 퀴퀙의 유익한 영향을 통해 의혹이나 적개심 없이 이러한 신성한 신비를 수용하는 원시적 양식을 획득했기 때문이다.

3) 신화비평과 미국의 꿈

인류학과 융심리학뿐만 아니라 세 번째 영향이 최근의 신화비평, 특히 미국 문학의 해석에 두드러지게 나타났다. 이 영향은 이미 언급된 것들로부터 유래되었을 뿐만 아니라, 우리 문화의 정보신화에 관한 새로운 역사적 초점으로부터 유래한 것으로, 우리는 '미국의 꿈(American Dream)'이라고 불려지는 고유의 신화들에 대한 늘어나는 흥미에서, 그리고 우리 문학을 미국적이게 하는 독특한 요소들을 분석하려는 문학 연구가의 노력이 강화된 데서 나타났다. 그런 분석의 결과들은 미국 작가들이 만들어낸 주요 작품들이 확실히 어떤 진기함을 갖고 있고, 이 진기함은 긍정적이든 부정적이든 크게 보아 '미국의 꿈'의 영향으로 돌릴 수 있다는 것을 알려 준다.

이 신화들의 기본적인 양상은 에덴적 낙원신화인데, 그것은 다음 세상과 다음 시대가 아니라 미국 대륙의 밝은 신세계에서 제2의 낙원을 창조하려는 희망을 반영한다. 처음 정착했을 때부터 미국은 유럽 사람들의 눈에 무한한 기회의 땅으로, 수세기의 빈곤과 불행과 부패 뒤에 진실로 낙원회귀의 신화적 갈망을 이룰 수 있는 제2의 기회를 가질 수 있는 곳으로 보였다. 일찍이 1654년에 에드워드 존슨 선장은 지쳐있는 구세계의 영국 국민들에게 미국은 바로 그런 곳이라고 선언했다.

여기서 억압받고, 투옥되고, 야비하게 조롱당한 예수 그리스도의 백성인 여러분 모두는 아내들과 아이들과 함께 모두 모여, 여러분이 구미 세계에서 예수를 섬기기 위해, 특히 새 영국의 연합식민국을 건설하기 위해 배에 실려졌을 때 여러분이 불렀던 여러 이름들에 응답하라. 여기가 하느님이 새로운 천국을 창조하실 곳이고, 그리고 새 교회들이 있는 새로운 땅, 그리고 새로운 영연방을 함께 창조할 곳임을 잊지 마시오.

카펜터(Frederic I. Carpenter)는 『미국의 꿈과 문학』(1955)에서 비록 에덴의 꿈 그 자체는 '인간의 마음만큼 오래지만', 유독히 미국 사람은 '여기가 바로 그곳이다'라는 생각을 갖고 있다고 지적했다.

초기엔 낙원을 에덴이나 천국에서, 상상의 섬인 아틀랜티스나 유토피스에서 생각해냈으나, 항상 상상의 어떤 나라에서 그것을 생각해냈다. 새로운 세상을 발견하고 나서는 옛 신화에다 실질적인 내용을 주고, 현실 세상에 그것을 실현할 것을 제창했다. 미국은 이샤아의 종교적인 예언들과 플라톤의 공화국의 이상이 실현될 '바로 그곳'이 되었다.

이런 에덴 신화에서 유래한 도덕적 재생과 빛나는 기대의 테마들은 크레브케르의 「미국 농부로부터 온 편지들」로부터 에머슨, 도로우, 그리고 휘트먼의 작품들을 거쳐 하트 크레인, 토마스 울프 같은 현대 작가들에 이르기까지 미국 문학이라는 작물을 형성하는 주요한 실이 되고 있다.

미국의 아담, 즉 신세계의 신화적 영웅의 개념은 낙원회귀 가능성의 신화와 밀접하게 관련되어 있다. 루이스(R. W. B. Lewis)는 『미국의 아담』(1955)에서 그 유형을 설명하였는데, 그는 "근본적으로 새로운 성격을 갖고 새로운 모험을 좋아하는 영웅, 다행히 선조를 잃음으로써 역사로부터 벗어날 수 있고 가족과 종족의 흔한 유산들에 의해 손상되지 않고 더럽혀지지 않은 사람, 그리고 그 자신의 독특하고 타고난 재주의 도움으로 그를 기다리는 무엇이나 직면할 준비를 갖추고 자기를 믿고 자력추진하면서 홀로 시련을 견뎌 내고 있는 사람"으로 그 유형을 들었다.

일찍이 문학적 성격 구성을 이 아담 같은 영웅으로 한 것 중에 하나는 쿠퍼(J. F. Cooper)의 가죽 스타킹 무용담(the Leatherstocking saga)의 중심인물인 내티 범포(Natty Bumppo)이다. 도덕적 순수성과 사회적 순결을 지닌 내티는 분명히 타락 이전의 아담의 변형이다. 그는 부패한 문명의 영향을 받기 전에, 그리고 이브의 도덕적 약속들로부터 영구히 도주하여 황야에서 자라난 어린이이다(쿠퍼는 결코 주인공의 결혼을 허용하지 않았다.).

그는 또한 추측컨대 서부의 문학적 주인공의 오랜 선조가 된다. 위스터

(Owen Wister)의 「버지니아 사람」과 그보다 최근에 TV에 방영된 딜론 (Matt Dillon)의 「砲煙」의 주인공처럼, 그는 깨끗한 삶을 살고, 총을 정확히 쏠 줄 알며, 독신주의자이다(그의 세련된 설명에 의하면, 미국의 아담은 '미국의 꿈', 다시 말해서 '성공의 꿈'에 관한 또 하나의 推論 신화의 중심인물이다. 여기서 주인공은 호레이쇼 앨저의 이야기들 속에서 축약된 서민적 인물이고, 그 후 호웰즈, 런든, 드라이저, 그리고 피츠제럴드의 소설들 속에서 취급된 인물이다. 그는 행운, 용기, 그리고 프랭클린의 모든 선행들을 통해 천한 사람에서 부자로, 통나무집에서 백악관에 이른, 자력으로 출세한 사람이다.)

이 부패하지 않고 깨끗한 아담보다 더 복잡하고 그래서 재미있는 것은 아담의 타락(Fall)과 같은 시기와 그 이후의 미국의 주인공이다. 유명한 작가들이 흔히 관심을 두는 것은 '가죽스타킹'의 철저한 순진성보다 이러한 꿈의 양상이다. 에덴의 순진무구와 악의 자각에 이르는 고통스러운 이니시에이션의 상징을 잃으면서 호돈과 멜빌로부터 마크 트웨인과 헨리 제임스를 거쳐 헤밍웨이와 포크너에 이르기까지 미국문학은 두 번째의 주요 패턴을 이룬다. 이것은 보다 어두운 색의 실이 문학이라는 피륙에 들어온 것으로, 밝은 기대의 신화를 갖고 만든 것과는 대조적으로, 깊이와 풍부를 전체적 형식에 부여한 것이라 볼 수 있고, 또한 그것은 꿈과 악몽의 불온한 근접을 상기시킨다. 이런 관점에서 볼 때, 그 대표적 인물로서 호돈의 젊은 굿맨 브라운을 떠올리게 된다. 이 원형적 미국의 주인공에게는 우울하지만 미국의 청교도 전통의 본질을 이루는 죄와 원죄의 강박관념이 늘 붙어 따라다닌다.

영국의 소설가 D. H. 로렌스는 '미국의 꿈'에 잠재된 '어두운 불안'을 알아차린 현대비평가들 중에서 최초의 사람이다. 그는 일찍이 1923년에 『고전적 미국문학의 연구』(1964년 재발행)에서 미국 인물의 본질적 역설을 지적했는데, 문학 연구가들은 최근에 와서야 재기발랄하게 잘 꼬집어 말한 책이라고 높이 평가하기 시작했다.

그는 "미국은 결코 살기에 용이하지가 않았고 오늘날도 그렇다. 미국인들은 항상 어떤 긴장 속에서 살아왔다. 그들의 자유는 순수한 의지, 순수한 긴장의 어떤 것, 다시 말해서 '해서는 안 된다'는 금욕적인 자유다. 그리고 그것은 처음부터 그래 왔다. 미국은 '해서는 안 된다'는 땅이었다"라고 썼다. 로렌스는 미국인들을 유럽인의 전통과 악의 낡은 껍질을 탈피하고자 미친 듯이 결심하였으나, 그들 '신세계'의 유산이라 할 청교도의 양심과 억제에 의해 훨씬 더 단단히 억제되어 온 국민으로 보았다. 그는 이러한 '긴장'의 증거를 쿠퍼, 포우, 호돈, 그리고 멜빌과 같은 미국의 대표적 작가들의 작품들 속에서 지적해 냈다. 비록 로렌스가 이와 같은 통찰을 해 보인 유일한 사람은 아니지만, 미국문학에 대한 최근의 많은 신화비평은—그와 같은 저작으로는 피들러의 『순수에의 종말』(1955), 『미국소설의 사랑과 죽음』(1960), 『도대체 아니라니!』(1960) 등이 있다—그의 매우 자극적인 영향을 받았음을 잘 보여주고 있다.

(1) 미국의 아담으로서의 허클베리 핀

미국문학에서 가장 의미 있는 여섯 작품 중의 하나가 「허클베리 핀의 모험」이다. 많은 비평가들은 그 작품을 세계문학의 걸작들 중의 하나로 꼽고 있으며, 그것을 '위대한 미국소설'로 보지 않는 사람은 별로 없다. 이렇게 높이 평가하는 이유는 트웨인의 소설의 신화적 의미로 금방 밝혀질 수 있다. 미국문학의 어느 소설보다도 이 「허클베리 핀」은 보편적이고 국민적인 신화를 구체화했다. 이 작품의 내용이 얼마나 신화적인가를 이 장에서 모두 파악해 낼 수는 없지만, 영속적인 공감을 불러일으키게 하는 이 소설의 몇 가지 요소들을 지적해 낼 수는 있다.

첫째로 「허클베리 핀」은 세계문학에서 두루 만나게 되는 여러 가지 원형적 패턴에 의해 이야기가 전달되고 있다.

① 탐색 : 허크(Huck)는 돈키호테처럼 방랑자인데, 그는 그의 문화로부터 분리되어, 그가 거부했던 물질주의적 사회에 휩싸이기보다는 이상주의적으로 가치 있는 진리를 찾아서 헤맨다.

② 물의 상징성 : 거대한 미시시피강은 나일강과 갠지스강처럼 신성한 속성을 지니고 있다. T. S. 엘리엇이 말했던 것처럼, 강은 '힘 센 갈색 神'으로, 그것은 생명의 신비와 창조, 즉 탄생, 시간의 영원한 흐름, 그리고 재생의 원형적 상징이다(예를 들어, 허크의 여러 가지 상징적인 죽음, 다양한 변장과 강에서 육지로 돌아올 때의 새로운 신분들, 그리고 그가 강의 장엄미를 묘사한 신비한 서정성에 또한 유의하라.).
강은 또한 낙원과 같은 곳으로, 허크가 지옥 같은 부패와 잔인을 만났던 육지와는 상반되는 '아주 선한 곳'이다. 강은 궁극적으로 정화와 신성한 심판을 행하는 자이다.

③ 그림자 원형 : 불쾌한 나쁜 인상을 지닌 허크의 아버지는 융이 그림자라고 규정한 악마상의 고전적 재현이다.

④ 老賢者 : '무서운 아버지'와는 대조적으로, 짐은 융의 노현자의 개념의 예가 되는데, 그는 어린 주인공 허크에게 정신적 안내와 도덕적 지혜를 제공해 준다.

⑤ 원형적 여성 :
   a. 착한 어머니 : 더글러스 미망인, 로프터스 부인, 샐리 아주머니
   b. 무서운 어머니 : 결말에 이르러 착한 어머니가 되는 미스 와트슨
   c. 마음의 친구 : 소피아 그랜저포드, 매리 제인 윌크스

⑥ 이니시에이션 : 허크는 무지와 순진성에서 정신적 성숙으로 나아가는
　　일련의 고통스런 체험을 겪는다. 그가 짐을 당국으로 몰아내기보다 지옥
　　에 가기로 결정할 때 어른스러워지고 도덕적으로 재생된다.

　　이러한 보편적인 원형들뿐만 아니라, 「허클베리 핀」은 분명히 미국적인
신화를 갖고 있다. 허크 자신은 상징적인 미국의 주인공인데, 그는 미국인
의 성격을 만드는 복합적인 역설들을 집약하고 있다. 그는 우리가 칭찬해
마지않는 미국의 사업가와 정치가들의 유창함과 실제적인 예리함을 모두
지니고 있다. 그는 진실로 호레이쇼 앨저의 소설 주인공처럼 물질주의와
판에 박은 덕행에서 완전히 벗어나 자력으로 출세한 젊은이이다. 그는 우
리가 우상화하는 운동가에서 볼 수 있는 겸손, 민첩함, 과감성과 담력, 스태
미나와 육체적 기술을 소유하고 있다. 그는 영리하면서도 천진난만하다. 그
는 정신적으로 '예리하지만' 그렇다고 지적이지는 않다. 그는 또한 우리가
아주 사랑하는 연예인에서 볼 수 있는 익살로 남을 끄는 매력을 보여 주고
있다. 허크는 이 모든 외향적인 덕성을 갖고 있지만, 그는 또한 인간에 대
한 비인간성 때문에, 그리고 짐(Jim)의 감정에 대한 자기 자신의 이따금씩
의 무감각 때문에 고민하는 감수성이 예민하고 양심의 짐을 지는 고독한
자이다. 허크는 일반적으로 현실적인 사고방식과 실제적인 기질에도 불구
하고 도덕적인 이상주의자이고, 인간의 예의에 대한 감각은 아주 어른스러
우며, 때에 따라서 신비론자가 되고 백일몽에 잠기는 자, 더 정확히 말해서
밤꿈을 꾸는 자로서, 그는 자연의 신비로운 아름다움 앞에서 비상하게 민
감한 사람이다. 그는 결국 미국인이 언제나 여러 가지 형식으로 우상화해
왔던 착한 '악동'이다. 그리고 비록 그가 젊은 굿맨 브라운이 보여 준 것처
럼 인간 본성 속에 있는 많은 악에 노출되었지만, 그의 특유의 유머 감각에

의해서, 더욱 중대한 것은 인간성에 대한 그의 감각에 의해서 브라운의 염
세적 암울로부터 구원된다.

4. 신화비평의 한계

신화비평이 문학작품의 감상과 이해를 높이는 데에 대단한 도움을 준다
는 것은 앞에서의 설명으로 명백해 졌을 것이다. 어느 다른 비평 방법도
그와 같은 넓이와 깊이를 겸비하지는 못한다. 우리가 보았듯이 신화비평의
적용은 우리를 문학연구의 역사적 미학적 영역을 멀리 인류 초기의 가장
오래된 제의와 신앙에까지 그리고 캄캄한 우리 개인의 마음 깊숙이까지 아
주 멀리 벗어나게 한다.

인류학자와 심리학자들이 아직도 그 신비들을 천착하고 있는 분야인 신
화학의 방대함과 복잡성 때문에, 우리의 간단한 소개는 독자에게 단지 피상
적이고 단편적인 개관을 제공했을 뿐이다. 그러나 우리는 이 분야에 관심
있는 학생이 간략하나마 새로운 조망을 얻게 되고, 그 자신이 신화의 어두운
대륙을 탐험해 볼 용기를 얻게 되기를 바란다.

우리는 신화적 접근이 본래부터 가지고 있는 몇 가지의 한계를 지적하지
않을 수 없다. 심리주의 비평에서와 마찬가지로, 독자는 새로 발견한 해석의
열쇠에 대한 심취가 다른 가치 있는 비평의 도구들을 버리도록 하는 마음을
먹게 하거나 이 단일한 열쇠로 모든 문학의 문들을 열려고 하는 일이 없도록
주의해야 할 것이다. 프로이트 학파의 비평가들이 성적 상징에 대한 열정
때문에 흔히 훌륭한 문학작품의 미학적 가치에 대한 조망을 상실하듯이,

신화비평가는 문학작품이 원형과 제의적 패턴의 전달 수단 그 이상이라는 것을 잊는 경향이 있다. 달리 말하면, 신화비평가는 작품 자체의 미학적 경험을 딴 데로 돌리는 위험을 무릅쓰는 일이 있다. 그는 문학이 무엇보다도 예술이라는 것을 잊고 있다. 우리가 앞에서 지적했듯이, 분별력이 있는 비평가는 예술 형식에 대한 경험을 높이고, 문학작품의 구조와 강력한 의미가 지속적으로 그런 연구를 지지하는 한에서만, 신화적, 심리학적 투시와 같은 비본질적인 투시를 적용할 것이다.

Ⅲ. 시의 논리

리얼리즘시론[1]

최두석

1.

이 글을 쓰는 필자의 입장은 시를 논하는 자가 될 수밖에 없지만 그 논리의 바탕에는 시를 쓰는 자이기에 형성된 생각들이 깔려 있을 것이다. 시를 쓰는 자에게 리얼리즘이란 사회현실에 대한 창작적 대응력을 갖추는 문제와 이어지고 시를 논하는 자에게 리얼리즘이란 객관적 현실의 반영이라는 관점에서 시를 보는 이론과 관련된다. 그런 의미에서 리얼리즘이란 창작방법론이면서 현실반영론이 될 수 있겠는데 이 글은 그 두 가지이면서 하나인 문제를 포괄해서 다루고자 한다.

시에서 리얼리즘의 구현 문제를 해명하기 위해 필자는 「시와 리얼리즘」

---

1) 이 글은 최두석, 『리얼리즘의 시 정신』(실천문학사, 1998)에 수록되어 있다.

(『오월시』 4집, 1984), 「이야기시론」 (『오늘의 시』 1989, 상반기), 「리얼
리즘의 시 정신」 (『실천문학』 1990, 봄), 「김상훈론」 (『한국학보』 1990, 겨
울) 등을 쓴 바 있다. 그런데 다시 이 글을 쓰는 이유는 기왕의 시론들에
흩어져서 논의된 것을 리얼리즘시론이라는 주제로 일반화시켜 수렴하면서
미진한 부분을 보완코자 하는 데 있다. 특히 「김상훈론」을 통해 제출한 소견
을 일반론의 수준으로 끌어올리는 것이 이 글을 쓰는 우선적 목표이다.

최근의 비평에서 주목되는 현상으로 리얼리즘시론을 정립하고자 하는 모
색을 들 수 있다. 그 가운데 오성호의 「시에 있어서의 리얼리즘 문제에 관한
시론」 (『실천문학』 1991, 봄), 김형수의 「서정시의 운명을 밝히는 사실주의
」 (『한길문학』 1991, 여름), 윤여탁의 「시에서 리얼리즘은 어떻게 실현되는
가」 (『한길문학』 1991, 가을)등이 본격적인 비평에 해당되는데 여기에서 오
성호과 김형수의 글은 필자의 견해에 대한 반론의 성격을 지니고 있다. 그들
의 반론은 전자가 현실반영론에 후자는 창작방법론에 시각이 맞추어져 있는
데 이 글은 그들의 비판 및 문제제기에 대한 응답의 성격을 아울러 지니게
될 것이다.

일단 반론이 제기되었다는 것은 반가운 일이다. 문제의식을 공유한 동지
를 만난 셈이기 때문이다. 대체로 반론은 논지를 분명히 하는 데 도움을
준다. 견해차를 확인함으로써 쟁점이 무엇인지를 드러나게 하기 때문이다.
그러기에 필자로서는 그들의 비판이나 문제제기를 일단 소중하게 접수한다.
하지만 그들의 반론은 견해차라기보다 필자의 견해에 대한 오해로부터 나오
기도 한다. 견해차에 해당되는 것은 차차 상론하기로 하고 우선 오해의 핵심
에 해당되는 것은 간략하게나마 밝혀두고 넘어가는 것이 순서일 듯하다.

첫째, 이야기시론은 필자의 창작방법론으로 제출한 것이지 리얼리즘시에
관한 일반론이 아니라는 사실을 강조해둘 필요가 있겠다. 이야기시와 리얼

리즘시는 그 용어의 범주가 다르듯이 전혀 다르다. 다만 필자로서는 이야기시를 추구함으로써 리얼리즘의 성취를 함께 노렸던 것이다. 물론 이야기시론이 차지하는 비중은 크지만 필자의 리얼리즘시론을 이야기시론으로만 협애화시켜 보는 것은 잘못된 것이다. 그리고 이야기시론조차도 서사적 거리의 확보쯤으로 편벽되게 이해되어서는 곤란하다. 가령, 김형수의 오해처럼, 서사적 거리의 확보를 "사실주의적으로 쓰기 위한 전제조건으로 취급'한 적이 필자에게는 없다. 서사적 거리의 확보는 이야기시를 효과적으로 쓰기 위한 방법으로 논의했을 뿐이다.

둘째, 시적 주체의 위축 혹은 거세가 필자의 시와 리얼리즘시론의 특징이요 오류라고 보아서는 실상에 대한 왜곡이라는 점을 유념할 필요가 있겠다. 이야기가 사람의 마음 속에 존재한다는 사실을 잊은 적이 없고 심혼으로부터 솟구치는 서정시를 몰각한 채 이야기시만 쓴 것도 아니다. 필자의 시론이 안고 있는 문제점을 극복할 수 있는 대안으로 오성호는 서정적 주체를 내세우고 김형수도 서정적 주인공이라는 용어를 구사하면서 그에 동조하고 있다. 그런데 필자가 이미 리얼리즘과 결부시켜 제기하고 상세한 작품 분석까지 곁들인 시적 주체와 어떻게 다른지에 대한 아무런 해명이 없다는 것은 문제가 아닐 수 없다.

오성호는 필자의 시론에 대해 사건적 요소와 이야기의 도입에 집착한다고 보고 서정시 장르의 독자성과 리얼리즘 미학이론의 보편성을 부인할 뿐만 아니라 리얼리즘적 형상화 방법의 협애화를 초래한다고 비판하고 김형수도 이 부분을 인용하면서 동감을 표시하고 있다. 그런데 이러한 비판과 동감에는 필자의 시론에 대한 오해가 작용하고 있다고 생각된다. 이야기시와 리얼리즘시의 범주가 같지 않은 이상 이야기시론이 리얼리즘적 형상화 방법의 새로운 광맥을 찾아가는 것으로 볼 수도 있을 것이다. 그것이 왜 리얼리즘적 형상화 방법의 협애화인가. 그리고 서정시의 독자성과 리얼리즘 미학 이론의 보편성 부인이라는 비판에는 오해와 견해차가 뒤섞여 있는 것으로 판단된다.

2.

　이 글의 입론의 근거는 주로 김소월 이래 씌어진 우리의 근대시 혹은 현대시이다. 우리의 근대시 혹은 현대시에서 리얼리즘적 경향을 발견하여 추스르고 그러한 경향을 발전적으로 계승할 시사적 맥락을 함께 감안하고 있다. 여기에서 '서정시사'라고 하지 않고 '시사'라고 했다는 사실에 유념해 주었으면 한다. 필자는 서정시에 한정하지 않고 서정시를 포함한 '시'에서 리얼리즘 문제를 해명하려 한다. 두루 알려져 있다시피 서정과 서사를 가르는 기준은 시와 소설을 구분하는 기준과 같지 않다. 또한 우리에게는 시와 소설이 있는 것이지 서정시와 소설이 있는 것이 아니다.

　시의 다양한 성격에 대한 숙고 없이 희랍문예와 결부된 삼분법의 틀을 무조건 끌어들이는 것이 바람직스럽다고 생각되지 않는다. 서정시의 범주를 넓혀 잡는 게 일반화되어 있지만 그 본령은 감정표현을 위주로 하는 시일 것이다. 어쩌면 서정시의 범주는 감정표현이 시에서 중요하다고 생각하는 정도에 따라 신축성을 갖는 것인지도 모른다. 과연 시치고 감정 혹은 정서가 스며 있지 않은 게 어디 있겠는가. 그렇게 생각하다 보면 시뿐만 아니라 모든 예술이 감정을 표현한다. 그렇듯이 감정표현을 예술의 핵심으로 생각하는 것은 낭만주의 예술론의 특징이다. 반면에 객관현실의 반영을 중심으로 시각이 잡혀 있는 게 리얼리즘 예술론이다.

견해차는 이 서정시 문제에서 시작된다. 대체로 시는 서정시이므로 서정시에서 리얼리즘 문제를 해명하지 않으면 안 된다는 게 반론자들의 입각점이다. 리얼리즘 성취의 가능성을 서정시로 닫지 말고 개방적으로 모색하자는 게 필자의 입각점이다. 그래야 '리얼리즘적 형상화 방법의 협애화'를 피할 수 있기 때문이다. 여기에서 관건은 감정표현을 위주로 하는 서정시가 우리의 리얼리즘적 시 경향을 주도하여 왔고 주도하고 있느냐에 있다고 생각된다. 하지만, 감정표현을 위주로 하는 서정시는 오히려 낭만주의적 경향과 밀착되어 있다.

서정 지상주의자들은 감정이라는 말 대신에 정서라는 용어를 즐겨 사용하고 정서라는 말에 막중한 의미를 부여한다. 오성호는, 시에 표현된 정서에는 현실에 대한 인식과 가치평가 태도 등이 포괄되어 있다고 말하고 있다. 그러나 필자로서는 현실에 대한 인식이나 사상을 드러내는 데도 시적 자아의 감정 혹은 정서가 스며들어 있다고 보는 것이 타당하리라 생각된다. 가령 한용운의 시구 "타고 남은 재가 다시 기름이 됩니다"에는 만해의 사상이 집약적으로 표현되면서 정서 혹은 감정이 스며들어 있다고 보는 것이 정서에 사상을 포괄시켜 보는 것보다 타당할 듯하다. 그런데 위와 같이 모든 것을 포괄하는 개념으로 신화화시켜 정서라는 말을 쓰는 것은 관념론적 사고의 특징이다. 서정시의 모든 요소는 정서라는 말 속에 포괄된다는 공리를 설정하여 연역하지 않고서는 위와 같은 용어 사용이 불가능할 것이다. 사상이나 현실인식까지 포괄한 개념의 정서라는 말을 소설에 적용한다면 과연 어떻게 될 것인가.

이와 일관된 맥락에서 오성호는 말한다. 다른 장르와는 달리 시는 시인의 주관성에 전적으로 의존하고 있다고 그렇게 보자면 가장 시다운 시는 낭만주의시일 것이다. 주관성에 전적으로 의존하는 데서 무엇 하러 리얼리즘을 논하는가. 이거야말로 서정시라는 장르적 관념에 집착한 나머지 '리얼리즘 미학이론의 보편성에 대한 부인'을 초래할 것이다. 주관과 객관의 변증법적 상관관계에서 객관의 상대적 주도성을 인정하는 게 리얼리즘을 논하는 데 기본이 아닌가. 더구나 창작과정에 나타나는 주체와 객체 혹은 주관과 객관의 상호작용을 부인하면서 어떻게 리얼리즘을 논할 수 있는가.

그런데 오성호는 서정시조차도 객관적 현실의 반영이라고 보는 루카치의 미학에 기대고 있다. 더욱 정확히 말하자면 피터 에그리(Peter Egri)의 논문 「루카치의 시관」("The Lukacian Concept of Poetry")에 기대고 있다. 거기에서 그는 리얼리즘 미학이론의 보편성을 보고 그것을 우리 시를 논하는 데 초석으로 삼으려 한다. 하지만 피터 에그리가 자신의 논리를 뒷받침하기 위해 거론하는 시는 주로 서구의 낭만주의시이다. 반영이론의 정당성을 주장하기 위해 가장 주관적인 장르인 서정시도 객관적 현실을 반영할 수 있다는 논리는 어느 정도 인정하겠지만 그것을 오성호처럼 리얼리즘시론의 준거로 삼는 것은 인정할 수 없다. 리얼리즘 미학으로 시를 본다는 것과 범주로서의 리얼리즘시를 혼동하지 말아야 할 것이다. 그것은 김영랑의 시도 객관적 현실의 반영이라는 입장에서 볼 수는 있지만 그의 시를 리얼리즘시라고 할 수는 없는 것과 마찬가지이다.

일반적으로 시는 소설에 비해 시인의 주관성에 의존하는 정도가 강하다. 하지만 그러한 판단은 절대적인 것이 아니고 어디까지나 상대적인 것이다. 시는 주관성에 의존하고 소설은 객관성에 의존한다는 장르론적 사고틀을 절대적 원칙으로 받아들일 때 어떤 낭만적 소설이라도 시보다는 더 사실적이다라는 생각이 나오게 된다. 이렇게 되어서는 시에서 리얼리즘을 논의할 필요가 없어진다. 시의 주관성을 선험적 진리로 받아들이고 그것을 기초로 리얼리즘시론을 펼치는 일의 무모성이 여기에 있다.

필자는 시에서 감정만이 전폭적으로 중요하다고 생각하지는 않는다. 감정에 적셔지지 않은 시가 없듯이 나름대로 깨달음의 기미가 없이 시가 씌어질 수도 없다. 나아가 새로운 생각이나 사사의 개진 없이 좋은 시가 씌어지지도 않을 것이다. 필자가 서정적 주체라는 말 대신에 시적 주체라는 용어를 쓰는 이유는 시의 범주에서 리얼리즘론을 펼치겠다는 의도도 있지만 시적 주체에 대한 배려 때문이기도 하다. 물론 서정성이 강한 시에서는 서정적 주체라고 해도 괜찮겠지만 시의 주체란 감정뿐만 아니라 사유의 주체이기도 하다는 점에서 시적 주체라는 용어를 구사하는 것이 더욱 타당할 것이다.

감정과 사유가 인식주체에 관련된다면 사건과 이미지는 인식대상에 관련된다. 구태여 이미지즘시가 아니더라도 시가 예술적 형상인 한 이미지는 필수적이다. 구태여 서사적인 시가 아니더라도 시가 인간의 일을 다루는 한 사건의 편린이나마 개입되게 마련이다. 즉 시에서는 인식주체와 관련되는 감정과 사유, 인식대상과 관련되는 사건과 이미지가 서로 유기적으로 결합되어 있다. 그것이 우리의 근대시 혹은 현대시의 장르적 성격이다. 즉 감정적 요소만이 일방적으로 혹은 절대적으로 중요하다고 생각되지는 않는다. 만약 그렇게 생각한다면 다양한 시에 대한 포괄적 시야를 확보하기 어려울 것이다.

물론 김영랑의 「모란이 피기까지는」처럼 감정의 표현이 가장 중요하게 부각된 시가 있다. 그러나 이상의 「거울」처럼 시인의 사유를 위주로 짜인 시도 있다. 한편 김기림의 「바다와 나비」처럼 이미지가 지배적인 시도 있고 이용악의 「낡은 집」처럼 사건의 전개를 읽을 수 있는 시도 있다. 물론 위에 거론한 시들에 감정·사유·이미지·사건이 서로 유기적으로 통합되어 있지만 무엇을 위주로 하는가는 좀 다른 문제이다. 위에 거론한 시들에 대해 희랍문예에 관한 삼분법을 적용하면 서사시나 극시가 아니므로 모두 서정시겠으나 그것이 생산적인 용어라고는 생각되지 않는다. 가령 「거울」을 서정시라 하고 이상을 서정시인이라고 부르는 게 과연 얼마나 적절할지 의문이다.

우리의 근대시 혹은 현대시에서 리얼리즘의 성취를 보인 많은 시들이 서사성을 지닌다는 사실은 우연이 아니라고 생각된다. 이용악의 「낡은 집」이나 백석의 「여승」, 박노해의 「손 무덤」 등은 객관적 현실의 반영이라는 점에서 돋보이는 예들인데 모두 서사성을 강하게 드러내고 있다. 물론 서정적 요소를 무시하자는 건 아니지만 서사성이 강한 시를 두고 서정시라고 하는 것은 일방적일 뿐 아니라 그 시의 속성을 왜곡하는 것이기도 하다. 필자가 서사성에 주목하고 서정시에 한정하지 않고 시에서 리얼리즘을 논하는 이유는 바로 여기에 있다. 또한 서사성이 강화되어 이야기의 전개가 한 편의 시를 구성하는 경우 이야기시라 부르는 이유도 여기에 있다.

필자는 이용악, 임화, 백석 등의 시인론을 쓰며 서사지향과 리얼리즘의 성취가 밀접하게 관련된다는 사실을 추적한 바 있다. 하지만 서사성의 강화가 곧 리얼리즘의 성취를 가져오는 것은 아니다. 김형수의 오해처럼 "세부묘사의 생활적 진실성이라거나 전형의 문제 등을, 줄거리를 구성하는 서사적 지향에 의해서 보장될 수 있다"고 본 적이 없다. 다만 필자는 사회현실에 대한 창작적 대응력을 신장하고 삶의 문제를 본격적으로 다루어내기 위해서는 서사성의 강화가 중요하다고 말했을 뿐이다. 또한 시 나름의 세부묘사의 충실성이나 생활적 진실성을 확보하고 전형을 창출하는 데 서사성의 강화가 매우 유효할 수 있다고 생각한다.

필자의 시론에 대해 김형수는 '사실주의 원칙을 보장하는 길'이 밝혀지지 않았다고 말하고 있는데 필자의 시론이 리얼리즘의 성취를 보장하지 못한다는 의미로 읽는다면 맞는 평가이다. 그런데 사실주의 원칙을 보장할 길이 도대체 무엇인가. 리얼리즘의 성취 이전에 시적 성취가 놓이는데 시적 성취를, 개념화한 방법론으로 어떻게 보장할 수 있겠는가. 시적 성취란 기량으로만 이루어지는 것이 아니고 시인의 삶이 송두리째 걸려 있는 것이다. 시인으로서 '보장'이라는 말을 어떻게 그토록 거리낌 없이 쓸 수 있는지 의아스럽다. 필자가 생각할 때 어떤 창작방법도 성취를 보장해주는 정도에 이르지는 못한다. 다만 창작에 유효한 개념적 사고를 최대한으로 밀고 나가면 되는 것이다. 서사성의 강화도 시마다 천차만별의 변주를 보이고 그 변주에 묘미를 얻지 못하면 리얼리즘의 성취가 이루어질 수 없다.

서사지향과 관련하여 김형수는 계속해서 다음과 같이 말한다.

> 비판적 사실주의가 됐건 사회주의적 사실주의가 됐건 사실주의 시들에서 갈수록 서사적 지향이 크게 엿보이는 것은 사실이다. 그러나 이는 엄밀히 말해서 사실주의적 창작방법이 낳은, 세부묘사의 생활적 진실성이라거나 전형의 획득에 의한 결과가 아니라 사실주의 발전의 비옥한 토양인 자본주의 심화가 낳은 결과인 것이다.

도무지 어떻게 논리가 구사되는지 알 수 없지만 필자의 시론에 대한 부정의 기조가 되고 있는 부분이다. 서사성의 강화가 세부묘사의 충실성이나 생활적 진실성을 확보하고 전형을 창출하는 데 기여함으로써 리얼리즘의 성취에 유효할 수 있다는 게 필자의 생각인데 그것을 위와 같이 왜곡하여 비판하고 있다. 사실주의적 창작방법의 하나로 서사지향의 문제를 논한 것을 기묘하게 인과관계로, 그것도 뒤집어 설정해 놓고 부인하고 있다. 그리고 서사지향이 리얼리즘의 성취를 위해 필요하다는 생각과 자본주의의 심화가 시에서 서사지향을 불러왔다는 진단은 차원이 다른 문제이다. 더구나 자본주의의 심화가 시에서 서사성의 강화를 가져온다는 진단 또한 문학사적 사실과 다르다. 시민사회가 개인적인 서정시 형성의 토대이고 자본주의의 심화는 오히려 시에서 이야기를 빼앗는 역할을 했다고 보이기 때문이다. 그런 맥락에서 서사성의 강화는 자본주의적 모순의 극복 문제와 이어질 수도 있는 만큼 리얼리즘시에 서사지향이 크게 엿보인다면 그것을 리얼리즘시의 자질로서 적극적으로 검토해보는 것이 합리적 사고일 터이다.

3.

근래에 리얼리즘시 논쟁에서 쟁점은, 전형을 시적 대상으로 다룬 인물이나 상황에서 찾을 것이냐 서정적 주체라는 인물에서 찾을 것이냐에 있는 듯하다. 필자의 이야기시론이 전자의 입장에 비중을 두고 있다면 그에 대한 반론은 후자의 입장에 서 있다고 일단 볼 수 있겠다. 하지만 필자의 시론을 이야기시론에 한정하여 보는 것은 잘못이라고 서두에서 밝힌 바 있다. 「김상훈론」에서 개진한 나름의 견해를 일반화시켜 제시한다면, 전형은 시적 대상으로 형상화된 인물이나 상황에서 찾을 수도 있고 시적 주체로 나타나는 인물에서 찾을 수도 있다. 그런데 시적 주체와 시적 대상 사이의 상관관계가 작품마다 다르기에 어느 일방만 강조하여 리얼리즘시 일반에 적용하는 논리는 무리라고 생각된다.

그러나 오성호는 전형의 문제를 서정적 주체에 일방적으로 수렴하여 해명하려 한다. "전형의 개념이 시에 적용될 수 있다면, 그 대상은 서정적 주체, 더 정확하게 말한다면 서정적 주체가 환기하는 정서, 혹은 정서적 체험이 되어야 한다"는 주장이 그것이다. 그는 이러한 주장을 구체화하기 위하여 이용악의 「낡은 집」을 인용하여 "털보네와 그를 둘러싼 일련의 사건은 서정적 주체의 체험 속에 용해되어 있는 시적 대상일 뿐"이요 "세계의 비극성에 대한 주체의 무력감과 절망, 혹은 세계의 엄청난 무게와 질량에 압도된 주체의 자기상실이 이 시가 반영하고 있는 현실의 내용"이라고 말하고 있다.

위와 같은 주장을 펼치게 된 근거이자 이유는, "털보네나 그를 둘러싼 상황이 소설적 의미에서의 인물과 환경에 해당된다고 할 수 없다"는 데에 있다. 「낡은 집」에 나타나고 있는 인물이나 상황이 소설과는 다르므로 거기에서 전형을 찾는 것은 무리라는 견해이다. 물론 시에서의 상황이나 인물은 소설과는 달리 형상화될 것이지만 털보네나 그를 둘러싼 상황은 나름대로 시적 전형이라고 생각된다. 소설론을 시에 적용하는 것이 아니고 「낡은 집」처럼 당대의 현실을 잘 드러낸 시에서 전형의 문제를 해명해보려 한다면 소설과는 다르기에 전형이 아니라는 논법은 성립될 수 없다고 생각된다. 그리고 이러한 논법이야말로 시의 장르적 독자성을 부인하는 것이라고 생각된다.

또한 "서정적 주체의 개인적 체험과 그로부터 환기된 비애의 정서보다는 낡은 집에 얽힌 사연과 식민지 수탈의 관계라는 객관적이고 논리적 인식이 강하게 드러난다"고 하고서, 그럼에도 불구하고 전형의 문제를 서정적 주체로 환원하여 풀고 있는데 그것은 무리라고 판단된다. 그러한 무리가 서정적 주체의 개념을 흔들어 놓는다. "시인의 창조적 자아가 객관화된 시적 형상"

이라는 개념 규정에 대해서는 동의하겠는데 거기에 엉뚱하게 시의 창조자로서의 역할을 부여한다. 서정적 주체가 "사건을 해석하고 의미를 부여한다"거나 "이웃 늙은이들의 추측을 인용한다"는 발언이 그것이다. 시 속에 객관화된 시적 형상이 다시 시인으로 복귀한 양상이다. 시를 쓰면서 사건을 해석하고 의미를 부여하는 역할은 시인이 하고 그러한 창작과정에서 자신의 분신으로 시 속에 형상화시킨 존재가 「낡은 집」의 시적 주체일 것이다.

따라서 "털보네와 그를 둘러싼 일련의 사건은 서정적 주체의 체험 속에 용해되어 있는 시적 대상일 뿐"이라는 발언은 인정할 수 없는 주장이다. 이렇듯이 만능의 절대자로 서정적 주체를 상정할 경우 주체와 객체의 변증법적 상관관계는 무너지게 된다. 시적 대상은 객관성을 잃고 시인의 주관성에 전적으로 지배당하게 되어 있기 때문이다. 이러한 맥락에서 리얼리즘의 승리란 당연히 있을 수 없다. 즉 오성호가 루카치에 기대어 시에서 리얼리즘의 승리를 부인하는 것은 논리적 일관성이 있다. 하지만 리얼리즘의 승리가 원천적으로 부인되는 데서 리얼리즘의 성취를 논할 수 있는지 의문이다. 단순히 원고화하는 시간만 창작과정이라고 주장하지 않는다면 주체와 객체의 부단한 상관관계를 창작과정 이전의 문제로 돌릴 수는 없을 것이다. 비록 소설과는 양상이 다르다 하더라도 사회현실에 대한 시적 탐색을 통해 편견이 시정되고 결과적으로 세계관이 넓어지고 깊어지는 것은 필자의 시작 체험에 비추어 늘상 일어나는 일이다. 시인의 주관적 의욕이나 편견이 사회현실과의 교섭을 통해 시정되어 작품으로 구현되지 않는다면 리얼리즘시를 추구하는 의의가 반감될 것이다.

모든 것을 서정적 주체, 나아가 서정적 주체가 환기하는 정서의 문제로 환원시켜 보는 오성호는, 주체의 무력감·절망·자기상실이 「낡은 집」이 반영하고 있는 현실의 내용이라고 결론삼아 주장한다. 하지만 그러한 관점이라면 이용악의 시 가운데 서정성이 풍부한「뒷길로 가자」를 거론하는 것이 나았을 것이다. "네거리는 싫여 네거리는 싫여/히 히 몰래 웃으며 뒷길로 가자"로 끝나는「뒷길로 가자」야말로 일제 파시즘의 진군 앞에 서 있는 개인의 무력감·절망·자기상실이 훨씬 잘 드러나 있기 때문이다. 그러나 필자의 판단으로「뒷길로 가자」는 리얼리즘의 성취와는 거리가 먼, 현실에 대한 절망을 토로한 시이다. 즉「뒷길로 가자」와는 달리「낡은 집」에 대해 리얼리즘의 성취라고 할 수 있는 이유는 털보네와 그들이 처한 상황을 통해 당대의 민족현실을 효과적으로 드러내고 있기 때문이라 생각된다.

「낡은 집」에서와 유사한 수준의 논의는 오장환의「모촌」에서도 할 수 있을 듯하다. 짧은 시이기에 더욱 분명히 쟁점이 부각될 것이다.

> 추라한 지붕 썩어가는 추녀 우엔 박 한 통이 쇠었다.
> 밤서리 차게 나려앉는 밤 싱싱하던 넝쿨이 사그러붙던 밤. 지붕 밑 양주는 밤새워 싸웠다.
> 박이 딴딴히 굳고 나뭇잎새 우수수 떨어지던 날, 양주는 새 바가지 뀌어들고 추라한 지붕, 썩어가는 추녀가 덮인 움막을 작별하였다.

시적 주체와 시적 대상의 상관관계는 작품마다 다양하게 나타나는데 이 시는 시적 대상으로 다루어진 인물과 그를 둘러싼 상황이 중요하게 부각된 시이다. 소품이기에 특별히 감동적이라고 할 수는 없겠으나 새 바가지 꿰어들고 움막을 떠나는 부부의 일이 심상하게 받아들여지지 않는다. 파탄상태에 빠져 생활 근거지로부터 떠나야 했던 1930년대 후반의 유랑농민의 모습을 실감나게 떠오르게 하기 때문이다. 박속으로 허기를 때우는 장면은 생략되었지만 우리 민족의 피폐상이 박 한 통을 매개로 절제된 시형 속에 응축되어 있다. 여기에서 생략과 응축은 시적 형상화에 이르는 중요한 방법이다. 그런데 이와 같은 시를 두고 인물과 상황의 변증법적 상관관계가 소설처럼 구현되지 않았기에 시적 대상으로 다루어진 인물이나 상황에서 전형을 찾는 것은 무리라는 게 오성호의 견해이다. 반면 생략과 응축을 통해 「모촌」에 형상화된, 인물이나 그를 둘러싼 상황은 나름대로 시적 전형이라고 할 수 있다는 게 필자의 견해이다.

「모촌」은 당대 우리 민족·민중의 현실을 핍진하게 보여주고 있다는 점에서 리얼리즘시라고 할 수 있을 것이다. 그런데 민족·민중의 현실은 "싱싱하던 넝쿨이 사그러붙던 밤. 지붕 밑 양주는 밤새워 싸웠다"나 "양주는 새 바가지 꿰어들고 움막을 작별하였다"와 같은 서사적 시구 속에 반영되어 있다. 리얼리즘의 성취를 위해 서사지향이 적극적으로 검토될 이유는 여기에 있다. 즉 서사성의 강화는 전형성을 갖도록 시적 대상을 형상화하거나 사회현실 문제에 대한 창작적 대응력을 갖는 데 긴요하다는 것을 확인할 수 있다. 이렇듯이 서사성의 강화를 통해 리얼리즘을 추구한 시, 혹은 이야기시에서 전형은 많은 경우 시적 대상으로 형상화된 인물이나 상황에서 찾을 수 있다고 생각된다.

「모촌」에서 시적 주체는 화자의 차원으로 가라앉아 있다. 시적 주체의 표현이 일차적 중요성을 갖는 시가 아니기 때문이다. 그런데 오성호는 이러한 시에서도 서정적 주체에서 전형을 찾아야 한다는 것이다. 그것이 전형의 문제를 서정적 주체에 일방적으로 수렴하여 해명하는 그의 입장이다. 그의 논리를 「모촌」에 관철 시킨다면, 움막을 떠나는 유랑농민 부부의 일은 서정적 주체의 체험 속에 용해되어 있는 시적 대상일 뿐이요 서정적 주체를 통해 반영하는 현실의 내용은 세계의 비극성에 대한 주체의 무력감·절망·자기상실이라는 것이다. 참으로 경탄할 만큼 의욕적인 논리전개인 셈인데 그 내용에 대해서는 동의할 수 없다.

다시 말하지만, 쟁점은 「낡은 집」이나 「모촌」과 같은 시에서도 시적 주체로부터 전형을 찾을 것이냐에 놓여 있다. 반론자들이 긍정하는 입장이라면 필자는 부정하는 입장에 서 있다. 위의 시들에서 시적 주체를 전형으로 설정할 때 반영하는 현실의 내용은 세계의 비극성에 대한 주체의 무력감·절망·자기상실이라는 것이다. 그러나 주체의 무력감이나 자기 상실은 당대의 모더니즘 시인인 이상의 시에 훨씬 집중적으로 드러나 있다. 묘혈을 파고 눕는 행위를 반복적으로 제시하는 이상의 「절벽」과는 달리 이용악의 「낡은 집」이나 오장환의 「모촌」등의 시가 왜 리얼리즘의 성취라 할 수 있는가. 그 이유는 전망이 불투명함에도 불구하고 무력감이나 자기상실에 함몰되지 않고 당대의 민족·민중의 현실을 객관적으로 반영하고 있기 때문일 것이다.

위의 시들에서 시적 주체는 비록 화자의 차원으로 물러서 있지만 시를 형성하는 데 중요한 역할을 한다. 시적 대상과 시적 주체의 상관관계가 사상된 채 시적 대상이 형상화될 수 없다는 점에서 특히 그러하다. 따라서 아무리 시적 대상 차원에서 전형이 부각된 시라도 시적 주체를 간과할 수 없을 것이다. 「낡은 집」이나 「모촌」이 식민지 현실을 집약적으로 드러내는 시라면 시적 주체는 그러한 현실을 분노를 숨기고 차분히 말하는 존재로 형상화되어 있다. 따라서 필자로서는 「낡은 집」이나 「모촌」의 시적 주체를 절망감이나 자기상실감의 포로로 보지 않는다. 오히려 암담한 상황에도 불구하고 사회현실 문제에 대해 집요하게 대응함으로써 비관주의를 극복하려는 자세가 시적 주체에 반영된 것으로 본다. 그렇게 볼 때 「낡은 집」이나 「모촌」 등에서 시인으로서의 창작적 실천의 문제가 효과적으로 해명될 수 있을 것이다.

시에서 주체가 차지하는 비중은 개별 작품마다 얼마든지 다양하게 나타난다. 그야말로 주인공이라고 불러도 좋을 만큼 전면에 부각되기도 하고 화자의 차원으로 한껏 물러서기도 한다. 일반적으로 서사적 거리는 시적 주체가 화자의 차원으로 물러섰을 때 확보되는 것이고, 그것은 시적 주체가 표 나게 나섬으로써 오히려 시의 효과를 떨어뜨릴 경우에 요청되는 미학적 장치이다. 「낡은 집」이나 「모촌」은 시인의 감정표현을 삼가면서 시적 주체를 표나게 내세우지 않음으로써 오히려 효과를 보고 있는 경우이다. 반면 서정성이 강한 시에서는 창작 주체의 표현이 위주인 만큼 시적 주체가 전면에 나서는 것이 자연스럽게 된다.

그런데 창작 주체의 표현을 위주로 한 시의 경우 전형의 문제는 당연히 시적 주체로부터 해명해야 할 것이다. 시 속에 전면적으로 부각된 인물이 시적 주체이기 때문이다. 여기에서 간과하지 말아야 할 것은 시적 주체가 놓인 상황이다. 리얼리즘과 관련하여 핵심적인 문제는 어떠한 상황 속의 어떤 시적 주체냐이다. 즉 시적 주체의 전형성은 시적 주체를 매개로 당대의 현실이 얼마나 제대로 반영되어 있느냐에 달려 있다. 필자는 이러한 문제를 김상훈의 「밤」을 거론하여 다룬 바 있는데 여기에서는 유사한 양상을 보이는 「아버지의 문 앞에서」를 인용해 재론하려 한다.

등짐지기 삼십리 길 기어넘어
가쁜 숨결로 두드린 아버지의 문 앞에

무서운 글자 있어 공산주의자는 들지 말라
아이 천 날을 두고 불러왔거니
떨리는 손이 문고리를 잡은 채
멀끄럼이 내 또 무엇을 생각해야 하느냐

……(중략)……
이젠 미더운 깃발 아래 발을 마추랴거니
어이 역사가 역류하고 습속이 부패하는 지점에서
지주의 맏아들로 죄스럽게 늙어야 옳다 하시는고
아아 해방된 다음날 사람마다 잊은 것을 찾아 가슴에 품거니
무엇이 가로막아 내겐 나라를 찾는 날 어버이를 잃게 하는고

형틀과 종문서 지니고
양반을 팔아 송아지를 사든 버릇
소작료 다툼에 마을마다 곡성이 늘어가든
낡고 불순한 생활 헌신짝처럼 벗어버리고
저기 붉은 기폭 나부끼는 곳 아들 아버지 손길 맞잡고
새로야 떠나지는 못하겠는가 이 아츰에……

아이 빛도 어둠이런듯 혼자 넘어가는 고개
스물일곱 해 자란 터에 내 눈물도 남기지 않으리
벗아 물끓듯 이는 민중의 함성을 전하라
내 잠깐 악몽을 물리치고 한숨에 달려가리라

　이 시에 나타나는 중심인물은 시적 주체일 터인데 그는 지주계급 출신으로 해방 직후의 상황에서 공산주의에 경도되어 있다. 그리고 이와 같은 시적 주체는 김상훈의 전기적 사실과 부합된다는 점에서 시인 자신의 분신인 셈이다. 지주의 특권을 상속시키려는 부모로부터 의절을 당하면서도 역사의

바람직한 흐름에 동참하려는 시적 주체는 일종의 문제적 개인이라 생각된다. 즉 인용시의 시적 주체는 특별한 개인이지만 그를 매개로 해방정국이라는 격동기의 구조적 문제가 드러난다는 뜻에서 전형성을 갖는다. 두루 알려져 있다시피 당시의 핵심적인 사안 가운데 하나는 토지문제이다. 바야흐로 건설하려는 국가의 토대를 토지개혁을 통해 확보하려는 세력과 일제잔재인 지주의 기득권을 유지하려는 세력 사이의 갈등이 시적 주체와 아버지 사이의 갈등을 통해 효과적으로 반영되어 있다. 좀더 확대 해석한다면, 부자간의 의절을 통해 분단의 내부요인이 형상화된 것으로 읽을 수도 있다.

「아버지의 문 앞에서」의 시적 주체는 아버지와 배치되는 길을 가게 된 자식의 안타까움이나 진보적 대열을 선택한 자로서의 각오 등의 정서적 반응과 결부되어 형상화되어 있다. 이러한 사실을 일반화시킨다면, 시적 주체가 전형으로 부각된 시에서 직접적인 감정표현은 리얼리즘의 성취를 위해 얼마든지 유효하다고 말할 수 있다. 그런 뜻에서 리얼리즘 문제를 시적 주체가 전면에 부각된 시에 적용할 경우 반론자들과 공감하는 부분이 많으리라 생각된다. 하지만 전형의 개념을 서정적 주체가 환기하는 정서 혹은 정서적 체험에 적용해야 된다는 일방적인 주장에 대해서는 공감하기 힘들다. 감정의 전형성 문제를 운위할 만한 시도 있겠으나, 위의 시에서 보듯, 전형이라면 우선 어떠한 정서 혹은 정서적 체험과 결부되어 부각된 인물인 시적 주체로부터 찾는 것이 타당할 것이다.

리얼리즘시의 인물은 어떤 구체적 상황 속에 놓여 있게 마련이고 시적 주체 또한 예외가 될 수 없다. 오성호의 경우 시적 주체와 상황의 상관관계를 사상한 채 정서의 전형 문제로 바로 진입하고 있는데 수긍할 수 없는 논리라고 생각한다. 인용시의 시적 주체가 전형일 수 있는 이유는 그가 보인

정서적 반응 이전에 그가 놓인 특별한 상황과 관련된다. 주체가 어떤 상황을 만났을 때라야 정서적 반응이 나올 수 있겠기 때문이다. 범박하게 말해서, 해방정국이라는 격동기에 지주의 기득권을 유지하려는 아버지와의 정치적 노선 대립이 시적 주체가 대면하고 있는 상황인 셈이다. 그런데 그러한 상황은 "등짐지기 삼십리 길 기어넘어 / 가쁜 숨결로 두드린 아버지의 문 앞에"나 "떨리는 손이 문고리를 잡은 채"와 같은 서사적 시구를 통해 형상화되어 있다. 즉 시적 주체가 전형으로 부각된 시에서도 서사성은 리얼리즘의 성취를 위해 유효하다고 생각된다.

대체로 시적 주체는 시인 자신의 분신인 경우가 많지만 일상생활을 영위하는 시인과 고스란히 일치하지는 않는다. 즉 시인의 신변잡사를 걸러내고 시적 주체를 세우는 일에는 전형화의 원리가 작용할 수 있고 「아버지의 문 앞에서」는 그 본보기인 셈이다. 하지만 시적 주체를 곧바로 시인의 분신이라 말할 수 없는 경우도 있다. 가령 신경림의 「농무」에서의 주체는 산구석에 처박혀 비료값도 안 나오는 농사로 생업을 삼는 농사꾼으로 설정되어 있다. 즉 시인은 농무를 추는 농사꾼으로 분장하고서 시 속에 등장한다고 볼 수 있다. 일종의 배역시인 셈인데 이러한 시에서도 전형의 문제는 시적 주체로부터 해명하는 것이 좋을 듯하다. 신경림의 「농무」가 리얼리즘의 성취에 부응한다면 그것은 70년대 초반, 산업사회로의 변모과정에서 상대적으로 피폐해진 이 땅의 농촌현실을, 농무를 추는 농사꾼으로 분장한 시적 주체를 통해 실감나게 보여준다는 점에 있을 것이기 때문이다.

이제까지 「낡은 집」 「모촌」 「아버지의 문 앞에서」 「농무」 등의 시를 예로 들어 전형의 문제에 대해 논한 셈인데 결론은 시 속에 집중적으로 나타나는 인물이나 그를 둘러싼 상황에서 전형을 찾는 것이 타당하다는 지극히

평범한 것이다. 이렇듯 평범한 데 있는 원칙으로 조명할 때, 「낡은 집」과
「모촌」의 경우 시적 대상으로 그려진 인물이나 그를 둘러싼 상황에서 전형
을 찾는 것이 합리적이고 「아버지 문 앞에서」나 「농무」의 경우 시적 주체에
서 전형을 찾는 것이 합당할 것이다. 물론 시적 주체와 시적 대상의 전형성
을 동시에 따질 수 있는 시도 있다. 가령 박노해의 대표작 「손 무덤」을 보면
산업재해로 손목이 날아간 전형의 차원과 잘린 속을 장갑 속에서 꺼내어
공장 담벼락 밑에 묻는 시적 주체의 차원이 동시에 문제된다고 할 수 있을
것이다.

4.

이제까지 리얼리즘시론이 제대로 정립되지 못한 이유는 좋은 시를 해명
하는 데 리얼리즘이 과연 얼마나 유효할까 하는 의문과 관련될 듯하다. 하지
만 위에서 리얼리즘과 결부시켜 거론한 시들이 우리의 시문학사에서 바람직
한 흐름을 형성하고 있는 것 또한 사실이다. 우리의 민족·민중의 현실을
제대로 반영해내는 것이 리얼리즘 시인들의 과제라 할 때 그러한 과제의
실현 여부는 곧 좋은 시를 판별해내는 중요한 기준이 될 수 있다. 즉 리얼리
즘은 좋은 시를 해명하는 데 분명히 유효성이 있고 앞으로 씌어질 시문학사
에는 리얼리즘의 입장이 적절히 관철될 필요가 있다고 생각된다.

그렇지만 리얼리즘이 소설에서보다 시에서 제한적인 유효성을 갖는다는
사실 또한 인정해야 할 듯하다. 따라서 모든 좋은 시를 리얼리즘의 범주
안에 두려는 시도는 의욕적이긴 하지만 무리라고 판단된다. 그러한 의욕과
무리는 시에서의 전형을 서정적 주체가 환기하는 정서에서 찾아야 한다고

하면서 모든 문제를 정서로 환원해서 풀려는 시도와 동궤에 속하는 것이다. 가령 이용악의 「낡은 집」에 나타나는 인물이나 상황을 애써 외면하고 왜 모든 것을 무력감이나 자기상실감 등의 정서의 문제로 환원해서 풀려고 했을까. 그 이유로는 이른바 절창이라고 불리는 모든 시를 리얼리즘의 범주에 소속시키려는 의도가 작용했을 것이다. 그러한 의도의 타당성 여부를 고은의 「화살」을 두고 살펴보자.

우리 모두 화살이 되어
온몸으로 가자
허공 뚫고
온몸으로 가자
가서는 돌아오지 말자
박혀서
박힌 아픔과 함께 썩어서 돌아오지 말자

우리 모두 숨 끊고 활시위를 떠나자
몇 십 년 동안 가진 것
몇 십 년 동안 누린 것
몇 십 년 동안 쌓은 것
행복이라던가
뭣이라던가
그런 것 다 넝마로 버리고
화살이 되어 온몸으로 가자

비록 전반부만 인용했지만 절창으로 손꼽힐 만한 시라는 점은 충분히 감지할 수 있을 것이다. 그런데 위의 「화살」을 리얼리즘시로 보자면 시적

주체, 혹은 시적 주체가 환기하는 정서가 얼마나 전형성을 갖는가를 살펴야
할 것이다. 시가 쓰여진 시기와 관련해서 반독재 민주화투쟁의 전위로 시적
주체를 상정하고 그의 결연한 감정을 두고 감정의 전형성을 운위할 수는
있을 것이다. 하지만 위의 시에 표현된 감정의 순간적 고양상태에서 전형성
을 운위하는 것은 걸맞지 않다고 생각된다. 시적 대상으로서의 인물이나
상황은 물론이고 시적 주체가 놓인 상황조차 구체화되지 않은 「화살」과
같은 시를 두고 위와 같이 무리하게 리얼리즘으로 풀려고 한다면 작품감상
을 하는 데 오히려 방해가 될 듯하다. 그리고 시에서 리얼리즘의 유효성에
대한 의구심만 가중시킬 듯하다.

　현실에 대한 정당한 인식에 지장을 초래한다는 뜻에서 리얼리즘에 반하
는 시가 좋다고 생각되지는 않지만 모든 좋은 시를 리얼리즘의 범주 속에
놓고 이해할 필요는 없을 것이다. 「화살」이 사회현실 문제에 대한 적극적
대응이라는 면에서 리얼리즘과 무관하다고 할 수는 없으되 필자는 오히려
이 시에서 낭만주의의 시적 성취를 본다. 몇 십 년 동안 가진 것 누린 것
쌓은 것을 넝마로 버리자는 제안은 현실적 개연성을 갖는 것이 아니고 낭만
적 선언으로서의 의미를 갖는다. 그러한 선언과 함께 결사대처럼 화살이
되어 온몸으로 가자고 할 때 필자로서는 혁명적 낭만주의의 발현을 본다.

　리얼리즘이 사회현실의 객관적 반영으로 단순히 머물지 않고 바람직한
미래사회로의 출구를 모색하는 창작방법이라 한다면 리얼리즘 시인들이 낭
만주의를 구태여 배척할 필요는 없을 것이다. 무게 중심을 현실에 대한 탐색
에 두되 이상을 향한 헌신이 요구되기도 한다는 점에서 우리의 사회는 시에
서 리얼리즘뿐만 아니라 혁명적 낭만주의의 발현을 요구한다고 생각된다.
모순이 중첩되어 있는 우리의 사회현실은 그에 대한 유연하고도 차분한 대

응뿐만 아니라 진보에의 결사적 헌신이 요구되기도 하기 때문이다. 시인 김남주가 스스로를 전사라고 규정한 것은 개인적인 성향도 작용했겠지만 우리의 현대사가 그에게 요구한 것으로 이해할 수도 있다. 그의 시 「나 자신을 노래한다」에서 "나는 혁명시인/나의 노래는 전투에의 나팔소리/전투적인 인간을 나는 찬양한다"고 한 것도 마찬가지 맥락에서 이해할 수 있다. 필자가 볼 때 김남주는 리얼리즘과 혁명적 낭만주의의 접점에 서 있다. 그런데 반론자들은, 특히 김형수는 김남주의 모든 시를 리얼리즘의 범주 속에 놓고 이해하려 한다.

낭만주의의 긍정적 역할을 고려하지 않고 모든 좋은 시를 리얼리즘의 범주 안에 놓고 이해하려는 시도와 결부되어 김형수가 사용하는 용어로 '만가풍'이 있다. 그의 체계에 의하면 시 즉 서정시는 만가풍과 이야기풍으로 크게 양분된다. 그가 쓰는 많은 용어가 그렇듯이 만가라는 말도 북조선의 송가를 의식해서 쓰는 것인지는 모르겠으되 부적절하다고 생각된다. 만가란 죽은 자에 대한 애도의 노래가 아닌가. 따라서 만가풍의 시는 이야기풍의 시와 대등한 용어가 될 수 없다. 그가 칭하는 만가풍의 시에는 고은의 「화살」도 해당될 터인데 그 시를 죽은 자에 대한 애도의 노래라고 할 수는 없다. 즉 그의 '만가풍'이라는 용어는 '노래풍'이라는 말로 바꾸어 사용하는 것이 적절할 듯하다.

필자의 시 「노래와 이야기」에서 시사하였듯이 노래와 이야기는 한 편의 시에서 유기적으로 통합되어 있게 마련이다. 그런데 시적 경향이라는 차원에서 노래성과 이야기성을 부각시켜 볼 수 있겠고 그에 따라 편의상 노래풍의 시와 이야기풍의 시라는 명칭을 사용할 수 있을 것이다. 그런데 노래풍의 시에서는 시적 주체의 서정적 표현이 중요하고 이야기풍의 시에서는 서사를 통해 시적 대상이 부각되거나 시적 주체가 놓인 상황이 구체화되는 경우가 많을 것이다. 따라서 노래풍의 시에서는 시적 주체의 전형성을 따질 수 있겠고 이야기풍의 시에서는 시적 주체가 됐든 시적 대상이 됐든 집중적으로 부각된 인물이나 그를 둘러싼 환경에서 전형의 문제를 점검할 수 있을 것이다.

여기에서 반론자들의 불만은 필자의 시론이 노래풍의 시를 상대적으로 간과하고 있다는 데에 있을 듯하다. 그 불만은 필자의 종래의 시론이 이야기 시에 비중을 둔만큼 어느 정도 타당성을 갖는다. 필자의 이 글 또한 노래풍의 시가 갖는 리얼리즘 성취의 가능성을 제대로 해명하지 못했다는 한계를 안고 있다. 하지만 노래풍의 시에 일률적으로 리얼리즘을 적용하는 것에 대해서는 회의적이다. 위에서 살펴본 「화살」의 경우처럼 낭만주의의 시적 성취로 보는 것이 타당한 경우가 많을 것이기 때문이다. 현실에 집착하지 않는 낭만적 서정이 노래풍의 시를 통해 분출되는 것은 어쩌면 자연스러운 일일 것이다.

포스트모더니즘의 개념과 본질[1]

김욱동

모든 문학 전통이나 이론 중에서 포스트모더니즘만큼 그 개념과 성격을 규정하기 힘든 전통이나 이론도 아마 찾아보기 쉽지 않을 것이다. 이제까지 그것에 관해 집필한 논문이나 저서를 읽고 있노라면 장님과 코끼리의 그 유명한 인도 우화를 떠올리게 된다. 포스트모더니즘의 다리를 만져본 이론가들은 그것을 가리켜 기둥 같은 존재라고 말한다. 포스트모더니즘의 몸뚱어리를 만져본 이론가들은 그것을 가리켜 널빤지 같은 존재라고 지적한다. 그런가 하면 포스트모더니즘의 코를 만져본 이론가들은 그것을 가리켜 나팔 같은 존재라고 주장하기도 한다. 이렇게 포스트모더니즘은 어떤 관점에서 정의를 내리느냐에 따라 그 개념과 본질이 크게 달라지게 마련이다. 분명히

---

[1] 이 글은 『성곡논총』 제21집(1990)과 김욱동 편 『포스트모더니즘의 이해』(문학과 지성사, 1995)에 수록되어 있다.

포스트모더니즘은 코끼리처럼 정의를 내리기 힘든 개념임에 틀림없다.

　무엇보다도 먼저 포스트모더니즘은 문학을 비롯한 예술 전통이나 이론 가운데에서 가장 뒤늦게 태어난 막내아들에 해당한다. 다시 말해서 그것은 문예 전통이나 사조 또는 이론 가운데서도 가장 최근에 모습을 드러낸 현상이다. 비록 몇몇 이론가들은 벌써 포스트모더니즘의 죽음과 종말을 고하고 있지만 아무래도 그것은 마치 발육 단계에 있는 어린아이처럼 아직도 생성하고 발전하는 단계에 있다고 보는 쪽이 더 옳다. 그렇기 때문에 정확한 개념이나 본질을 파악하기에는 포스트모더니즘은 아직도 유동적인 상태에 있으며 객관적으로 정의를 내리고 평가하기에도 역사적 퍼스펙티브가 매우 짧다. 예술 전통이나 사조는 마치 모자이크 그림과 같아서 그것을 바라보는 거리가 너무 지나치게 짧거나 또는 너무 지나치게 길 때 그 모습을 정확히 헤아리기란 아주 어렵다.

　어떤 의미에서 포스트모더니즘은 본질적으로 정의를 내릴 수 없는 개념인지도 모른다. 미국에 실존주의 철학을 소개하고 전파하는 데 크게 이바지한 월터 카우프만은 일찍이 실존주의를 언급하면서 그것은 본질적으로 정의를 내릴 수 없는 개념이라고 밝힌 적이 있다. 왜냐하면 정의되기를 거부하는 것 그 자체가 실존주의의 가장 핵심적 원칙을 이루고 있기 때문이다. 그런데 카우프만의 이 이론은 실제로 포스트모더니즘의 경우에도 거의 그대로 적용할 수 있다. 무엇보다도 다원성과 상대성 그리고 비결정성을 기본적인 입장으로 받아들이고 있는 포스트모더니즘은 어느 한 개념의 틀에 갇히기를 싫어한다. 대부분의 정의가 으레 그러하지만 특히 포스트모더니즘은 정의라는 울타리 안에 포함되어 있는 내용보다 오히려 정의의 울타리 밖에 배제되어 있는 내용이 더 많다. 뿐만 아니라 그것은 마치 카멜레온처럼 어느 한 상태로 남아 있지 않고 서로 다른 시간과 공간에 따라 다른 모습을 보여준다.

그런데 포스트모더니즘의 개념과 본질을 정확히 규정하기도 전에 시중에 떠도는 일상어가 되어버렸기 때문에 문제는 한결 더 복잡해진다. 포스트모더니즘은 예술가들이 작품을 통해 충분히 형상화하기도 전에 비평가들과 이론가들의 논의 대상이 되기 시작하였다. 모더니즘의 경우만 하더라도 이론적인 논의는 그 전통에 속한 예술 작품들이 거의 완전히 결실을 거둔 뒤에서야 비로소 이루어졌다. 즉 모더니즘 예술은 줄잡아 말해서 제1차 세계 대전 직후에 시작하여 제2차 세계 대전이 끝난 사이에 가장 찬란한 꽃을 피웠으며, 그것에 대한 중요한 논의는 그 이후에서야 본격적으로 이루어졌다. 이런 현상은 리얼리즘이나 자연주의 또는 상징주의 같은 예술 전통이나 이론의 경우에도 크게 다르지 않다. 그러나 포스트모더니즘은 예술 운동으로 미처 굳어지기도 전에 비평가의 용어가 되어버리다시피 하였던 것이다. 예술가들은 마치 살아 있는 나비와 같아서 그것을 포착하려고 하면 할수록 곧 어디론가 속절없이 사라져버리기 일쑤이다. 노먼 홀랜드가 지적하였듯이 "이미 포스트모더니즘에 대해 논문들을 집필하고 저서들과 학술지의 특집호를 발행할 때 우리는 벌써 그것을 통과하여 다른 편으로 나아가고 있다는 사실을 깨닫게 된다. 일단 우리가 포스트모더니즘에 대해 이름을 붙이게 되면 예술가들은 이제 더 종전과 같이 예술 행위를 '행할' 수 없다."2)

그런데 이렇게 불가사의하고 변화무쌍한 포스트모더니즘의 개념과 성격을 올바르게 규명하려면 무엇보다도 먼저 그 용어가 유래한 意味素를 자세히 살펴볼 필요가 있다. 여기서 포스트모더니즘의 의미소란 두말할 나위

---

2) Norman Holland, "Postmodern Psychology", in *Innovation/Renovation: New Perspectives on the Humanities*, ed. Ihab Hassan and Sally Hassan (Madison: University of Wisconsin Press, 1983), p.306.

없이 모더니즘을 가리킨다. 포스트모더니즘은 과연 어떤 면에서 모더니즘과 공통점을 지니고 있는가? 그리고 그것은 과연 어떤 면에서 모더니즘과 변별적인 차이가 있는가? 포스트모더니즘의 개념과 본질은 사실상 이 질문에 대한 답에서 거의 대부분 찾아볼 수 있다고 해도 조금도 지나친 말이 아니다.

1. 모더니즘에서 포스트모더니즘으로

모더니즘과 포스트모더니즘의 관계를 규명하는 데 우리는 무엇보다도 먼저 한 가지 전제를 받아들여야 한다. 여기서 한 가지 전제란 포스트모더니즘이 단순히 모더니즘과 완전히 단절을 꾀하지 않는다는 점이다. 이제까지 많은 이론가들은 포스트모더니즘을 모더니즘으로부터의 이탈이나 그것에 대한 비판적 반작용이라는 관점에서 파악해왔다. 그들에 따르면 포스트모더니즘은 모더니즘이 모두 불타버린 뒤 그 잿더미를 헤치고 나온 일종의 예술적 불사조에 해당하는 셈이다. 이런 현상은 특히 미국 이론들의 경우에 더욱 두드러지게 나타난다. 가령 존 바스나 레슬리 피들러 또는 어빙 하우 같은 미국의 작가들과 이론가들은 이런 입장을 견지해온 가장 대표적인 사람들로 꼽힌다. 그리고 다우브 W. 포케마 같은 유럽의 이론가들 또한 이 점에서는 크게 다르지 않다.[3]

---

3) 이 문제에 관해서는 다음 논문과 저서를 참고하라. John Barth, "Literature of Exhaustion", "Literature of Replenishment", in *The Friday Book: Essays and Other Nonfiction*(New York: Perigee Books, 1984), pp. 62~76, 193~206; Leslie Fiedler, "The New Mutants", "Cross the Border—Close the Gap", in *A Fiedler Reader*(New York:

그런데 이런 현상은 미국과 유럽뿐만 아니라 주로 그들의 이론을 거의 그대로 답습해온 우리나라의 경우에도 마찬가지로 해당한다. 예를 들어 우리나라의 어느 한 이론가는 포스트스트럭추얼리즘이라는 용어를 우리말로 '脫구조주의'로 옮기듯이 포스트모더니즘을 '탈모더니즘'으로 옮긴다. 그의 이런 번역어의 밑바닥에는 포스트모더니즘이나 포스트스트럭추얼리즘을 모더니즘이나 구조주의와의 단절과 반작용으로 파악하려는 강한 의지를 읽을 수 있다. 그러나 '포스트'라는 접두어는 '단절'이나 '이탈' 또는 '반작용' 같은 어떤 가치 평가를 함축하고 있는 것은 사실이지만, 그에 못지않게 특정한 예술 전통이나 이론 '다음에 오는' 後時性을 가리킨다. 본질적인 면에서 포스트모더니즘은 20세기 초엽에 대두된 다다이즘이나 초현실주의 또는 미래파를 비롯한 아방가르드 예술 운동을 포함하여 흔히 모더니즘으로 일컫는 문학과 예술 전통의 기본적인 특징을 거의 대부분 그대로 받아들인다. 그러므로 포스트모더니즘을 모더니즘과 지나치게 엄격히 구분 지으려는 입장은 그다지 큰 설득력을 갖지 못한다.

포스트모더니즘과 모더니즘의 관계는 사실상 매우 복잡하고 미묘하게 이루어진다. 왜냐하면 포스트모더니즘은 한편으로는 모더니즘의 기본 입장을 계승하여 극단적인 형태로 발전시키고, 다른 한편으로는 모더니즘의 한계와 모순을 극복하려고 하기 때문이다. 물론 그렇다고 포스트모더니즘이 단순히 모더니즘의 연속이나 계승이라는 말은 결코 아니다. 그것은 포스트모더니즘이라는 용어만 보더라도 쉽게 알 수 있다. '포스트'라는 접두어가 명시적으

Stein and Day, 1977), pp. 189~219, 270~94; Irving Howe, "Mass Society and Postmodern Fiction", in *Decline of the New*(New York: Horizon Press, 1970), pp. 190~207; Douwe W. Fokkema, *Literary History, Modernism, and Postmodernism* (Amsterdam/Philadelphia: John Benjamins, 1984), pp. 19~56

로 가리키고 있듯이 이 용어는 어떤 유형이건 그리고 어느 정도이건 가치 전도를 전제로 하여 이루어지고 있기 때문이다. 만약 이 두 전통이나 사조가 서로 동일한 것이라면 그런 접두어를 사용할 필요가 없을 것이다. 한마디로 포스트모더니즘은 모더니즘의 기본 입장을 계승하고 발전시키는 동시에 모더니즘의 한계를 초월하고 극복하려고 한다.

포스트모더니즘이 모더니즘과 맺고 있는 관계에 대해 이합 핫산은 이 두 전통이나 이론은 소비에트의 '철의 장막'이나 중국의 '만리장성'과 같은 장벽에 의해 구별되지 않는다고 지적한 적이 있다.[4] 핫산이 사용하고 있는 정치적 메타포를 좀더 밀고 나간다면, 포스트모더니즘과 모더니즘의 관계는 오히려 독일의 베를린 장벽에 비유할 수 있을 것이다. 이제 서독과 동독 사람들은 이렇다 할 만한 제약이 없이 비교적 자유롭게 장벽을 넘어 서로 왕래할 수 있게 되었다. 그런데도 서베를린과 동베를린 사이에는 눈에 보이지 않는 또 다른 장벽이 여전히 존재해 있다.

이 문제와 관련하여 그 동안 포스트모더니즘을 연구하고 소개하는 데 남다른 정열을 보여 온 린더 허천은 최근에 출판한 저서 『포스트모더니즘의 시학』(1988)에서 "포스트모더니즘은 단순히 모더니즘과의 급진적인 단절이 아니며 또한 그것과의 일직선인 연속도 아니다. '모두 둘 다'라는 입장을 취하는 동시에 '어느 쪽도 아니다'라는 입장을 취한다"[5]고 밝힌다. 그러므로 만약 우리가 포스트모더니스트들을 다른 전통이나 사조와 구별짓는다면,

---

4) Ihab Hassan, "Toward a Concept of Postmodernism", in *The Postmodern Turn: Essays in Postmodern Theory and Culture*(Columbus: Ohio State University Press, 1987), p. 88.
5) Linda Hutcheon, *A Poetics of Postmodernism: History, Theory, Fiction*(London: Routledge, 1988), p. 18.

모더니즘보다는 차라리 고전주의나 리얼리즘과 구별짓는 쪽이 훨씬 더 옳을 것이다.

지금까지 많은 이론가들이 포스트모더니즘의 개념을 정립하고 그 성격을 규명하려고 시도해왔다. 이들 이론가들 가운데에서도 특히 방금 언급한 이합 핫산의 시도는 눈여겨볼 만하다. 비교적 최근에 발표한 논문 「포스트모던 퍼스펙티브에서 본 다원론」(1986)에서 그는 포스트모더니즘의 특징을 다음과 같이 11가지 관점에서 파악한다. 그에 따르면 포스트모더니즘은 1) 비결정성, 2) 파편화, 3) 脫正典化, 4) 자아의 분산, 5) 비제시성과 비재현성, 6) 아이러니, 7) 잡종화, 8) 카니발화, 9) 행위와 참여, 10) 구성주의, 11) 내재성 등의 특징을 지닌다.[6] 그런데 이런 특징은 핫산 자신이 솔직히 인정하듯이 서로 적잖이 중복될 뿐만 아니라 상충되고 모순되기까지 한다. 더욱이 이 특징 가운데에서 어떤 것은 모더니즘의 속성에 더 가까운가 하면, 다른 것은 포스트모더니즘의 속성에 더 가깝다. 그렇기 때문에 그의 이론은 포스트모더니즘의 개념과 성격뿐만 아니라 모더니즘의 그것을 규명하는 데에도 별다른 도움을 주지 못한다.

그렇다면 포스트모더니즘은 과연 어떤 면에서 모더니즘의 기본 입장을 계승하고 그것을 논리적으로 발전시키고 있는가? 다시 말해서 이 두 전통과 이론은 서로 어떤 공통적인 패러다임을 지니고 있는가? 본질적으로 포스트모더니즘은 1) 전통과의 단절, 2) 불확정성, 3) 파편화, 4) 反리얼리즘, 5) 전위적 실험성, 6) 아이러니와 패러독스, 그리고 7) 비역사성과 비정치성 등에서 모더니즘과 공통점을 지닌다. 물론 그렇다고 모더니즘과 포스트모더니즘이 이런 특징들에 대해 동일한 입장을 취한다는 말은 아니다. 실제로

---

6) Hassan, "Pluralism in Postmodern Perspective", in *The Postmodern Turn*, pp. 168~73.

이런 특징에 대해 포스트모더니즘은 모더니즘보다 훨씬 더 극단적인 입장을 보인다. 방금 위에서 굳이 '본질적으로'라는 표현을 사용한 것은 바로 그 때문이다.

무엇보다도 포스트모더니즘은 모더니즘과 마찬가지로 기존의 전통과 인습에 대한 도전을 출발점으로 삼는다. 좀더 구체적으로 말해서 그것은 이제까지 서구 세계를 지배해온 휴머니즘 전통을 비판함으로써 변혁과 혁신을 추구하려고 한다. 바로 이 점에서 두 이론은 '대항문화'의 특성을 지닌다. 특히 모더니즘의 경우 이런 전통에의 도전은 시간이 지남에 따라 점차 대항적인 특성이 사라지고 오히려 그 자체로서 하나의 전통으로 굳어지게 되었다. 그리고 이런 현상은 아마 포스트모더니즘의 경우에도 예외가 되지 않을 것이다. 어쨌든 포스트모더니즘과 모더니즘은 무엇보다도 전통에의 단절을 특징으로 삼는다. 앞으로 자세히 밝히겠지만 문학을 비롯한 예술에서 이 사조나 이론이 도전하고 비판하고 있는 것은 다름 아닌 모방 이론에 기초하고 있는 리얼리즘 전통이다.

포스트모더니즘과 모더니즘이 다 함께 지니고 있는 두 번째 특징은 비결정성이나 비종결성 또는 불확정성이다. 사실상 이 특징은 이 두 전통의 핵심을 이루는 가장 중요한 철학적 기초이다. 앞으로 다룰 나머지 특징들은 모두 이 특징으로부터 비롯한다고 해도 그렇게 무리가 아니다. 이합 핫산은 이 점과 관련하여 이 "비결정성은 우리의 행동과 관념, 그리고 해석 행위에 침윤되어 있으며, 그것은 곧 우리의 세계를 구성하고 있다"[7]고 지적한다. 현재 우리가 살고 있는 20세기 후반을 흔히 '불확실성의 시대'라는 용어로 부르고 있는 것을 보아도 이 점을 잘 알 수 있다. 그런데 이 특성은 적어도

---

7) 같은 책, p. 168.

이론적인 측면에서는 이미 20세기 초엽부터 본격적으로 논의하기 시작하였다. 예를 들어 현대 물리학 이론에 새로운 전환점을 마련해준 알버트 아인슈타인은 일찍이 1905년에 특수 상대성 이론을, 1915년에 일반 상대성 이론을 발표하였다. 사실상 아이작 뉴턴의 물리학 이론을 완전히 뒤집어엎은 획기적인 이 이론은 20세기 초엽에 갑자기 나타난 것이라고 보기 어렵다. 어떤 의미에서 그것은 이미 지난 몇 십 년 동안 서구 세계에 널리 퍼져 있던 태도나 입장을 이론적으로 체계화한 것에 지나지 않기 때문이다. 그런가 하면 베르너 하이젠베르크는 1927년에 불확실성 원리를, 닐 보어는 같은 해 상보성 원리를 각각 발표하였다. 이 밖에도 비결정성이나 비종결성 또는 불확실성은 1930년에 발표된 쿠르트 괴델의 불완전성 정리 등에 의해 다시 뒷받침받는다. 이런 고전적인 이론이나 원리 말고도 최근에 들어와서는 토머스 쿤의 패러다임 이론과 파울 파이여아벤트의 과학철학도 포스트모더니즘에 굳건한 토대를 마련해 주었다.

그런데 이런 비결정성이나 비종결성 또는 불확정성은 물리학과 수학 같은 자연과학 분야보다도 오히려 문학을 비롯한 예술 분야에서 훨씬 앞질러 일어났다. 우리는 이런 경향을 벌써 19세기 초엽의 낭만주의 시인들에게서 찾아볼 수 있다. 예를 들어 존 키츠가 말하는 이른바 '부정적 능력'의 개념은 본질적으로 이런 특징과 무관하지 않다. 키츠는 일찍이 1817년 12월에 그의 동생에게 보낸 한 편지에서 "한 인간이 조바심스럽게 사실과 이성에 의존하려고 하지 않은 채 불확실성이나 신비스러움 또는 의구심과 더불어 살 수 있는 능력"[8]을 매우 소중하게 생각하였다. 특히 그는 문학가에게 이런 비이

---

8) *Letters of John Keats*, ed. Robert Gittings (Oxford: Oxford University Press, 1982), p. 43.

성적이고 초월적인 힘을 믿는 능력이야말로 예술적 업적과 직접적인 관계가 있다고 주장하였다.

이런 비결정이나 비종결성 또는 불확정성에 필수적으로 따르는 것이 바로 다원성과 상대성의 문제이다. 포스트모더니즘은 모더니즘과 마찬가지로 일원론이나 절대성을 배격하고 좀더 다원적이고 상대적인 관점에서 모든 현상을 파악하려고 한다. 프리드리히 니체는 일찍이 절대적인 것을 신봉하는 모든 것은 病的이라고 밝힌 적이 있다. 그런데 그의 말은 포스트모더니즘과 모더니즘의 이런 특징을 단적으로 지적한 표현이라고 할 수 있다.

문학 작품에서 이런 다원적이고 상대적인 특성은 여러 형태를 통해 다양하게 나타난다. 예를 들어 한 사람 이상의 서술자를 등장시키는 다층적 서술 구조, 하나 이상의 관점을 사용하는 복수적 관점이나 시점, 흔히 '열린 결말'로 불리는 종결 방식, 그리고 미하일 바흐친의 多聲性이나 異語性 또는 多語性 등 같은 이른바 대화주의 또는 대화론에서 가장 잘 드러난다. 더욱이 비결정성이나 불확정성은 롤랑 바르트의 포스트구조주의, 폴 드 만과 해럴드 블룸을 비롯한 문학 이론가들의 해체주의 비평과 이론, 그리고 볼프강 이저와 스탠리 피쉬의 독자지향이론 등에서 더욱 뚜렷하게 나타난다. 그런데 엄밀히 따지고 보면 문학을 비롯한 예술 일반에 나타나는 이런 일원론과 절대성의 붕괴는 포스트모더니즘이 시작되었다고 보는 20세기 중엽보다 훨씬 이전에 이미 시작되었다. 사실상 그것은 이미 낭만주의에서 처음 씨가 뿌려져 모더니즘에서 성장하여 포스트모더니즘에 이르러 활짝 꽃을 피웠다.

(포스트)모더니즘의 세 번째 특징인 파편화나 편린화 현상은 방금 위에서 논의한 두 번째 특징과 매우 밀접하게 관련되어 있다. 그런데 비결정성이나

비종결성 또는 불확정성과 마찬가지로 이 파편화나 편린화 역시 이미 모더니스트들이 시작하였다. 예를 들어 모더니즘 시 중에서도 가장 대표적인 작품으로 흔히 일컫는 T. S. 엘리엇의 『황무지』(1922)나 에즈라 파운드의 『휴 셸윈 모벌리』(1920) 같은 작품은 엘리엇의 말대로 "한줌의 부스러진 이미지"로 구성되어 있다. 독자들은 이런 작품에서 파편화된 이미지를 모두 긁어모아 하나의 의미를 재구성하도록 요구받는다. 이런 현상은 윌리엄 포크너의 『고함과 분노』(1929)나 제임스 조이스의 『율리시즈』(1922)와 같은 작품의 경우에도 크게 다르지 않다. 그러나 이 파편화나 편린화는 포스트모더니즘에 이르러 한결 극단적인 형태로 발전되었다. 포스트모더니즘에서는 특징적으로 결합보다는 단절, 질서보다는 혼돈, 그리고 총체성이나 종합보다는 해체나 분해를 더욱 중시하기 때문이다. "총체성에 대한 전쟁을 일으키자. […⋯] 여러 가지 차이점을 활성화시키고 가문의 명예를 지키자"9)는 장—프랑수아 리오타르의 주장은 바로 이 점을 웅변적으로 준다.

그런데 이런 파편화나 편린화는 문학 작품을 통해 여러 형태로 나타난다. 예를 들어 몽타주나 콜라주의 수법을 통해 구현되는가 하면, 또한 '의식의 흐름'이나 '내면독백'의 수법을 통해서도 구현된다. 뿐만 아니라 총체성에 대한 거부는 핫산의 이른바 '패러크리티시즘'이나 포스트구조주의의 문학 이론을 특징짓는 가장 중요한 요소 중의 하나이다. 특히 포스트구조주의는 이제까지 구조주의자들이 공시적인 체계의 수립을 통해 인간의 기호 세계를 정복하려고 시도해온 욕망과 갈망이 얼마나 헛된 것인가를 잘 보여준다.

---

9) Jean-François Lyotard, *The Postmodern Condition: A Report on Knowledge*, trans. Geoff Bennington and Brian Massumi (Minneapolis: University of Minnesota Press, 1984), p. 82.

우리는 (포스트)모더니즘의 네 번째 특징을 非提示性과 非再現性에서
발견할 수 있다. 여기서 비제시성과 비재현성이란 일찍이 플라톤과 아리스
토텔레스가 시작하여 신고전주의와 리얼리즘에서 극한점에 이른 모방 이론
에 대한 도전을 말한다. 모방이론에 따르면 문학을 비롯한 모든 예술은 자연
이나 우주 또는 삶의 실재를 '있는 그대로' 모방하거나 재현시키는 것을 가
장 중요한 목표로 삼는다. 낭만주의 전통에 입각하여 씌어진 작품들을 가리
켜 '아름다운 거짓말'로 간주하던 리얼리즘의 작가들은, 이렇게 삶의 모습을
아무런 주관적 편견 없이 객관적으로 솔직하게 재현하려고 했다. 리얼리즘
이론에서 거울이나 법정과 관련한 은유가 자주 쓰이는 것은 바로 그 때문이
다. 예를 들어 프랑스 리얼리즘 문학의 대표적인 작가 스탕달은 소설을 '길
을 따라 걸어가는 거울'에 빗댔으며, 조지 엘리엇은 『애덤 비 드』(1859)에서
"비록 거울에 흠이 있어 윤곽이 흐트러지고 반사가 흐려진다고 하더라도
작가는 마치 법원의 증언대에 서서 선서를 하고 진술하는 사람처럼 거울에
나타난 모습을 가능한 한 정확하게 그리지 않으면 안 된다"10)고 밝혔다.
니콜라이 레닌이 러시아의 문호 레오 톨스토이를 '러시아 혁명의 거울'이라
고 부른 것은 아주 유명하다.

그런데 리얼리즘 문학의 모방이론과 그것에 기초하고 있는 제시성과 재
현성은 모더니즘과 포스트모더니즘에 이르러 심각한 도전을 받는다. 실제로
反리얼리즘은 이 두 이론을 서로 결합시켜주는 가장 핵심적인 요소라고 할
수 있다. 방금 앞서 언급한 리오타르는 총체성에 대해 도전하였을 뿐만 아니
라 더 나아가 "제시할 수 없는 모든 것들에 대해 증인이 될 것"을 주장하였
다. 그는 포스트모더니즘의 이런 입장을 모세의 십계명 중에서 "우상을 만들

---

10) George Eliot, *Adam Bede* (New York: New American Library, 1961), p.174.

지 말라"는 맨 첫 번째 계명에 비유한다. 현대 미학을 임마누엘 칸트의 '숭고함'의 맥락에서 파악하려는 리오타르는 비제시성과 비재현성이 포스트모더니즘에 이르러 모더니즘의 경우보다 훨씬 더 첨예하게 부각되고 있다고 지적한다. 그에 따르면 "포스트모더니즘은 모더니즘에서는 제시할 수 없는 것을 바로 제시하는 것, 훌륭한 형식의 위로와 성취할 수 없는 것에 대한 향수를 함께 공유할 수 있도록 해주는 취향의 일치를 스스로 거부하는 것, 그리고 그것을 즐기기 위해서 새로운 제시를 추구하는 것"11)을 뜻한다. 리오타르는 바로 이런 점에서 포스트모더니스트들이 철학자들과 동일한 위치를 차지하고 있다고 밝힌다.

(포스트)모더니즘의 다섯 번째 특징은 전위적 실험성이다. 포스트모더니즘은 무엇보다도 왕성한 실험 정신에 무게를 싣는다. 포스트모더니스트들은 흔히 전위적이고 실험적인 형식과 기교를 통해 부르주아의 정신적 자기 만족감을 파괴하려고 한다. 이런 목적을 달성하기 위해 그들은 모더니스트들과 마찬가지로 흔히 리얼리즘 예술가들이 추구해온 삶에 대한 환상을 의도적으로 깨트린다. 빅토르 쉬클로프스키나 보리스 아이헨바움 같은 러시아 형식주의자들이 말하는 '낯설게 하기'나 '탈자동화'의 개념, 그리고 베르톨트 브레히트의 '소외 효과'의 개념은 이 실험성과 깊이 연관되어 있다. 그런데 포스트모더니즘의 이런 특징은 다다이즘이나 초현실주의 또는 미래파 같은 아방가르드 예술 운동 그리고 모더니즘에서 이미 시작되었으며 포스트모더니즘에 이르러 정점에 이르게 되었다. 비유적으로 말해서 모더니즘의 실험성이 '일방통행로'에 해당한다고 한다면, 포스트모더니즘의 그것은 '막다른 골목'에 해당한다.

---

11) Lyotard, p. 81

그런데 1960년대부터 심심지 않게 거론되어온 이른바 '소설의 죽음'의 문제는 바로 포스트모더니즘의 전위적 실험성과 무관하지 않다. 포스트모던 소설은 극단적인 실험성에 의존함으로써 부르주아의 삶을 표현한다는 소설 본연의 임무를 수행하지 못하게 되었으며, 그 결과 부르주아 독자들을 잃어버리게 되었다. 이제 소설은 독자들과 거의 유리된 채 대학 강의실에서나 다루는 연구 대상이 되었을 뿐 빅토리아 시대처럼 대중들의 일상적 삶 속에 깊숙이 침투하는 데는 실패하였다. 최근에 들어와서 다시 '소설의 죽음의 죽음'의 문제가 거론되고 있지만 전통적인 의미의 소설은 아직도 부활되지 않은 채 여전히 사망 상태, 또는 기껏해야 빈사 상태에 놓여 있다고 보는 쪽이 더 옳다.

아이러니와 패러독스는 (포스트)모더니즘을 규정짓는 여섯 번째 특징이다. 본질적으로 비결정성이나 비종결성 또는 불확정성에서 비롯하는 결과라고 할 아이러니는 외견과 실재, 기대와 결과, 그리고 사건과 문맥 사이의 간극이나 불일치를 통해 고정 불변한 의미나 의도를 불가능하게 만듦으로써 어느 한 중심이나 권위에 도전하려고 한다. 아이러니는 포스트모더니즘은 말할 것도 없거니와 모더니즘에서 사용되는 매우 중요한 장치 중의 하나이다. 그러나 이 두 전통이나 이론은 그것을 사용하는 방법에서는 조금 차이를 보인다. 즉 모더니즘의 경우 아이러니는 상징이나 메타포 또는 알레고리와 마찬가지로 일견 서로 모순되고 상충되는 인간 경험을 결합시키기 위한 수단으로 주로 사용되는 반면, 포스트모더니즘에서 아이러니는 오히려 인간 경험의 복합성과 다양성을 강조하려고 사용하기 일쑤이다.

한편 앨런 와일드는 이 점과 관련하여 『同意의 지평』(1981)에서 아이러니를 '중재적 아이러니'와 '분리적 아이러니', 그리고 '미정적 아이러니'의 세 유형으로 분류한다. 여기서 중재적 아이러니란 풍자와 깊이 관련된 것으로서 인간의 타락과 더불어 잃어버린 낙원을 다시 회복하려는 시도를 말한다. 따라서 무엇보다도 균형과 조화, 그리고 통합을 가장 중요한 이상으로 간주하게 마련이다. 모더니즘의 특징적 형태인 분리적 아이러니는 일종의 패러독스의 상태를 지향한다. 여기서는 무엇보다도 단절되고 파편화된 세계를 중요하게 생각한다. 극단적 형태를 취하고 있는 절대적 아이러니는 이런 단속성을 인정하면서도 동시에 그것을 통제하려고 한다. 그리고 미정적 아이러니는 주로 포스트모더니즘과 관련된 아이러니로서 다양성·임의성·우발성·부조리 등의 좀더 급진적 비전의 특징을 지닌다. 와일드에 따르면 이 경우 "모호성과 패러독스는 곤경의 상태로 바뀌며 또한 혼란과 불확실성의 세계와 차분하게 관계를 맺고 있다. 그런데 이런 세계에서는 우리는 기껏해야 E. M. 포스터가 말하는 '삶의 보다 작은 즐거움', 그리고 스탠리 엘킨이 말하는 '작은 만족감'을 얻기를 바랄 수 있을 뿐이다."12)

  (포스트)모더니즘의 일곱 번째 특징은 비역사성과 공시성, 그리고 그것에 수반되는 비정치성이다. 본질적으로 그것은 모더니즘과 마찬가지로 역사의 연속성보다는 역사의 불연속성을, 전통의 계승보다는 전통의 단절에 무게를 싣는다. 제임스 조이스의 소설 『율리시즈』의 주인공 스티븐 디덜러스처럼 거의 대부분의 모더니스트들과 포스트모더니스트들은 인간의 역사를 우리 모두가 깨어나고 싶어하는 '악몽'으로 간주한다. 우리가 흔히 (포스트)모더니즘을 파괴적이고 혁명적인 현상으로 간주하는 것은 바로 그 때문이다. 그런데 (포스트)모더니즘의 비역사적 특성이나 비정치적 특성은 방금 앞서

---

12) Alan Wilde, *Horizons of Assent: Modernism, Postmodernism, and the Ironic Imagination* (Baltimore: Johns Hopkins University Press, 1981), p. 10.

밝힌 전위적 실험성의 특징과 밀접한 관련을 맺고 있다. 역사적 통시성을 배제하는 포스트모더니즘은 자연히 주어진 시간 안에서 새로운 방법과 기교를 모색하여야 하기 때문이다.

(포스트)모더니즘의 비역사적―비정치적 특성은 그 동안 많은 이론가들로부터 비판의 대상이 되어왔다. 이 중에서도 독일의 신보수주의자 위르겐 하버마스의 비판은 아마 가장 대표적인 사람으로 꼽힌다. 1977년 독일의 프랑크프루트시가 수여하는 테오도르 아도르노 賞을 받고 행한 수상 연설에서 그는 비역사적이라는 이유로 미셸 푸코나 자크 데리다 같은 프랑스의 철학자들, 즉 그의 표현을 빌면 '젊은 보수주의자들'을 신랄하게 비판한다. 그런데 하버마스의 이런 입장은 미국의 사회학자 다니엘 벨의 이론에서도 엿볼 수 있다. 그는『자본주의의 문화적 모순』(1976)에서 모더니즘과 포스트모더니즘이 지니고 있는 부정적이고 파괴적인 특성과 함께 비역사성과 비정치성을 비판하기 때문이다. 그리고 프레드릭 제임슨도 하버마스나 벨과 마찬가지로 포스트모더니즘의 비역사적 특성과 비정치적 특성을 날카롭게 지적한다. 포스트모더니즘을 후기 자본주의의 문화적 논리로 파악하는 제임슨은 무엇보다도 포스트모더니즘의 비역사성과 비정치성에 대해 못마땅하게 생각한다.

그런데도 몇몇 이론가들은 포스트모더니즘이 모더니즘과는 달리 역사성을 지니고 있다고 주장한다. 예를 들어 이합 핫산은 앞서 언급된 논문「포스트모던 퍼스펙티브에서 본 다원론」에서 마르틴 하이데거의 '동시간성'의 개념을 언급하면서 포스트모더니즘이 현재를 강조하기 위해서 과거를 부정하지는 않는다고 지적한다. 그러나 누구보다도 포스트모더니즘의 역사적 특성을 강조하는 이론가는 바로 린더 허천이다. 그녀는 앞에서 언급한 책『포스트모더니즘의 시학』에서 "포스트모더니즘은 기본적으로 모순적이고 단호하게 역사적이며 불가피하게 정치적"13)이라고 못박는다. 따라서 허천은 그녀가 말하는 '史料的 메타픽션'을 가장 핵심적인 포스트모더니즘 문학 장르로 간주한다. 여기서 '사료적 메타픽션'이란 "지극히 자기반영적이면서도 동시에 역설적으로 역사적 사건과 역사적 인물에 대해 관심을 갖는 잘 알려진 대중 소설"14)을 말한다. 그리고 허천은 이런 기준에 따라 1960년대 미국의 '서픽션'(超소설)과 프랑스의 누보로망을 포스트모더니즘의 범주에서 제외시켜버리는 오류를 범한다.

그렇다면 이합 핫산이나 린더 허천의 오류는 과연 어디서 비롯하는 것일까? 한마디로 그들의 오류는 문학의 영역과 다른 예술의 영역을 서로 너무 지나치게 동일시하거나 혼동하는 데서 비롯한다. 우리는 방금 앞서 포스트모더니즘을 균형 있게 논의하려면 단순히 문학뿐만 아니라 문학 외의 다른 예술 영역을 함께 염두에 두어야 한다고 지적했다. 그러나 이것은 포스트모더니즘을 문학에만 국한시키지 말고 그것을 좀더 포괄적인 안목에서, 즉 그것을 일종의 문화적 지배소라는 관점에서 파악하자는 말이지 서로 다른 영역을 동일시하거나 혼동하자는 말은 아니었다. 포스트모더니즘은 주어진 시대 안에서 문화 일반에 공통적으로 나타나는 현상이지만 그렇다고 서로 동일한 형태로, 그리고 동일한 시기에 나타나지는 않는다. 특히 문학은 미술이나 건축과 같이 동일한 포스트모던 시대의 산물이면서도 그런 공간 예술과는 중요한 점에서 차이점을 보여준다. 포스트모던 미술이나 건축은 다른 어떤 예술 영역보다도 역사성에의 복귀 현상이 비교적 강하게 나타난다. '역사적 절충주의'의 특징을 지니고 있는 이 두 분야에서는 모더니즘과의 단절을 좀

---

13) Hutcheon, p. 4.
14) 같은 책, p. 5.

더 뚜렷이 엿볼 수 있다. 그런데도 허천을 비롯한 몇몇 이론가들은 포스트모
던 건축을 모델로 삼아 포스트모더니즘의 이론을 정립하고 있다.

2. 포스트모더니즘의 특징

지금까지 우리는 포스트모더니즘이 본질적으로 모더니즘과의 단절이라
기보다는 오히려 그것의 논리적인 계승이며 발전이라는 전제 아래 포스트모
더니즘을 규정짓는 중요한 특징들을 논의해왔다. 그러나 이미 앞서 지적하
였듯이 포스트모더니즘은 모더니즘을 논리적으로 계승하고 발전시킨 것이
라면, 그것은 또한 모더니즘에 대한 비판적 반작용으로서 그것의 한계를
극복하려고 하는 시도라고 할 수 있다. 그러므로 포스트모더니즘은 기본적
으로 모더니즘과 공통적인 특징을 지니고 있는 반면, 다른 중요한 면에서는
그것과 구분되는 몇몇 특징을 지니고 있다. 만약 포스트모더니즘을 모더니
즘과 변별적으로 구분 지을 수 있다면, 그것은 다름 아닌 이런 특징 때문이다.
무엇보다도 포스트모더니즘은 모더니즘과는 달리 이른바 脫正典化 또는
脫中心化 현상이 뚜렷이 드러난다. 실제로 이 현상은 포스트모더니즘을 규
정짓는 가장 핵심적인 요소라고 할 수 있다. 앞으로 논의할 나머지 모든
특징들은 어디까지나 이 특징에서 비롯하는 것에 지나지 않는다. 正典이라
는 말은 원래 기독교적인 신앙과 행위의 기준이나 교회의 법규 또는 外典과
대조되는 정통 정전을 가리키는 말이다. 그러나 시간이 지나면서 이 용어는
점차 종교적 의미를 잃어버리고 좀더 세속적인 의미로 쓰이게 되었다. 특히
문학을 비롯한 예술에서 이 용어는 흔히 '초서 정전'이나 '셰익스피어 정전'

이라는 표현에서 잘 나타나 있듯이 주어진 어느 한 작가의 가짜가 아닌 진짜 작품으로 판명된 작품들이나 또는 그런 작품들의 목록을 가리킨다. 그런데 탈정전화는 넓게는 神의 죽음에서 작가의 죽음, 좁게는 학교 교육의 교과 과정의 수정에 이르기까지 매우 폭넓게 퍼져 있는 현상이다. 따지고 보면 전통이나 인습에 대한 도전에서 잘 나타나 있듯이 모더니즘 역시 그 나름대로 이런 정전이나 권위를 비판하는 것이 사실이다. 그러나 모더니즘은 이런 도전에도 불구하고 여전히 엄격한 계급적 질서와 권위를 강조하였다. 포스트모더니즘은 1) 자아와 주관성에 대한 새로운 입장, 2) 패러디와 패스티쉬, 3) 행위와 참여, 4) 임의성과 우연성, 5) 주변적인 것의 부상, 6) 장르 확산이나 탈장르화, 그리고 7) 자기반영성 등에서 모더니즘과 변별적인 차이점을 보여준다.

무엇보다도 포스트모더니즘은 자아나 주관성에 대한 새로운 태도를 지닌다. 사실상 자아나 주관성의 문제는 서구 휴머니즘 전통의 근간을 이루어온 아주 중요한 개념이다. 현대 철학의 아버지로 흔히 일컫는 르네 데카르트는 일찍이 인간의 본질을 思考의 특성에서 찾았다. 그런데 이런 사고는 다름 아닌 자아의 개념에서 비롯하는 것이다. 잘 알려져 있는 것처럼 모더니즘은 자아와 주관성, 그리고 그것에 기초를 두고 있는 개인주의를 무엇보다도 중요시하였다. 특히 문학을 비롯한 예술에서 자아나 주체는 텍스트에 존재하는 고정된 의미를 만들어내는 장본인일 뿐만 아니라 그 의미의 기원에 해당한다. 그러나 이런 자아나 주관성은 포스트모더니즘에 이르러 심각한 도전을 받게 되었다. 좀더 구체적으로 말해서 최근에 들어와 자아의 중요성이나 총체성의 문제보다는 오히려 자아의 분산이나 자아의 상실의 문제가 부쩍 관심을 받기 시작했다. 다니엘 벨은 앞서 언급된『자본주의의 문화적 모순』에서 "모더니즘은 이제 고갈되었으며, 다양한 유형의 포스트모더니즘은 [……] 단순히 개인적 에고를 제거하기 위한 노력을 자아를 분해시키는 것에 지나지 않는다"[15]고 지적한다.

이렇게 포스트모더니즘은 바로 데카르트의 '코기토 cogito'의 입장에 반기를 든다. 이합 핫산이 지적하듯이 포스트모더니즘의 선구자라고 할 수 프리드리히 니체는 일찍이 '주체'를 오직 허구에 지나지 않는 것으로 파악하였다. 니체는 "우리가 에고이즘을 비난할 때 말하는 에고란 전혀 존재하지 않는다"[16]고 못박는다. 그렇기 때문에 낭만주의자들이나 모더니스트들이 그 동안 중시해온 에고를 포스트모더니스트들은 총체화나 중심화를 가져오는 장본인으로서 바람직하지 못한 존재로 간주한다. 문학에서 이런 자아의 상실이나 분산은 T. S. 엘리엇이 말하는 '몰개성 이론'이나 심층적 깊이를 회피하는 표층적인 스타일에서 가장 잘 나타난다. 포스트모더니즘의 중요한 일부를 이루는 누보로망은 다름 아닌 자아나 주체의 소멸을 그 출발점으로 삼는다. 롤랑 바르트가 본격적으로 제기하기 시작한 이른바 '작가의 죽음'이나 '작가의 실종'의 문제도 따지고 보면 바로 여기에서 비롯한다.

둘째, 포스트모더니즘은 패러디나 패스티쉬를 핵심적인 예술적 장치로 사용한다. 두말할 나위 없이 이 특징은 어디까지나 자아의 분산이나 상실의 경우와 마찬가지로 탈정전화나 탈중심화에서 비롯하는 현상이다. 18세기 초엽부터 널리 사용되어온 패러디의 대상은 그것이 모방하는 원형의 약점이나 위선 또는 자기 인식의 결여 등이 될 수도 있고, 작품이 될 수도 있으며,

---

15) Daniel Bell, *The Cultural Contradictions of Capitalism* (New York: Basic Books, 1978), p. 29.

16) Friedrich Nietzsche, *The Will to Power*, ed. Walter Kaufmann, trans, Walter Kaufmann and R. J. Hollingdale (New York: Random House, 1967), p. 199.

또는 작가나 작가 집단의 어느 한 공통적인 스타일이 될 수도 있다. 경우에 따라서는 문학 작품이나 스타일이 아닌, 정치가나 저널리스트 또는 학자의 글이나 말이 그 대상이 되기도 한다. 예를 들어 호르헤 루이스 보르헤스의 단편 작품 『돈키호테』의 저자 피에르 메나르(1956)는 다름 아닌 미겔 데 세르반테스의 『돈키호테』(1605)에 대한 일종의 패러디이다. 그런가 하면 러시아 태생의 미국 작가 블라디미르 나보코프의 소설 『창백한 불꽃』(1962) 은 어떤 면에서 현학적이고 사변적인 학문 세계, 특히 인문 과학에 대한 일종의 패러디라고 할 수 있다. 그런데 보르헤스와 나보코프에서 볼 수 있듯이 패러디를 사용하는 사람의 예술적 능력에 따라서 그것은 단순히 寄生的인 작품으로 전락하는 반면, 경우에 따라서는 원형에 못지않게 훌륭한 창조적인 작품이 되기도 한다.

그런데 포스트모더니즘에서 패러디는 모더니즘과 비교하여 다른 양상과 형태로 나타난다. 모더니즘에서 패러디는 어디까지나 암시적이고 산발적으로 나타나는 반면, 포스트모더니즘에서는 좀더 명시적으로 그리고 일관성 있게 드러난다. 뿐만 아니라 전자의 경우 패러디가 부정적이며 파괴적인 특성을 지니고 있다면, 후자의 경우 좀더 긍정적이고 가치중립적인 특성을 지니고 있다. 특히 여기서는 한 작가의 한 작품 대신에 한 사람 이상의 여러 작가들의 작품들이 모방의 대상이 된다. 예를 들어 토머스 핀천은 그의 작품 『브이』(1963)에서 조셉 콘래드의 『어둠의 속』(1900)과 마르셀 프루스트의 자의식적 소설 『잃어버린 시간을 찾아서』를 패러디의 대상으로 삼는다. 그런가 하면 그는 『49호 경매품 부르기』(1966)에서는 17세기 초엽 영국 자코비언 시대의 극작가들의 작품들을 비롯한 여러 작품을 패러디의 대상으로 삼는다. 더욱이 포스트모더니즘에서는 특정한 작가들의 작품으로부터 어구나 모티프 또는 이미지 등을 거의 그대로 빌려 오고 있으며 경우에 따라서 이런 태도는 표절에 가깝다고 할 수 있다. 이런 특성을 강조하기 위해 레이먼드 페더먼은 표절을 가리키는 '플레이지어리즘 plagiarism'이라는 말로부터 '플레이지어리즘 playgiarism'이라는 신조어를 만들어내기도 하였다.

프레드릭 제임슨은 「포스트모더니즘, 또는 후기 자본주의의 문화적 논리」(1984)에서 포스트모더니즘에서 주로 사용하고 있는 유형의 패러디를 구별하기 위해 '패스티쉬'라는 용어를 사용한다. 원래 이탈리아어의 어원 '패스티치오'라는 말이 가리키고 있듯이 그것은 이질적인 것들이 서로 잡다하게 혼합되어 있는 상태를 말한다. 지금은 별로 사용하고 있지 않지만 패스티쉬와 거의 동의어와 다름없는 '센토'나 '센토니즘'을 보면 그 의미가 훨씬 분명해진다. 원래 라틴어에서 갈라져나온 '센토'라는 말은 여러 가지 헝겊 조각들을 주워 모아 만든 누더기 옷을 가리키는 표현이었다. 그런데 제임슨은 패러디가 주로 모더니즘에서 사용된 반면, 패스티쉬는 주로 포스트모더니즘에서 사용되고 있다고 지적한다. 그는 이 개념을 토마스 만의 『파우스트 박사』(1947), 좀더 거슬러 올라가 아르놀트 셴베르크와 이고르 스트라빈스키의 실험음악에 관한 테오도르 아도르노의 저서에서 그 기원을 찾는다. 그런데 제임슨에 따르면 패러디와 비교하여 패스티쉬에는 풍자적인 특성뿐만 아니라 해학적 특성이 한결 더 결여되어 있다.

이런 [포스트모더니즘] 상황에서 패러디는 그 임무를 제대로 수행하지 못한다. 그것은 지금까지 영향력을 행사해왔지만, 이제 패스티쉬라는 이상스런 새 존재가 대신 그 자리를 차지하게 되었다. 패스티쉬는 패러디와 마찬가지로 어떤 특수한 가면의 모방이며 죽은 언어로 된 말이다. 그러나 그것은 그런 모방을 중립적으로 실행하는 것으로, 거기에는 패러디가 지니고 있는 궁극적인 동기도 없고, 풍자적 충동도 모두 거세되어 있으며, 웃음도 없고, 우리가 순간적으로 빌려 오는 비정상적인 언어 옆에는 여전히 어떤 건강한 정상적인 언어가 존재한다는 확신마저 없다. 그리하여 패스티쉬는 내용이 없는 패러디, 눈먼 눈동자를 지닌 조상(彫像)에 해당한다.[17]

포스트모더니즘이 이렇게 패러디나 패스티쉬를 중요한 장치로 사용하는 것은 다양한 이유에서 비롯한다. 특히 문학을 비롯한 예술에서 이제 작품의 소재가 고갈되거나 소진되었다는 인식에 그 뿌리를 두고 있다. 윌리엄 블레이크는 일찍이 "존재하는 모든 것은 이미 오래 전에 상상된 것이다"라고 주장한 적이 있다. 어느 작가들보다도 소재의 고갈을 첨예하게 느끼는 포스트모더니스트들은 과거에 이미 사용되었던 소재를 다시 재생하여 활용하려고 한다. 포스트모더니즘의 양식을 흔히 바로크 시대의 예술 양식에 견주는 것은 바로 그 때문이다.

그런데 린더 허천은 포스트모더니즘의 패러디나 패스티쉬를 단순히 모방이나 재활용 이상의 의미를 지니고 있다고 지적한다. 그녀는 바로 역사성과 사회성 그리고 이데올로기의 맥락에서 그 의미를 새롭게 찾아내려고 한다. 포스트모더니스트들이 이런 장치를 사용함으로써 지금까지 모더니스트들이 도외시해온 역사성을 다시 회복하려고 있다는 것이다.

지시 대상물로서의 과거는 프레드릭 제임슨이 믿고 싶은 것처럼 그렇게 제한되거나 소멸되지 않는다. 즉 과거는 병합되고 수정되며 새롭고 다른 삶과 의미를 부여받는다. 이것이 바로 오늘날 포스트모더니즘 예술이 우리에게 가

---

17) Fredric Jameson, "Postmodernism, or the Cultural Logic of Late Capitalism", *New Left Review* 146 (July—August, 1974), p. 67.

르쳐주는 교훈이다. 다시 말해서 심지어 현대 작품들 중에서 가장 자의식적이
고 가장 패러디적인 작품들까지도 그 작품들이 지금까지 존재해오고 지금 현
재도 계속 존재해 있는 역사적, 사회적 이데올로기적 맥락을 회피하는 대신
오히려 그것을 전면에 부각시키려고 한다. 그것은 미술과 마찬가지로 음악에
도 해당한다. 그것은 또한 건축과 문학의 경우에도 마찬가지로 해당하는 것이
다.18)

그러나 허천의 이 주장은 별다른 설득력이 없어 보인다. 왜냐하면 포스트
모더니즘은 모더니즘과 마찬가지로 본질적으로 역사성이나 사회성과는 여
전히 거리가 멀기 때문이다. 분명히 포스트모더니즘은 모더니즘과 비교해볼
때 한결 역사성에의 복귀나 사회적 특성 또는 휴머니즘 전통을 강조하는
것은 사실이다. 그러나 여기서 한 가지 염두에 두어야 할 것은 포스트모더니
즘이 과거 역사를 다시 되돌아볼 때 단순히 순진하게 되돌아보지 않는다는
점이다. 바꾸어 말해서 그것은 어디까지나 과거를 아이러니의 관점이나 비
판적인 안목에서 되돌아보는 것이다. 뿐만 아니라 허천은 여기서 공간 예술
에 속하는 미술과 건축을 시간 예술에 속하는 문학과 음악과 서로 동일시한
다. 그녀는 예술 비평가들이나 이론가들이 흔히 범하기 쉬운 '영역의 혼동'
의 오류를 범하고 있다. 이미 앞서 지적하였듯이 미술이나 음악 그리고 건축
과 문학은 다 같이 예술의 영역에 속하면서도 그것이 각각 지니고 있는 고유
한 특성 때문에 서로 다른 양상을 보여주게 마련이다.

이 점과 관련하여 여기서 잠시 헬 포스터의 이론을 살펴볼 필요가 있다.
그는 「(포스트)모던 논쟁」(1984)에서 포스트모더니즘을 크게 신보수주의적
유형과 포스트구조주의적 유형의 두 갈래로 나눈다. 그런데 그는 이 두 갈래

---

18) Hutcheon, pp. 24~25.

의 포스트모더니즘이 언뜻 서로 극단적으로 대립되는 것처럼 보이면서도
실제로는 중요한 점에서 서로 공통점을 지닌다고 지적한다. 여기서 그가
말하는 공통점이란 다름 아닌 비역사성이다. 다시 말해서 포스터는 포스트
모더니즘에서 말하는 역사성이란 얼마나 허구적인가 하는 점을 설득력 있게
보여준다. 린더 허천과 마찬가지로 상당 부분 건축과 미술에서 그의 이론의
모델을 빌려 오는 그는 패스티쉬가 역사성과는 아무런 관련성이 없다는 점
을 분명히 한다. 포스터에 따르면 "포스트모던 미술과 건축에서 패스티쉬
사용 탓에 스타일은 특정한 문맥뿐만 아니라 역사적 의미까지도 박탈당한
다. 수많은 상징물로 전락한 여러 스타일은 부분적 幻影의 형태로 재생된다.
이런 의미에서 '역사'는 物化되고 파편화되며 날조된다."19) 그러므로 포스
터는 포스트모더니즘의 역사를 가리켜 다름 아닌 '역사—대응물'이라고 부
른다. 포스트모더니즘에서 역사에의 복귀는 한낱 실체가 없는 그림자에 지
나지 않는다고 결론짓는다.

  우리는 이런 역사에의 복귀에 대해 의문을 제기하지 않을 수 없다. 첫째,
  이 '역사'는 역사적 시기를 지배 계층의 스타일로 환원시킨 것이 아니고 과연
  무엇이란 말인가? 그런데 이 스타일이 바로 패스티쉬되고 있다. 승리자의 역
  사, 더욱이 형식과 자료의 역사성을 부정하는 역사—그것은 사실상 일종의
  비역사에 지나지 않는다. 둘째, 이 '복귀'라는 것이 현재로부터의 도피가 아니
  고 과연 무엇이란 말인가?20)

---

19) Hal Foster, "(Post)Modern Polemics", in *Recordings: Art, Spectacle, Cultural Politics* (Port
    Townsend : Bay Press, 1985), p. 103.
20) 같은 책, p. 122.

포스터의 주장은 린더 허천이 비판하고 있는 프레드릭 제임슨의 주장과 거의 같은 맥락에서 이해할 수 있다. 제임슨도 포스터와 마찬가지로 포스트모더니즘의 특징 중의 하나를 환상이라는 관점에서 파악한다. 그에 따르면 포스트모더니즘이란 본질적으로 비역사적이고 비사회적 특성을 지닌다. 앞에서 언급한 논문에서 제임슨은 이 점을 지적하기 위해 '역사'라는 용어와 '역사주의'라는 용어를 서로 엄격히 구별하여 사용할 것을 주장한다. 역사주의는 마치 식인종과 같아서 과거의 모든 예술 스타일을 닥치는 대로 마구 흡수해버린다. 이런 상황에서 "'지시 대상'으로서의 과거는 점차 약화되어 마침내는 완전히 소멸되어 오직 텍스트만이 남아 있을 따름"[21]이라는 것이다.

셋째, 포스트모더니즘은 행위와 참여를 중시한다. 지금까지 모더니즘이 주로 고립과 무관심 그리고 형식의 특징을 지니고 있다면, 포스트모더니즘은 바로 참여와 관심 그리고 실천적 행동의 특성을 지닌다고 할 수 있다. 글로 씌어진 문학 텍스트이건 비언어적인 텍스트이건 포스트모더니즘은 독자나 관객에게 창조적으로 참여하여 그 경험을 함께 공유하도록 요구한다. 해럴드 로우젠버그의 회화 이론은 포스트모더니즘의 이런 특성을 보여주는 가장 좋은 예로 꼽을 만하다. 그에 따르면 포스트모더니즘에 이르러 화가들은 그림을 그리는 캔버스를 이제 더 삶을 재현시키는 일차원적 표면으로 보지 않고 오히려 화가가 행동하는 일종의 투기장으로 파악한다. 그는 모더니즘에서 포스트모더니즘에의 이행 과정을 바로 인간 신체 기관에서 찾고 있다. 다시 말해서 모더니스트들이 인간의 눈에 무게를 실었다면 포스트모더니스트들은 오히려 손을 무게를 싣는다. '액션 페인팅' 같은 전위 예술은

---

21) Jameson, p. 66.

바로 이런 이론을 구체적으로 실행으로 옮긴 예이다. 액션 페인팅에서는 화가가 그리는 대상보다는 오히려 그림을 그리는 바로 그 순간에 존재하는 그의 실재가 무엇보다도 중요하다. 그런데 액션 페인팅의 예술가들에 따르면 이 실재야말로 우리가 생각할 수 있는 모든 실재 중에서 가장 중요한 실재에 해당하는 것이다. 잭슨 폴록과 윌럼 드 쿠닝, 그리고 한스 호프만 등은 가장 대표적인 액션 페인팅 화가들에 꼽힌다.

포스트모더니즘의 이런 특징은 이른바 '해프닝'에서 좀더 구체적으로 나타난다. 이 전통에 속하는 예술가들은 흔히 예술의 수행에서 인간의 신체를 무엇보다도 중시한다. 예를 들어 비토 하니발 아콘치는 이른바 그의 '육체예술'을 통해 대중들이 지켜보는 앞에서 자신의 신체를 이빨로 물어뜯는 행위를 보여준다. 크리스 버든은 파티를 열어 손님들을 초대한 다음 그들이 보는 자리에서 누군가에게 자기의 팔에 총상을 입히도록 만든다. 그런가 하면 비엔나의 전위 예술가 루돌프 슈바르츠코글러는 카메라 앞에서 자신의 性器를 절단한다. 이런 예술가들에게 인간의 신체는 메시지를 전달하는 중요한 매체의 역할을 하는 것이다. 이합 핫산은 포스트모더니즘에 관한 한 저서에 '오르페우스의 절단'이라는 제목을 붙인다. 그런데 여기서 이 표현은 바로 포스트모더니즘의 이런 특징을 웅변적으로 잘 보여준다. 이미 잘 알려진 바와 같이 오르페우스는 그리스 신화에 등장하는 음악가로 禽獸草木과 강까지도 매혹시켰다는 하프의 명수이다. 그는 특히 하프를 연주함으로써 죽은 자기 아내 유리디체를 살아나게 만든 인물이다. 그리하여 오르페우스는 크레타 섬의 미로를 만든 아테네의 名匠 데달루스와 함께 흔히 죽음에서 생명을, 혼돈에서 질서를 창조해내는 예술가의 상징으로 널리 사용되었다. 그런데 핫산은 그의 신체를 절단하는 행위에서 포스트모더니즘의 중요한 특징을 찾으려는 것이다.

이런 현상은 문학에서도 예외가 아니어서 존 바스나 토머스 핀천 또는 도널드 바틀미 같은 작가들은 그들의 작품을 통해 독자들에게 자신들과 함께 '글쓰기' 행위에 창조적으로 함께 참여할 것을 기대한다. 예를 들어 바틀미의 소설 『백설공주』(1967)는 이런 현상을 보여주는 아마 가장 좋은 예가될 것이다. 이 작품에서 그는 이야기를 잠시 멈춘 채 독자들에게 모두 15항목에 달하는 앙케트 식의 질문을 던진다. 한 질문에서 그는 독자들에게 "지금까지의 스토리를 좋아하는가?" 하고 묻는가 하면, 다른 질문에서는 "당신은 오늘날의 예술가가 생존하기 위해서는 새로운 유형의 히스테리를 창조해야 한다고 생각하는가?" 하고 묻는다. 그런가 하면 또 다른 질문에서 그는 "당신은 책을 읽을 때 서서 읽는가, 아니면 앉아서 읽는가?" 하고 묻는다.[22] 바틀미는 독자들에게 이런 질문을 던짐으로써 그들에게 수동적인 소비자가 아니라 능동적인 생산자의 역할을 부여하려고 한다. 제로움 클링코위츠의 지적대로 포스트모더니즘에 이르러 "예술가의 역할이 영웅적 창조자로서의 역할로부터 부조리하면서도 여전히 교묘하게 영웅적인 유희자로서의 역할로 변하게 되었다."[23] 그런데 포스트모더니즘의 이런 특성은 20세기 초엽 잠시 유럽을 휩쓴 아방가르드 예술 운동에서 힘입은 바 무척 크다. 보수주의적 비평가 라이어널 트릴링이 포스트모더니즘을 모더니즘이 길거리로 뛰쳐나와 실제 행동으로 옮겨진 것이라고 주장하는 것은 바로 그 때문이다.

이른바 구성주의로 알려진 예술 경향도 포스트모더니즘의 이런 특징과

---

22) Donald Barthelme, *Snow White*(New York: Atheneum, 1967), pp. 82~83.

23) Hassan, "Joyce, Beckett, and the Postmodern Imagination", *TriQuarterly* 34 (1975), p. 193.

무관하지 않다. 여기서 구성주의란 단순히 예술을 현실 세계의 모방이나 재현으로 파악하는 대신 오히려 그것을 일종의 '구성물'로 파악하려는 입장이나 태도를 가리킨다. 이 경우 사실성보다는 허구성, 존재보다는 생성, 그리고 결과보다는 과정을 무엇보다도 중시하게 마련이다. 넬슨 굿먼은 이런 구성주의를 주장해온 가장 대표적인 이론가들 중의 한 사람이다. 그에 따르면 포스트모더니즘은 "유일한 진리와 고정되고 발견된 세계로부터의 정의와 심지어는 서로 상충되는 해석의 다양성 또는 생성 중에 있는 세계에로의 이행"24)을 뜻한다. 그런데 포스트모더니즘의 이런 특징은 비록 정도의 차이는 있을망정 문학과 예술뿐만 아니라 역사와 철학 같은 다른 인문과학 분야는 물론이고 사회과학과 자연과학에서도 마찬가지로 엿볼 수 있다.

넷째, 포스트모더니즘은 임의성과 우연성 그리고 유희성의 특징을 지닌다. 이 특징은 방금 논의한 세 번째 특징에서 비롯하는 문제로서 넓은 의미에서는 그것에 포섭된다고 할 수 있다. 이 특징은 지금까지 모더니즘이 형식을 통해 추구해온 질서나 조화, 그리고 시간과 공간을 초월하는 일반성이나 보편성에 대한 일종의 반작용이다. 특히 포스트모더니즘의 이 특징은 예술이 영원불변한 존재가 아니라 오히려 일시적이며 가변적이라는 신념에 뿌리를 두고 있다. 이렇게 포스트모더니스트들이 창조하는 예술은 우연이 지배하고 부조리하며 예측할 수 없는 세계에서 그들이 만들어낼 수 있는 유일한 산물이다. 더욱이 포스트모더니즘 예술가들에게 우연성은 우리가 전통적으로 생각해온 바처럼 단순히 필연성과 대립적인 관계에 있지 않다. 좀더 구체적으로 말해서 이 두 가지는 서로 배타적인 관계를 맺고 있다기보다는 오히려 상호 보완적인 관계를 맺고 있다. 자크 에르만의 주장대로 "필연성의

---

24) Nelson Goodman, *Ways of Worldmaking*(Indianapolis: Hackett Publishing, 1978), p.x.

보충물로서의 우연성, 그리고 우연성의 결정 요소로서의 필연성—이 두 가지의 상호 작용이 바로 게임이 되는 것이다."25) 모스 페크햄은『혼돈에의 인간의 열망』(1965)에서 "예술 작품은 바로 어느 한 관찰자가 문화적으로 관찰자의 공간이라고 인정되어온 것 안에서 관찰하는 것이다"26)라고 주장한다. 캘빈 톰킨스의『신부와 총각들』(1965)은 이런 특징을 성공적으로 실행에 옮겨온 전위 예술가들을 다룬 가장 대표적인 저서로 꼽힌다.

포스트모더니즘의 이런 특징은 문학보다도 주로 음악과 무용 그리고 건축과 미술에서 더욱 두드러지게 나타난다. 시인이며 동시에 작곡가인 존 케이지는 이 특징을 강조하는 대표적인 예술가 중의 한 사람이다. 그의 유명한 작품「4′33″」(1961)을 한 예로 들어보기로 하자. 피아니스트가 무대 위에 나타나 건반이 닫혀진 피아노 앞에 앉는다. 그는 피아노의 건반을 열지도 않은 채 정확히 4분 33초 동안 피아노 앞에 우두커니 앉아 있다가 자리에서 일어난다. 피아노 소리 대신에 음악회장 안에서 들리는 소리라고는 어쩌다 건물 밖에서 들려오는 자동차 소음 소리와 연주장 안에서 청중들이 내는 기침 소리, 그리고 옷을 스치는 소리가 고작이다. 그러나 케이지의 관점에서 보면 이렇게 음악회라는 상황이 엄연히 존재하는 한 그것은 어디까지나 음악회이며, 따라서 음악 연주 행위가 이루어지고 있는 셈이다. 그런데 케이지의 이 작품이 침묵을 지향하고 있다면, 그의 다른 작품들은 자연음을 포함하여 전통적인 악기 소리를 제외한 모든 음을 지향한다. 예를 들어 "모든 것은 다 음악이 될 수 있다"고 굳게 믿고 있는 그는 동전을 떨어뜨려 소리를 낸다

---

25) Jacques Ehrmann, "Introduction: Games, Play, Literature", *Yale French Studies* 41(1968), p. 5.

26) Morse Peckham, *Man's Rage for Chaos: Biology, Behavior, and the Arts*(Philadelphia: Chilton Books, 1965), p. 105.

든지, 나무 막대기를 사용하여 소리를 냄으로써 예술 작품을 창조해낸다. 케이지는 피아노 같은 전통적인 악기를 사용할 때에도 피아노의 弦과 현 사이를 볼트로 죄어놓음으로써 피아노가 고유의 소리를 내지 못하고 오히려 타악기와 같은 둔탁한 소리를 내도록 만든다. 그리고 칼 하인츠 스톡하우젠 의 '구체 음악'도 이 범주에서 크게 벗어나지 않는다.

한편 케이지에게서 많은 영향을 받아 온 우리나라 출신의 예술가 白南準 의 예술 역시 이와 같은 맥락에서 이해할 수 있다. 그의 작품 「살아 있는 조각을 위한 TV 브래지어」(1969)는 포스트모더니즘의 임의적이고 우연적 인 특징을 보여주는 대표적인 작품 중의 하나이다. 첼리스트 샤롯 무어먼이 무대 위에 등장하여 첼로를 연주하기 시작하고 곧 얼마 되지 않아 그녀는 갑자기 입고 있던 옷을 모두 훌훌 벗어버린 채 완전히 나체 상태로 연주를 계속한다. 이러는 동안 백남준은 청중들이 앉아 있는 관람석에 갑자기 뛰어 들어 관람객 중의 한 사람의 넥타이를 가위로 싹둑 잘라버리는 것이다.

이런 현상은 조형 예술에서도 크게 다르지 않아서 가령 쿠르트 슈비터스 의 이른바 '환경 조작'은 아마 가장 대표적인 예이다. 그는 단순히 여러 가지 잡다한 물건들을 모스 페크햄이 말하는 '관찰자의 공간' 안에서 관찰자의 앞에 위치시켜 놓음으로써 그의 예술을 창조한다. 이와 마찬가지로 진 틴글 리의 작품 「뉴욕 찬가」 역시 관객들이 지켜보는 앞에서 어느 한 기계가 자동 적으로 파괴되어 가는 과정을 보여준다. 이것이 바로 유명한 그의 '자동 파 괴 기계'이다. 그리고 로버트 라우셴버그는 주위에서 쉽게 발견할 수 있는 물건들을 사용하여 그 특유의 콜라주 작품을 만들어낸다.

음악이나 미술에서처럼 그렇게 널리 사용하고 있지는 않지만 문학에서도 임의성과 우연성은 매우 중요한 요소이다. 적지 않은 포스트모던 작가들은 모더니스트들과는 달리 필연성보다는 우연성을, 미리 계획된 질서보다는 임의성을, 그리고 형식보다는 즉흥성을 훨씬 더 중요하게 생각한다. 특히 여기서는 연속적인 언어의 사용과 직선적인 내러티브의 형식을 거의 완전히 무시하거나 부정한다. 예를 들어 레이몽 크노는 그의 시집 『無限한 수의 시』(1961)에서 일종의 '시 기계'를 창안해낸다. 14행의 소네트 시가 10페이지에 걸쳐 중복되어 있으며, 독자들은 가능한 모든 방법으로 소네트의 각각의 行을 나머지 다른 행과 결합하여 읽을 수 있다. 그러므로 이 시를 읽는 데에는 무려 1억 년이라는 '무한한' 시간이 걸리게 된다. 한편 쿠르트 슈비터스의 환경 조각과 기욤 아폴리네르의 상징주의 시에서 많은 영향을 받은 '구체시'는 알파벳의 배열을 통해 일종의 그림을 만듦으로써 언어적 효과와 시각적 효과를 서로 결합시키려고 한다.

시인들과 마찬가지로 소설가들도 임의성과 우연성을 그들의 예술에서 매우 중요한 요소로 간주한다. 이런 예술적 경향을 지닌 작가들 중에서도 아마 마르크 사포르타와 윌리엄 버로우스는 가장 대표적인 사람들이라고 할 만하다. 사포르타는 이른바 '셔플 소설'로 부르는 유형의 소설에서 이런 특징을 매우 효과적으로 사용한다. 예를 들어 그는 『컴퍼지션 제1번』에서 독자들에게 일련의 카드를 제공해준 뒤 마치 카드 게임에서 카드를 섞어 치듯이 그것을 배열하도록 요구한다. 이렇게 함으로써 그는 독자들에게 스스로 창조적인 작품을 만들어내도록 유도한다. 그의 이런 실험적 수법은 어디까지나 우연성과 임의성을 문학을 창작하고 경험하는 중요한 일부로 간주하려는 한 전략이라고 할 수 있다.

사포르타의 이런 실험적 기교는 앨런 긴스버그와 잭 케루악과 함께 '비트' 문학가 중의 한 사람인 버로우스의 작품에서도 쉽게 찾아볼 수 있다. 언어로 말하는 것은 곧 거짓말을 하는 것과 다름없다고 굳게 믿고 있는 그는 이런 허위성을 극복하기 위한 한 방법으로 이른바 '컷－업 방법'을 도입한다. 그의 작품 중에서도『벌거벗은 점심』(1959)을 비롯한『노바 익스프레스』(1964)와『연약한 기계』(1966), 그리고『폭발된 티켓』(1966)은 이 수법을 사용하고 있는 가장 대표적인 작품들이다. 그런데 여기서 '컷－업 방법'이란 그 용어가 가리키고 있듯이 마치 재단사들이 옷을 재단하듯이 가위와 칼을 사용하여 여러 작품에서 임의적으로 취해오는 방법을 말한다. 예를 들어 버로우스는 신문 기사와 사람들이 나누는 대화의 일부, 그리고 아르튀르 랭보나 T. S. 엘리엇 같은 작가들의 작품 또는 심지어는 자기 자신의 작품에서 따온 인용문을 마치 모자이크처럼 언뜻 아무런 통일성이 없이 서로 병치시킨다. 그런데 그는 이 컷－업 수법을 그의 친구이며 화가인 브라이언 자이신에게서 배웠던 것이다. 이 방법에 대해 버로우스는「브라이언 자이신의 컷－업 방법」(1981)이라는 글에서 다음과 같이 밝힌다.

> 방법은 단순하다. 당신 자신의 작품이나 아니면 생존해 있거나 사망한 작가의 작품으로부터 한 페이지 정도를 택하라. 문자로 씌어진 것이든 구두로 말해진 것이건 상관없다. 가위나 칼을 사용하여 그것을 원하는 대로 여러 조각들로 자른 뒤 그 조각들을 다시 배열하라. 눈을 다른 데로 돌려라. 자 이제 그 결과를 정서해보라……
> 컷-업 방법의 적용은 시간의 한계를 벗어나서 문자 그대로 무한하다. 원래의 문장들은 당신을 원래의 문장의 위치에 머물게 한다. 당신의 방법을 중단하라. 종이를 자르고 필름을 자르고 테이프를 자르고 원하는 대로 가위나 칼을 이용하라. 그것으로 도시를 잘라내라.[27]

---

27) William Burroughs, "The Cut—up Method of Brion Gysin", in *A Casebook on the Beat*,

그런데 이 컷-업 방법은 이번에는 이른바 '포울드-인 방법'으로 좀더 발전한다. 이 방법에서 버로우스는 자신의 작품과 다른 작가의 작품에서 한 페이지씩을 취해온 다음 각각 그것의 한 중간을 접어 동일한 페이지에 나란히 위치시킨다. 그에 따르면 이 수법은 영화의 '플래쉬-백', 즉 회상 장면 수법과 유사한 효과를 얻을 수 있다. 그런데 버로우스는 포울드-인 수법은 앨런 긴스버그가 그의 시에서 컷-업 수법을 통해 지향하고 있는 이상을 산문에서 시도하고 있다고 보아 크게 틀리지 않다. 그들은 다 함께 이성이나 논리성을 배격하고 좀더 자발적이고 자연스런 삶의 모습을 추구하려고 한다. 그리고 그것은 우연과 임의성을 중시하는 禪불교를 비롯한 동양 사상에서 힘입은 바 무척 매우 크다.

그런가 하면 존 바스는 마르크 사포르타가 『컴퍼지션 제1번』에서, 윌리엄 버로우스가 『벌거벗은 점심』 등의 작품에서 사용하는 기교와 거의 비슷한 기교를 사용한다. 이른바 '뫼비우스 스트립'으로 알려진 기교가 바로 그것이다. 바스는 『미로에서 길 잃어』(1968)에 수록된 첫 작품 「프레임 테일」에서 이 수법을 사용한다. 바스는 이 작품을 읽는 독자들에게 작가의 지시대로 페이지를 접도록 요구한다. 그런데 그것을 접으면 "옛날 옛적에 한 이야기가 있었는데, 그 이야기는 옛날 옛적에 시작되었으며 [……]"라는 미완성 문장이 된다. 이 문장은 잘 알려진 바와 같이 『아라비안 나이트』에 나오는 문장으로, 이야기가 끊이지 않고 순환적으로 계속되고 있음을 잘 보여준다.

그런데 우리는 임의성이나 우연성과 관련하여 세 가지 점을 염두에 두어야 한다. 첫째, 프랭크 커모우드의 지적대로 이런 우연적 예술은 아무리 그

---

ed. Thomas Parkinson (New York: Thomas Y. Crowell, 1961), p. 105.

것이 새롭고 획기적인 것이라고 하더라도 이미 과거에 있어 왔으며, 따라서 그것은 어디까지나 과거의 그것을 계승하여 극단적인 형태로 발전시킨 것에 지나지 않는다. 그것은 20세기 초엽에 유행한 다다이즘이나 초현실주의 또는 미래파와 같은 아방가르드 예술 운동과 밀접한 관련성을 맺고 있다. 특히 다다이즘은 포스트모더니즘 특징과 관련하여 가장 중요한 운동이라고 할 수 있다. 포스트모더니즘 예술과 관련하여 마르셀 뒤샹과 그의 '기성품 예술'이 자주 입에 오르내리는 것은 바로 그 때문이다. 둘째, 우연적 예술은 실제로 단순히 우연적인 산물이 아니다. 그것은 어디까지나 예술가 자신에 의해 만들어진 규칙에 따라 행해지는 일종의 게임에 지나지 않는다. 다시 말해서 그것은 겉으로 보기에는 지극히 임의적이고 우연적인 것처럼 보이지만 사실은 예술가의 치밀한 계산과 선택에 의존하지 않고서는 도저히 이루어질 수 없다. 그리고 셋째, 같은 우연적 예술을 사용하는 예술가들이라고 할지라도 그들이 추구하는 목적은 저마다 서로 다르다. 이 점과 관련하여 뒤샹은 어느 한 개인의 우연은 다른 사람의 우연과는 결코 동일한 것이 될 수 없다는 점을 분명히 밝힌다.

　뿐만 아니라 포스트모더니스트들은 모더니스트들과는 달리 예술의 유희적 기능을 중시한다. 모더니즘이 너무 지나치게 진지성을 강조한다면, 포스트모더니즘은 모더니즘의 이런 진지성에 대해 회의적인 태도를 취한다. 더구나 그들은 경우에 따라서는 모더니즘의 그런 입장을 패러디의 대상으로 삼기도 한다. 포스트모더니스트들의 입장에서 보면 예술은 한낱 弄이나 익살에 지나지 않는다. 리얼리스트들은 말할 것도 없고 심지어는 모더니스트들까지도 예술가를 마치 神처럼 간주해 왔다. 그러나 이런 창조자들로서의 예술가의 위치는 포스트모더니즘에 이르러 상당히 격하된다. 존 바스의 말대로 "의도적으로 그릇된 유추가 아닌 이상 작가와 신 사이의 유추, 소설과 세계 사이의 유추는 이제 더 이상 사용될 수 없다."[28] 특히 문학과 예술이 진리와 인간적인 가치를 전달하는 기능을 지닌다는 주장은 이제 공룡처럼 시대착오적인 것이 되어버리다시피 했다. 이 점과 관련하여 리처드 포이리어는 『성취적 자아』(1971)에서 전통적 의미의 문학이 이제 더 존재 이유를 지니고 있지 않다고 밝힌다.

> 현대 문학은 이제 그 존재를 정당화시켜주는 데 필요한 관념들이 붕괴되고 있음을 기록하게 되었다. 여기서 그 관념들이란 아직도 많은 사람들에게 일종의 휴머니즘적인 역할로서의 문학의 본질로 정의하는 문화적, 도덕적, 심리적 전제들을 말한다. 문학은 이제 그것이 의미하는 바가 얼마나 적은지를 우리에게 말하는 과정에 놓여 있다.[29]

한마디로 이제까지 간주되어온 전통적인 문학과 예술의 개념은 이제 거의 완전히 설득력을 잃게 되었던 것이다.

다섯째, 포스트모더니즘은 전통적인 계급적 질서의 붕괴와 그에 따른 새로운 계급의 출현을 잘 보여준다. 포스트모더니즘에 이르러 지그문트 프로이트가 말하는 '억압된 것의 복귀' 현상이 눈에 띄게 드러나기 시작하였다. 그 동안 주변적인 것으로 무시되거나 도외시되어왔던 것들이 이제 새로운 의미를 부여받으면서 중심부로 이행하였다. 톰 울프는 그의 한 저서에서 휴머니즘의 기초가 되는 중심화를 배격하고 오히려 "가장자리 만세!"를 외

---

28) Barth, *Lost in the Funhouse*(New York: Bantam Books, 1969), p. 125.

29) Richard Poirier, *The Performing Self: Compositions and Decompositons in the Languages of Contemporary Life*(New York: Oxford University Press, 1971), p.xii.

친다. 그런데 정치적인 측면에서 볼 때 미국에서 이런 현상은 드와이트 데이비드 아이젠하워가 이끄는 공화당 집권당에 대한 민주당의 도전과 승리에 해당한다. 그러나 그것은 정치적 차원을 훨씬 뛰어넘어 경제와 사회 그리고 문화의 영역까지 확충된다. 이제까지 미국은 다분히 청교도적인 가치관을 지닌 앵글로−색슨 계통의 백인 중산층이 지배적인 주류를 형성해왔지만 1960년대 초엽부터 사정은 전혀 달라지게 되었던 것이다.

이런 '억압된 것의 복귀' 현상은 무엇보다도 소수 민족의 부상에서 잘 나타난다. 특히 미국에서 1960년대 초엽에서 시작한 흑인 민권 운동과 블랙 파워 같은 정치 운동으로 흑인의 위치가 상당히 격상되었다. 흑인들은 미국 사회에서 그동안 庶子 취급을 받아온 상태에서 嫡子의 지위를 획득하게 되었다. 정치적 측면에서뿐만 아니라 문화적인 측면에 있어서도 그들은 어느 정도의 권리와 자유를 획득하는 데 성공하였다. 특히 문학과 예술에서 '흑인 미학'이라는 용어가 새로이 만들어질 만큼 흑인 문학가들의 활약이 눈에 띄게 활발해졌으며, 그들에 대한 비평가들의 관심 또한 부쩍 많아졌다. 예를 들어 이쉬미얼 리드나 토니 모리슨 그리고 이마무 아미리 바라카(르로이 존스) 같은 흑인 작가들이 괄목할 만한 작품 활동을 전개하였다. 그것은 교과 과정에서도 잘 반영되어 있다. 그 동안 미국 문학 전통에서 소홀히 취급되어왔거나 거의 무시되어온 흑인 작가들의 작품이 새롭게 조명되기 시작하였다. 이런 현실은 비단 미국의 흑인뿐만 아니라 영국의 식민지 작가들도 마찬가지이다. 이제까지 사회적으로 억압받아온 영국의 식민지 작가들이 영어를 사용하여 창작한 작품들이 영문학의 일부로 간주되기 시작하였다. 이렇게 영문학은 단순히 영국과 미국 작가들의 범위를 훨씬 넘어 이제 흑인 작가들과 식민지 작가들까지 포함하는 단계에 이르렀다.

    그런데 이런 현상은 흑인에게만 해당되지 않고 다른 소수 민족의 경우에
도 마찬가지로 해당한다. 미국에서 그 동안 앵글로-색슨 민족의 그늘 밑에
가리워 있던 소수 민족이 서서히 빛을 받기 시작하였다. 예를 들어 원래부터
북아메리카에 살았던 인디언 원주민들을 비롯하여 아일랜드 계통의 민족,
동유럽의 민족, 멕시코 계통의 민족, 그리고 심지어는 중국과 한국 같은 아
시아계 민족이 고유한 정체성을 과시하였다. 그리하여 이런 다양한 민족의
고유한 문화와 전통을 연구하기 위한 문학 연구회가 여기저기서 생겨났다.
그런데 최근에 들어와 부쩍 그 중요성을 인정받게 된 제3세계의 물결은 어
디까지나 이 소수 민족의 대두가 세계적 규모로 발전한 것에 지나지 않는다.

    1960년대부터 자리잡기 시작한 청년 문화의 대두도 소수 민족의 대두와
거의 같은 맥락에서 이해할 수 있다. 청년 문화는 일종의 하부 문화로서
그 동안 지배 문화로 군림해온 전통적인 기성 문화에 대한 반작용에서 비롯
하였다. 그것은 이미 앞서 다룬 윌리엄 버로우스와 앨런 긴스버그 그리고
잭 케루액 같은 비트 문학가들이 처음 그 씨앗을 뿌렸다. 그런데 J. D. 샐린
저의 『호밀밭의 파수꾼』(1951)은 청년 문화를 다룬 가장 대표적인 작품 중
의 하나로 꼽힌다. 이 작품에서 주인공 홀든 콜필드는 기성 전통과 인습을
날카롭게 공격한다. 대학 예비 학교에서 퇴학당한 주인공이 3일 동안 뉴욕
시를 배회하면서 겪는 이야기로 되어 있는 이 소설을 통해 샐린저는 성인
세계의 위선과 기만 그리고 허위를 낱낱이 폭로한다. 사회·종교·교육·
문학·예술 등 사실상 이 소설에서 그의 공격과 비판의 대상이 되지 않는
영역은 거의 없다시피 하다. 그러므로 이 작품은 기법이나 형식에서는 다분
히 리얼리즘 전통에 기초를 두고 있지만, 적어도 내용이나 주제 면에서는
포스트모더니즘을 지향하고 있다고 할 수 있다. 그런가 하면 데이비드 리즈

먼의 『고독한 군중』(1950)은 청년 문화를 사회학적 측면에서 이론적으로 체계화한 가장 대표적인 저서이다. 현대 사회의 성격 구조의 변화를 다루는 이 저서에서 그는 스스로 자신을 수련하고 스스로 동기 유발되는 개인으로부터 오직 동료 집단이나 다른 사람의 압력에만 반응을 보이는 개인으로 변모해 가는 과정을 설득력 있게 보여준다.

청년 문화가 전통 문화에 대한 반작용에서 비롯하였다면, 대중문화는 바로 고급문화에 대한 비판적 반작용에서 비롯하였다. 모더니즘 문화는 다분히 고답적이고 귀족적이며 엘리트적인 문화였다. 그것은 의식적이건 무의식적이건 일반 대중에 대하여 많은 혐오감을 보여주었다. 다시 말해서 모더니즘은 오히려 소수의 지식인들과 애호가들을 중심적인 관심 대상으로 삼고 있었다. 그러나 포스트모더니즘에 이르러 모더니즘의 엘리트주의적 고급문화는 좀더 민주적이고 민중적인 특징을 띠게 되었다. 힐턴 크래머의 말대로 마침내 '필리스티아 사람들(속물들)의 복귀' 현상이 나타나기 시작하였다. 어떤 의미에서 포스트모더니즘의 개념이 처음으로 정립된 것은 바로 이 대중문화의 영역에서였다고 할 수 있다. 초기 단계부터 가장 최근의 유형에 이르기까지 포스트모더니즘은 모더니즘의 이런 특권적 성격에 대한 비판에서 자양분을 받고 성장하였다. 레슬리 피들러는 고급문화와 대중문화 사이에 가로놓여 있는 "경계선을 건너고 간격을 메우고자" 시도한 이론가들 중에서도 가장 대표적인 이론가에 속한다. 문학에서 이런 대중문화에 대한 관심은 무엇보다도 그 동안 모더니스트들이 소홀히 취급하거나 아예 무시해 왔던 장르, 이를테면 서부 개척 소설, 과학 공상 소설, 외설 소설, 또는 탐정 소설의 부활에서 잘 나타난다.

지금까지 우리는 주로 미국과 관련하여 주변적인 것의 복귀 문제를 논의해왔지만 좀더 맥락을 넓혀 보면 미국 또한 그 동안 소수 국가와 거의 다름이 없었다. 정치적−경제적인 면에서는 몰라도 적어도 문화적인 면에서 미국은 그 동안 유럽에 대해 적잖이 열등감을 느끼고 있었다. 그리하여 미국 사람들은 언제나 대서양 건너 유럽 쪽을 향해 고개를 돌린 채 살아왔다고 할 수 있다. 그러나 1960년대를 분수령으로 미국은 자기 정체성을 첨예하게 자각하기 시작하였다. 레슬리 피들러 같은 이론가들은 미국이 이제 유럽 중심주의에서 벗어나 비로소 자신을 새롭게 바라볼 것을 주장하였다. 어떤 의미에서 포스트모더니즘은 바로 이런 미국 사람들의 자기 인식 과정에서 비롯한 산물이다. 적어도 이 점에서 모더니즘이 다분히 유럽의 산물이었다면, 포스트모더니즘은 다분히 미국적 산물이라고 해도 크게 틀리지 않다.

그러나 이런 주변적인 것의 복귀 현상이 무엇보다도 가장 잘 나타나 있는 것은 다름 아닌 性의 해방에서이다. 1955년에 그 동안 외설 출판물이라는 이유로 금서 상태에 있던 D. H. 로렌스의 소설 『채털리 부인의 사랑』(1928)이 해금에서 풀려난 사실은 포스트모더니즘의 특징으로 나타나는 성의 혁명에서 매우 상징적인 의미를 지닌다. 이때부터 이성간의 섹스에 반항하는 호모섹슈얼이나 레즈비언 같은 동성연애자들이 많이 생겨나게 되었다. 따라서 이 때부터 성의 해방을 다룬 문학 작품이 많이 쏟아져 나오기 시작한 것은 어찌 보면 지극히 당연하다. 이 중에서도 블라디미르 나보코프의 『롤리타』(1958), 윌리엄 버로우스의 『벌거벗은 점심』 등과 같은 소설들은 외설 문학의 가장 대표적인 작품들이다. 더욱이 W. H. 오든, 스티븐 스펜더, 앨런 긴스버그 같은 시인들, 테네시 윌리엄스와 에드워드 올비 같은 극작가들, 그리고 크리스토퍼 이셔우드, 제임스 볼드윈, 윌리엄 버로우스 등은 작품 세계에서뿐만 아니라 실제 세계에서도 동성연애를 몸소 실천에 옮긴 작가들이다.

한편 작가들에 못지않게 몇몇 비평가들과 이론가들도 성의 해방을 부르
짖는 이른바 '에로틱 비평'에 관심을 기울이기도 했다. 예를 들어 수전 손택
은 「캠프에 관한 노트」(1964)에서 동성애를 중요한 심미적 실재로 파악하려
고 했으며, 또한 다른 글을 통해 이른바 '외설적 상상력'을 주창하였다. 그런
가 하면 피터 마이클슨은 아예 『포르노그래피의 미학』이라는 저서를 집필
하기도 하였다. 그런데 작가들처럼 마찬가지로 이론가들도 이론뿐만 아니라
실제 생활에서도 동성연애를 직접 실천에 옮긴 사람들이 적지 않았다. 예를
들어 F. O. 매티슨과 뉴튼 아빈은 그만두고라도 매리우스 뷸리와 에릭 벤틀
리 그리고 롤랑 바르트와 레슬리 피들러 같은 이론가들이 바로 그들이다.

그런데 이런 성의 해방 현상이 가장 명시적으로 그리고 가장 성공적으로
일어난 영역이라고 한다면, 페미니즘 운동이나 페미니즘 문학 이론을 빼놓
을 수 없다. 모더니즘은 어디까지나 특징적으로 남성 중심주의에 기초한
문학 전통이나 이론이었다. 무엇보다도 버지니어 울프를 제외하고는 그렇게
왕성한 작품 활동을 한 여성 작가들이 거의 없었다. 더욱이 대표적인 모더니
스트들의 작품에서 여성은 흔히 주변적인 위치밖에는 차지하지 못했다. 스
탠리 애러노위츠는 『역사적 유물론의 위기』(1981)에서 "카프카와 조이스,
그리고 베케트의 단절된 내러티브는 단절된 주체의 보편적인 담론으로 간주
할 수 없다. 왜냐하면 여성은 이런 주관성의 담론으로부터 제외되어 있을
뿐 아니라 일종의 他人, 즉 남성 에고의 순수한 他者로 전락되어 있기 때문
이다"30)라고 밝힌다.

초기 페미니즘 운동에 이론적 뒷받침을 해준 이론가는 케이트 밀레트였

---

30) Stanley Aronowitz, *The Crisis in Historical Materialism: Class, Politics, and Culture in Marxist
Theory*(New York: Praeger, 1981), p. 278.

다. 그녀는 이 분야의 고전이 되다시피 한 책『性의 정치』(1970)에서 그 동안 여성들이 정치적으로나 사회적으로나 가부장 제도에 의해 억압을 받아왔다고 주장한다. 가부장 제도가 성 지배의 목적으로 사용되어왔다는 점을 지적한 밀레트는 이런 이데올로기가 D. H. 로렌스를 비롯하여 헨리 밀러와 노먼 메일러 그리고 장 주네의 작품에 어떻게 나타나고 있는지 설득력 있게 보여주었다. 그리하여 페미니즘 이론가들은 그 동안 잊혀진 여성 작가들을 새로이 발굴하는 데 심혈을 기울였을 뿐만 아니라, 오늘날 우리가 고전이라고 간주해온 작품들 속에 얼마나 여성들이 상투적이고 틀에 박힌 방식으로 묘사되어 있는가 하는 점을 지적했다.

여섯째, 포스트모더니즘은 脫장르화나 장르 확산에 대해서도 깊은 관심을 기울였다. 모더니즘에서 문학을 비롯한 예술 장르는 마치 군대의 계급이나 천사의 계급 조직처럼 서로 엄격히 구분되어 있었다. 특히 시를 비롯하여 소설과 희곡 그리고 비평 사이에는 깊은 심연이 가로놓여 있었다. 그러나 포스트모더니즘에 이르러 이런 장르 사이에 놓여 있던 높은 장벽이 무너지고 각각의 장르가 서로 혼합되고 결합되기 시작하였다. 그렇기 때문에 이제 어느 한 장르를 다른 장르와 서로 엄격히 구분한다는 것이 거의 불가능하게 되었다. 이것이 바로 흔히 '장르 확산' 또는 '탈장르화'로 일컫는 현상이다. 리처드 길먼이 말하는 '영역의 혼동'은 바로 이런 현상을 지적한 표현이다.

포스트모더니즘에 이르러 소설과 시 장르 사이에 놓여 있던 경계선이 전보다 한결 유동적인 상태로 되었다. 블라디미르 나보코프의 소설『창백한 불꽃』은 아마 이 경우를 보여주는 가장 좋은 예가 될 것이다. 메리 맥카시가 "금세기에 씌어진 예술 작품 가운데에서 가장 위대한 작품 중의 하나"로 평가하는 이 소설은 마치 인어처럼 半은 시의 형태로, 그리고 半은 산문의 형태로 된 작품이다. 이 소설은 맨 처음에 마치 학구적 연구 저서를 떠올리게 하는 '서문'으로 시작한다. 찰스 킨보우트라는 학자가 집필한 이 서문에는 「창백한 불꽃」이라는 시를 입수하게 된 경위와 그것이 단행본으로 출판되기까지의 역사가 상세히 기록되어 있다. 이 소설의 두 번째 부분은 999행, 네 개의 칸토, 그리고 弱强五步, 英雄詩格으로 되어 있는 장시 「창백한 불꽃」이다. 이 시에는 존 프랜시스 셰이드라는 시인의 삶을 기초로 하여 인간 실존의 문제가 중점적으로 취급되어 있다. '코멘터리'라는 제목이 붙어 있는 세 번째 부분은 킨보우트가 이 시에 대해 자세히 설명을 붙인 현학적인 주석의 형태로 구성되어 있다. 그리고 맨 마지막에는 맨 처음 부분과 마찬가지로 학술 저서를 방불하게 하는 색인이 붙어 있다. 이렇게 『창백한 불꽃』은 유기적인 플롯이나 인물 또는 구성에 의존하던 전통적인 소설 양식을 완전히 깨뜨리고 전혀 새로운 방법으로 소설의 위상을 새롭게 정립한다.

포스트모더니즘에 이르러 장편소설과 시 사이의 경계가 불분명해졌다면, 이번에는 장편소설과 단편소설 사이의 그것 또한 모호해졌다. 이제까지 전통적으로 이 두 장르는 단순히 물리적인 길이뿐만 아니라 플롯이나 구성 또는 성격 형성 같은 본질적으로 서로 변별적인 차이가 있었다. 다시 말해서 장편과 단편소설은 양적인 차이라기보다는 오히려 질적인 차이에 의하여 구분되었던 것이다. 그러나 1960년대 이후부터 이 두 장르 사이의 차이는 상당히 유동적이 되었다. 예를 들어 이미 앞에서 논의한 존 바스의 『미로에서 길 잃어』는 장편소설로 분류하여야 좋을지, 아니면 단편 작품을 모아놓은 단편집으로 분류하여야 좋을지 그 경계가 불분명하다. 이 작품은 언뜻 아무런 통일성이 없이 여느 다른 단편집처럼 여러 편의 작품들을 한데 모아놓은 것처럼 보인다. 그러나 작가 자신이 이 작품의 「작가 노트」에서 "이것은 단편 작품들을 모두 모아놓은 것도 아니고 그것들을 선별하여 뽑아놓은 것도 아니며 일종의 시리즈이다. [……] 따라서 그것은 '한꺼번에' 그리고 원래 배열된 순서대로 읽어야 한다"[31]고 지적한다. 실제로 이 작품을 좀더 자세히 읽어보면 장편소설에서 찾아볼 수 있는 유기적인 통일성이나 일관성이 존재한다는 사실을 깨닫게 된다.

그러나 이런 장르 확산 현상이나 탈장르화가 좀더 본격적으로 이루어지고 있는 것은 바로 창작과 비평의 영역에서이다. 잘 알려진 바와 같이 모더니스트 중에서도 모더니스트라고 할 T. S. 엘리엇은 창작과 비평을 서로 엄격히 구분한 것으로 유명하다. 「비평의 기능」(1923)에서 비평과 창작을 서로 엄격히 구별할 것을 주장하면서 그는 "창작 작품, 즉 예술 작품은 자기 목적성을 지닌다. 그리고 비평은 정의에서 그 자체 외의 다른 것에 관한 것이다. 그러므로 우리는 비평을 창작 행위와 융합하듯이 창작 행위를 비평과 융합해서는 안 된다"[32]고 못박는다. 따지고 보면 엘리엇의 이론은 비평 역시 창작에 못지않게 '창조적'이라고 주장한 매슈 아널드의 이론에 대한 공박이었다. 그런데 이런 '창조적 비평'의 문제는 비평을 '제2의 창작'으로 간주하는 해체주의자들이 좀 더 본격적으로 논의하기 시작하였다. 그들은 비평을 뜻하는 '크리티시즘 criticism'이라는 용어와 창작을 뜻하는 '픽션 fiction'이라는 용어를 서로 결합하여 '크리티픽션 critifiction'이라는 신조어를 만들어냈다.

그런데 이런 현상은 비단 문학에만 그치지 않고 다른 학문의 영역에서도

---

31) Barth, *Lost in the Funhouse*, p.ix.
32) T. S. Eliot, "The Function of Criticism", in *Selected Prose of T. S. Eliot*, ed. Frank Kermode (New York: Harcourt Brace Jovanovich, 1975), pp. 73~74.

마찬가지로 나타난다. 그 동안 학문과 학문 사이에 놓여 있던 높은 장벽이 허물어지기 시작하였다. 다시 말해서 學際間의 교류가 그 어느 때보다 활발하게 진행되었다. 플라톤과 아리스토텔레스 이후 변별적으로 구분되던 문학과 역사, 그리고 문학과 철학의 경우가 가장 대표적이라고 할 수 있다. 우리는 이제 더 허구성과 사실성의 관점에서 문학과 역사를 구분할 수 없으며, 마찬가지로 명제성과 제시성이라는 관점에서 문학과 철학을 구분할 수도 없다. 이 두 영역 사이에 가로놓여 있던 확연한 구분이 포스트모더니즘에 이르러서는 거의 무의미하게 되었기 때문이다. '뉴 히스토리시즘'이나 '뉴저널리즘' 또는 '논픽션 소설' 등은 모두 이런 현상을 가리키는 표현이다.

그리고 맨 마지막으로, 포스트모더니즘의 특성 가운데에서 가장 중요한 특성으로 자기반영성을 빼놓을 수 없다. 이미 앞서 지적하였듯이 리얼리즘의 작가들은 우주나 자연 또는 삶의 실재를 '있는 그대로' 객관적으로 모방하거나 재현하는 것을 가장 중요한 목표로 삼고 있었다. 한편 주관성과 주관적 경험을 중시하는 모더니즘 작가들은 외적 실재보다는 내적 실재에 무게를 실었다. 외적 실재이건 내적 실재이건 어떤 실재를 재현하려고 한다는 점에서는 리얼리즘이나 모더니즘이나 서로 크게 다르지 않았다. 그러나 포스트모더니즘은 인간의 외적 경험에도 내적 경험에도 관심을 기울이지 않고 오직 자기반영성에 관심을 기울였다. 여기서 자기 반영이란 글자 그대로 어느 한 문학 텍스트가 텍스트 밖에 존재하는 세계를 반영하거나 재현시키는 것이 아니라 텍스트 그 자체를 반영하는 것을 말한다. 쉽게 말해서 자기반영적 소설이란 작품을 창작하는 과정 자체를 중요한 주제로 다루는 소설을 가리킨다. 만약 리얼리즘 작가가 자연이라는 외부 세계를 향하여 거울을 들고 있고 모더니즘 작가가 인간의 내면세계를 향해 거울을 쳐들고 있다면,

포스트모더니즘 작가는 텍스트를 향해 거울을 쳐들고 있다고 할 수 있다. 이렇게 자기반영적 특성을 드러내는 작품을 흔히 '메타픽션'이라고 부른다. 메타픽션이란 한마디로 '소설의 소설' 또는 '소설에 관한 소설'이라고 정의 내릴 수 있다.

> '메타픽션'이란 허구와 실재의 관련성에 질문을 제기하기 위해 자의식적으로 그리고 체계적으로 인공품으로서의 그 위치에 주의를 환기시키는 허구적 작품을 가리킨다. 자신의 구성 방법을 비판하는 데 이런 작품들은 서술적 픽션의 근본적인 구성을 진단할 뿐만 아니라, 더 나아가 허구적 문학 텍스트 밖에 존재하는 가능한 허구성을 탐색한다.[33]

포스트모더니스트들로 간주할 수 있는 대부분의 작가들은 이런 자기반영적 메타픽션을 중요하게 생각한다. 윌리엄 개스의 말대로 자기반영성은 이제 "궁핍한 시대에서 일종의 시의 옹호"에 해당한다. 많은 작가들 중에서도 존 바스나 노먼 메일러를 비롯하여 호르헤 루이스 보르헤스와 블라디미르 나보코프 등은 이 전통에 속하는 가장 대표적인 작가들이다. 프랑스의 누보로망 계열의 작가 나탈리 사로트의 소설 『황금 열매』(1963)는 이런 경우를 보여주는 좋은 예로 꼽힌다. 이 소설을 처음 읽기 시작한 독자들은 이 작품이 제목에서 보여주듯이 현실 세계에 실제로 존재하건 아니면 가상의 세계에 존재하건 황금 열매에 관한 작품일 것으로 기대한다. 그러나 이 소설을 계속 읽어가는 동안 독자들은 곧 이런 기대가 깨지게 됨을 깨닫게 된다. 왜냐하면 이 작품에는 어떤 유형이건 황금 열매가 전혀 등장하지 않기 때문

---

33) Patricia Waugh, Metafiction: *The Theory and Practice of Self—Conscious Fiction* (London: Methuen, 1984), p. 2.

이다. 이 소설은 작품 속에 등장하는 독자들이 '황금 열매'라고 하는 소설을 읽어가는 것을 중심적인 내용으로 다룬다. 그런가 하면 장-뤼크 고다르·알랭 레스네·미켈란젤로 안토니오니·페데리코 펠리니 같은 전위 영화 예술가들 역시 그동안 사로트와 비슷한 작업을 해왔다. 그들은 외부의 현실 세계를 반영하기보다는 오히려 '영화 만들기'를 그들이 제작하는 영화의 중요한 주제로 취급하기 때문이다. 흥미롭게도 몇몇 누보로망 작가들은 소설에 못지않게 영화 제작에도 적지 않은 관심을 갖고 있는 사실은 결코 우연의 일이 아닌 듯하다.

그렇다고 자기반영적 실험성이 모든 사람들에게 다 환영받는 것은 아니다. 사실상 그것은 많은 이론가들이나 비평가들로부터 칭찬보다는 오히려 비난을 받아왔다. 가령 로버트 울터는 이런 이론가들 중에서도 가장 대표적인 비평가이다. 그는 『부분적인 마술』(1975)에서 메타픽션을 날카롭게 비판한다. 특히 '불모의 연습'과 '무분별한 창안'이라는 두 가지 관점에서 그것이 지니고 있는 한계를 지적한다. 그는 일종의 정치적 메타포를 사용하여 포스트모더니즘의 이런 실험성이 '자유'가 아니라 '방종'에 해당한다고 지적한다. 그에 따르면 전위적 실험성을 강조하는 포스트모더니스트들은 "모더니스트들이라는 거인에서 태어난 난쟁이 후예들로서 삶으로부터 등을 돌린 채 자신의 예술을 통한 일종의 예술적 자위행위의 희열에 탐닉해 있다"[34]는 것이다.

요컨대 포스트모더니즘은 몇몇 이론가들이 주장하듯이 단순히 모더니즘

---

34) Robert Alter, *Partical Magic: The Novel as a Self-Conscious Genre*(Berkeley: University of California Press, 1975), p. 214.

으로부터의 새로운 돌파구나 급진적 단절이 아니다. 그것은 어디까지나 모더니즘의 논리적인 연속이며 계승인 동시에 모더니즘에 대한 비판적 반작용이요 대안이다. 본질적으로 포스트모더니즘은 모더니즘의 기본 입장과 전제를 거의 대부분 받아들인다. 다시 말해서 이 두 전통이나 이론 사이에서는 근본적으로 토머스 쿤이 말하는 ‘패러다임의 변형’이나 미셸 푸코가 말하는 ‘에피스테메의 변화’가 일어나지 않는다. 만약 포스트모더니즘이 모더니즘과 단절하고 그것으로부터 이탈을 꾀하려고 한다면, 그것은 오직 모더니즘 중에서 어떤 특정한 양상과 단절하고 그것으로부터 이탈하려고 할 뿐이다. 비유적으로 말해서 이 두 전통이나 이론 사이의 갈등이나 긴장은 ‘이웃 간의 싸움’이 아니라 어디까지나 ‘집안 싸움’에 지나지 않는다. 분명히 포스트모더니즘과 모더니즘의 얼굴에서는 흔히 한 집안 식구에서 볼 수 있는 혈육의 유사성을 찾아볼 수 있는 것이다.

탈구조주의의 문학적 의의와 전망[1]

김성곤

1.

탈구조주의 poststructuralism란 무엇인가? 구조주의는 왜 채 성숙해지기도 전에 '탈 또는 후기 post'[2]란 접두어를 붙이게 되었는가? 사실 구조주의는 숙명적으로 자신을 해체시켜 버리고야 말 탈구조주의적 요소를 이미 그 내

---

1) 이 글은 김성곤 편, 『탈구조주의의 이해』에 수록되어 있다.

2) poststructuralism이나 postmodernism이라는 용어는 post를 '후기'로 볼 것인가 아니면 '이후'로 볼 것인가에 따라 각각 번역이 달라진다. 물론 post라는 접두어가 꼭 anti를 의미하는 것은 아니기 때문에, 그리고 구조주의와 모더니즘이라는 전제가 없으면 이 두 용어는 성립되지도 않기 때문에, 이 두 용어를 각각 '후기 구조주의' 또는 '후기 모더니즘'이라고 번역할 수도 있을 것이다. 그러나 이 두 사조의 본질과 특성은 구조주의와 모더니즘의 '계승'에 있다기보다는 차라리 그것의 '초월'과 '극복'에 있다고 생각되기 때문에 필자는 그것을 각각 '탈구조주의'와 '탈모더니즘'이라고 번역했다.

부에 갖고 탄생한 것인가?

이와 같은 일련의 질문들에 대한 답을 하기 위해서는 먼저 구조주의와 탈구조주의의 본질적인 차이점에 대한 고찰이 선행되어야만 할 것이다. 1960년대에 프랑스를 기점으로 해서(물론 그것의 근원은 그 이전으로 거슬러 올라가지만) 일어난 구조주의의 기본적 특성은, 우선 그것이 '언어'를 모든 체계의 기본으로 상정한다는 점, 그리고 개개의 특성보다는 그것들의 근간을 이루는 어떤 체계나 문법—곧 '구조'의 발견에 더 관심을 갖고 있다는 점으로 대별된다. 잘 알려진 대로, 구조주의의 언어학적 배경에는 언어를 랑그 langue와 파롤 parole로 나누어, 언어학 연구의 목적은 개인의 발화를 의미하는 후자가 아닌 언어의 사회적 체계를 의미하는 전자를 연구하는 것이라고 믿었던 소쉬르의 언어관이 자리잡고 있었다.

이러한 관념은 곧 언어 자체만이 아니고 다른 모든 문화 · 사회체계들—즉 문학이나 인류학이나 신화나 기타 사회 관습들—을 연구할 때에도 그대로 적용되어, 구조주의자들은 겉으로 드러난 외양보다는 그 근저에 숨어 있는 어떤 공통된 체계나 법칙이나 틀을 찾으려고 노력하게 되었다. 예컨대, 초기의 롤랑 바르트 Roland Barthes는 의상을 개인의 특성으로서가 아닌 하나의 '의상체계'로 보았으며, 작가들의 글쓰기 역시 개인의 독창적 창조 작업이 아닌 '언제나 이미 씌어진 always already written' 문화체계 내에서의 작업이라고 보았다. 구조인류학 structural anthropology을 창시한 레비-스트로스 Claude Lévi-strauss 역시 원시 부족들에 대한 연구를 통해, 부락민들의 개인적인 특성들은 그 부족 전체의 문화적 체계 속에서 파악될 때만 비로소 의미를 갖는다고 주장했다. 따라서 그는 바로 그러한 문화의 체계나 구조를 찾아내는 것이 인류학자의 과업이며, 그 발굴은 언어학적 분석을 통해서 가능하다고 믿었었다. 토도로프 Tzvetan Todorov는 책읽기의 과정을 '투사 projection', '해설 commentary', 그리고 '시학 poetics'으로 나누어 '시학'이야 말로 개개의 작품 속에서는 단지 일부분만 보일 뿐인 문학의 일반적 문법을 찾아낼 수 있게 해준다고 말한다.[3] 토도로프가 탐정 소설들, 헨리 제임스의 소설들, 『아라비안나이트』, 그리고 『데카메론』의 '내러티브'에 특별한 관심 을 갖는 이유도 언어의 모든 법칙과 숨겨져 있는 구조들이 바로 시학적 접근 을 통한 내러티브의 연구를 통해 밝혀 질 수 있다고 생각하기 때문이다. 그러므로 시학은 곧 '문학의 과학 the science of literature'이고 '내러티브의 과학 the science of narrative'이 된다. 내러티브에 대한 관심은 비단 토도로 프뿐만이 아니고, 『내러티브의 언술 행위 *Narrative Discourse*』라는 책에서 프루스트의 『잃어버린 시간을 찾아서』에 대한 연구를 통해 내러티브와 언 술행위의 중요한 이론을 발전시킨 쥬네트 Gerard Genette에게서도, 그리고 또 은유 metaphor 와 환유 metonymy 이론으로 구조주의 이론의 정립에 공헌한 야콥슨 Poman Jakobson에게서도 공통적으로 발견된다. 이와 같이 특정 텍스트의 해석보다는 문학의 일반적 법칙을 더 중요시했던 구조주의자 들은 쉽게 그 심층구조 deep structure를 찾아 낼 수 있는 신화나 동화 또는 공상 소설이나 탐정 소설들을 즐겨 자신들의 분석 대상으로 삼았다.

구조주의의 이러한 특성은, 그 특성 자체가 처음부터 스스로의 숙명적인 해체요인이 되어왔던 것처럼 보인다. 왜냐하면 구조주의는 우선 개개의 텍 스트들의 특성과 가치는 무시한 채, 전체적인 '구조'만을 중시함으로써 개체

---

3) Tzvetan Todorov, *The Poetics of Prose*, trans. Richard Howard (Ithaca: Cornell U. P., 1977), pp. 234~6.을 볼 것. 구조주의자들이 말하는 시학 poetics는 개별 작품의 연구가 아닌 문 학 그 자체의 이론을 의미한다.

를 전체에 종속시키는 전체주의적 독선을 보여주고 있기 때문이다. 예컨대 구조주의자들은, 작가의 언어가 리얼리티를 반영하는 것이 아니라 언어의 구조가 리얼리티를 창조하는 것이라고 말함으로써, 한 문학 작품의 의미가 작가나 독자의 개인적 경험에 의해서가 아니고 그 개인을 지배하는 언어체계에 의해서 결정된다고 주장한다. 둘째, 구조주의는 보편적인 '구조', '문법', '구문' 또는 '법칙'을 찾아내고 수립하려는 과정에서 스스로 경직된 과학적 이론이 되고 말았다. 그러므로 과학적 엄격함을 주장하는 구조주의는 우리가 인지하고 경험하는 것의 서술적 분석을 통해 의미에 접근 할 수 있다고 생각하는 현상학적 태도를 배격하며, 따라서 모든 경험적 리얼리티와의 연계성을 스스로 포기한다. 구조주의는 또한 인간의 모든 행위의 기본이 되는 어떤 규칙이나 틀을 찾아내려는 과학적 태도를 갖고 있음으로 해서 늘 인간을 규격화하고 조직화하며 패턴화하려 하는 위협적인 존재로서 등장하게 된다. 셋째, 구조주의는 하나의 구조, 하나의 체계를 분리해 내는 과정에서 필연적으로 역사를 무시하는 비역사적 태도를 보이게 된다. 따라서 구조주의자들은 텍스트가 씌어진 시대나 그것의 역사적 배경이나 수용과정에 대해서는 전혀 관심이 없다. 그들은 다만 내러티브의 구조나 미학적 체계에만 관심이 있을 뿐이다. 넷째, 구조주의의 이와 같은 태도는 자연히 자아 self나 주체 subject나 개인의 사유 individual cogito를 인정하지 않고 모든 것을 객관화시키는 비인본주의적, 비실존주의적 태도를 보여주고 있다. 왜냐하면 구조주의자들에 의하면 인간의 사고 역시 하나의 고정된 틀 속에서 생성되고 기능하는 것이기 때문이다. 다섯째, 구조주의에 의하면 '구조'는 곧 모든 것의 기원이나 센터가 되며 '개체'에 대해 특권을 부여받은 존재가 된다. 이러한 생각은 물론 랑그/파롤, 말/글, 심층구조/표면구조, 자연/문명, 서술/

묘사 등으로 모든 것을 이분화시킨 다음, 첫 번째 것에 특권을 부여하는 구조주의의 이분법적 사고방식에서부터 비롯된 것이다.[4] 여섯째, 구조주의는 비록 지시어 signifier와 지시대상 signified의 사이가 필연적이 아니고 임의적 arbitrary이라는 것은 인정했지만, 궁극적으로는 언어의 재현 representation 가능성을 믿었던 낙관주의에 근거하고 있었다. 다시 말해 구조주의자들은, 모든 것의 근본이 언어체계로 설명될 수 있다고 믿었는데, 언어체계는 곧 기호체계이기 때문에 구조주의는 자연 기호학적 특성을 띠게 되었고, 더 나아가 기호의 재현 능력을 결코 의심하지 않았다는 것이다.

구조주의가 등장한 지 불과 몇 년이 채 되 지 않는 1960년대 후반에 이미 강력하게 부상하기 시작한 탈구조주의는 위에 지적한 구조주의의 여섯 가지 특성 모두를 비판하면서 등장했다. 하지만 탈구조주의는 구조주의의 밖에서 국외자들에 의해 시작되었다기보다는 오히려 그 내부에서 스스로의 잘못을 발견한 사람들에 의해 시작되었다고 보는 편이 더 타당할 것이다. 그러므로 언제 어느 시점에서 구조주의가 끝나고 탈구조주의가 시작되었는가는 알 수가 없다.[5] 분명한 것은, 탈구조주의는 구조주의의 단순한 연장도 아니지만 동시에 그것의 완전한 배제만도 아니라는 사실이다. 왜냐하면 구조주의

---

4) 구조주의는 언어체계의 최소단위인 음소 phoneme의 연구로부터 비롯되었다고 볼 수 있는데, 음소란 언어를 사용하는 사람에 의해 인지되는 의미 있는 소리의 최소단위를 뜻한다. 그런데 음소는 모음/자음, 유성음/무성음, 장음/단음, 비음/순음 등의 구별에 근거하고 있기 때문에 자연히 이분법적 대립을 인정하게 된다. 구조주의의 이분법적 사고방식은 바로 이러한 언어관에서부터 비롯된 것처럼 보인다.

5) 탈구조주의가 정확히 언제 등장했는가를 알 수 있는 방법은 없다. 다만 1966년에 벌써 자크 데리다의 탈구조주의 선언문인 "Structure, Sign, and Play in the Discourse of the Human Sciences"가 미국의 존스 홉킨스 대학에서 열린 국제 심포지엄에서 발표되었다. '구조주의'를 미국의 학계에 소개하기 위해 열린 이 심포지엄은 아이러니컬하게도 오히려 '탈구조주의'를 미국에 소개하는 역사적 계기가 되고 말았다.

가 없는 탈구조주의란 애초에 존재할 수 없으며, 또 탈구조주의는 구조주의
가 구축해 놓은 구조를 구조주의의 내부에서 '해체' 또는 '탈구축'하는 것처
럼 보이기 때문이다. 필립 루이스 Philip E, Lewis의 다음 지적은 구조주의와
탈구조주의의 관계를 잘 설명해주고 있는 한 좋은 예가 된다.

> 탈구조주의의 바람(風)은 구조주의를, 형이상학과 인식론적, 이데올로기적
> 함정에 대한 일반적인 반성에 있어서 거울 뒷면에 칠해진 은박으로 사용하여
> 거기에 대항하여 불고 있다. 그럼에도 불구하고 그 바람이 구조주의로부터 불
> 어오고 또 구조주의의 기구와 성찰을 갖고 있는 한, 탈구조주의는 고정된 중심
> 이나 준거틀이 없이 이곳에서 저곳으로 힘차게 움직이고 분명한 궤도도 없이
> 빙빙 도는 일종의 회오리바람과도 같다.6)

이러한 양면적 속성을 가진 탈구조주의의 본질을 정확히 파악하고 정의
를 내리는 것은 아마 불가능할는지도 모른다. 그러나 탈구조주의의 기본적
속성과 특성을 이해하는 것은 그다지 어려운 일이 아니다.

탈구조주의는 우선 전술한 구조주의의 여섯 가지 특성을 다음과 같이
해체하면서 시작된다.

1. 전체적인 '구조'보다는 '개체'의 존엄성과 자유를 인정한다.
2. 사고의 경직화 및 문학과 학문의 과학과를 배격하며 이성중심적 태도를
   지양한다.
3. 역사의 중요성을 인정하고 역사에 대한 새로운 관심을 표명하며, 과거를

---

6) Josué V. Harari ed., *Textual Strategies: Perspectives in Post—Structuralist Criticism* (Ithaca: Cornell U. P., 1979), p. 31.에서 재인용. 이것은 Philip E. Lewis가 뉴욕주립대학(스토니 브룩)에서 한 강연의 일부이다.

항수가 아닌 탐색의 대상으로 취급한다.

  4. 자아와 주체를 중요시한다.

  5. 절대적인 진리나 센터나 근원의 독선과 횡포를 거부하며 이분법적 사고 방식으로부터 탈피하여 '타자'를 인정하고 포용한다.

  6. 모든 기호화 그것들의 재현능력을 불신한다.

필자가 무작위로 뽑아 정리해 본 위의 여섯 가지 항목 중에서 구조주의와 탈구조주의 사이의 가장 기본적인 차이를 나타내 주고 있는 것으로서 하라리 Josué V. Harari는 여섯 번째 것, 즉 재현 representation의 개념에 대한 차이를 든다. 하라리에 의하면 언어체계를 그 기본으로 하고 있는 구조주의 는, 언어를 포함한 모든 기호들의 재현 능력과 그것들이 지칭하는 대상의 현존 그리고 기호와 대상 사이의 연계성을 믿는 이상주의적 가정 위에 세워 진 것인데, 탈구조주의는 바로 구조주의의 그러한 이상주의적 가정에 회의 를 표명하고 구조주의가 제시하는 안정을 뿌리째 뒤흔들면서 시작된다는 것이다.[7]

물론 소쉬르 자신도 지시어와 지시대상 사이에는 차이 différence가 있다 는 것을 잘 알고 있었다. 그러나 그는 그러한 현상은 다만 우리가 지시어와 지시대상을 분리해서 생각할 때만 일어날 뿐, 보통 때에는 지시대상을 찾아 하나의 통일된 단위를 이루려는 근원적인 의지가 지시어에게 있기 때문에 그러한 일이 일어나지 않는다고 생각했다. 탈구조주의는 구조주의의 바로 그러한 낙관적인 생각이 틀린 것이며, 사실 의미란 본질적으로 불안한 것이 라는 것을 발견하면서 비롯되었다. 그런 의미에서 탈구조주의자들은 '기호' 란 더 이상 확실한 것이 아니고 '의미' 역시 유동적이고도 일시적인 '유보된'

---

7) 앞의 책, Harari p. 29.를 볼 것.

상태일 뿐이며, 따라서 시니피에와 시니피앙 사이에는 이을 수 없는 단절이 있다는 것을 깨달은 사람들이었다.

바르트 Roland Barthes는 아마 그러한 깨달음을 통해 구조주의자로부터 탈구조주의자로 탈바꿈한 대표적인 인물일 것이다. 초기의 저술인『신화 *Mythologies*』(1957)나『기호학의 요소 *Elements of Semiology*』(1964)나『유행의 체계 Système de la Mode』(1967) 같은 책에서 바르트는 구조주의적 접근방법이 모든 문화적, 사회적 기호체계를 설명해 준다고 생각했다. 그러나 그는 「저자의 죽음 *The Death of the Author*」(1968)이나『S/Z』(1970)나『텍스트의 즐거움 *The Pleasure of the Text*』(1975)부터는 명백한 탈구조주의적 특성을 보여주고 있다. 바르트는 우선 독자는 저자의 의도를 무시한 채 자유스럽게 텍스트의 의미 형성에 참여할 수 있다고 주장함으로써, 텍스트의 절대적인 근원이나 의미의 존재를 부인했다.8) 그것이 가능할 수 있는 이유는 물론 시니피에와 시니피앙 사이의 단절과 기호의 불확실함 때문이다. 자신의 저서 중 가장 대표적인 탈구조주의 계열의 작품으로 알려져 있는『S/Z』에서 바르트는, 서로의 '차이'를 인정하지 않고 모든 것을 하나의 구조로만 파악하려는 구조주의자들을 날카롭게 비판하고 있다. 발자크의 사실주의 소설인 『사라신 *Sarrasine*』이 어떻게 탈구조주의적 책읽기를 통해 反재현적 독서를 유발시키는가를 자명하게 보여주고 있는『S/Z』를 통해 바르트는 독자가 어떻게 고정된 의미의 단순한 소비자에서 다원적 의미의 적극적인 생산자가 될 수 있는가를 보여준다. 바르트는 독자가 그저 읽도록 만들어진 전자의 책을 '읽을 수 있는 텍스트 readerly text', 그리고 독자가 직접 쓰도록 유도하

---

8) Roland Barthes, "The Death of the Author", in *Image, Music, Text,* trans. Stephen Heath (New York: Hill and Wang, 1977), pp. 142~8. 특히 p. 148.을 볼 것.

는 후자의 책을 '쓸 수 있는 텍스트 writerly text'라고 부른다. 바르트에 의하면, 이 쓸 수 있는 텍스트는 '독자의 역사적, 문화적, 심리적 관습을 불안하게 하며 그의 언어관에 위기를 가져다주는' 책으로서, 독자로 하여금 단순한 관능적 즐거움 pleasure이 아닌 정신적 희열 bliss을 느끼게 해준다. 후기의 바르트는, 언어란 결코 명료하지 못한 것이며, 따라서 언어를 통해 독자가 분명한 진실이나 리얼리티에 도달할 수는 없다고 믿었다. 그렇기 때문에 그에게 있어서 훌륭한 작가와 가치 있는 텍스트는, 언어의 그러한 속성을 솔직하게 인정하고 글쓰기를 통해 '유희 play'를 할 줄 아는 작가와 텍스트를 의미했다.

2.

바르트가 구조주의의 한계를 깨닫고 탈구조주의로 전환한 대표적인 인물이었다면, 자크 데리다 Jacques Derrida⁹⁾는 구조주의의 기본 명제들을 근본부터 뒤흔들며 등장한 대표적인 인물이었다. 1966년 미국의 존스 홉킨스 대학교에서 열린 '비평의 언어와 인간의 학문 The Languages of Criticism in the Sciences of Man'이라는 국제 심포지엄에서 발표했던 「인문과학의 언술행위에 있어서의 구조, 기호 그리고 유희 Structure, Sign, and Play in

---

9) 자크 데리다는 1930년 알지에 Algiers에서 유태계 프랑스인으로 출생해서 군복무를 위해 처음으로 프랑스에 갔으며, 이후 파리고등사범 Ecole Normale Supérieure을 졸업하고 현재 그곳의 철학교수로 재직하고 있다. 훗설에 대한 그의 첫 저서인 *L'origine de géometrie* (1962) 이래 데리다는 1967년에 *La voix et le phénomene, L'écriture et la différence, De la grammatologie,* 그리고 인터뷰집 *Positions*을 출판하면서 탈구조주의 사상의 근간을 이루는 해체이론의 선구자로 부상했다.

the Discourse of the Human Sciences」라는 논문에서 데리다는 레비-스트로스로 대표되는 구조주의이론은 물론, 플라톤 이래의 서구 형이상학의 근본에 대해서도 강력한 의문을 제시했다. 레비-스트로스가 한 말들을 역이용해서 레비-스트로스의 허점을 지적하며 해체하고 있는 이 중요한 논문에서 데리다는 우선 구조주의자들이 '구조'나 '기호'라는 개념은 의미의 '센터'가 '현존'하고 있음을 전제로 하고 있다고 주장한다. 즉 구조나 기호의 내면에는 그것들에게 통일성을 부여해 주는 어떤 의미의 '센터'—곧 고정된 근원 origin, 진리 truth, 목적 telos, 절대 absolute'가 현존하고 있다고 구조주의자들은 믿고 있으며, 구조나 기호는 바로 그러한 낙관적인 가정에 의해 작용하고 성립된다는 것이다. 데리다는 '센터'에 대한 이러한 욕망과 확신이 비단 구조주의뿐만 아니라 서구 형이상학의 근간을 이루어 왔지만, 그러한 의미의 센터가 '완전한 현존 full presence'으로 존재하고 있다는 생각은 다만 환상일 뿐이라고 말한다—마치 꿈이 우리의 욕망의 대상을 제공해 줄 때, 우리가 환상을 현실로 착각하듯이. 그러므로 데리다에 의하면, 사실 우리가 현존한다고 생각하는 의미의 센터(혹은 데리다의 용어로 '초월적 지시대상 transcendental signified')나 절대적 진리는 하나의 환상 illusion이고 자취 trace이며, 또 대체물 substitute일 뿐이다.

의미의 센터에 대한 서구 형이상학의 욕망과 확신을 가장 극명하게 보여주는 예로서 데리다는 서구의 '말 중심주의 logocentrism' 또는 '음성 중심주의 phonocentrism'를 들고 있다. 1967년에 펴낸 저서인 『문자학에 대하여 *Of Grammatology*』에서 데리다는 서구의 형이상학이 언제나 글보다는 말을 더 중요시했는데, 그 이유는 서구인들이 말은 사고의 근원에 더 가까우므로 직접적인 '현존'의 속성을 갖고 있지만, 글은 반복(인쇄나 중판)을 통해 그 의미가 달라질 수도 있는 '말의 오염된 형태'라고 생각했기 때문이라고 지적하고 있다. 희랍어로 '말'을 뜻하는 로고스는 신약성서에서 '태초에 말씀이 계시니라'라는 구절을 통해 현존의 가능성을 강력하게 시사하고 있다.[10) 더 욱 만물이 신의 '말'에 의해('글'이 아닌) 창조되었다는 점, 그리고 희랍시대 부터 웅변의 수사학이 강조되고 대화를 통한 교육이 중시되었다는 점은 바 로 서구의 형이상학이 글보다는 말을 더 선호해 왔다는 것의 증좌가 된다. 데리다가 『문자학에 대하여』에서 명징하게 해체하고 있는 루소 역시 말을 직접적이고 생산적인 성관계에 그리고 글을 간접적이고 비생산적인 자위행 위에 비유하면서, 글은 말의 타락한 형태이며 위험한 보충이라고 주장했다. 데리다는 우선 루소가 사용한 프랑스어 보충 suppléer이라는 말이 '대체하다 to substitute'라는 의미도 갖고 있음을 지적하면서, 글은 말의 '보충'임과 동시에, 말이란 사실 글을 전제로 하는 것이고 그런 의미에서 이미 씌어져 있는 것이기 때문에 말의 '대체물'일 수도 있다고 주장한다. 더 나아가 데리 다는, 자위행위야말로 대상에 대한 강렬한 상상과 이룰 수 없는 대상에 대한 강렬한 욕망으로 인해 글쓰기의 속성을 잘 나타내 주는 것이라고 지적한다 (왜냐하면 언어—곧 기호—는 결코 지시대상을 완전하게 재현할 수 없기 때문에). 데리다는 음성을 글의 근원으로 생각해 왔으며, 따라서 글은 현존 해 있다는 서구 형이상학의 전통적인 사고방식에 회의를 던지며, 근원과 현존의 부재를 주장한다. 그에게 있어서 모방이란 곧 현존 presence에 대한

---

10) "In the beginning was the Word and the Word was with God, and the Word was God. The same was in the beginning with God. All things were made by him ; and without him was not any thing made that was made. In him was life ; and the life was the light of men. And the light shineth in darkness ; and the darkness comprehended it not", *St. John* 1:1~5.

여기에서 로고스 the Word는 모든 것의 근원이자 창조력, 생명력, 그리고 어둠을 밝혀주 는 빛의 능력이 있는 것으로 묘사되고 있다.

욕망을 의미하는데, 만일 현존에의 도달—즉 완전한 재현 representation이 가능한 것이라면 모방이 필요 없어지고 따라서 예술이나 언어도 그 존재가치가 없어지게 된다. 그러므로 완전한 현존이나 완전한 재현이란 불가능하다는 것이다. 데리다는 사실 말과 글이 모두 현존이 결핍된 의미화 signification의 과정(이것은 문학을, 의미의 전달이 아닌 사물의 의미화 과정이라고 본 바르트를 연상시킨다)이라고 생각했다. 그는 언어란 말이나 글 모두가 일종의 글쓰기 즉 '본원적 글쓰기 archi-écriture'라고 말함으로써 말/글의 서열제도를 없애 버렸다.

그렇다면 왜 기호는 완전한 현존이 되지 못하는 것인가, 그리고 왜 말 중심주의는 틀린 것인가 하는 문제를 설명하기 위해 데리다는 차연 différance[11]이라는 신조어를 만들어낸다. 차연 différance이라는 용어의 발음은 프랑스어의 différence와 똑같이 들린다. 다만, 그것들을 글로 표기할

---

11) différance라는 용어는 사실 번역이 불가능하지만 여기에서는 전례에 따라 차이와 지연을 의미하는 '차연'으로 번역한다. 데리다는 différance에 대해 다음과 같이 말하고 있다.

Différance는 사물의 요소들이 서로 언급하는 방법인 차이와 차이들의 자취와 간격 espacement의 유희를 의미한다. 이 간격은 그것이 없이는 용어가 '완벽하게' 표시할 수 없고 기능할 수 없는 능동적이면서도 수동적인 막간을 의미한다(différance에서의 a는 능동적인 것과 수동적인 것 사이의 비결정성을 나타내고 있으며 이분법적 반대개념에 의해 조직되거나 지배받지 않는 속성을 의미하고 있다).
첫째, différance는(능동적이건 수동적이건 간에) 지연, 유예, 우회, 연기에 의해서 유보되는 것을 의미한다……. 둘째, différance는 감정적/지성적, 직관/의미, 자연/문화 등과 같은 서구의 언어를 특징짓는 모든 이분법적 대립개념의 근거에서 서로 다른 것들을 산출하고 또 구분하는 것을 의미한다.
Jacques Derrida, *Positions*, trans. Alan Bass (Chicago: Univ. of Chicago Press, 1981), 각각 p. 27.과 pp. 80~89. différance에 대한 더 자세한 고찰은 데리다의 *Speech and Phenomena* 중 "Différance"라는 제목의 에세이(pp. 129~60.)와 역시 데리다의 *Margins of Philosophy* 중 "Différance"라는 章(pp. 1~27), 그리고 데리다의 "Freud and the Scene of Writing" (Writing and Difference) 중 특히 pp. 202~5.를 참조할 것.

때만 그 둘의 차이점이 구별되고 인지된다(그러한 경우는 예상 외로 많이 있다). 그러므로 말이 글보다 더 명료한 현존의 속성을 갖고 있다는 주장은 스스로 해체되어 버리고 만다. 잘 알려진 대로 프랑스어인 différer는 '다르게 하다 to differ'와 '지연시키다 to defer'의 두 가지 의미를 갖고 있다. 공간적 개념인 '차이'는 언어(말과 글 모두)와 그것이 재현하려는 것과의 숙명적인 차이를, 그리고 시간적 개념인 '지연'은 언어가 재현하려는 현존의 끝없는 유보를 의미한다. 즉 하나의 텍스트 속에서 어느 한 요소의 의미는, 그것이 연관과 맥락에 의해 그 텍스트 내의 다른 요소들과 상호 연결되어 있기 때문에, 결코 완전히 현존 fully present할 수는 없게 된다. 따라서 그것의 의미는 영원히 '차이'를 갖게 되며 끝없이 '유보'되는 것이다.

데리다의 중요한 이론 중의 하나인 상호텍스트성 inter-textuality 또는 범텍스트성 pan-textuality 이론은 바로 위와 같은 생각에서 비롯된 것이다. 데리다는 텍스트의 요소들은 그 어느 것도 완전히 현존할 수 없고 다만 서로 다른 요소들에 대해 언급 refer하고 있을 뿐이라고 말한다. 줄리아 크리스테바와의 대담에서 데리다는 다음과 같이 말하고 있다.

말해지는 언술행위에 있어서나 씌어지는 언술행위에 있어서나 간에 그 어떤 요소도, 현존하지 않는 또 다른 요소와 연결되지 않고서는 기호로서의 기능을 발휘할 수 없다. 이러한 내적 연결은 각 요소—음소나 구조소—로 하여금 다른 요소들과의 연쇄적 연결이나 체계를 내부에서 추적 trace하도록 해준다. 이러한 내적 연결, 이러한 피륙의 결은 곧 또 다른 텍스트의 변형과정에서 생겨난 텍스트가 된다. 요소들 중에서 또는 체계 내부에서의 그 아무것도 단순히 현존하거나 부재하지는 않는다. 거기엔 어디에나 다만 자취의 흔적 traces of traces과 차이 differences만이 있을 뿐이다.12) (방점—필자)

데리다의 이러한 사고는 곧 아버지(텍스트나 의미)에 의해 파종되었으나 수태하지도 못하고 아버지에 의해 회수되지도 못한 채 흩어져 있는 아들(요소나 말)의 상태를 가리키는 또 하나의 신조어 '산포 dissemination'를 만들어 낸다.13)

서구의 형이상학은 센터의 현존을 주장하기 위해 지금까지 논의해온 말/글 외에도 많은 이분법적 대립항을 만들어 일차적이고 완전히 현존한다고 생각해 온 첫 번째 것에는 특권을 부여하고 이차적이고 첫 번째 것의 오염된 형태라고 생각해 온 두 번째 것은 억압해 왔다. 그러한 것의 예를 들면, 선/악, 남/녀, 하늘/땅, 자연/문화, 서양/동양, 정상/광기, 철학/문학, 저자/독자, 의식/무의식, 정신/육체 등 부지기수가 될 것이다. 데리다는 이러한 이분법적 대립 binary opposition을 '폭력적인 서열제도'라고 부르며 그러한 서열은 전도되어야 한다고 말한다. 그러나 서열의 전도와 동시에 데리다는 이제는 첫 번째 것이 된 두 번째 것으로부터도 특권을 빼앗음으로써 새로운 서열제도의 생성을 저지한다. 왜냐하면 데리다가 원하는 것은, 이항대립 사이의 경계 boundary를 넘나들면서 서로가 서로의 '보충과 대체 suppléer'가 되는 새로운 상호보족적인 관계이지, 또 하나의 서열제도 hierarchy를 만드는 것은 아니기 때문이다.14)

바로 그런 의미에서 데리다의 해체전략은 전통이나 말 중심주의의 밖에

---

12) Jacques Derrida, *Positions*, trans. Alan Bass (Chicago: Univ. of Chicago Press, 1972), p. 26.

13) Jacques Derrida, *Of Grammatology*, trans. Gayatri Spivak (Baltimore: the Johns Hopkins U. P., 1974), p. xi.

14) 데리다의 여러 용어들—예컨대 약/독약의 상반된 의미를 동시에 갖고 있는 pharmakon을 비롯하여 supplement, hymen, parergon, différance 등—이 모두 이중의 의미를 갖고 있는 이유도 바로 이와 같은 맥락에서 이해될 수 있다.

서의 파괴 destruct가 아니고, 그 내부에서 그것들이 구축해 construct 놓은 것들을 그 근본부터 해체 deconstruct하는 것이 된다. 왜냐하면 우리는 결코 우리가 반대하는 전통의 사고관습과 언어의 영향으로부터 완전히 벗어날 수 없기 때문이다. 그렇다면 전통에 반대하기 위해서는 결국 전통의 약점을 바로 그 전통의 언어를 빌어 해체하는 방법밖에 없다는 결론이 나온다. 그러므로 데리다의 전략은 미묘하고 정교한 내부로부터의 해체작업이며, 그가 해체를 통해 추구하는 것은 닫힌 체계 내에서 단순히 지배받는 대상물이 되기를 거부하고 시간적 공간적 경계를 초월함으로써(또는 소쉬르의 동시성 synchrony과 통시성 diachrony의 차이를 초월함으로써) 가능해지는 '열린 사고'와 '열린 사회'라고 할 수 있을 것이다. 그런 의미에서 데리다의 '해체이론'은 프라그학파나 구조주의자들이 추구했던 절대적 '질서'의 개념이 함축하고 있었던 '닫힌 체계'에 대한 저항이며, 동시에 그러한 것에 대한 '향수' 대신 '불안정'과 '무질서'를 있는 그대로 포용하며 다양성과 열림을 추구하는 知的 탐색인 것처럼 보인다.

그러므로, 부재하는 오리진의 잃어버린 또는 불가능한 현존을 향한 구조주의의 단절된 직관의 근원에는 서글퍼지고 '부정적'이며, 향수에 젖고 죄의식에 사로잡힌 루소적 사고방식이 자리잡고 있으며, 그 반대편에는 니체적인 '긍정', 즉 세계의 유희에 대한 유쾌한 긍정, 활발한 해석이 가능하며 흠도 없고 진실도 없고 오리진도 없는 세계에 대한 긍정이 있다. '이 긍정이 바로 센터의 상실을 센터의 부재로 바꾸어 주는 것이다……그러므로 해석과 구조와 기호와 유희에 대한 해석에는 두 가지가 있다. 하나는 유희와 기호의 질서로부터 빠져나가는 진실과 오리진을 해석하는 것을 꿈꾸는 것이고 또 하나는 더 이상 오리진을 향하지 않고 유희를 긍정하는 것이다……15)

절대적인 진리와 센터와 근원이 유보되어 있는 현 상태는 작가들에게 활발한 유희 play(사고의 유희, 언어의 유희)를 유발시키며, 현실은 곧 꿈의 속성을 띠게 된다. 또한 절대적 진리의 유보는 곧 해석의 불가능을 의미한다. 이러한 것들은 왜 현대소설에서 유희적인 요소가 많이 발견되며, 리얼리티와 픽션의 구별이 어려워졌고, 모호하거나 열린 결말을 제시해서 독자들로 하여금 해석행위에 참여하도록 유도하는 경우가 많은가에 대한 적절한 설명이 된다. 그러나 데리다의 이러한 태도나 '텍스트의 밖에는 아무것도 없다. Il n'y pas de hors texte'라는 그의 상호텍스트성 이론은 필연적으로 그에게 비이데올로기적이고 비투쟁적이며 텍스트의 미궁 속으로만 빠져 들어가는, 현실과 괴리된 비평가라는 비판을 가져다주고 있다.

그럼에도 불구하고 데리다의 해체이론의 문학적 의의와 전망은 결코 부정적인 것일 수만은 없다(그 이유는 지금까지 이미 여러 번 언급했으므로 더 이상 반복하지는 않겠다). 데리다는 스스로 '글쓰기의 학문'이라고 말하는 '문자학 Grammatology'[16]이라는 용어를 만들었는데, 이것은 새로운 학문이라기보다는 기존의 학문 전체에 의문을 던지고 그것을 심문하기 위한 것이다. 그는 개개의 텍스트를 상대할 때를 위해서는 '해체적 책읽기'의 전략을 사용하는데, 그것의 구체적 전략은 텍스트의 논리와 저자의 논리가

---

15) Jacques Derrida, *Writing and Difference*, trans. Alan Bass(Chicago: Univ. of Chicago Press, 1978), p. 292.
16) 데리다는 '문자학 Grammatology'에 대해 다음과 같이 말하고 있다.

'문자학은 텍스트성에 대한 학문으로서 기호의 개념을 변화시키고 그것의 타고난 표현 저항주의를 뿌리 뽑아 버리는 조건으로서만 무표현적인 기호학이 될 것이다.……'문자학은 과학성의 개념과 규범들을 존재신학, 말중심주의, 음성중심주의와 연결시키는 모든 것을 해체한다.
앞의 책 *Positions*, pp. 34~5.

실은 어떻게 서로 상충되고 있는가를 밝혀내어 텍스트의 가정과 전제 속에
내재해 있는 모순들을 지적해 내는 것이다.

3.

　미셸 푸코 Michel Foucault[17]는 데리다의 상호텍스트성 이론이 언어를
모든 역사적, 사회적 틀에서 분리시켜 언어가 마치 독자적으로 존재하는
것처럼 취급하고 있다고 비판했던 또 하나의 중요한 탈구조주의 계열의 사
상가였다. '텍스트의 밖이란 없다'—즉 우리는 결코 텍스트를 벗어날 수 없
다고 말하며 모든 것을 텍스트와 언어의 문제로 귀결시켰던 데리다와는 달
리, 푸코는 '글쓰기'란 곧 복합적인 힘을 창조하는 행위이고 '텍스트'란 곧
이 복합적인 힘들이 권력투쟁을 벌이는 장소라고 생각했다. 따라서 그는
텍스트는 결코 그것을 산출해 낸 역사적, 사회적 요인들로부터 고립되어
혼자 존재할 수 없으며, 저자 역시 단순히 글을 쓰는 개인이 아닌 당대의
언술행위 discourse에 동참하는 사회적, 정치적 존재라고 생각했다. 예컨대
「저자란 무엇인가?」라는 글에서 푸코는 언술의 힘 discursive power을 통해
그리고 특정 의미의 부여를 통해 저자가 텍스트 속에서 어떻게 독자들을

---

17) 미셸 푸코는 1926년 프랑스 프와티에르에서 출생했으며 소르본느대학에서 철학 학위
　　Licence de Philophie (1949), 심리학 학위 Licence de Psychologie(1950), 그리고 파리대학에
　　서 정신병리학 학위 Diplôme de Psycho—Pathologie(1952)를 받았다. 푸코는 4년 동안 스웨
　　덴의 웁살라 대학에서 강의했고, 독일 함부르크의 프랑스연구소 Institut Français의 소장을
　　역임했으며(1959~1960), 프랑스의 클레몽 철학 연구소 Institut de philosophie의 소장으
　　로도 재직했다. 이후 푸코는 벵센느대학 철학교수 꼴레쥬 드 프랑스의 사상사교수, 미국
　　버클리대 교환교수 등을 역임했으며 1982년 6월 25일 파리에서 AIDS로 사망했다.

억압하고 있는가를 보여줌으로써, 지식과 권력과 억압 사이의 함수관계에 대한 새로운 성찰을 보여주고 있다. 즉 푸코는 지식이 어떻게 당대의 지배 이데올로기와 결탁하고(푸코에 의하면 모든 지식은 당대의 지배 이데올로기의 영향을 결코 피할 수 없다), 그런 다음 어떻게 스스로를 합법화시켜 나가며 언술의 힘을 행사하는가에 주목했던 사람이었다. 그렇다면 푸코가 언술행위 discourse라고 부르는 것은 곧 지식과 권력이 담합하여 만들어 놓은, 그래서 우리의 사고체계를 지배하는 말하기와 글쓰기라고도 할 수 있을 것이다.

푸코의 기본태도는, 그가 촘스키와 더불어 화란의 어느 TV에 나가 「인간의 본성 : 정의와 권력」이라는 제목으로 토론을 벌였을 때 명백히 드러나는 것처럼 보인다. 즉 인간이 정치적 폭력에 대항해 싸워야만 되는 이유로 촘스키가 '고상한 목표—즉 정의를 위해서'라고 대답했을 때, 푸코는 대답 대신 다음과 같은 의문을 제기한다.

> 난 이 문제에 대해서는 다소 니체적입니다. …… 제 생각으로는 정의라는 개념은 바로 그 자체가, 어떤 정치적 경제적 권력의 도구로서 또는 그러한 권력에 대항하는 무기로서 만들어져 각기 다른 형태의 사회에서 각기 달리 사용되고 있는 개념이라고 봅니다.[18]

그렇다면 푸코는 '정의'라는 개념 자체에 대한 불신으로부터 자신의 이론을 시작하고 있는 셈이 된다. 왜냐하면 지배 권력이 내세우는 정의의 개념이란 사실 그 지배 권력의 이데올로기가 합법화시킨 것일 뿐, 혁명 후에는

---

18) Paul Rainbow ed., *The Foucault Reader*(New York: Pantheon, 1984), p. 6.

그것이 곧 불의로 전락해 버릴 수도 있기 때문이다. 그것을 깨닫는 순간, 이 세상의 모든 이성적이고 절대적이며 고정된 기준(또는 센터, 근원, 틀)은 곧 임의적이 되고 불안하게 되며 드디어 해체되어 버리고 만다.

당대의 지배 이데올로기와 영합한 공식적인 언술행위와 그것의 억압에 대한 관심은 푸코로 하여금 그러한 공식적인 언술행위가 오랫동안 제외해 온 또 다른 소외된 언술행위로 돌리게 해주었다. 푸코가 우선 주목한 것은, 인류역사를 통해 스스로 이성적이고 정상적인 것을 규정하는 법칙들이 자신들과 상치되는 다른 모든 것들을 제외시키고 침묵시켰다는 점이었다. 즉 사람들은 누구나 '정상'이라고 법이 규정해 놓은 '체제' 내에 들어 있기를 강요당했으며, 거기에서 벗어나는 사람은 사회로부터 제외 당했고 '비정상'으로 규정되었다는 사실을 푸코는 인식하게 된 것이다. 푸코의 이론은 바로 그러한 인식—즉 사람들은 누구나 지배체제의 언술행위 속에서, 그리고 보이지 않는 법칙들과 규제들의 '보관소 archive'가 내리는 지시 속에서 글을 쓰게 되며, 그것을 거부할 경우엔 제도적 권력에 의해 제외되고 침묵당해 왔다는 인식—으로부터 출발한다.

푸코는 우선 권력이 어떻게 인간들을 합법적으로 속박해 왔는가를 살펴보는 과정에서, 권력이 행사해 온 보호감호 confinement와 분리정책 dividing practice에 주목한다. 『광기와 운명 *Madness and Civilization: A History of Insanity in the Age of Reason*』이라는 책은 바로 그러한 것들에 대한 푸코의 성찰—즉 인류역사에 있어서 이성이 어떻게 광기를 제외시키고 침묵시켰는가에 대한—을 집대성한 것이다. 이 책의 서문에서 푸코는 다음과 같이 말하고 있다.

　우리는 인간이 절대적 이성의 행위에 의하여 그것을 구실로 자신들의 이웃을 감금하며 비광기의 냉혹한 언어를 통해 자기네들끼리만 교류하고 인정하는 또 다른 형태인 광기 madness의 역사를 쓰려고 한다―그것이 진실의 영역에 영원히 자리잡기 전에, 그리고 그것이 항의의 고조된 감정에 의해 되살아나기 전에 그 음모의 순간을 밝혀내기 위해, 우리는 역사 속에서 광기가 아직 차별되거나 분리되기 전의 제로지점 zero point으로 되돌아가려고 노력해야만 한다. 우리는 그것의 궤도의 시작에서부터, '이성'과 '광기'를 마치 상대가 외적인 듯이 또는 죽어 버린 듯이 전혀 서로 교류하지 않도록 분리한 그 '다른 형태 other form'에 대해 기술해야만 한다.19)

· ·

　푸코는 이 책에서, 소수 집단의 주변으로의 추방과 제외가 처음 행해졌던 중세의 나병환자들의 격리로부터 시작하여, 1656년 파리에 세워진 빈민구호병원 Hôpital Général의 극빈자, 부랑아, 광인 등의 대거 혼합 감호수용, 그들의 강제노동에의 동원, 그리고 19세기의 광인분리수용정책을 거쳐 현대 정신병원의 탄생 과정까지를 면밀히 검토하고 있다. 그에 의하면, 사회에서 소외된 가난하고 병든 주변 인물들을 제외시키는 방법으로 정부나 사회는 분리와 감호수용이라는 수단을 썼으며, 언제나 사회정화, 개혁 또는 진보라는 미명 아래 그것을 합법화시켰다는 것이다. 푸코는 19세기에 등장하기 시작한 심리학 범죄학, 사회학 등의 학문들이 바로 그 합법화를 도와준 요인들이라는 점을 지적하면서(정신병자, 죄인, 환자 등을 구별하는 임의적 기준을 마련해 주므로), 지식이 어떻게 권력과 결탁하여 지배적 언술행위를 만들어 내는가를 우리에게 보여준다.

　지식과 권력의 결탁은 곧 규율 discipline(이 용어에는 그 외에도 감시,

---

19) Michel Foucault, *Madness and Civilization*, trans. Richard Howard(New York: Vintage, 1965), p. lx.

훈련, 순화, 교화라는 뜻이 있다)이라는 미명 하에 행해지는 타자에 대한 온갖 억압을 합법화·정당화시켜 주게 된다. 그런데 이 정당화는 곧 압제자에게는 스스로 당연한 지배자로 군림하도록, 그리고 피압제자에게는 압제가 당연한 것으로 순응하도록 만든다는 점에서 압제자와 피압제자 모두를 피해자로 만든다. 평생을 감시와 교화만을 하고 사는 간수들과 늘 감시와 교화만을 받고 사는 죄수들은 모두 똑같은 희생자들이라고 푸코는 말한다. 감시라는 이름 아래 권력이 얼마나 잔인하게 개인을 억압할 수 있는가를 설명하면서 푸코는 제레미 벤담 Jeremy Bentham이 설계했으나 실현되지는 못한 '판옵티콘 panopticon'을 한 예로 제시한다. '판옵티콘'이란, 두 개의 창을 가진 감방들이 원을 이루고 둘러서 있는 가운데에 커다란 감시탑이 있는데, 감시탑에서는 각 감방들을 내려다볼 수 있지만 감방에서는 감시대 내부가 전혀 올려다 보이지 않도록 설계된 형무소의 감시탑 시설을 지칭하는 것이다. 그렇게 되면 감시대에 감시인이 없어도 죄수들은 자신들이 늘 감시받고 있다고 생각하게 되고 따라서 규율을 위반하지 않게 된다는 것이다. 감시와 규율과 교화의 목적은 비정상인(광인 또는 죄수)의 정상화 normalization로 알려져 왔다. 그러나 그 정상화의 기준이 무엇인지도 문제려니와, 더욱 문제가 되는 것은 다소간 정상화되었다고 판정을 받은 비정상인들은 대부분 모범수가 되어 이번에는 제도적 권력의 시녀로 전락하여 동료들을 억압하는 데 앞장서게 된다는 점이다.

권력과 지식의 이러한 결탁과, 제도적 폭력과 억압에 대한 문제는 비단 정신병원뿐 아니라 형무소, 복지원, 고아원, 병원, 학교, 정부, 性 등의 모든 사회제도에도 해당되는 것임을 푸코는 시사한다. 그렇다면 우리는 아무도 권력과 지식의 담합이 만들어 낸 지배 언술행위로부터 완전히 벗어나거나 자유스러울 수는 없을 것이다. 왜냐하면 그것들은 너무도 교묘히 모든 것 속에 들어가 있고 너무도 편재해 있어서 더 이상 밖으로 드러나 보이지 않기 때문이고 우리는 시대마다 그것들에 노출된 채 태어나고 교육받으며 성장해 가기 때문이다. 푸코에 의하면 비평가의 작업은 바로 그 보이지 않게 된 것을 탐색하여 보이도록 해주는 것인데, 그러기 위해서는 그가 안식소 épistémè라고 부르는, '매시대의 문화적 특성을 나타내 주는 언어에 의해 계시된 앎'을 깨달아야만 한다.

지금까지 살펴본 대로 푸코는 그 어느 누구보다도 더 철저하고 핵심적인 反구조주의자였다.[20] 그는 우리가 진실이라고 믿는 것도 사실은 지배 권력이 만들어 놓은 상대적 진실일 뿐이며, 그런 의미에서 우리가 의지하고 그 존재를 믿는 모든 것의 절대적 근원 origin 역시 허상일 뿐이라고 말한다.

> 1. 여기에서 중요한 것은 진실은 권력의 밖에 있는 것이 아니고 권력이 결여되어 있는 것도 아니라는 점입니다. …… 어느 사회나 스스로의 진실의 체제, 곧 진실의 '일반적 정책'은 갖고 있습니다. 말하자면 그 사회가 받아들이고 진실로서 기능하도록 만드는 종류의 언술행위가 있다는 것이지요. 즉 우리로 하여금 진실과 허위진술을 구별하도록 해주는 범례들과 매커니즘을, 그 중의 하나를 공인하는 수단을, 진실을 얻는 것의 가치에 따르는 테크닉과 절차를, 그리고 진실을 결정할 책임을 가진 사람들의 사회적 신분을 갖고 있다는 것입니다.

---

20) Michel Foucault, *Power / Knowledge : Selected Interviews and Other Writings* 1972~1977, ed. Colin Gordon (New York: Pantheon, 1980), p. 114.를 볼 것.
  푸코는 폰타나와 파스키노와의 대담에서 "In that sense, I don't see who could be more of an anti-structuralist than myself."라고 말하고 있다.

2. 근원 origin은 필연적으로 상실될 장소, 사물의 진실이 진실된 언술행위
와 일치하는 곳, 그리고 언술행위가 모호해지고 드디어는 상실되는 덧없는 연
결점에 놓여 있다.[21]

푸코 역시 데리다처럼 잃어버린 근원과 진실에 대한 향수보다는 니체
식의 계보학적 탐색 genealogical research을 통한 새로운 발견과 새로운 인
식을 제안한다. 그것은 곧 고정되고 절대적이고 일원적인 종래의 사고체제
를 버리고 유동적이고 상대적이고 다원적인 열린 태도를 갖는 것을 의미한
다. 그때 비로소 우리는 타자에 대한 새로운 인식과 인정을 통해 우리 스스
로를 경직된 사고의 貝殼으로부터 해방시킬 수 있을 것이다. 푸코의 이론이
갖는 문학적 중요성도 바로 거기에 있는 것이다.

4.

애드워드 사이드 Edward W. Said[22]는 일견 푸코의 미국인 제자처럼

---

21) 첫 번째 인용은 앞의 책, *Power / Knowledge, p. 131.* 두 번째 인용은 Michel Foucault,
Language, Counter—memory, Practice, ed. Donald F. Bouchard (Ithaca: Cornell U. P., 1977),
p. 143.

22) 에드워드 사이드는 1935년 예루살렘에서 출생한 팔레스타인으로서 이스라엘의 건국으
로 인해 예루살렘을 떠나 이집트와 레바논에서 어린시절을 보냈다. 1950년대 후반에 미
국으로 건너온 사이드는 프린스턴(학부)과 하버드(석사 및 박사)를 졸업하고 현재는 콜
롬비아대학의 석좌교수로 재직하고 있다. 그는 팔레스타인 망명국회인 Palestine
National Council의 의원이며 미국에서 가장 영향력이 강한 팔레스타인 대변자이기도 하
지만, 그를 더욱 유명하게 만든 것은 그의 저서 *Beginnings(1975)*가 만들어 낸 '시작이론',
*Orientalism(1978)*이 만들어 낸 '오리엔탈리즘 논의', 그리고 *The World, the Text, and the
Critic*(1983)이 만들어 낸 '세속적 텍스트 이론'이라고 할 수 있다. 구조주의뿐 아니라 탈
구조주의까지도 그것들의 비세속성을 이유로 공격하고 있는 사이드는 데리다와 해체이

보이며, 또 실제 그의 중요한 저서인『오리엔탈리즘 Orientalism』이 푸코의 언술행위 이론을 차용하고는 있지만, 궁극적으로는 푸코 역시 데리다처럼 세속성 worldliness이 부족한 인물로 규정짓고 비판을 가한 더욱 급진적인 비평가이다. 사이드는 텍스트가 산출되고 위치해 있는 역사적 순간이나 그것의 정치적, 경제적, 사회적 맥락은 무시한 채, 텍스트 내면의 미궁 속으로만 빠져 들어가고 있는 현대 문학비평의 현황을 개탄하며, 텍스트는 고고한 고립에서 벗어나 보다 더 세속화 worldly, secularized 되어야만 한다고 주장한다. 이때 사이드가 말하는 '세속화'란 물론 텍스트의 현실인식과 역사의식, 그리고 텍스트와 현실세계와의 긴밀한 연관을 의미한다. 그런 의미에서 사이드에게는 세계가 곧 하나의 커다란 텍스트가 되며, 그 텍스트 속에서 일어나고 있는 모든 일은 곧 현실세계의 리얼리티가 된다. 따라서 사이드에게 있어서 비평이란 곧 현실의 문제점을 탐색하고 파악하며 극복하려는 적극적인 '의지'가 되고, 기존의 권위주의적이고 절대적인 지배적 가치체계에 도전해서 새로운 가치체계를 창출해 보려는 강렬한 '의도'가 되며, 또 그렇게 함으로써 인류역사의 형성에 활발하게 참여하는 새로운 '시작'이 되는 것이다.

사이드의 저서『시작 *Beginnings: Intention and Method*』은 바로 그러한 비평의식을 토대로 해서 창출된 새로운 문학이론을 제시해 주고 있다. 사이드는 우선 구조주의가(그리고 더 나아가서는 서구의 사고체계가) 낙관적으로 상정해 놓은 절대적 '근원 origin'의 개념에 도전하여 그것의 근본을 흔들어 놓은 다음, 그 대신 새로운 '시작 beginning'의 개념을 제시한다.

론에 대한 가장 강력한 비판자이기도 하다.

　　언어의 시작은 결국 창조적 행위이자 동시에 비평적 행위이다. 마치 우리가 훈련받은 방식으로 언어를 사용하기 시작하는 순간, 비평적 사고와 창조적 사고 사이의 구분이 무너지듯이, 시작은 일종의 행위만은 아니다. 그것은 정신의 틀이자 일종의 일이고 태도이며 의식이다.……시작은 기본적으로 단순한 연속적 성취보다는 궁극적인 회귀와 반복을 암시하는 행위라는 것, 근원 origin 이 신적인 반면 시작과 재시작은 역사적이라는 것, 그리고 시작은 창조적일 뿐 아니라 의도를 갖고 있음으로 해서 그 자체가 스스로의 방법이 된다는 것이 나의 관점이다. 즉 시작은 차이를 만들거나 산출해 내는 것이다.[23]

　　사이드의 ‘시작이론’이 갖는 중요성은, 우선 그것이 그동안 인류역사를 주도해 온 지배적 언술행위—즉 우리가 진실, 근원, 기초, 센터, 그리고 절대라고 믿어 온—의 군림과 횡포에 저항하여, 그것과 다른 언술행위를 찾아내고 인정하며 또 창조해 낸다는 데 있다. 서구 문학에 대한 저자의 해박한 지식과 예리한 성찰이 담긴 『시작』은 수많은 작가들에 대한 고찰을 통해(콘라드가 그중 가장 핵심인물이긴 하지만) 소설이 어떻게 시작의 의도로서 씌어졌으며 또 시작의 의도로서 읽힐 수 있는지, 또 어떻게 텍스트를 갖고 ‘시작’을 시작할 수 있는지를 파헤치고 있다. 이 책의 마지막 두 장에서 사이드는 구조주의에 대해 강력한 비판을 한 다음, 푸코의 언술행위 이론이 어떤 면에서 자신의 시작이론과 상통하고 있으며 어떤 면에서 한계를 갖고 있는가, 그리고 비코 Giambattista Vico의 ‘이방인의 역사 gentile history’ 이론과 ‘주기적 역사 cyclic history’ 이론은 또 어떤 면에서 자신의 ‘시작이론’의 근간을 이루고 있는가에 대해 논의하고 있다.

---

23) Edward W. Said, *Beginnings: Intention and Method* (Baltimore: the Johns Hopkins U. P., 1975), pp. xi, xiii.

사이드에 의하면, 현재 우리가 살고 있는 상황인 '구심점 center이 없는 원, 그리고 출구가 없는 미로 maze'24)는 곧 우리로 하여금 근원에 대한 신뢰나 형수를 버리고 새로운 '시작'을 시도하도록 해준다. '근원'이 신적, 불변적, 억압적, 권위적, 특권적, 절대적, 고정적, 전통적이고 신성한 것이라면, '시작'은 인간적, 가변적, 해방적, 저항적, 평등적, 상대적, 주기적, 혁신적이고 세속적인 것이라고 할 수 있다. 사이드의 '시작'은 위의 인용에서 볼 수 있는 것처럼, 단순한 행위만이 아닌 '정신의 틀이자 일종의 일이고 태도이며 의식)이며, 그런 의미에서 그의 '시작'은 '글쓰기'에서부터 시작된다. 그러나 사이드는 구조주의자들처럼 결코 모든 것을 언어로 귀결시키지는 않는다. 그는 물론 언어를 중요시하지만, 그것은 다만 필롤로지적 philological 측면에서뿐이며, 그런 의미에서 사이드는 독특한 탈구조주의 계열의 언어철학적 비평가라고 할 수 있다(사이드 자신은 물론 스스로를 탈구조주의자라고 선언하지는 않는다).

사이드의 세속적 '시작이론'은 곧 그의 '세속적 비평 secular criticism' 또는 '세속적 텍스트 worldly text' 이론과 연결되지만, 그 이전에 그는 푸코의 언술행위 및 지식과 권력이론의 개념을 빌어 서구의 지배적 언술행위에 정면으로 도전하는 새로운 저항적 언술행위인 『오리엔탈리즘 *Orientalism*』(1973)이라는 책을 써냄으로써 자신의 '시작이론'의 한 좋은 예를 보여주고 있다. 지식이 어떻게 권력과 결탁하여 동양에 대한 서양의 편견을 절대적 진리로, 보편적인 학문으로, 그리고 지배적인 언술행위로 만드는 데 공헌했는가를 추적하는 이 독특한 역저에서, 사이드는 우선 그동안 절대적인 진리로 여겨져 왔던 지배문화의 모든 가치체계의 진실성과 확실성에 도전하며,

---

24) 위의 책, *Beginnings*, p. 316.

그동안 소외되고 제외되어 온 저항언술을 통한 새로운 '시작'을 제안한다(사이드는 언술행위가 언제나 지배적 언술행위만 되는 것이 아니고 때로는 그 반대의 저항적 언술행위도 될 수 있다고 말함으로써 푸코보다 진일보한 태도를 보여주고 있다).

> 만일 우리가 20세기에 들어서 상승하고 있는 지구상의 수많은 사람들의 정치적, 역사적 의식에 힘입는다면, 우리는 오늘날 세계적으로 편재해 있는 오리엔탈리즘의 헤게모니와 그것이 대표하고 있는 모든 것들에 대해 이제 도전할 수 있을 것이다.[25]

사이드가 제안하는 이러한 도전—즉 저항적 언술행위—는 그동안 사회제도나 관습, 사고의 모든 구조에 당연한 것으로(또는 진리로) 스며들어가 있는 지배적 이데올로기가 사실은 지식과 권력의 담합에 의해 만들어진(그람시 Antonio Gramsci에 의하면, 권력을 합법화시키는 가장 효과적인 방법은 당대의 지식으로부터 협력을 얻는 것이다) 허구일 뿐이라는 인식에 근거한 것이다. 지식과 권력이 결탁할 때의 가공할 만한 결과에 대해 사이드는 다음과 같이 말하고 있다.

> 가장 중요한 것은, 그러한 텍스트들은 지식뿐만 아니라 그것들이 묘사하고자 하는 리얼리티까지도 창조해 낼 수 있다는 것이다. 시간이 지나면 그러한 지식과 리얼리티는 전통, 혹은 미셸 푸코가 언술행위 discourse라고 부르는 것을 만들어 내는 것이다. (『오리엔탈리즘』 94면)

---

25) Edward W. Said, *Orientalism* (New York: Vintage, 1978), p. 328.

사이드는 모든 작가들과 지식인들은 자신도 모르게 지식과 권력의 결탁 작업의 일익을 담당하게 된다고 말한다. 그는 『오리엔탈리즘』에서 플로베르, 스코트, 키플링, 브론테, 디킨스, T. E. 로렌스, 그리고 심지어는 마르크스까지의 유럽 지식인들이 어떻게 당대의 보관소 archive의 지시에 따라 어떻게 지배언술(이 경우에는 유럽문화의 우월성과 동양문화의 열등성)의 형성과정에 의식적 또는 무의식적으로 참여했었는가를 예리하게 탐색해 보여주고 있다.

'오리엔탈리즘 Orientalism'이라는 사이드의 용어가 함축하고 있는 뜻도 바로 이제는 전통과 진리처럼 되어 버린, 그러나 사실은 지식과 문학이 권력과 결탁하여 만들어 낸 허구일 뿐인, '동양에 대한 서양의 편견'을 의미한다. 그러므로 그동안 동양은 서양에 대립되는 열등한 존재로 차별받아 왔으며, 그런 의미에서 동양은 서구인의 상상과 의식 속에 재현된 허상으로서만 존재해 왔을 뿐, 그 실체는 한 번도 나타나거나 인정받지 못했다고 사이드는 주장한다.

> 동양에 대해 이야기하자면, 동양은 완전히 부재한다. 다만 오리엔탈리스트와 그가 하는 말만 존재할 뿐, 그러나 우리는, 오리엔탈리스트의 존재는 오직 동양의 효과적인 부재에 의해서만 가능하다는 것을 잊어서는 안 된다. 이 대리와 자리바꿈은 분명히 오리엔탈리스트로 하여금 동양을 드러내기 위해 오랜 시간을 바친 후에라도 자신의 저술 속에서는 동양을 축소시키도록 압력을 가하는 것이다. (『오리엔탈리즘』 209면)

그러나 사이드가 『오리엔탈리즘』에서 제시하고 있는 것은 결코 오리엔탈리즘에 상응하는 옥시덴탈리즘이 아니다. 『오리엔탈리즘』은 그러한 국수주의적, 배타적 태도는 동서양을 막론하고 바람직하지 못한 것이며, 중요한

것은 지배문화로부터 추방되고 제외된 '타자'의 발견과 인식과 인정이라는
것, 그리고 그러기 위해서는 역사적, 현실적, 정치적, 사회적 인식이 수반되
어야 한다는 것을 자명하게 보여주고 있다.

1982년에 출판된 『세계와 텍스트와 비평가 *The World, the Text, and the
Critic*』에서 사이드는 현실에서부터 그리고 세상으로부터 스스로를 고립시
켜 텍스트의 상아탑 속에 은둔한 채 언어의 유희로 미로의 거미줄을 짜고
있는 현대 서구의 문학비평을 강력하게 비판하며, 문학비평은 관념의 유희
를 떠나 현실의 아픔에 동참해야 한다고 주장한다. '세속적 비평 *Secular
Criticism*'이라는 제목을 붙인 이 책의 서론에서 사이드는 다음과 같이 말하
고 있다.

> 오늘날 미국이나 유럽의 문학이론은 명백히 불간섭 noninterference의 원칙
> 을 받아들이고 있으며, 주제를 선택하는 그것의 독특한 양태는(알뤼세의 공식
> 을 빌면) 세속적이거나 상황적이거나 또는 사회적으로 오염된 것은 결코 주제
> 로 선택하지 않는다고 해도 과언은 아닐 것이다. 그 대신 '텍스트성 textuality'
> 이 문학이론의 다소간 신비스럽고 살균된 주제가 되었다. 그러므로 텍스트성
> 은 역사라고 불릴 수 있는 것의 축출과 배제가 되어 버렸다. ……하지만 내
> 입장은 텍스트란 세속적인 것이며, 다소간은 사건이고, 스스로 그것을 부정하
> 는 것처럼 보일 때까지도 텍스트는 사회와 인간세계의 일부이며 물론 그것이
> 위치하고 해석되어지는 역사적 순간이라는 것이다.26)

오늘날의 문학비평을 텍스트의 미궁으로부터 끌어내어 사회현실과 역사
적 상황 속에 위치시키려는 노력은 곧 사이드로 하여금 비평가를 텍스트의

---

26) Edward W. Said, *The World, the Text, and the Critic*(Cambridge: Harvard U. P., 1982)
    pp. 3~4.

단순한 해석자가 아닌, 현실과 상황의 창조자로, 그리고 비평을 지배문화에 대한 하나의 반대행위, 발견행위 또는 인식의 시작행위로 파악하도록 해준다. 그런 의미에서 사이드는 지배문화가 임의로 정해 놓은 소위 신성화된 고전이나 마스터 텍스트를 거부하며, 오히려 지배문화가 제외시켜 온 것들의 가치를 재평가한다.

사이드는 그동안 지배문화 dominant culture가 헤게모니를 쥘 수 있었던 이유는 타자의 차별 differentiation—즉 타자를 열등한 것으로 제외시키는 차별—때문이었다는 점을 지적하며, 이제는 그 제외된 문화—곧 차이 difference—에의 주목을 요청한다.27) 그러나 우리는 결코 당대의 지배문화의 영향으로부터 완전히 자유스러울 수는 없다고 사이드는 말한다(마치 19세기 유럽 작가들이나 비평가들이—심지어는 마르크스까지도—유럽문화에 대한 우월감과 동양문화에 대한 상대적 경멸감으로부터 결코 자유스럽지 못했듯이). 그러나 사이드는 사실 그러한 것을 인식하고 그것으로부터 벗어나려는 노력으로부터 '비평'은 시작되는 것이라고 선언한다. 바로 이 시점에서 사이드는 개인과 그가 속해 있는 사회에 대한 특별한 관계에 대해 깊은 성찰을 하게 된다.

한편으로 개인의 정신은 스스로가 속해 있는 집합적인 전체, 맥락 또는 상황을 나타내고 또 그것들에 대해 잘 알고 있다. 다른 한편으로는 바로 그 인식— 지배문화에 대해 예민한 반응을 보이고 세속적으로 스스로를 위치시키는 인식

---

27) 예컨대 사이드는, 매슈 아놀드가 생각했던 유럽문화는 다른 문화(인도의 문화가 그 한 예이지만)보다 우월한 것이었고, 문학의 순수 예술성만을 중요시해 온 현대 서구 문학비평의 지배문화 역시 문학의 세속성을 주장하는 다른 목소리를 오염되고 열등한 것으로 침묵시키고 스스로만 우월하다고 생각하는 차별의식을 갖고 있다고 지적한다.

—때문에 개인의 의식은 단순히 문화의 자녀가 되지 않고 문화 속의 역사적,
사회적 행위자가 되는 것이다. 그리고 순응과 소속만 있었던 곳에 상황과 구별
을 소개함으로써 距離, 또는 우리가 비평이라고 부를 수 있는 것이 생겨나는
것이다. (『세계와 텍스트와 비평가』 15면)

사이드의 이러한 성찰은 곧 그의 '파생 filiation과 제휴 affiliation' 이론으
로 발전된다. 사이드에 의하면 작가나 비평가나 모두 이 두 과정을 겪게
되는데 전자는 태생으로 인한 자연적인 결속을, 즉 순종, 공포, 사랑, 존경
같은 자연적 형태의 권위를 의미한다면, 후자는 조합의식, 동의, 동료의식,
직업적 경의, 계급, 지배문화의 헤게모니와 같은 후천적이고 초개인적인
transpersonal 결속들을 의미한다. '파생'으로부터 '제휴'로 가는 과정은 사이
드에 의하면 자연에서 문화로 전이해 가는 것과도 같은데, '제휴'의 경우
그것은 자칫 또 하나의 지배문화를 형성할 가능성이 있으며, 그 한 예가
바로 학계 속에 안주해 현실로부터의 도피성을 쌓고 있는 현대문학비평의
경우가 된다.

바로 그런 맥락에서 사이드는 철학적이고 사변적인 예일 비평가들뿐만
아니라 데리다 그리고 푸코까지도 그들의 비세속성을 들어 강력하게 비판한
다. 「걸어간 길과 걸어가지 않은 길 Roads Taken and Not Taken」과 「문화
와 체계 사이의 비평 Criticism Between Culture and System」이라는 두 편의
글에서 사이드는 다시 한 번 『오리엔탈리즘』을 거론하면서, 데리다나 푸코
같은 선각자까지도 사실은 어떻게 지배언술로부터 자유스럽지 못했고, 얼마
나 무의식적으로 인종중심적 ethnocentric 사고에 젖어 있었으며, 또 무엇을
놓치고 있는가를 서양 속의 동양인의 시각으로 파헤치고 있다.

5.

　미국의 경우, 구조주의와 탈구조주의는 거의 비슷한 시기에 상륙했던 것처럼 보인다. 프랑스의 구조주의는 보수적인 영미학계와 문단의 강한 저항을 받았으나, 마침 신비평을 대신할 비평이론을 찾던 미국의 비평가들에 의해 1970년대 초부터 본격적으로 논의되기 시작했는데, 이때 프랑스에서는 탈구조주의가 등장한 지 이미 몇 년이 지나고 있었다. 미국에 구조주의를 가장 체계적으로 비교적 초기에 소개한 사람은 후에 해체이론으로 전향한 조나단 컬러 Jonathan Culler이지만, 탈구조주의는 주로 예일대학교에 모인 소위 '예일학파'[28]들에 의해 수용되고 변형되었다. 지면관계상 예일비평가

---

28) 예일학파의 이론은 해체이론이라는 커다란 구심점을 갖고 있을 뿐, 사실은 각기 독특하고 다른 이론들을 전개해 나가고 있다. 지면관계상 여기에서는 상세히 다루지 못하지만, 예일학파들의 그러한 특징들을 체계적으로 정리한 자료로 다음과 같은 것들이 있다.

1. Jonathan Arac et al., *The Yale Critics: Deconstruction in America*(Minneapolis: Univ., of Minnesota Press, 1973), 하트만 pp. 43~65, 밀러 pp. 66~89, 드 만 pp. 90~108, 블룸 pp. 109~132.
2. Christopher Norris, "The American Connection", in *Deconstruction: Theory and Practice* (London: Methuen, 1982), pp. 90~125.
3. Robert Alter, "Deconstruction in America", *The New Republic* (April 25, 1983), pp. 27~32.

예일학파의 주요멤버인 폴 드 만은 1919년 벨기에의 Antwerp에서 출생했으며 1940년대부터 파리에서 글을 발표하다가 1950년대에 『비평 Critique』에 평론과 서평을 쓰면서 본격적인 비평활동을 시작했다. 그러나 드 만이 알려지기 시작한 것은 그가 미국으로 건너와 예일대 교수가 된 후에 쓴 『눈멂과 통찰 Blindness and Insight』(1971)이 출판된 이후부터였다. 그는 1983년 12월에 타계했다. J. 힐리스 밀러는 1928년 미국 버지니아 주에서 출생했으며 하버드대에서 박사학위를 받았다. 밀러는 처음에는 신비평에 그 다음엔 현상학에 그리고는 해체이론에 심취하여 부단한 탈바꿈을 했던 비평가로 유명하다. 해롤드 블룸은 1930년 뉴욕시에서 태어나 코넬과 예일대학(Ph. D.)을 다녔으며 특히 '영향에 대한 근심' 이론으로 학계와 문단에 큰 영향을 끼쳤다. 제프리 하트만은

들의 이론을 여기에서 다 논의할 수는 없지만, 그래도 그들의 대표적 이론만
큼은 간단히 거론하기로 한다.

폴 드 만 Paul de Man은, 비평가란 어떤 '눈멂 blindness'을 통해서만
비로소 '통찰력 insight'을 가질 수 있다고 말한다. 마치 눈을 뜨고도 진실을
보지 못하던 오이디푸스가 눈멂을 통해 마음의 눈으로 진실을 보게 되기를
원했듯이, 비평가의 통찰도 어떤 눈멂을 통해서만 가능하다는 것이다. 그래
서 루카치나 블랑쇼나 풀레 또는 루소나 훗설 같은 비평가들도 모두 자신
들이 발하는 빛에 눈멀었으며 따라서 원래 자기들이 말하려는 것과는 무엇
인가 다른 것을 말하게 되는 운명을 갖고 있었다고 드 만은 지적하고 있다
(이것은 루소나 레비-스트로스를 역이용해 그들을 해체시키는 데리다의
전략과 상통한다.). 눈멂 속에 통찰이 들어 있고 통찰 속에 눈멂이 들어
있다는 드 만의 역설적인 견해는 곧 글쓰기에 대한 그의 회의와 깨달음을
나타내 주는 것이었다. '일상언어의 해석은 마치 끝도 없고 진전도 없는
시지프스의 작업과도 같다. 왜냐하면 기호나 의미 중 하나는 언제나 그가
원하는 것을 그가 원한다고 말하는 것과 다르게 만들 수 있기 때문이다.'[29)]
라고 드 만은 말한다.

모든 기호와 의미를 불확실한 것으로, 그리고 모든 독서를 오독으로 생각
했던 사람은 비단 드 만 한 사람만은 아니었다. 힐리스 밀러 J. Hillis Miller
는 모든 언술행위를 가면과 거짓으로 파악했던 드 만보다는 덜 절망적이었

1929년 독일에서 태어나 1946년에 미국으로 귀화한 후 예일대에서 박사학위를 받았다.
그는 형식주의의 극복을 선언하면서 등장했으나 아직도 스스로 형식주의 미학을 버리
지 못하고 있다는 느낌을 준다. 현재 예일대학에는 블룸과 하트만만 남아 있을 뿐, 드
만은 타계했고 밀러 역시 타대학으로 떠나 버렸다.

29) Paul de Man, *Blindness and Insight* (Minneapolis: Univ. of Minnesota Press, 1983), p. 11.을
볼 것.

지만, 해석의 불가능성에 대해서는 드 만과 견해를 같이하고 있었다. 밀러는 텍스트를 크레타섬의 미로 labyrinth로, 또 그 미로를 빠져나올 수 있는 실타래로 짠 거미줄에 비유하며 다음과 같이 말하고 있다.

> 미로로부터 빠져나올 수 있는 길을 가리켜 주기는커녕, 아드리아드네의 실마리는 미로를 만들고 있으며 또 미로 자체가 된다. 텍스트의 거미줄에 얽혀 있는 수수께끼를 푸는 것이나 해석은 다만 그 거미줄에 또 다른 거미줄을 첨가해 줄 뿐이다. 우리는 결코 그 미로로부터 탈출할 수 없다. 왜냐하면 탈출행위는 또 하나의 미로 즉 또 하나의 내러티브나 스토리의 실을 만들 뿐이기 때문이다.30)

밀러의 세계는, 그가 자신의 저서 『신의 사라짐 *The Disappearance of God*』 (1963)에서 묘사하고 있듯이, '신이 떠나 버린 공포의 부재 absence'의 세계이며 절대적 구심점이 없기 때문에 모든 것이 끝없이 반복 repetition 되는 세계이다.

해롤드 블룸 Harold Bloom은 드 만이나 밀러처럼 텍스트의 미궁 속에 빠지지는 않았으나, 대신 강력한 부친—또는 선조시인—이 그의 딜레마였다. 그에 의하면 현대의 시인은 뒤늦게 태어남 belatedness으로 인해 언제나 '죽었지만 당혹스러울 만큼 강한' 선배시인을 갖게 되는데, 그는 이 선배시인에 대한 두려움과 그의 권위를 부정하고 그와 싸워 이기려는 욕망을 동시에 갖게 된다(블룸이 '영향에 대한 근심 the anxiety of influence'이라고 부른 이 이론은 곧 가부장제도의 절대 권위를 부정하는 탈구조주의 이론과 맥을

---

30) J. Hillis Miller, "Stevens' Rock and Criticism as Cure, Ⅱ", *The Georgia Review* 30 (Summer, 1976), p. 337.

같이한다). 그러므로 뒤늦게 태어난 현대의 시인은 새로운 해석을 창출해 내기 위해 필연적으로 그리고 의도적으로 자신의 선배시인을 오독 misreading하는 비행 misprison을 저지르게 된다고 블룸은 말하고 있다. 강력한 부친 또는 선배에 대한 이러한 의도적 왜곡은 블룸에게 있어서 곧 전통에 대항하는 새로운 창조력을 가능하게 해주는 요인이 된다.

제프리 하트만 Geoffrey Hartman은 『형식주의를 넘어서 *Beyond Formalism*』, 『책 읽기의 운명 *The Fate of Reading*』, 『광야에서의 비평 *Criticism in the Wilderness*』, 『텍스트 구하기 *Saving the Text*』 등의 일련의 저서를 통해 신비평적 형식주의와 결별하고 탈구조주의적 형식주의를 받아들였다. 그는 책읽기나 글쓰기의 목적이 통일된 의미를 산출하는 것이 아니라 오히려 모순과 모호성을 드러내는 것이라고 말함으로써 탈구조주의적 선언을 하고 있다. 그러나 하트만은 해석의 불가능성을 주장하지는 않았다. 하트만은 너무 상식적인 비평도 또 너무 추상적인 비평도 거부하고 적당히 명상적이고 격조 높은 심미적 비평을 이상적인 것으로 제시하고 있다. 그는 해체이론과 탈구조주의를 환영하고는 있지만 그것들이 제시하는 혼란과 불확실의 심연 앞에서는 주저하며 그저 방관자가 되기를 원하는 것 같은 태도를 보인다.

미국의 탈구조주의자들에 이어 꼭 언급해야 될 두 사람의 프랑스 탈구조주의 비평가들로서 줄리아 크리스테바 Julia Kristeva와 자크 라캉 Jacques Lacan이 있다. 크리스테바는 심리분석에 기초한 언어이론과 페미니즘적 접근을 통해 탈구조주의적 태도를 보여주고 있다. 그녀는 우선 서구사상이 통일된 의식이나 주관의 존재를 전제로 하고 시작되었으나, 그것은 언제나 쾌락과 감정과 시로 표상되는 소음에 의해 위협받아 왔다고 말한다. 크리스테바는 이 소음과 혼란의 중요성을 인정하고 그것이 인간의 숨은 '욕망

desire'이라고 말한다. 그녀는 이성과 질서의 내부에서 혼란을 야기한 무의식과 욕망이 추구하는 것을 '반역적 열림'이라고 부른다. 크리스테바에게 있어서 '욕망'은 만족을 원하는 것이 아니라 다만 리얼리티와 진실을 파악하기 위한 욕망일 뿐이다.

프로이트의 무의식이론과 소쉬르의 언어이론을 혼합한 것 같은 자크 라캉의 이론은 우선 주체 subject의 중요성에 대한 강조를 통해 구조주의와 정면 충돌한다. 라캉은 무의식을 불안정한 지시어에 비교하며 무의식과 의식의 사이처럼 지시어와 지시대상의 사이도 역시 불안하고 단절되어 있다고 말한다. 크리스테바의 경우처럼 라캉에게 있어서도 언술행위는 만족이 아닌 욕망만을 가져다주는데, 이 욕망은 물론 무의식과 상통하고 있다. 라캉에 의하면, 어린아이의 세계에서는 원래 주체와 객체 사이에 중심자아가 부재해 있는데, 아이가 커 가면서 거울 속의 자신의 이미지에 통일성을 부여하면서 자아와 타자를 구별하는 법을 배우기 시작한다는 것이다. 이때 그 아이는 상상적인 세계에서 상징적인 세계(곧 자아/타자, 남성/여성, 부친/아이 등으로 구별되는 차이의 세계) 속으로 옮겨간다고 라캉은 말한다. 라캉은 또 모든 지시어는 이미 왜곡되어 있기 때문에 언어의 힘에 대한 믿음을 버리라고 권하며 의미의 자유로운 유희를 제안한다. 바로 그런 의미에서 라캉은, 지배적인 내러티브를 피하거나 그것에 대항해 의미의 유희를 허용함으로써 무의식이나 꿈같은 분위기를 만들어 내고 있는 포스트모더니즘 계열의 소설들을 이론적으로 뒷받침해 주고 있는 것처럼 보인다.

6.

　탈구조주의는 결코 한두 마디로 정의 내려질 수 없는 복합적이고 다원적
인 사조이기 때문에 필자는 지금까지 탈구조주의 계열의 대표적 비평가들의
각기 다른(그러나 다분히 공통적인) 이론을 고찰하는 것으로 탈구조주의에
대한 논의를 대신했다.[31] 사실 탈구조주의는 어떤 것이 무엇을 '의미'하도록
강요되거나 부과되는 것을 거부하기 때문에, 스스로에 대해서도 의미를 찾
거나 정의를 내리려는 시도를 거부하는 것인지도 모른다. 탈구조주의의 파
악하기 어려운 속성에 대해 로버트 영 Robert Young은 다음과 같이 말하고
있다.

　　탈구조주의라는 용어는 그 자체가 어떤 하나의 의미나 이론에서부터 벗어
나 시공을 초월한 자유스러운 운동을 강조함으로써, 이 세상에 결정적인 '탈구
조주의 이론'은 결코 있을 수도 없고 있지도 않다는 것을 시사해 주고 있다.
대신 그것은 이미 지위나 확정성을 상실한 '진실'을 향해 끊임없이 우회하고
있다.[32]

　탈구조주의의 이와 같은 속성은 그것이 문제에 대한 답을 제시하는 것
이 아니라 오히려 질문을 던지고 심문 interrogate을 하면서 비평을 시작하
고 있기 때문인 것처럼 보인다. 어떤 의미에서 탈구조주의는 구조주의뿐만

---

31) 예컨대 『현대 비평용어 사전』은 '탈구조주의'를 '1970년대에 보편화되었으나 복합어가
　　늘 그렇듯이 모호하며……너무 복합적인 요인들로 구성되어 있어 정의 내리는 것이 불
　　가능하다'라고 적고 있다. Roger Fowler ed., A *Dictionary of Modern Critical Terms*
　　(London: Routledge & Kegan Paul, 1987), p. 100.
32) Robert Young, *Untying the Text: A Post—Structuralist Reader* (London: Routledge & Kegan
　　Paul, 1981), p. 6.

아니라 지금까지의 서구 형이상학 전체의 전제와 가정을 극으로까지 몰고 가 그것이 스스로의 모순으로 인해 스스로에 대항해 해체되도록 하는 특이한 비평태도를 보여주고 있다. 그렇다면 탈구조주의는, 그 자아반영적 self-reflexive 태도로 인해, 어쩌면 서구 문명에 대한 서구인들의 진지한 '반성' 운동이라고도 볼 수 있을 것이다.

탈구조주의는 바로 그런 의미에서 현대 서구 문학비평의 지평을 확대시켜 준 방대한 지적 움직임 a vast intellectual movement이었다. 그것은 그동안 경직되고 고정된 서구의 이성 중심주의에 종말을 고함으로써 문학비평에 있어서 새로운 인식의 場을 열었으며, 다음과 같은 면에서 문학의 발전에 공헌했다. 우선 탈구조주의는 모든 절대적 의미의 안정된 근원을 교란시키고 해석의 불가능함을 시사하여 모든 결론을 유보시키고 있다. 그리고 그것은 '차이'를 인식하고 '불확실성'과 '불안'을 있는 그대로 포용하며, 지배문화로부터 제외된 '타자'를 인정한다. 그것은 또한 지배체제나 지배구조에 의해 억압받는 '개체'의 해방을 외치며 경직된 사고의 틀에서 벗어나 '열린 사회'를 지향한다. 끝으로 탈구조주의는 역사의식과 현실의식을 중시하며, 현재와 역사, 그리고 언어와 이데올로기 사이의 대화를 시도한다.

그럼에도 불구하고 의문은 여전히 남는다. 예컨대 탈구조주의자들의 이론은 과연 진지한 의도와 강력한 실천의지 그리고 탄탄한 현실의식과 심오한 역사인식에 뿌리박고 있는 것인가? 아니면 그러한 것으로 가장했을 뿐 사실은 언어의 유희와 사고의 유희, 그리고 지적 현학주의에 불과한 것인가? 제프 베닝톤과 로버트 영은 '구조주의와 탈구조주의의 가장 중요한 차이점은 역사의 문제이다'[33]라고 말하고 있다. 그러나 역사에 대한 탈구조주의의

---

33) Geoff Beginnington et al., *Post—Structuralism and the Question of History* (London: Cambridge

관심은 어쩌면 자기방어 수단이자 지적 허영의 장식품이며, 사실은 렌트리키아 Frank Lentricchia가 지적하고 있듯이, '사회적 풍경으로부터 실내장식의 지고한 양식으로 후퇴해'[34] 들어간 것에 불과한 것인지도 모른다(물론 렌트리키아의 공격대상은 미국의 예일학파 탈구조주의자들이긴 하지만). 또 데리다의 '글쓰기 écriture'에서부터 시작해서 푸코의 '언술행위 discourse'를 거쳐 사이드의 '세속적 비평 secular criticism'에 이르기까지 과연 얼마나 문학의 사회적, 정치적 맥락이 강조되어 왔으며 현실인식과 역사의식이 강화되어 왔는가 하는 의문도 제기해 볼 수 있을 것이다(물론 사이드는 이 셋 중 가장 비판을 덜 받는 비평가가 될 것이다).

탈구조주의는 어쩌면 레이먼 셀던 Raman Selden의 지적처럼, 숙명적으로

U. P., 1987), p.1.을 볼 것. 탈구조주의와 역사의 문제를 집중적으로 탐색한 이 책은 탈구조주의의 역사성을 주로 긍정적인 측면에서 평가하고 있다. 특히 「의문을 제기하며」라는 서문에서 편자들은 그 진의나 정도는 비록 미흡하고 의심스럽지만 그래도 역사성이야말로 구조주의와 탈구조주의를 구분하는 중요한 요인이라는 점을 강력히 시사하고 있다.

34) Frank Lentricchia, *After the New Criticism*(Chicago: The Univ. of Chicago Press, 1980), p. 186.

미국의 탈구조주의자들의 문학비평은 텍스트를 사유화하려는 행위와, 소외되고 파편적인 사회의 풍경으로부터 후퇴하려는 경향을 갖고 있다. 이런 견해에서 보면 비평은, 쾌락을 유발시키는 것이 주요가치가 되고 그 쾌락을 끝없는 방법으로 유지시키는 것이 그 성공의 주요척도가 되는 최첨단 실내장식과도 같이 되어버렸다.
이 책에서 렌트리키아는 역사를 무시하거나 억압하고 있다는 점을 들어 미국의 탈구조주의자들을 강력하게 비판하고 있다. 미국의 탈구조주의에 대한 렌트리키아의 이와 같은 비판적 태도는 최근 그의 인터뷰에서도 다시 한 번 강조되고 있다. Imre Salusinszky, *Criticism in Society* (London: Methuen, 1987), pp. 177~206.을 볼 것.
렌트리키아와 비슷한 맥락에서 케인은 현대문학비평의 현학성과 고립과 이론지향성을 '비평의 위기'와 '영문학의 위기'로 파악하고 비평은 다시 전통적이고 기본적인 인본주의로 돌아가야 된다고 주장하고 있다. William E. Cain, *The Crisis in Criticism* (Baltimore: The Johns Hopkins U. P., 1984) 특히 pp.xi−xviii와 pp. 11~2.를 볼 것.

실패를 전제로 하고 있는 사조인지도 모른다. 왜냐하면 자신들이 '아무것도 의미하고 있지 않다는 인상을 우리에게 주려면 그들은 아무 말도 하지 않아야만 하기 때문'35)이다. 그렇다면 그들의 이론을 요약해서 뜻이 통하고 의미를 갖는 글을 쓰는 작업 자체가 곧 그들의 실패를 선언하는 행위가 되고 말 것이다. 왜냐하면 그들은 결코 완전한 재현의 가능성을, 기호의 완전한 지시기능을 그리고 절대적 의미의 현존을 믿지 않기 때문이다.

---

35) Raman Selden, *A Reader's Guide to Contemporary Literary Theory*(Sussex: Harvest, 1985), p. 102.

문예사조에서의 반발이론에 대한 연역적 논증[1]

김병태

1. 프롤로그

문예사조와 문학작품의 특징 사이에 쉽게 등식이 성립될 수 있을 정도로, 어떤 문예사조와 그 문예사조가 지배하던 시대에 씌어진 문학작품의 상관성은 매우 크다. 예컨대, 신고전주의와 신고전주의 시대에 씌어진 문학작품, 또는 낭만주의와 낭만주의 시대에 씌어진 문학작품은 우리가 생각하는 것보다 훨씬 더 밀접한 상관관계에 놓여 있다. 이러한 점은 지금까지의 문학사에 명멸한 다른 문예사조와 문학작품에서도 마찬가지로 나타난다.

그런데 이와는 달리, 여러 문예사조를 설명하는 데에는 르네 웰렉처럼

---

1) 이 글은 영주어문학회에서 발간하는 『영주어문』 제7집(2004.2)에 수록되어 있다.

기술적(descriptive) 정의를 사용할 수도 있다. 윌렉에 의하면, 신고전주의·
낭만주의 등의 문예사조는 시대개념(시대용어)으로 한정되지 않는다. 그것
은 어느 특정한 시기의 문학을 지배하는 규범적 체계의 명칭인 동시에 규범
적 이념이다. 이상적 유형으로서의 그것은 하나의 작품만으로는 이루어지지
않는다. 개별 작품에서마다 다른 특성, 과거로부터 이어져 온 것들, 미래에
대한 기대, 매우 특이한 개성 등과 분명히 연결되어야 이루어지는 것이다.
그것은 관찰 가능한 사실들과 관련을 맺고 있기는 하지만, 개개의 텍스트에
대한 허술한 대화의 단계를 넘어서는 문학사를 논의하는 데에 절대적으로
요구되는 하나의 구성(construction)이다.[2]

웰렉의 이러한 설명은 대체로 옳지만 완전한 설명이라고는 할 수 없다.
응당 있어야 할, 문예사조·문학이론의 발생, 소멸에 대해서는 아예 언급조
차 하지 않고 있기 때문이다. 웰렉의 설명에 완전성이 확보되는 것은, 그것
에다 새로운 이론이 적용될 때에 가능하다. 그 새로운 이론은 다름 아닌
반발이론이다. 반발이론에서는 모든 문예사조·문학이론의 발생, 소멸을
반발원리가 적용된 결과로 본다. 갑자기 등장한 반발이론이라는 명칭이 생
소할 수도 있다. 그러나 내용의 성격에 초점을 맞추어서, 신고전주의 이론을
모방이론으로, 낭만주의 이론을 표현이론으로, 사실주의 이론을 반영이론으
로, 모더니즘 이론을 차이이론으로 각각 부르고 있는 점을 염두에 둔다면,
문예사조·문학이론의 발생, 소멸에 두루 적용되는 이론을 반발이론으로
부르는 것은 오히려 자연스럽다.

반발이론을 적용하지 않으면, 문예사조·문학이론의 발생, 소멸에 대한

---

2) D. W. 포케마·엘루드-쿤네 입쉬, 『현대문학 이론의 조류』, 윤지관 역(학민사, 1983),
 p. 13.에 의거.

합리적 설명은 어렵다. 따라서 이 글은, 문예사조·문학이론의 발생, 소멸을 합리적으로 설명하기 위해서는 반드시 반발이론을 적용해야 한다는 가정적 명제를 출발 지점으로 삼는다. 이 글은 이런 점에 유의하면서, 신고전주의와 낭만주의, 모더니즘과 포스트모더니즘, 구조주의와 탈구조주의 등에 적용되는 반발이론을 연역적으로 논증하는 데에 목적을 둔다.

2. 신고전주의와 낭만주의: 보편에서 특수로

먼저 신고전주의를 명확하게 이해하기 위해서는 신고전주의 작가들에게 공통적으로 나타나는 특징을 살펴보는 것이 필요하다. 그것은 대체로 다음과 같이 설명된다.[3]

첫째, 그들은 강한 전통주의를 보여준다. 이 전통주의는 개혁에 대한 불신과 자주 관련되는 것으로, 특히 대부분의 주요 문학 장르에서 고정적인 모델을 확립시키고, 최고 수준을 성취했다고 판단되는 고전주의 작가들(특히 로마의 작가들)에 대한 끝없는 존경심에 분명히 나타나 있다. '신고전적'이란 용어는 여기에서 나타난 것이다. 둘째, 그들에게 문학은 무엇보다도 하나의 기교(art)로 생각된다. 그것은 천부적 재능이 요구되기는 하지만 끊임없는 연구와 실천으로 완성되는 기교이며, 독자에게 효용성을 제공하는 데에 효과적이라고 알려진 방법을 응용하는 기교이다. 특히 호라티우스의 「시의 기교(Art Poētica)」에 그 바탕을 둔 이 신고전주의적 이상은 匠人(craftsman)

---

3) M. H. Abrams, *A Glossary Literary Terms*(New York: Holt, Rinehart and Winston, Inc., 1981), pp. 113~117.에 의거.

이 지니고 있는 이상이기도 하므로 끝손질과 퇴고와 세부적인 것들에 대한 주의를 요구한다. 그들은 정확성을 위해 노력하고, 문체상 어울림(decorum)의 복잡한 요구에 부응하기 위한 노력을 기울이며, 대체로 자기 예술의 기존 법칙을 존중한다. 시의 법칙들은, 이론상으로는, 오래 남아 있어 그 우수성이 증명된 고전 작품들로부터 도출해 낸, 여러 장르들(서사시, 비극, 희극, 목가와 같은)의 본질적 특성들이다. 당대의 작품들도 우수하고 오래 동안 존속하려면 희곡에서의 삼일치법칙과 같은 특성들이 그 작품들 속에 형상화되어야 한다고 많은 비평가들은 확신한다. 셋째, 인간, 특히 어떤 조직 사회의 유기적 부분으로서의 인간을 시의 소재의 주된 원천으로 본다. 시란 인생의 모방—자연을 향해 쳐든 거울(a mirror held up to nature)—이다. 또한 시는 모방 대상인 인간 행동들과 모방에 따르는 예술적 형식으로, 그것을 수용하는 독자에게 교훈과 심미적 쾌락을 제공하도록 제작된다. 그들은 예술을 위한 예술이 아닌, 인류를 위한 예술을 신고전주의적 휴머니즘의 이상으로 삼는다. 넷째, 그들은 소재뿐만 아니라 예술적 호소력에 있어서도, 인간이 공유할 수 있는 것—대표적 특징들과 널리 공유되는 경험, 사고, 감정, 취미—에 힘을 기울인다. 시의 일차적 목표는 누구나 다 알고 있는 훌륭하고 평범한 인간 지혜들을 새롭고 완전하게 표현하는 데 있다. 그런 보통의 진리가 널리 퍼져 있고 유지된다는 점이 바로 그것이 중요한 진리라는 점을 가장 훌륭히 보증하고 있기 때문이다. 또한 그들은 전형적이고 익숙한 것을 신기하고, 특수하고, 창조적이라는 반대 속성들을 통해 균형을 유지하거나 강화시킬 필요가 있음을 강조했다는 점에도 유의해야 한다. 그들은 인간의 일반적 본성이 예술의 근원이며 그 가치를 시험하는 수단이라는 점, 장소와 시대를 뛰어넘어 보편적으로 동의한다는 사실 자체가 미적 진리와 함께 물론 도덕적, 종교적 진리를 시험하는 가장 좋은 수단이라는 점에 대해서는 전적으로 견해의 일치를 본 것이다. 다섯째 그들도 그 시대의 철학자들이 그러했던 것처럼, 인간은 도달할 수 있는 목표를 향해 매진해야 하는 전념해야 하는, 본질적으로 유한한 존재라고 여긴다. 이 시기의 많은 풍자적, 교훈적 걸작은, 감히 인간의 자연적 한계를 극복하려는 不敬을 공격하고, 중용의 교훈, 그리고 인간은 만물의 서열―흔히 자연적 위계조직, 곧 존재의 대연쇄 (great chain of being)로 그려진 서열―에서 점유하고 있는 유한한 위치를 받아들여야 한다는 교훈을 크게 옹호한다. 인생에 있어서 그런 것처럼 예술에 있어서도, 分數의 법칙과 자유의 엄격한 규제가 널리 퍼진다. 시인들은 서사시, 비극이라는 훌륭한 장르들을 극구 찬양하지만, 그들 자신들의 걸작은 운문과 산문 에세이, 풍속 희극, 그리고 특히 풍자처럼 확실히 이류에 속하는 형식으로 쓴다. 그리고 그들은 영국 선배들에 직접 비교되거나 앞설 가능성이 더 많다고 느낀다. 그들은 주제, 구조, 시어에서 최소한 여러 과 기타 제한적 관례들을 거부감 없이 받아들인다.

이러한 점들과 함께 강조되어야 할 것은 신고전주의 작가들은 질서의 원리를 매우 중시했다는 점이다. 질서의 원리는 질서의식에서 나온 것들인데 불변적이고 항구적인 자연성이나 敎化性, 윤리성, 보편성, 이성, 규칙, 절도, 균형, 조화, 형식 등을 의미한다. 그리고 보면 이 질서는 달리 말해서 객관성의 질서이기도 하다. 객관성이란 독자의 입장에서 보면 보편성에 다름 아니다. 그들은 문학이 모름지기 보편성에 호소해야 하고 편벽되고 특수한 것을 배격해야 한다고 보았다. 따라서 남과 다른 특수한 개성, 독창성 등은, 그들에게는 극복해야 할 것들이었다. 실재의 보편타당한 의미를 구현하여 많은 사람들에게 전달하는 것이 그들의 임무였다. 이 질서의 원리는 다시 (1) 자연과 모방자와의 질서, (2) 형식의 질서, (3) 사건의 질서 등으로 설명된다.

(1)은 자연과 모방자와의 질서이다. 17, 18세기의 신고전주의 문학이론에서, 문학이 자연을 모방한다고 할 때의 자연은 시각적 대상으로서의 자연이 아니다. 이 경우의 자연은 영원하고 불변하는 것을 의미한다. 그리고 이것은 신고전주의 작가들에게 질서와 조화를 지닌 합리적인 실체로 인식된다. 따라서 자연은 인간이 본받아야 할 모범이 된다. 이 때, 자연의 개념에서의 핵심은 인간 본성(human nature)이다. 초시간적으로 인간적인 것, 인간의 자연을 형상화하는 일이 그들의 최고의 사명이다. 따라서 자연스러운 것은 전적으로 심리적인 어떤 것을, 그것의 모방은 인간적인 것의 모방을 각각 의미한다. 그러니까 이 경우의 자연은 적어도 들판이나 산이나 구름은 아니며, 원시적인 것과 연결되는 개념은 더더욱 아니다. 그들의 문명을 그들의 문화적 형식을 통해 보편타당한 전형으로, 영원히 인간적인 모범으로 형상화하는 것, 그것이 그들이 추구한 것이다. 그들에게는 그것이 자연을 모방하는 것이다.

고전주의는 문학을 자연의 모방으로 전제하고 출발한다. 플라톤과 아리스토텔레스는 똑같이 문학을 모방예술로 상정하고 있었다. 그러나 두 사람의 모방 개념은 다르다. 플라톤은 이데아의 모방을 이야기하지만 아리스토텔레스는 인간의 심성과 보편적 양상(있을 수 있는 것, 개연성이 있는 것)을 모방하는 것을 문학예술로 본다. 또한 그는 자연물을 살아있는 유기체로 본다. 유기체는 부분들을 질서 있게 배열하여 하나의 전체로 구성한 것을 말한다. 아리스토텔레스에 의하면, 자연은 여러 부분들이 적절하게 얽혀져 이루어진 유기적인 전체, 곧 생명체이다. 그가 문학을 자연의 모방이라 했을

때, 그것은 곧 유기체의 구성원리, 즉 질서와 균형을 모방해야 한다는 뜻이
다. 그러므로 자연의 모방은 질서의 모방으로 귀결된다.

 "신고전주의에서 이성이 예술가를 이끄는 가장 중요한 길잡이로 제시되
는 것은 거칠고 조잡한 현상들의 세계에 감추어져 있는 본래적 질서를 간파
하는 능력, 그렇게 간파된 진실을 청중 또한 공감할 수 있도록, 그 진실에
적합한 방식으로 제시할 수 있게 하는 능력을 지니고 있기 때문이다."4) 따라
서 아무런 전제도 없이 신고전주의 문학을 합리적이라거나 이성주의적이라
고 말하는 것은 적절하지 못하다. 신고전주의 문학의 초기에는 오히려 염세
적 세계관이 강했기 때문이 이성적 인간을 존중하는 분위기가 거의 없었다.
오히려 신고전주의 문학 의 초기에는 이성을 추구하기보다는 비이성성을
분석하는 측면이 강했고 그 과정은 냉혹하기까지 했다. 우리가 신고전주의
문학의 특징으로 내세우는 미학적 차원의 명징성·조화·절도·견고성 등
은 그러한 과정을 거친 결과들이다.

 (2)는 형식의 질서이다. 신고전주의는 개인적 감성과 사상의 억제를 통하
여 보편적 합리성에 도달하는 것을 이상으로 삼으므로, 형식적 제약을 받아
들이는 것은 당연하다. 또한 신고전주의에는 우주적 질서와 조화를 구현하
기 위해서라도 문학적 서술의 질서적, 조화적 전개가 필요하다. 그래서 그들
에게는 형식이 중요시되지 않을 수 없다. 이와 같은 형식에의 의지는 그것을
방해하는 자질구레한 세부적 요소들을 제거한다. 결국 전체적 형상을 위한
통일성, 명징성, 단순성, 균형이 뚜렷한 윤곽, 견고한 조직 등이 강조된다.
자연은 변함없는 실재라고 판단하기 때문에, 신고전주의 작가들은 문학적

---

4) 심민화, ' 고전주의의 형성 과정과 기본 명제」,오생근·이성원·홍정선 편, 『문예사조의
   새로운 이해』(문학과지성사, 2000), pp. 28~29.

유행, 진보를 믿지 않고 보수적이며 과거의 모범, 즉 전통을 중시한다. 이를 위해 동원되는 것들이 퇴고, 기승전결의 구성, 수사법, 시어의 확립 등이다. 이러한 형식 존중은 극단의 형식주의(형식 제일주의)로 타락했는데 유럽 지성인들은 이를 비꼬아 Pseudo Classicism(擬古典主義)라고 불렀다.

(3)은 사건의 질서이다. 소포클레스의 「안티고네」에서 왕 크레온은 안티고네를 불러놓고, 명령을 어기고 반역자인 폴리네이케스의 장례를 지내준 것을 질책한다. 이 자리에서 안티고네는 왕의 명령보다 더 높은 질서를 따랐다고 말한다. 낮은 질서와 높은 질서가, 나라의 질서와 신의 질서가 각각 충돌하고 있는 것이다. 크레온 왕은 낮은 질서(나라의 질서)를, 안티고네는 더 높은 질서(신의 질서)를 각각 주장한다.

이상의 내용만을 통해서도 신고전주의의 성격은 결코 단순하지 않음을 알 수 있다. 성격이 결코 단순하지 않음은 낭만주의도 마찬가지이다. 우선 낭만주의의 개념을 규정하는 일부터 간단하지가 않다. 서로 모순 되어 보이는 견해들이 대립과 공존하고 있기 때문이다. 가령 이성에 맞서는 감성, 합리성에 맞서는 비합리성, 계몽주의와 혁명 이념에 대한 거부, 예술과 문학에 있어서의 데카당스의 시발 등은 흔히 낭만주의를 규정짓는 요소들로서 지적된다. 낭만주의의 개념을 규정할 경우, 역사적 측면에서의 조명은 보다 중요하게 인식된다. 이런 점에서 바라볼 때 당대의 이론가였던 F. 슐레겔의 견해는 매우 의미가 깊다. 그에 의하면 낭만적 문학은 진보적인 보편성의 문학이다. 낭만적 문학이 의도하고 있는, 또 마땅히 해야 할 것은, 시와 산문, 창작시와 자연시를 때로는 혼합, 때로는 융합시켜 문학에 생동감과 친근감을 줌으로써 삶과 사회를 시화하는 것이다. 동시에 이 경우, 낭만적 문학은 모든 현실적 또는 이념적 관심에서 벗어나 시적 반영이라는 날개를 타고 묘사하는 자와 묘사의 대상 사이를 자유롭게 떠다니며, 마치 무한히 늘어서 있는 거울 속처럼 반영된 모습을 끊임없이 강화하고 늘려간다. 낭만적 문학만이 오직 무한하며 또 자유롭다.[5]

F. 슐레겔의 이러한 견해는, 모든 문학은 낭만적이며 또 낭만적이 되어야 한다고 믿는 사람들에게는 자연스럽게 이해된다. 그것은 문학=낭만주의 내지 낭만성이라는 인식을 드러낸 것이다. 극단적으로 말하면 낭만성을 지니지 않은 문학은 문학이 아니라는 인식이다. F. 슐레겔의 낭만주의 문학이론은, 그러므로 계몽주의적 합리성이나 순수이성의 도구적 역할로부터 벗어나 문학의 자율성을 확보하고 있다는 역사적 의미도 지닌다. "그(슐레겔―필자)가 말하는 '진보적'이란 따라서 계몽성으로부터의 탈피라는 의미가 강하고, '보편성'이란 구체적·실용성·현실성 아닌 문학 자체가 지닌 보편적 가치라는 의미로 해석될 수 있을 것이다. '시적 반영이라는 날개'가 바로 이러한 진보성과 보편성을 동시에 말해주는 상징일 것이다. 얼핏 보기에 자유스러운 浮動性으로 나타나는 낭만주의 문학의 이러한 특징은 그러나 사실상 현실성 속에 매몰된 맹목적 이성과 부자유한 정신에 대한 가열한 비판의 성격을 갖고 있다."[6]

낭만주의의 특징[7]을 가장 잘 말해 주는 것으로 동경과 사랑이 있다. 낭만주의 작가의 정신적 기조는 동경이며 그래서 낭만주의의 문학은 동경의 문학이라고 할 수 있다. 동경에서 출발하여 동경 속에서 진행된다. 낭만주의자는 이 끝없는 동경에다 사랑을 결부시킨다. 사랑은 동경을 진정시키는 수단

---

5) 김주연, 「독일 낭만주의의 본질」, 위의 책, pp. 43~44.

6) 위의 글, 위의 책, p. 45.

7) 별도의 각주 없이 낭만주의의 특징을 논한 내용들은, 모두 박찬기, 『독일문학사』 (일지사, 1980), pp. 246~248./문덕수, 『문예사조』 (개문사, 1985), pp. 68~82. 참조

이라고 본 것이다. F. 슐레겔은 무한자에 대한 동경을 W. 슐레겔에게 고백하고 있고 이 무렵에 그 동경을 사랑과 결부시킨다. 그러면 동경의 대상은 무엇인가. 동경은 원래 플라톤의 이데아에 대한 애모, 그리고 플라톤의 이데아를 더욱 발전시킨 플로티누스에서 유래한다. 그런데 18세기 말엽에 낭만주의 운동에 영향을 준 피히테에 의하면 동경은 '어떤 미지의 세계에 의한 충동'인데 낭만주의자들의 동경은 이러한 형이상학적인 데에만 머무르지 않고 '신에 대한 동경', '무한자에 대한 종교적 사랑'으로까지 확대된다.[8] 다른 한편으로 낭만주의 작가는 외국(특히 동양)이나 중세, 미지의 세계를 동경하기도 한다. 처음에는 그리스에 심취했던 F. 슐레겔의, 고대 인도에 대한 연구, 노발리스의 동양에 대한 동경, 그 외에 외국 문학의 섭취·번역 등이 모두 이에 해당한다. 화려한 騎士 생활과 신비적인 카톨릭 신앙 등은 그들에게는 무한한 詩情의 원천이었다. 물론 봉건군주의 압제라든지, 승려의 타락 등 중세의 암흑면에는 외면하고 중세적 예술의 분위기가 그윽한 독일 고유의 분위기를 동경한 것이다. 그 결과 많은 독일의 전설, 민요, 동화, 민담 등이 정리, 소개된다.

낭만주의는 동경에서 벗어나지 못한 채 완성에 이르지 못하고 영원한 생성과정 속에 존재한다. 이 영원한 생성과정이라는 것도 낭만주의의 특징이다. F. 슐레겔은 『아테네움』지에서 "다른 형식의 시는 이미 완성된 것이며 이제는 완전히 분석할 수 있다. 낭만시풍은 현재도 生成하는 과정에 있다. 이 사실이, 즉 그것이 영원히 생성, 발전하여 결코 완성하지 않는다는 사실이, 실로 낭만시의 본질이다. 그것은 어떠한 이론으로도 구명할 수 없고 다만 豫感的 비평만이 그 이론의 특징을 천명하고자 하는 시도를 감행할

---

8) 문덕수, 위의 책, pp. 72~73. 참조

수 있다. 낭만시만이 무한하며 낭만시만이 자유"[9]라고 주장한다.

　낭만주의자들에게서 가장 중요한 감정은 애정이다. 18세기 문학은 교양과 예절과 우아함이 강조되는 문학이다. 그러나 그렇다고 남녀간의 관계를 다룬 작품이 없다고 보는 것은 오해이다. 이 시대의 남녀 관계를 다룬 작품에는 육체적 욕망과 저속한 육욕을 다룬 작품도 적지 않다. 그런 작품들은 이러한 남녀 간의 관계를 단지 심리적 게임으로 보거나, 또는 남자가 여자를 차지하는 것을 중요한 주제로 다룬다. "이러한 사랑 게임에 낭만주의자들은 강하게 반발했다. 이러한 경향을 대표하는 작중 인물로서 우리는 괴테의 파우스트와 마르가레테를 들 수 있다. 이들에게 있어서 사랑은, 진정으로 정신적인 고귀함이 있고 진실로 부러워할 가치가 있는 것으로 여겨졌다. 이 같은 사랑은 육체적 만족을 가져오기 때문에 고귀한 것이 아니다. 오히려, 사랑 때문에 불행해지는 한이 있더라도, 이러한 고통스러운 행복 없이는 인간은 존재 가치를 잃는 것이기 때문이다."[10]

　루소는 자신을 정신적으로 독특하고 전무후무한 사람이라고 말한 바 있다. 이처럼 개성에 대한 강한 인식은 필연적으로 소외 의식을 가져오게 되고, 또한 다른 사람이 자기를 이해하지 못한다는 느낌을 불러일으킨다. 우리가 우리 당대의 사람으로부터 이해되지 못한다면, 우리는 언제나 자연의 크나큰 포용에서 공감을 느낄 수 있다. 워즈워스가 말한 바처럼, 자연은 자연을 사랑하는 사람을 결코 배반하지 않기 때문이다.[11]

　"낭만주의에 대한 개념 규정을 하고자 할 때 나타나는 또 다른 개념이

---

9) 지명렬, 「낭만주의와 동경의 문제」, 김용직·김치수·김종철 편, 『문예사조』(문학과지성사, 1979), p. 49.에서 재인용.

10) 이재호 외역, 『세계문예사조사』(을유문화사, 1990), p. 228.

11) 위의 책, p. 229.

이른바 '창조적 자아'라는 문제다. 여기서 흥미로운 사실은, 계몽주의가 신비주의와 기독교의 관념성을 거부하고 현실적인 합리성을 그토록 고창했음에도 불구하고 신에 맞서는 자아를 생각해보지 못했음에 비해서, 기독교를 그 나름으로 수용한 낭만주의 오히려 창조적 자아를 내세웠다는 점이다. 자아의 중요성이 절대성으로, 절대성이 창조성으로 발전된 것인데, 창조란 기독교 안에서 오직 신의 속성과 능력일 뿐이다."12) 그런데도 창조적 자아는 인간이 신의 자리에 앉겠다는 것을, 신에 대한 도전을 의미한다. 그럼에도 이 시기에 창조적 자아가 반기독교적이라는 인식은 그렇게 많지 않았다. 그러나 낭만주의는 여기서 결정적인 계기를 확보한다. 즉 문학은 창조라는 인식을 지니게 된 것이 그것이다. 이러한 인식은 F. 슐레겔의 이론, 곧 문학의 진보성 및 보편성과 함께 낭만주의 문학의 개념을 구성하는 데에 기여한다.

낭만주의는 다르게 말해서 主我主義이다 주아주의는 모든 가치를 내적 체험에만 두는 주관주의라고 할 수 있다. 바꾸어 말하면 모든 가치의 근거를 자아에 두어야 한다는 주장이다. 세계의 실재도 자아의 사유가 그 근거이며 세계를 유지하는 것도 자아이며 도덕이나 윤리의 근거도 자아이다. 이것은 또한 무한한 힘을 인간의 의지에 부여하는 것이다. 이런 의미에서 노발리스도 주아주의를 주장했다고 할 수 있다. 이 주아주의는 T. E. 흄이 낭만주의를 휴머니즘의 극단적인 형태로 본 것과도 관련이 있다. 그런데 앞서 고찰한 F. 슐레겔의 이론에서 보이는 내용도 결국 이 주아주의라고 할 수 있는데 이런 점은 독일의 철학자인 피히테의 이상주의적, 주관적 관념론의 철학에 영향을 받은 것이다.

---

12) 김주연, 앞의 글, 앞의 책, p. 45.

낭만주의 작가는 마법적 관념을 지니고 있다. 마법적 관념이란 신비스러운 내부충동을 말한다. 이 말은 노발리스가 자기의 입장을 가리킨 말이다. 그래서 이 말은 주로 노발리스의 예술적, 천재적 창조력의 신비스러운 내부충동을 의미하는 경우에 쓰인다. 그것은 무한에의 갈구이며 거의 자신을 忘我의 경지까지 이르게 하는 인간의 힘이요, 의지작용이다. 이 마법적 관념론의 특징은 철학과 시를 동일화하는 것이다. 노발리스도 "시는 진실로 절대적인 실재 그 자체이다. 시야말로 내 철학의 핵심이다. 시이면 시일수록 진리"13)라고 주장한다.

낭만주의 작품은 형식과 법칙을 초월한다. 문학은 보편시일 것을 요구한다. 따라서 일체의 전통적인 법칙과 형식이 배제되고, 서정시·서사시·희곡 등의 구별마저 명백하지 않게 된다. 심지어 예술은 음악, 회화, 문학, 건축의 한계를 벗어나서 종합예술의 경지에까지 이른다. 이 점은 낭만파의 소설이나. 희곡 속에 가끔 가요, 서정시 등이 혼입되어 있는 것에서 확인할 수 있다. 그리고 특히 그들은 작자의 자유로운 공상을 되도록 충분히 보장하기 위하여 대체로 번잡한 형식이 수반되는 희곡을 좋아하지 않는다. F. 슐레겔은 그래서 소설을 최고의 문학형식으로, 노발리스는 한층 더 나아가 동화를 문학 형식의 극치로 삼는다. 거기에는 공상의 자유가 최대한 허용되기 때문이다.

낭만주의 작가는 낭만적 이로니(Ironie)와 강한 개성을 존중한다. 모순, 또는 이율배반을 의미하는 이로니의 대상은 많이 있지만 낭만적 이로니의 경우는 특히 자기 스스로와 자기 작품을 대상으로 한다. 즉 자기를 파괴함으로써 자기를 초월하려 하는 태도, 또는 자기 작품을 파괴하여 그 작품에서

---

13) 문덕수, 앞의 책, p. 71에서 재인용.

초월하려는 태도를 가리킨다. 예를 들면, 연극 속에 또 하나의 연극을 삽입해서 배우로 하여금 무대 위의 사건이 환상적인 것임을 말하고자 하는 태도를 가리킨다. 실제 관객은 그 연극을 현실적인 것으로 생각하려 하는데, 그러한 관객의 착각을 파괴해 버린다. 다른 예로는, 이야기의 진행 중에 갑자기 작가 자신이 나타나서 그 작품의 분위기를 파괴한다든지, 진지하고 비장한 장면에 익살스러운 장면이 끼어드는 것을 들 수 있다. 이것은 피히테의 주관철학이 그들에게 끼친 영향의 결과이다.

열광주의도 낭만주의의 특징으로 추가되어야 한다. 여기에서의 열광이란 격렬한 정열을 의미하는 말이다. F. 슐레겔은 이 열광주의를 특히 찬미했고, 예술과 과학의 원리라고 주장한다. 그에 의하면 이러한 열광주의는 무한자에 대한 동경, 권위에 대한 반항, 상상의 자유로운 활동 등의 태도에 적용된다.

이처럼 낭만주의 시대는 인간 감정의 비이성적 측면과 통찰의 과정에 대한 재평가를 가져온 시기이지만, 또 한편으로는 자연에 대한 새로운 이해를 가져온 시기이기도 하다. 고전 시대부터 18세기에 이르기까지는 자연이라고 하면 단지 존재하는 것의 모든 것, 그리고 우주의 법칙과 우주의 운행 등을 포함한 우주 속에 존재하는 생물 및 무생물 모두를 지칭하는 것이 고작이고, 그 외의 다른 뜻으로 쓰일 경우에는 인간의 전체적인 자연성—보편적인 인간의 본성—을 지칭했을 뿐이다. 그러나 낭만주의 시대에 와서는 자연을 숭배하는 경향이 생겨, 자연이라는 용어는 이제 아주 구체적인 것을 의미하게 된다. 즉, 낭만주의 시대에 와서 자연이란 시골과 시골의 경치, 그리고 바다와 산 같은 인간의 산물과는 거리가 먼 물질적 세계를 의미하게 된다. 어느 의미에서 보면 이와 같은 자연의 이상화는 새로운 것이 아니다. 사실, 히브리·그리스도교 전통은 낙원에서 시작된다. 그리스와 로마의 고전 문학에도 전원시와 목가라는 장르가 있고, 이러한 시들은 인간과 자연, 그리고 동물이 같이 어울려 사는 검소한 생활을 소재로 하고 있다. 루소에 와서는 인간과 자연이 서로 유리되어 존재한다는 것을 인식하게 되었고, 이러한 그의 인식은 '자연'에 대한 再定義를 시도하기에 이른다. 교양이 있고 정중한 것을 주요 덕목으로 하는 신고전주의 사회는 근본적으로는 도시 생활이 주요 주제로 등장한다. 단지, 궁정, 의회, 살롱, 카페와 위트, 담소가 있는 피곤한 도시생활에서 벗어나 쉬기 위하여 귀족이 시골에서 잠시 휴양을 하는 것이 시골의 효용의 전부이다. 도시로 상징되는 인간의 질서 의식과 또한 시골에 가서 이런 저런 허드렛일을 하는 번거로움을 적당히 배합한 것이 소위 도시의 규격화된 정원이다.

이와 같이 신고전주의와 낭만주의는 서로 다르다. 특히 19세기의 첫 30년간의 주요 개혁자들의 낭만주의적 이상들과 작품들이 신고전주의의 것들과 가장 현저하게 다른 점들은 다음과 같다.[14]

첫째, 영국 낭만시의 지배적인 태도는 소재, 형식, 문제에 있어서 전통주의 대신에 혁신에 동의하고, 고전적 선례를 존중하지 않는다. 영국 낭만시는 워즈워스와 콜리지의 공저 『서정 민요집』 재판(1800) 서문에 있는 일종의 선언문, 곧 혁명적 목적을 지닌 진술로 시작된다. 워즈워스가 작성한 이 서문은 이전 세기의 시어를 비판하고, 사람들이 실제로 사용하는 언어로 보통 사람들의 삶에서 얻은 소재를 다루자고 제안한다. 일상 언어로 비루한 내용을 진지하게 또는 비극적으로 다루는 것이, 진지한 장르가 알맞게 고양된 문체로 고상한 내용을 다루어야 한다고 주장한 신고전주의의 기본 법칙인 어울림(decorum)에 어긋나는 것임은 물론이다.

---

14) M. H. Abrams, 앞의 책, pp. 115~116.

둘째, 『서정 민요집』 서문에서 워즈워스는, 훌륭한 시는 "강한 감정의 자발적 범람(the spontaneous overflow of powerful feelings)"이라고 반복하여 말한다. 이 시론에 의하면 시는 행동하는 인간의 거울이 아니다. 그와는 반대로, 시의 본질적 요소는 자신의 정서이며, 창작법은 자연발생적인 것이므로, 신고전주의 비평가들이 강조한, 예정된 목적을 달성하기 위한 수단을 기술적으로 조작하는 것과 배치된다. 워즈워스는 시를 "마음이 고요할 때 회상된 정서(emotion recollected in tranquility)"로 묘사하고, 적합한 자발성이란 그 이전에 있었던 심사숙고의 결과이며, 재고와 수정이 이어질 수 있음을 명시함으로써 이 진보적인 원칙을 조심스럽게 완화시킨다. 그러나 진정한 시가 되려면, 직접적인 창작 행위는 자연발생적인 것이어야 한다. 곧, 강요되지 않고, 워즈워스가 '인공적'이라 묘사한 바 있는 그들이 지켰던 법칙들과 관례들로부터 자유로워야 한다. "나무에서 잎이 나오듯, 시가 자연스럽게 나오지 않는다면, 아주 나오지 않는 편이 더 낫다"고 키츠는 말한 바 있다. 철학적인 경향의 콜리지는 외부로부터 시인에게 부여되는 신고전주의 법칙들에 대하여 상상력의 유기적 법칙이란 개념으로 맞선다. 즉, 각 시 작품은 성장하는 식물처럼 그 내재적인 고유의 원리에 따라 발전하여 그 마지막 유기적 형태를 지니게 되는 것이다.

셋째, 지나칠 만큼, 외적 자연이 시의 집요한 제재가 되었고, 옛 작가들은 유례를 찾기 힘든 정확성과 감각적 뉘앙스를 지닌 자연 묘사의 시를 쓴다. 그러나 낭만주의 시인들을 단순하게 자연 시인들이라고 평하는 것은 잘못이다. 워즈워스와 콜리지가 지은, 그리고 이들보다 범위는 좁으나 셜리와 키츠가 지은 적지 않은 주요 시들이, 산수풍경 또는 그것의 변화에서 시작하여 그 곳으로 귀결되긴 하지만, 외부 장면은 그 자체를 위해 제시되지도 않고,

시인으로 하여금 가장 특징적인 사고의 행위를 수행하게 하는 자극물로서만 제시된다. 가장 중요한 낭만주의 시들은 사실상 핵심적인 인간 문제들을 다루는, 풍부한 느낌의 명상시들이다.

넷째, 신고전주의 시는 타인에 관한 시이지만, 많은 낭만주의 시는 시인 자신을 묘사한 시이다. 그런데 워즈워스의 「서시」와 다수의 낭만주의 서정시에서처럼 직접적으로 묘사하기도 하고, 바이런의 「귀공자 해럴드」에서처럼 변하긴 했지만 알아볼 수 있는 형식으로 묘사하기도 한다. 산문에서도 램과 해즐릿의 자기 자신을 드러내는 수필과 많은 영적, 지적 자서전들—드 퀸시의 「어느 영국 아편 상용자의 고백」, 콜리지의 「문학 평전」, 칼라일의 소설화된 「다시 재단된 재단사」—에 이와 비슷한 경향이 발견된다. 그리고 낭만적 소재가 시인 자신들이었건, 다른 사람들이었건 간에, 그들은 이미 조직 사회의 일원이 아니라, 전형적으로 오랫동안—그리고 때로 끝없이 손에 잡힐 듯하다가 결국은 빠져나가는—무엇인가를 추구하고 있는 고독한 인물들이다. 그들은 흔히 사회적 관례에 순응하지 않는 사람들이거나 사회로부터 버림받은 사람들이다. 많은 중요한 낭만주의 작품은, 프로메테우스, 카인, 방랑하는 유대인, 사탄적인 주인공 겸 악한, 또는 위대한 무법자와 같이, 선한 반역자건 악한 반역자건 반역자를 주인공으로 삼는다.

다섯째, 프랑스 혁명이 전도가 양양한 것처럼 생각되었기 때문에 낭만기 작가들은 그들의 시대가 새로운 시작과 높은 가능성의 시대라는 생각을 지닌다. 많은 작가들은 개인을, 시인의 상상력에 의해 상상된, 무한한 善을 향한 무한한 열망을 지닌 존재로 본다. 한계를 초월하려는 인간의 끝없는 열망은 신고전적 도덕가에게는 비극적 결함이다. 그러나 낭만기 작가들에게 그것은 인간의 영광이며 한심스러운 환경을 이겨내게 하는 요인이 된다.

이와 유사한 방식으로, 최고의 예술은 제한된 목표의 완전 달성이라는 과거의 판단 대신에 물려받은 법칙에 대한 불만이 부각된다. 많은 낭만주의 작가들은, 최고 예술을 유한한 인간의 가능성을 초월하려는 노력의 결과로 본다. 그에 따라, 제한되었기 때문에 완벽하게 성취될 수 있었던 일에 대한 신고전주의적 만족은, 예술가의 실패가 바로 그의 목표의 위대성을 증명하는 불완전의 영광(glory of the imperfect)에 대한 選好로 대치된다. 낭만주의 작가들은 다시 한 번 그들의 가장 훌륭한 선배들과 가장 힘든 장르들을 가지고 대담한 장시를 짓는 경쟁을 벌였던 것이다. 워즈워스의 「서시」, 키츠의 밀튼적 서사시, 「하이피어리언」, 현대 유럽 문명에 대한 아이러닉한 개관인 바이런의 「돈 환」이 그러하다.

반발이론을 적용할 수 있는 문학적 경향으로는 질풍노도(Sturm and Drang) 문학운동도 있다. 프랑스는 유럽 계몽주의의 본산이다. 새로 나타난 낭만주의의 본거지는 이제 안개가 낀 북쪽 독일로 옮겨가게 된다. 독일에서 1770년대에 나타난 질풍노도 문학운동은 문학에 있어서 낭만주의의 의식적인 표출이다. 이 운동을 이끈 젊은 작가들은 자연에 의해 영감을 받아, 프랑스의 영향을 타파하고, 고전주의의 찌꺼기를 몰아내고자 했다. 이들은 모두 20대의 작가들로서, 그들의 주장을 다음의 몇 가지로 요약할 수 있다. ① 천재(하늘이 준 재질이라는 뜻의)는 우리를 구속하는 어떤 제재나 속박을 넘어서는 것이다. ② 인간의 정서(감정 또는 정열)는 思辨보다 우위에 있다. 사변이란 단지 귀찮게 간섭하는 역할만을 할 뿐이다. ③ 인간의 마음에 깃든 정서를 바탕으로 하여 순박한 사람의 시를 써야 한다. ④ 인간의 영혼은 자연에 깃든 혼과 같다. ⑤ 문학은 철학적 진리, 즉 모든 존재의 밑에 깔려 있는 절대적 실재를 추구하는 도구가 되어야 한다. 이들은 최초의 전위

(avant-garde) 그룹이었다. 질풍노도 문학운동에 기여한 작가들 중에서 가장 두드러진 인물로는 괴테를 들 수 있다. 그의 「파우스트」 제1부는 이 시기에 씌어졌으며, 여기에는 낭만주의 정신이 아주 잘 깃들어 있다.[15]

3. 모더니즘과 포스트모더니즘: 근대에서 탈근대로

포스트모더니즘은 1) 자아와 주관성에 대한 새로운 입장, 2) 패러디와 패스티쉬, 3) 행위와 참여, 4) 임의성과 우연성, 5) 주변적인 것의 부상, 6) 탈장르화나 장르 확산, 그리고 7) 자기 반영성 등에 있어서 모더니즘과 변별적인 차이점을 지니고 있다.[16]

첫째, 포스트모더니즘은 자아나 주관성에 대한 새로운 태도에 의해 특징지어진다. 사실상 자아나 주관성의 문제는 서구 휴머니즘 전통의 근간을 이루어온 매우 중요한 개념이다. 현대 철학의 효시로 흔히 인정되고 있는 데카르트는 일찍이 인간의 본질을 사고의 특성에서 찾았다. 그런데 이런 사고는 다름아닌 자아의 개념에서 비롯된 것이다. 이미 잘 알려져 있는 바와 같이, 모더니즘은 자아와 주관성, 그리고 그것에 기초하고 있는 개인주의를 무엇보다도 중시한다. 특히 문학을 비롯한 예술의 경우 자아나 주체는 텍스트에 존재하는 고정된 의미를 만들어내는 장본인일 뿐만 아니라 그 의미의 기원에 해당된다. 그러나 이런 자아나 주관성은 포스트모더니즘에 이르러 심각한 도전을 받게 된다. 좀더 구체적으로 말해서 최근에 들어와 자아의

---

15) 이재호 외 역, 앞의 책, p. 231.에 의거.
16) 김욱동 편, 『포스트모더니즘의 이해』 (문학과지성사, 1995), pp. 433~457.에 의거.

중요성이나 총체성의 문제보다는 오히려 자아의 분산이나 자아의 상실의
문제가 더욱 중요하게 대두되기 시작한 것이다. 둘째, 포스트모더니즘은 특
징적으로 패러디나 패스티쉬를 매우 핵심적인 예술적 장치로 사용한다. 두
말할 필요도 없이 이 특징은 어디까지나 자아의 분산이나 상실의 경우와
마찬가지로 탈정전화나 탈중심화에서 비롯된 현상이다. 18세기 초엽부터
널리 사용되어온 패러디의 대상은 그것이 모방하는 원형의 약점이나 위선
혹은 자기 인식의 결여 등을 드러내거나, 작품이 될 수도 있고, 혹은 작가나
작가 집단의 어느 한 공통적인 스타일이 될 수도 있다. 경우에 따라서는
문학 작품이나 스타일이 아닌, 정치가나 저널리스트 혹은 학자의 글이나
말이 그 대상이 되기도 한다. 셋째, 포스트모더니즘은 특징적으로 행위와
참여를 중시한다. 이제까지 모더니즘이 주로 고립과 무관심 그리고 형식에
의해 특징지어진다고 한다면, 포스트모더니즘은 바로 참여와 관심 그리고
실천적 행동에 의해 특징지어진다고 할 수 있다. 그것은 글로 씌어진 문학
텍스트이건 비언어적 텍스트이건 독자나 관객으로 하여금 창조적으로 참여
하여 그 경험을 함께 공유하도록 요구한다. 넷째, 포스트모더니즘은 임의성
과 우연성 그리고 유희성의 특징을 지닌다. 이 특징은 모두 방금 논의한
세 번째 특성에서 파생되는 문제로서 넓은 의미에서는 그것에 포섭된다고
할 수 있다. 이 특징은 지금까지 모더니즘이 형식을 통해 추구해온 질서나
조화, 그리고 시간과 공간을 초월하는 일반성이나 보편성에 대한 일종의
반작용이라고 할 수 있다. 특히 포스트모더니즘의 이 특징은 예술이 영원불
변한 존재가 아니라 오히려 상호 보완적인 관계를 맺는다. 다섯째, 포스트모
더니즘은 전통적인 계급적 질서의 붕괴, 그리고 새로운 계급의 출현에 의해
특징지어진다. 포스트모더니즘에 이르러 프로이트가 말하는 이른바 억압된

것의 복귀가 매우 핵심적인 문제로 대두되기 시작한다. 그 동안 주변적인 것으로 무시되거나 도외시되던 모든 것들이 이제 새로운 의미를 부여받으면서 그 중요성이 새롭게 부각되기 시작한 것이다. 여섯째, 포스트모더니즘은 탈장르화나 장르 확산에 의해 특징지어진다. 모더니즘의 경우 문학을 비롯한 예술 장르는 마치 군대의 계급이나 천사의 계급 조직처럼 서로 엄격히 구분된다. 특히 문학의 경우 시를 비롯하여 소설과 희곡 그리고 비평 사이에는 깊은 심연이 가로 놓여 있다. 그러나 포스트모더니즘에 이르러 이런 장르 사이에 놓여 있던 높은 장벽이 무너지고 각각의 장르가 서로 혼합되고 결합되기 시작한다. 그렇기 때문에 어느 한 장르를 다른 장르와 서로 엄격히 구분한다는 것이 거의 불가능하게 된다. 이것이 바로 흔히 탈장르화 혹은 장르 확산으로 알려진 현상이다. 일곱째, 포스트모더니즘의 특성 가운데에서 가장 중요한 특성이라고 한다면, 그것은 무엇보다도 자기 반영성이다. 이미 앞서 지적한 바와 같이, 리얼리즘의 작가들은 우주나 자연 혹은 삶의 실재를 있는 그대로 객관적으로 모방하거나 재현하는 것을 가장 중요한 목표로 삼고 있었다. 이렇게 리얼리즘이 외부 현실의 반영에 주로 관심이 있다면, 포스트모더니즘은 주로 자기 반영에 관심이 있다. 여기서 자기 반영이란 문자 그대로 어느 한 문학 텍스트가 텍스트 밖에 존재하는 세계를 반영하거나 재현시키는 것이 아니라 텍스트 그 자체를 반영하는 것을 말한다. 쉽게 말해서 자기 반영적 소설은 그것이 창작되는 과정 그 자체를 중요한 주제로 다루고 있는 소설을 가리킨다. 만약 리얼리즘 소설가들이 자연이라는 외부 세계를 향하여 거울을 들고 있다면, 포스트모더니즘 소설가들은 자연을 향해 들고 있는 거울을 향해 또 다른 거울을 들고 있다고 할 수 있다. 그러므로 이런 관점에서 이 유형의 소설은 흔히 '메타픽션'이라고 불린다.

모더니즘에 대한 물음과 실천적 차원이 연결되는 것은, 이론적 차원에서 볼 때 모더니즘과 포스트모더니즘의 사이에는 그 내용의 차이가 분명히 존재하고 있음에도 불구하고 동일한 사유를 지니고 있는 것처럼 여겨지는 데에서 기인한다. "순전히 형식적 관점에서만 따질 때 포스트모더니즘의 '포스트'는 이미 모더니즘을 형성하는 운동 자체에 속하지 않을까? 이렇게 물을 수 있는 것은 모더니즘의 형성 원리가 새로움의 추구에 있기 때문만이 아니다. 사실 포스트모더니즘은 모더니즘을 모더니즘이게 하던 이 새로움과 독창성이 아류의 범주를 넘어서지 못한다는 시대 의식을 담고 있다. 그것은 곧 독창성이 근거하는 기원이 존재론적 지위를 잃어버리는 사건이다."17) 그런데도 여전히 포스트모더니즘은 과거 사조의 단순한 모방이나 반복이 아니라 새롭게 보인다. 왜 그러한가. 그 이유는 이 글의 줄기를 이우고 있는 반발이론의 대립적 성격, 즉 근대와 탈근대의 관계에서 찾을 수 있다.

사실 포스트모더니즘의 이론적 진원지라 할 수 있는 형이상학의 극복 또는 해체의 작업은 형이상학적 초월을 일의적으로 해석하고 있다는 혐의를 벗어나기 어렵다. 그 해석에 따르면, 형이상학의 '상'은 감성적인 것에서 초감성적인 것으로의 이행을 뜻한다. 따라서 형이상학적 초월은 논리적 추상(감성적 내용의 사상)과 다르지 않다. 이런 편협한 해석 위에서만 탈형이상학의 '탈'은 형이상학의 '상'과 구별될 수 있는 것이 아닐까? 그 글자의 뜻이 그렇게 일의적으로만 번역될 수 없다는 것이 밝혀진다면(가령 데카르트의 「셋째 성찰」에 나타나는 이중적 초월을 생각한다면), 현대의 탈형이상학은 한계를 드러내게 마련이다. 기존의 형이상학의 역사는 단지 부분적으로만 해체된 셈이기 때문이다. 더 나아가서 탈형이상학의 '탈'이 형이상

---

17) 김상환, 『해체론 시대의 철학』(문학과지성사, 1996), pp. 363~364.

학의 '상' 안에서 실행되어왔던 초월적 사유의 여러 가지 양상들 중의 하나이거나 그 변종에 불과한 것으로 간주될 수 있다면, 포스트모더니즘은 문제의 성격상 당연히 모더니즘의 자기 갱신과 자기 확장의 운동으로 간주될 수 있을 것이다.[18]

포스트모더니즘이란 용어는 때때로 제2차 세계대전 이후의 문학과 예술에 사용되는 수가 있다. 그 시기는 누구나 다 알고 있는 대로, 나치즘과 가공할 만한 죽음의 경험, 원자탄에 의한 세계 인구 전멸의 위협, 자연 환경 파괴, 인구 과잉 등의 극악한 사실들이 사람들의 뇌리에 박혀 있었던 때이다. 포스트모더니즘에는 모더니즘의 극단적이고 반전통적인 실험의 연속이라는 측면도 있지만, 동시에 다시 전통화되어버린 모더니즘의 형식들로부터 탈피하고자 하는 다양한 시도들도 있다. 포스트모더니즘 작품에서 발견되는 낯익은 시도는 주로 삶의 무의미성과 불안·심연·공허·허무 등을 드러내는 것과 기존 사상과 경험 양식들의 토대를 전복시키는 것과 밀접하게 관련된다. 최근의 언어학과 문학이론에서는, 언어 자체의 토대를 전복시켜 그 외견상의 의미성이, 불확정한 것들의 유희로 흩어진다(dissipate)는 사실을 보여주려는 노력이 있다.[19]

---

18) 김상환, 위의 책, pp. 364~365.
19) M. H. Abrams, 앞의 책, p. 110.에 의거.

4. 구조주의와 탈구조주의: 구조에서 탈구조로

구조주의의 특성[20]은, 그 특성 자체가 처음부터 스스로의 숙명적인 해체 요인이 되어 왔던 것처럼 보인다. 왜냐하면 구조주의는 우선 개개의 텍스트들의 특성과 가치는 무시한 채, 전체적인 구조만을 중시함으로써 개체를 전체에 종속시키는 전체주의적 독선을 보여주고 있기 때문이다. 여컨대 구조주의자들은, 작가의 언어가 리얼리티를 반영하는 것이 아니라 언어의 구조가 리얼리티를 창조하는 것이라고 말함으로써, 한 문학작품의 의미가 작가나 독자의 개인적 경험에 의해서가 아니고 그 개인을 지배하는 언어체계에 의해서 결정된다고 주장한다. 둘째, 구조주의는 보편적인 구조, 문법, 구문, 법칙을 찾아내고 수립하려는 과정에서 스스로 경직된 과학적 이론이 되고 만다. 그러므로 과학적 엄격함을 주장하는 구조주의는 우리가 인지하고 경험하는 것의 서술적 분석을 통해 의미에 접근할 수 있다고 생각하는 현상학적 태도를 배격하며, 따라서 모든 경험적 리얼리티와의 연계성을 스스로 포기한다. 구조주의는 또한 인간의 모든 행위의 기본이 되는 어떤 규칙이나 틀을 찾아내려는 과학적 태도를 갖고 있음으로 해서 늘 인간을 규격화하고 조직화하며 패턴화하려는 위협적인 존재로서 등장하게 된다. 셋째, 구조주의는 하나의 구조, 하나의 체계를 분리해 내는 과정에서 필연적으로 역사를 무시하는 비역사적 태도를 보여주게 된다. 따라서 구조주의자들은 텍스트가 씌어진 시대나 그것의 역사적 배경이나 수용과정에 대해서는 전혀 관심이 없다. 그들은 다만 내러티브의 구조나 미학적 체계에만 관심이 있을

---

20) 김성곤, '탈구조주의의 문학적 의의와 전망」, 김성곤 편, 『탈구조주의의 이해』(민음사, 1990), pp. 13~14.에 의거.

뿐이다. 넷째, 구조주의의 이와 같은 태도는 자연히 자아나 주체나 개인의 사유를 인정하지 않고 모든 것을 객관화시키는 비인본주의적·비실존주의적 태도를 보여준다. 왜냐하면 구조주의자들에 의하면 인간이 사고 역시 하나의 고정된 틀 속에서 생성되고 기능하는 것이기 때문이다. 다섯째, 구조주의에 의하며 구조는 곧 모든 것의 기원이나 센터가 되며 개체에 대해 특권을 부여받은 존재가 된다. 이러한 생각은 물론 랑그/파롤, 말/글, 심층구조/표면구조, 자연/문명, 서술/묘사 등으로 모든 것을 이분화시킨 다음, 첫 번째 것에 특권을 부여하는 구조주의의 이분법적 사고방식에서부터 비롯된 것이다. 여섯째, 구조주의는 비록 지시어와 지시대상의 사이에 필연적이 아니고 임의적이라는 것은 인정했지만, 궁극적으로는 언어의 재현 가능성을 믿었던 낙관주의에 근거한다. 다시 말해 구조주의자들은, 모든 것의 근본이 언어체계로 설명될 수 있다고 믿는다. 그들은 또한 언어체계는 곧 기호체계이기 때문에 구조주의는 자연 기호학적 특성을 띠게 되고, 더 나아가 기호의 재현 능력을 결코 의심하지 않는다.

라이치에 의하면 "글쓰기의 전반적인 평가절하와 음성적 글쓰기(말하기에 대한 모방으로서의 글쓰기)에 대한 두드러진 선호가 이성중심주의 시대를 특징짓는다. 글쓰기는 완전한 말하기를 그대로 옮길 때 고유한 기술적 역할을 수행한다. 글쓰기는 목소리를 옮기며 목소리는 그 자신과 자신의 기의, 그리고 다른 것들에게 완전히 현존한다. 이성중심주의는 이와 같이 지속적으로 글쓰기를 말하기로 와해시킨다."21) 그는 이성중심주의가 철저히 음성중심적임을 강조한다. 그의 설명은 다음과 같이 계속된다. 이성중심주의 시대의 동력은 다음과 같은 가치론적 대립으로 이루어진 일반 역사적,

---

21) 빈센트 B. 라이치, 『해체비평이란 무엇인가』, 권택영 역 (문예출판사, 1988), pp. 43~45.

문화적인 틀을 생성시킨다. 목소리/글쓰기, 발화/된 단어/씌어진 부호, 소리/침묵, 존재/비존재, 음성적 문자/비음성적 글쓰기, 의식/무의식, 근원적 말하기/부수적 부호, 내부/외부, 사물/기호, 본질/외양, 기의/기표, 진리/거짓, 현존/부재 등에서 이성중심주의 전통은 각 쌍의 첫 번째 항에 우월한 지위를 부여한다. 소쉬르의 기호학은 이 인식론적 체계 또는 틀인 인식 속의 한가운데에 위치한다. 데리다는 소쉬르의 새로운 학문에서 이성중심주의적 역할을 들추어낸다. 이 구조언어학과 기호학의 아버지를 적절하게 인용하면서 펼쳐지는 데리다의 비평은 우리를 소쉬르를 넘어 후기 구조주의 시대로 이끈다.

　사실 데리다가 구조언어학을 비판한 것은 그것이 의식적이며 철저하게 음성학적 토대 위에 구축되었다는 점 때문이다. 구조언어학은, 언제나 드러난 소리와 로고스는 연구대상으로 삼지만, 씌어진 부호나 흔적은 연구 대상으로 삼지 않는다. 말하기에 대해서는 찬양하고 글쓰기에 대해서는 비난한다. "처음에는 씌어진 것으로 여기게 되는 소쉬르의 기표조차 청각 이미지이다. 씌어진 기표는 '말해진' 기표에서 파생된 것이며 그것의 대리물이다. 글쓰기에서 우리는 기표를 얻지만 이 기표는 그 이전의 일차적 기표인 드러난 소리를 나타낸다."22) 다른 곳에서처럼 여기서도 이성중심주의 핵심인 음성중심주의는 구조언어학이라는 과학을 지배하고 그 연구 분야를 규정한다. 라이치는, 그럼에도 불구하고 소쉬르의 텍스트는 무심결에 드러난 소리가 아니라 씌어진 부호가 언어 분석에 적합한 요소일 것이라는 가능성을 열어놓는다고 본다.

　탈구조주의는 우선 전술한 구조주의의 여섯 가지 특성을 다음과 같이 해체하면서 시작된다.23)

---

22) 위의 글, 위의 책, pp. 44~45.

① 전체적인 구조보다는 개체의 존엄성과 자유를 인정한다.
② 사고의 경직화 및 문학과 학문의 과학화를 배격하며 이성중심적 태도를
　지양한다.
③ 역사의 중요성을 인정하고 역사에 대한 새로운 관심을 표명하며, 과거를
　향수가 아닌 탐색의 대상으로 취급한다.
④ 자아와 주체를 중요시한다.
⑤ 절대적인 진리나 센터나 근원의 독선과 횡포를 거부하며 이분법적 사고
　방식으로부터 탈피하여 타자를 인정하고 포용한다.
⑥모든 기호와 그것들의 재현능력을 불신한다.

　데리다는 모두 1967년에 출판된 세 권의 책인『문자학에 대하여』,『글
과 차이』,『말과 현상』등에서 자신의 주장을 피력한다. 그 이후, 그는 잇달
아 출판된 다른 책들과 정기 간행물에 실린 논문들에서 그 이론적 주장을
반복하고 다듬는다. 그에 의하면, 언어와 언어 사용에 대한 서양의 모든
이론들과 문화는 로고스 중심적이다. 그는 그것이 로고스 중심적인 첫째
이유를, 음성 중심적인(즉, 모든 언어의 연속된 말이나 글을 분석하는 모델
로, 글보다 말에 우위 또는 특권을 부여했기)데에서 찾는다. 현존이란 데리
다에게 있어서 이른바 초월적 시니피에 또는 궁극적 지시 대상을 의미한다.
즉 그것은 언어 자체의 유희 밖에 존재하는 절대적 근원이다. 그에 의하면
그 절대적 근원은 말해진 또는 씌어진 것을 언어 체계 속에 정착시킬 수
있도록 그 체계를 집중(center)시키기에 충분하다. 그는 이러한 초월적 현존
에 절대적인 토대가 있음을 증명하고자 하는 모든 시도는 환상적인 것임을
보여주고 싶어한다. 그리고 특히, 그는 말하는 순간, 어떤 화자가 발하는

---

23) 김성곤 편, 앞의 글, 앞의 책, p. 15.

말의 의미가 그의 의식 속에 즉시, 그리고 완전히 현존한다는 소리 중심적 가정(그는 그것을 본질적인 가정으로 보고 있다)에 대해서는 회의적인 반론을 전개한다.[24)

확정된 의미의 가정된 현존을 해체하는 데리다의 다양한 방법들 중에서 가장 탁월한 것은, 첫째, 전통적인 계층 구조, 즉, 글에 대한 말의 우위를 뒤집는 것이다. 그 방법은, 글의 모든 본질적 특징들(화자의 부재에 따른, 의미의 보증자인 화자의 인식 상태의 부재)은 연속된 말에도 존재한다고 할 수 있기 때문에, 글이 말의 '기생충적'인 파생물이라고 생각하는 대신, 말을 글의 파생물로 생각할 수도 있음을 보여준다. 다음 단계로서, 데리다는 하나의 허구적인 구성물이지만 말과 글의 밑바탕에 깔려 있다고 생각할 수 있는 원형문자(archi-ecriture)를 가정해 놓음으로써 이 전도된 계층 조직을 대치시킨다. 그러나 데리다의 회의적 반론의 핵심은, 시니피앙과 의미들은 그 자체의 적극적 또는 객관적 특징들 때문이 아닌, 그것과 다른 시니피앙, 의미와 차이가 있기 때문에 자기 동일성을 지니게 되는 것이라는 소쉬르의 견해로부터 나온 것이다. 데리다는 이 견해로부터 시니피앙과 시니피에를 식별하는 특징들—이 둘은 차이적 관계들의 조직망에 불과하므로—은 결코 현존하지 않는다는 주장을 도출한다. 그러나, 이 식별하는 특징들이 부재한다고도 말할 수도 없다. 그 대신, 어떤 말이나 글에 있어서, 외견상의 시니피에 즉 의미는 '표면에 나서지 않는' 혼적(trace)으로서만 효과가 있다. 이 혼적은 모든 부재 의미들로 구성되고, 그 부재 의미들은 현존하는 시니피에 (의미)와 차이가 있다. 데리다에 의하면, 그 결과에 따라 확정적으로 현존하

24) M. H. Abrams, 앞의 책, pp. 38~41.에 의거. 이후에 전개되는 데리다의 주장도 이와 같음.

는 의미는 절대로 없고, 다만 의미의 외견상의 '효과들'만이 있다.

자기만의 독특한 방법으로, 데리다는 두 말의 음과 의미를 합해서 디페랑스(differance, 差延)라는 신조어를 만들어 내었는데, 이 말에서 프랑스어의 difference(차이)의 어미 —ence가 —ance로 바뀐 것은 동음이의를 지닌 프랑스어의 두 단어 differer(차이)와 differer(연기)가 융합되었음을 말해준다. 그의 주장의 핵심은, 어떤 말과 글에 있어서도, 의미의 효과는 그것과 그 말과 글의 다른 수많은 의미들과의 차이에 의해 생성되며, 동시에 이 의미는 절대적 현존에 결코 머무를 수 없기 때에, 그 의미를 확정하는 것은 끝없는 움직임 속에서 이 대치적 언어 해석에서 저 대치적 언어 해석으로 자꾸 연기된다는 데에 있다. 그가 그의 많은 신조어 중의 또 한 신조어로 표현한 데에서도 나타나는 것처럼, 모든 말이나 글의 의미는 흩뿌려진다(disseminated). 이 용어에는 의도적으로 상충된 것들, 즉 '의미의 효과를 지닌다', '무수한 가능성들 사이에 의미들을 분산시킨다', '의미를 부정한다' 등의 개념들이 들어 있다. 언어란 단순하게 말하면 디페랑스의 끊임없는 유희이다. 그러므로 우리가 말하고, 쓰고, 해석하는 어떤 말에라도 그것에 하나의 확정적 의미, 아니, 심지어는 擇一할 수 있는 한정된 의미들을 귀속시킬 근거가 없다. 그가 『글과 차이』에서 말한 바처럼, 초월적 시니피에(또는 현존)의 부재는 의미의 영역과 유희를 무한히 확대시킨다.

데리다의 글에는 소쉬르, 루소, 레비—스트로스, 그리고 주로 다른 철학적 작가들이 쓴 구절들에 대한 해석이 많이 들어 있다. 그는 그가 내세우는 해체적 방법을 이중해석(double reading)이라고 부른다. 즉, 어떤 면에서는 그 방법은 환상적인 의미의 효과들을 제공하는 본문의 '읽기 쉬움'을 인정하고 있지만, 다른 한편으로는 디페랑스, 흩뿌림과 같은 해체적 주요 용어들을 통해 모든 텍스트가 그 자신의 토대와 통일성을 뒤엎고 그 외견상의 의미들을 불확정성 속으로 흩어버리는 아포리아(aporia)를 지니고 있음을 보여준다. 그는 로고스 중심적 언어 체계와 그 내적 자기모순을 피할 방도가 전혀 없음을 주장한다. 그에 의하면, 모든 본문은 사실상 스스로 해체할 수밖에 없다. 또한, 해체적 해석들은 로고스 중심주의의 언어를 통해서만 표현될 수 있다는 사실, 즉 자기 자신의 본문들은 다른 본문들을 해체시키는 바로 그 행위 과정에서 스스로도 해체하고 있다는 사실을 인식한다. 그러나 그는 해체가 그 적용을 받는 본문을 파괴하는 것은 아니라고 강변한다.

5. 에필로그

지금까지 신고전주의와 낭만주의, 모더니즘과 포스트모더니즘, 구조주의와 탈구조주의 등에 적용되는 반발이론을 연역적으로 논증해 보았다. 그 과정에서 거듭 확인한 것은, 그 반발의 양상이 예상외로 뚜렷했다는 점이다.

반발의 양상은 철학적 세계관, 사물에 대한 관점, 문학에 대한 시각, 창작 방법 등을 중심으로도 논증될 수 있는 여지가 많다. 그러나 이 글에서는 반발의 양상에 대한 논증이 내부적 반발과 외부적 반발을 중심으로 이루어졌다.

구분해서 말하면, 내부적 반발은 신고전주의에서의 '보편'과 낭만주의에서의 '특수'를 통해, 모더니즘에서의 '근대'와 포스트모더니즘에서의 '탈근대'를 통해, 구조주의에서의 '구조'와 탈구조주의에서의 '탈구조'를 통해, 그리고 외부적 반발은 신고주의에서의 절대왕정과 낭만주의에서의 두 혁명

(산업혁명과 프랑스혁명)을 통해, 모더니즘에서의 '사회로부터의 고립'과 포스트모더니즘에서의 후기 자본주의사회를 통해, 구조주의에서의 전체주의와 탈구조주의에서의 개체주의를 통해 각각 논증되었다.

그렇다고 해서 이 글에서 논증된 반발이론이 여타의 문학이론·문예사조의 발생, 소멸에도 똑같이 적용된다고 말하기는 어렵다. 그것은, 예술이란 정의를 허용하지 않는다는 비트겐쉬타인적인 개념의 측면 때문이 아니라, 다소 애매한 말처럼 들리는 말이기는 하지만, 모든 인문학 이론이 지니고 있는 운명 때문이다. 그 운명이란, 수학 이론이나 물리학 이론과는 달리, 인문학 이론의 발생, 소멸은 다른 양상으로 나타날 수도 있다는 의미의 운명이다.

M. H. 에이브럼즈

현재, 코넬대 영문과 명예교수. 저서로는 *The Mirror and Lamp, A Glossary of Literary Terms, The Norton Anthology of English Literature*(공저) 등이 있음.

박철희

문학평론가. 문학박사. 현재, 서강대 국문과 명예교수.

저서로는『한국시사 연구』,『문학개론』,『서정과 인식』,『한국현대문학사』(공편) 등이 있음.

김시태

문학평론가, 문학박사. 현재, 한양대 국어교육과 교수

저서로는『현대시와 전통』,『한국 프로문학비평 연구』,『문학의 이해』,『문학과 삶의 성찰』 등이 있음.

김용직

문학평론가. 문학박사. 현재, 서울대 국문과 명예교수. 저서로는『한국 근대문학 논고』,『한국근대시사(상·하)』,『현대시 원론』,『임화문학 연구』,『한국 현대시사』(1, 2)) 등이 있음.

이승훈

시인. 문학박사. 현재, 한양대 국문과 교수. 저서로는『시론』,『한국시의 구조 분석』,『한국 현대시론사』,『한국 모더니즘시사』 등과『당신의 방』,『밝은 방』,『너라는 환상』,『너라는 햇빛』 등의 시집이 있음.

백운복

문학평론가, 문학박사. 현재, 서원대 국문과 교수. 저서로는『한국 현대시론사

연구』,『서정의 매듭풀이』,『시의 이론과 비평』 등이 있음.

오세영

시인. 문학박사. 현재, 서울대 국문과 교수. 저서로는『한국 낭만주의시 연구』,
『20세기 한국시 연구』,『한국 근대문학론과 근대시』,『상상력과 논리』 등과
『어리석은 헤겔』 등 11권의 시집이 있음.

김대행

문학박사. 현재, 서울대 국어교육과 교수. 저서로는『한국 시가구조 연구』,『우
리 시의 틀』,『시와 문학의 탐구』,『우리시대의 판소리 문화』 등이 있음.

윌프레드 L. 게린

前 루이지애나 주립대 영문과 교수. 저서로는 *Mandala : Literature for Critical
Analysis, A Handbook of Critical Approaches to Literature* (공저) 등이 있음.

이상우

문학박사. 현재, 명지대 문예창작학과 교수. 저서로는『문학개론』,『현대소설론』,
『문학비평의 이해』,『현대소설의 원형을 찾아서』 등이 있음.

최두석

시인. 문학박사. 현재, 한신대 문예창작과 교수. 저서로는『시와 리얼리즘』『리
얼리즘의시정신』 등과『대꽃』,『임진강』,『성애꽃』,『사람들 사이에 꽃이 필
때』 등의 시집이 있음.

김욱동

영문학박사(뉴욕 주립대). 현재, 서강대 영문과 교수. 저서로는『모더니즘과 포
스트모더니즘』,『포스트모더니즘』,『문학생태학을 위하여』,『은유와 환유』,
『생태학적 상상력』,『강용흘』 등 20여 권이 있음.

김성곤

문학평론가. 문학박사. 현재, 서울대 영문과 교수. 저서로는『탈모더니즘 시대의 미국문학』,『미국문학과 작가들의 초상』,『미국 현대문학』,『문화연구와 인문학의 미래』등이 있음.

(글 게재순)

편자 소개

김병택

문학평론가. 문학박사. 현재 제주대 국문과 교수. 저서로는『바벨탑의 언어』,『한국 근대시론 연구』,『한국 현대시인론』,『한국 현대시론의 탐색과 비평』,『한국문학과 풍토』,『한국 현대시인의 현실인식』등이 있음.

<u>현대시론의 새로운 이해</u>

초판 1쇄 인쇄일 ┃ 2004년 8월 20일
초판 1쇄 발행일 ┃ 2004년 8월 20일
초판 2쇄 인쇄일 ┃ 2012년 3월 7일
초판 2쇄 발행일 ┃ 2012년 3월 9일

지은이 ┃ 김병택
펴낸이 ┃ 정구형
출판이사 ┃ 김성달
편집이사 ┃ 박지연
책임편집 ┃ 이하나
본문편집 ┃ 정유진 김현경
디자인 ┃ 정문희 장정옥
마케팅 ┃ 정찬용
영업관리 ┃ 김정훈 권준기 정용현 이원숙
인쇄처 ┃ 월드문화사
펴낸곳 ┃ 새미
등록일 2006 11 02 제2007-12호
서울시 강동구 성내동 447-11 현영빌딩 2층
Tel 442-4623 Fax 442-4625
www.kookhak.co.kr
kookhak2001@hanmail.net

ISBN ┃ 89-5628-131-9 *93800
가격 ┃ 20,000원